SECRETS

Titre originale : *KEEPSAKE (True North #3)*

Collection New Romance® créée par Hugues de Saint Vincent, dirigée par Arthur de Saint Vincent
Collection Hugo Poche dirigée par Franck Spengler

Ouvrage dirigé par Isabelle Solal
Éditions en langue française : *SECRETS* (Le Grand Nord #3)
Photographies et design de couverture : © Roxana Bashyrova / Shutterstock / © PeopleImages / Getty Images / Christophe Petit / Studio Hugo

34-36, rue La Pérouse
75116 – Paris
www.hugoetcie.fr

ISBN : 9782755644340
Dépôt légal : décembre 2019
Imprimé en Espagne par Blackprint

LE GRAND NORD #3

SECRETS

SARINA BOWEN

Traduit de l'anglais (États-Unis)
par Caroline de Hugo

Hugo Poche

NEW ROMANCE®

PREMIÈRE PARTIE

DÉBUT DE SAISON

GINGER GOLD
PAULA RED
ZESTAR[1]

1. Ce sont trois variétés de pommes. (NdT, ainsi que pour toutes les notes suivantes)

CHAPITRE 1

LARK[2]

À vol d'oiseau, Tuxbury, dans le Vermont, n'est pas très loin de Boston. Cela dit, je ne suis pas venue par les airs, mais au volant de ma vieille Coccinelle VW. Dans le Vermont, les routes de campagne ne vont pas toujours là où vous voudriez qu'elles aillent. Du coup, le trajet m'a pris deux heures et demie. Le soleil de cette fin d'été s'est déjà couché quand j'entre dans l'allée des Shipley. Le bruit du gravier crissant sous le châssis de ma voiture m'annonce clairement la couleur : *Tu as quitté la ville*. Bon débarras ! Le mois que je viens de passer chez mes parents a été une véritable torture.

J'arrête mon bébé, je coupe le moteur. Et puis je reste assise un moment, à regarder la douce lumière qui éclaire la ferme Shipley. J'entends des rires s'élever derrière les fenêtres et, au travers des

2. Alouette, en français.

rideaux en dentelle, j'aperçois les gens qui préparent le dîner dans la cuisine.

Le repas va être servi d'un instant à l'autre et je sais que je devrais entrer. Mais je traîne derrière mon volant encore un moment pour tenter de me donner une contenance. Je n'avais pas d'autre endroit où aller qu'ici, à la ferme Shipley. Mais j'avais oublié que la saison des récoltes dans une ferme en pleine activité nécessite la présence d'un millier de personnes. OK, pas un millier. Mais des dizaines. Et ces derniers temps, j'ai du mal avec la foule.

Ça va aller, je me sermonne. *Ces gens t'aiment beaucoup.* Si je ne suis pas en parfaite forme, ils comprendront.

Je descends de voiture en ramassant mon sac de marin sur la banquette arrière. Avant que j'aie le temps de refermer ma portière, un cri strident retentit à la porte de la cuisine :

– Elle est làààà !

En souriant, je me prépare à serrer mon amie dans mes bras. J'ai rencontré May il y a sept ans, quand l'université de Boston nous a assigné le même dortoir, en première année. Du coup, j'ai déjà testé les embrassades de May à de nombreuses reprises. Cette fois-ci, c'est le summum. Mon amie est toujours tendre, même en temps normal. Mais le fait que j'aie été récemment la cause, pour elle comme pour tous mes proches, d'une terrible angoisse explique qu'elle tente de m'écraser les côtes, maintenant que j'ai atterri, saine et sauve, sur le sol américain.

Je réussis à prononcer quatre mots malgré mes poumons tout comprimés.

– C'est chouette d'être ici.

La seconde suivante, May recule pour mieux me regarder, les yeux larmoyants, en me serrant les mains.

– Seigneur, c'est tellement bon de te savoir saine et sauve. Je me suis fait tellement de mouron quand j'étais sans nouvelles…

– Je suis désolée, je lui réponds immédiatement.

J'ai dit ça tellement souvent ce dernier mois. Elle pousse un grand soupir.

– Je suis tellement contente que tu sois là. Mais je vais me ressaisir pour qu'on puisse aller dîner, d'accord ?

Je la suis jusqu'à la porte de la cuisine et j'entre. Lorsque la porte-moustiquaire se referme, nous laissons cette belle soirée d'août derrière nous.

J'avais espéré faire une arrivée discrète, c'est loin d'être le cas. La cuisine bourdonne comme une ruche, tous les membres de la famille Shipley sont là pour se sustenter. Et cet afflux soudain d'humanité me fait monter la tension.

– Lark ! crient plusieurs personnes.

– Tu arrives juste à temps pour le dîner, ajoute madame Shipley, un saladier géant plein de pommes de terre dans les mains.

– J'ai roulé vite, j'explique.

Ce n'est pas une réponse très maligne, mais c'est tout ce que j'ai trouvé. J'ai passé les quatre dernières semaines à traînasser dans la grande et vieille demeure de mes parents à Beacon Hill, en esquivant les questions sur mon calvaire et en me demandant à quoi la vie peut bien ressembler quand vous n'avez pas besoin de supplier le Seigneur de vous épargner. Ce n'était pas comme ça avant. *Je* n'étais pas comme ça avant.

Il y a un an, j'avais un petit ami et un boulot que j'adorais. J'ai d'abord perdu le petit ami, lorsqu'il a appris que j'avais accepté une mission de douze mois au Guatemala. Ensuite, mon boulot a failli me tuer. Je suis toujours salariée de l'ONG qui m'a envoyée au Guatemala, mais à présent je suis en arrêt maladie pour troubles psychiques, à cause de mes mésaventures au sud de la frontière.

Sous l'œil perspicace de mes parents, j'ai essayé, sans y parvenir, de cacher à quel point cette expérience m'a ébranlée. Mes parents m'ont envoyée chez des psys et des médecins qui m'ont posé un tas de questions dérangeantes. Certaines de ces questions sont restées sans réponse. Il y a certains moments clés dans mon chemin vers le salut dont je ne me souvenais pas. Et qui rendent tout le monde nerveux.

Alors, quand May m'a appelée le vendredi pour m'inviter pendant toute la saison de la récolte des pommes dans le Vermont, dès que j'ai raccroché, j'ai préparé mon sac de voyage.

– Que puis-je faire pour vous aider pour le dîner ? je demande en regardant les jumeaux Shipley, Dylan et Daphné, dix-huit ans, courir à travers la pièce, les mains remplies d'assiettes et de plats divers.

– Prends-toi un verre et assieds-toi, me répond Ruth Shipley. On mange dans dix minutes.

May me débarrasse de mon sac et l'emporte dans la salle télé, à l'arrière de la maison.

– Viens dans la salle à manger.

Puis mon amie s'arrête, la main sur la poignée de la porte de la salle à manger.

– J'aurais aimé que tu aies une soirée plus calme pour ton arrivée, s'excuse-t-elle. Mais nous avons les Abraham et les Nickel presque tous les jeudis, sauf quand c'est nous qui allons chez eux.

– Ça va.

Et réellement, c'est le cas. Je n'ai pas perdu les pédales au point d'être incapable de dîner à une table animée. Pas vrai ?

Du moins, ça ne me coûte rien de faire semblant.

Elle ouvre la porte, et mon ventre se noue en découvrant les visages à l'intérieur. L'ancienne Lark n'aurait jamais craint d'entrer dans une pièce pleine de monde.

Je sais à quel moment précis j'ai cessé d'être courageuse. C'était il y a soixante-sept jours. Je ne sais pas si je serai jamais la même qu'avant. Coincée là, sur ce parquet à larges planches que j'ai arpenté des dizaines de fois depuis la fac en rendant visite aux Shipley, je me mets à transpirer.

La seule chose à faire, c'est essayer de paraître la même que d'habitude. Je baisse les épaules, hausse le menton et j'entre dans la salle à manger.

Dix têtes se tournent vers moi. Non, plus encore. Il y a Grand-Père Shirley, avec ses mains usées qui serrent un mug de café. Et le frère aîné des Shipley, qui m'accueille joyeusement avec le surnom qu'il m'a donné sept ans plus tôt, quand May et moi étions en première année.

– Hé ! C'est la Sauvageonne !

– Salut Griffin, je réussis à dire.

Il passe un bras autour de sa petite amie Audrey qui, tout sourires, nous a suivies depuis la cuisine.

Quant aux autres convives, je me souviens de certains d'entre eux, mais j'ai besoin qu'on me rappelle leurs noms.

– Je vous présente Lark, lance May. Elle va rester avec nous et nous aider pour les marchés paysans.

– Génial, dit un jeune type assis à table. Elle pourra tenir la caisse. Je déteste gérer le fric.

– C'est bien pour ça que tu es fauché, répond Griffin. Puis, désignant le type : C'est mon cousin Kyle. Et son frère Kieran, ajoute-t-il en pointant un autre garçon du doigt.

Ils se ressemblent vraiment. Les membres de la famille Shipley sont tous grands, avec des yeux noirs et des cheveux bruns et soyeux. Kyle et Kieran sortent du même moule. Kyle a toutefois un sourire en coin, un peu narquois, alors que Kieran a l'air plus sérieux.

– Contente de vous rencontrer tous les deux, je lance.

– Et voici Jude et Sophie. Ils rentrent tout juste de leur lune de miel à Martha's Vineyard[3].

Je n'avais jamais rencontré Jude. Il a les cheveux longs et des tatouages qui dépassent de ses manches de chemise. Et une expression un peu fermée qui ne me donne pas envie de m'étendre, mais sa femme m'offre un gentil sourire.

– Et tu te souviens de Zachariah ?

May m'indique un garçon châtain-clair dans un coin. Mon regard se pose sur l'ouvrier agricole que j'ai rencontré au printemps, juste avant mon départ. Qui pourrait l'oublier ? Zachariah est la beauté même. Il a une épaisse chevelure châtain-doré, et ses avant-bras musclés sont négligemment posés devant lui sur la table. Son tee-shirt usé est tendu sur ses larges épaules et ses pectoraux bien dessinés. Et lorsque je le regarde, il me lance même un sourire timide.

Wouah ouh !

– Les Abraham vendent du fromage, de la cire d'abeille et du miel au marché des fermiers, explique May derrière moi.

Je reporte mon attention sur les présentations. Il y a un silence, tout le monde attend que je dise quelque chose.

Je lance :

– J'adore les bougies à la cire d'abeille. Ça sent très bon !

---

3. Voir le tome 2, *Ancrage*.

Le couple à qui je suis censée être présentée me fait un grand sourire à travers la table.

– Isaac et Leah habitent juste en bas de la route, m'explique May. Nos deux fermes collaborent pour pas mal de choses, ils font partie de la famille.

Il me suffit d'un simple coup d'œil pour me rendre compte que les voisins sont des jeunes dynamiques qui effectuent un retour à la terre dans le Vermont. Leah porte des dreads et Isaac un pull fait main. Une petite fille aux longs cheveux ébouriffés est assise sur les genoux d'Isaac.

– Ravie de faire ta connaissance, ma belle, me lance Leah.

– Moi aussi, je réponds.

À présent que Ruth et ses aides ont garni la table de nourriture, les jeunes frère et sœur de May se glissent sur les chaises, de part et d'autre du « trop beau pour être vrai » Zachariah.

Daphné lui jette un regard admiratif avant de poser sa serviette sur ses genoux. Je dois me mordre pour refréner un sourire devant son expression de désir adolescent mal dissimulé. *Bien sûr*, elle adore Zachariah. En plus d'être très beau, il a un gentil regard. Nous aussi, nous prenons un siège. Je me retrouve entre la petite amie de Griffin et May. Et, finalement, Ruth s'assoit à sa place, en bout de table. Auparavant, c'était la place de son mari, mais Auggie Shipley est mort lorsque nous étions en fac. La pauvre May était rentrée chez elle après son dernier examen de deuxième d'année pour s'entendre dire que son père avait eu une crise cardiaque et était mort avant d'arriver à l'hôpital. Ça a été un moment très difficile pour ma meilleure amie.

À l'autre extrémité de la table, Grand-Père Shipley croise les mains et baisse la tête. Tout le monde fait silence pendant sa prière muette. Après un « amen », il prend un morceau de rôti dans son assiette avant de passer le plat à son voisin. Les légumes suivent le même chemin, et la conversation reprend autour de moi. Je me sers de pommes de terre, de choux de Bruxelles et de gratin dauphinois en écoutant May parler du calendrier des marchés des fermiers.

– Nous ne faisons pas de marché le vendredi. C'est pour ça que nous pouvons dîner tous ensemble le jeudi soir, personne n'a besoin de se lever aux aurores le lendemain matin.

Soudain, il y a un coup et je bondis sur ma chaise. Mais ce n'est que le bruit d'une cuillère de service tombée d'un plat dans un autre. Ma réaction a dû être remarquée, parce que Dylan articule un « désolé » silencieux depuis son bout de table.

Respire profondément, me dis-je. Je suis rentrée du Guatemala depuis déjà quatre semaines, mais ma nervosité n'a pas diminué. Je prends une autre bouchée de nourriture dans mon assiette.

– Qui a fait ces choux de Bruxelles, je demande. Ils sont délicieux. Est-ce que c'est du… bacon ?

– Bon sang, oui, jubile Audrey. Je mets du bacon dans tout.

– Je savais que nous allions bien nous entendre. Vous voyez ? Je peux le faire. Bavarder de choses et d'autres et manger. Ce n'est pas un problème.

– Les amis ? Audrey et moi avons une annonce à vous faire.

– Oh mon Dieu ! (May se met à hurler à côté de moi.) Tu es enceinte !

Audrey s'étrangle presque en avalant sa gorgée d'eau de travers.

– Non. Mais est-ce qu'il faut que je brûle ce haut ? demande-t-elle en baissant les yeux sur son tee-shirt.

Tout le monde se met à rire.

– Quelle sont les nouvelles, les enfants ? demande Grand-Père en arrêtant sa fourchette à mi-chemin de sa bouche.

– Audrey part en France pour dix semaines, explique Griffin. Donc, vous n'aurez pas de bacon dans vos choux de Bruxelles pendant un moment.

Il y a des réactions de mécontentement.

– Quoi ? Pas question ! Pourquoi ?

– Je vais suivre un cours sur la fermentation à Paris. J'ai toujours voulu apprendre la cuisine, explique Audrey avec fougue. Ma mère m'a donné de l'argent et Griffin et moi avons décidé que j'irai suivre ce cours que dispensent des vignerons et des brasseurs renommés. Comme ça, nous pourrons développer notre activité cidricole et gagner encore plus de prix l'année prochaine.

– Audrey, non ! proteste Kyle. Tu ne peux pas partir ! Griff va se métamorphoser en ours grognon pendant toute la saison de la récolte ! Est-ce que tu te rends compte de ce que tu nous fais subir ?

Il y a d'autres éclats de rire, et quand Griff lève son verre, il s'arrange pour faire un doigt d'honneur à son cousin tout en buvant une petite gorgée de vin.

– Je sais que je vais vous manquer, et ma sauce enchilada également ! gazouille Audrey.

Grand-Père se prend le menton dans la main.

– Sans parler du riz au lait de coco.

– Je ne m'inquiète pas pour la nourriture, dit Kyle. Tante Ruth ne me laisse pas tomber, elle.

Ruth lui sourit, mais Kieran, le frère de Kyle, marmonne dans sa barbe un « lèche-cul ! ».

– Non, mais sérieusement, si Griff devient trop pénible, tu peux être certaine que je vais t'appeler. Tu ne pourrais pas rentrer les week-ends, par exemple ?

– Tu me fais passer pour Caligula, grommelle Griff. Je ne suis pas si terrible.

Le silence et la demi-douzaine de sourires en coin le contredisent implicitement.

– Parle-nous de tes cours, ma chérie, demande Ruth.

– Ce cours sur la fermentation est vraiment passionnant, lui répond Audrey, il n'en existe pas de meilleur au monde.

– Ma nana a le nez pour le cidre. La saison prochaine, on sera imbattables.

– Je vais également suivre un cours accéléré de pâtisserie, ajoute Audrey. Les boissons et les croissants… je me perfectionne dans les meilleures choses de la vie. À mon retour, je pourrais vous confectionner des pâtisseries.

Pendant qu'elle parle, je continue à manger. J'ai perdu quatre kilos et demi en deux mois, la nourriture était rare pendant mon… épreuve. Et depuis, je n'ai tout simplement plus très faim. Mais le rôti braisé de madame Shipley est délicieux et la purée de pommes de terre à l'ail d'Audrey crémeuse et excellente. Même dans une pièce pleine de monde, je retrouve enfin mon appétit. *Tout va bien*, me dis-je. *Ces gens sont gentils, c'est un endroit sûr. C'est l'endroit le plus sûr au monde. J'ai toujours adoré cet endroit.*

May lève une bouteille de vin.

– Je reste à l'eau, mais je veux bien en servir à qui veut. Quelqu'un est intéressé ?

– Seigneur, oui.

Le cousin Kyle se met à rire à la blague de quelqu'un d'autre et je lui souris, en faisant de mon mieux pour paraître être une personne normale, joyeuse. Je vais travailler sur cette ferme et partager mes repas avec ces gens. Je vais sourire et agir normalement, le temps qu'il faudra. Jusqu'à ce qu'agir normalement redevienne normal pour moi, et que les dragons nichés dans mon cœur oublient enfin de lancer leurs flammes.

CHAPITRE 2

ZACH

Le dîner du jeudi nécessite un grand nombre de casseroles et de poêles. Je les ai toutes lavées, l'une après l'autre, et je les ai suspendues aux vieux crochets au-dessus de l'évier pour qu'elles sèchent.

– Zach, mon lapin ? (Ruth entre dans la cuisine avec un plat à tarte presque vide.) Tu n'as pas à faire ça tout seul, tu sais ?

– Ça ne m'ennuie pas.

Dieu sait que j'ai pris assez de repas dans cette maison. Et pratiquement tous les jeudis, Ruth a les voisins à dîner. C'est une tradition qui a débuté à cause de moi. Quelques mois plus tôt, j'ai déménagé de chez les Abraham chez les Shipley. Ruth a alors commencé à organiser ces dîners du jeudi afin que je puisse rester en rapport avec ma famille d'adoption.

Ruth bosse comme une folle toute la semaine et, en plus, elle prépare un festin le jeudi soir.

La moindre des choses que je puisse faire, c'est de laver quelques casseroles et autant de poêles.

– Pendant que tu es là, j'ai des trucs pour toi, me dit Ruth en posant une pile de livres sur le comptoir. La bibliothécaire en avait quatre parmi ceux que tu as demandés, mais elle attend toujours le livre de C. S. Lewis.

– Oh, super.

Ruth affermit la pile d'une main sûre, celle d'une mère habituée à ranger les affaires de sa famille nombreuse.

– Mais est-ce qu'on n'avait pas tous les *Harry Potter* ?

– Personne n'a pu mettre la main sur le tome six, je réponds en rinçant une casserole.

– Ah, OK ! Je t'ai également apporté un livre que tu ne m'as pas demandé. Je l'ai pris à la librairie.

Mon cœur s'arrête lorsque je lis le titre : *Comment réussir au nouveau GED*[4]. Elle me tanne pour que je passe la série de tests de cet examen qui offre une équivalence avec l'examen de fin d'études secondaires. Je n'ai pas très envie de m'y mettre.

– Merci, je réponds quand même. Ce n'était pas nécessaire.

– Cela me fait plaisir. Tu vas très bien réussir ces tests. Tu verras. La dernière chose que j'ai pour toi, c'est cette part de tarte aux pommes et aux canneberges.

4. Examen qui, aux États-Unis, correspond à notre bac.

– Ça, c'est du sérieux ! (Elle se met à rire.) Ça descend bien mieux que tous les tests.

Je rince la dernière soucoupe et je la mets à égoutter.

– Je vais te chercher une fourchette.

Elle pose la part de tarte sur une assiette, qu'il va falloir laver. J'aurais très bien pu la manger directement dans le plat, mais ce n'est pas ainsi que procède Ruth. Elle me traite toujours aussi bien qu'un de ses enfants, et je lui en suis reconnaissant.

Pourtant, je ne suis pas un Shipley. Aussi fort que j'essaie de le prétendre, ce n'est pas ma famille. Et l'apparition de ce livre du GED me semble inquiétante. Pendant qu'Audrey explique ses plans pour en apprendre davantage sur la fabrication du cidre, je réalise que Griff va gagner une nouvelle associée en affaires, en plus d'une compagne. Audrey travaille à temps partiel à Boston pour un programme de « La ferme à la table[5] », mais son véritable boulot semble être d'aider Griff à développer sa cidrerie.

Et à présent, son frère Dylan a décidé d'aller à la fac à mi-temps, pour pouvoir, lui aussi, travailler à la ferme. Plus Griff aura de l'aide de sa famille, moins il aura besoin de celles d'étrangers.

Il est évident qu'ils me poussent à aller de l'avant. Bien entendu, les Shipley auront toujours besoin d'une aide saisonnière, mais je crains que mon année de boulot pépère ne touche à sa fin.

5. Mouvement social qui promeut les circuits courts, les petits producteurs bio et la vente directe dans l'alimentation.

Un peu triste, j'emporte ma tarte dans la salle à manger. Quelqu'un a pris ma place, alors je reste debout contre le mur et j'avale ma première bouchée de paradis. Personne ne fait d'aussi bonnes tartes aux pommes que madame Shipley. La pâte sablée craque sous ma fourchette et son ingrédient secret, des canneberges sucrées, éclate sur ma langue lorsque je me mets à mâcher.

Avant d'arriver dans le Vermont, j'ignorais que la nourriture puisse être abondante et délicieuse. Pendant mon enfance, il n'y en avait jamais assez. Même au bout de quatre ans, je suis toujours un peu surpris lorsque je m'assois à une table bien garnie chez les Abraham ou les Shipley.

Qui ne voudrait pas rester là jusqu'à ce qu'on le vire à coups de pied au cul ?

Je mange en écoutant les conversations autour de moi. Surveiller les autres est devenu une nécessité vitale pendant mon enfance très spéciale. Ma famille géante et démunie a toujours été en proie à différentes factions et aux révoltes. Il était bien plus utile d'écouter que de parler.

Mais écouter les conversations à la table des Shipley est un plaisir, pas une question de survie. Griffin et ses cousins sont en train de discuter pour savoir où ils iront boire un coup demain soir.

– Mon pote, *La Chèvre*, c'est tout proche et pas cher, dit Griffin. Ne sois pas trop vache avec *La Chèvre*.

– Écoutez, argumente son cousin Kyle, moi je suis pour les bières à quatre dollars et le moins de route possible. Mais je vous jure qu'ils ont baptisé cet endroit à cause de la bonne femme qui y traîne en permanence.

– Naaann, arrête ! s'écrie Kieran.

Griffin renifle.

– Alors, pourquoi est-ce que tu n'as pas plus de chances d'emballer une nana quand on pousse jusqu'au *Gin Mill* ?

– Comment je le saurais ? On va toujours à *La Chèvre* !

Je refrène un sourire. Chaque semaine, c'est la même discussion. Et invariablement, on finit à *La Chèvre*, parce que Griff se propose pour être notre chauffeur et que son ex habite à côté. Lui et Audrey aiment bien rendre visite à Sarah et son nouveau-né.

Je reporte mon attention sur la conversation féminine, toujours plus nuancée et révélatrice.

– On pourrait tout à fait installer un lit pour Lark dans l'alcôve, dit madame Shipley. Autrefois, on faisait bien toute notre comptabilité sur la table de la cuisine.

Lark secoue la tête.

– Je serai parfaitement bien dans le dortoir, ne vous en faites pas pour moi.

Mon dernier morceau de tarte me tombe sur l'estomac. Lark va dormir dans le dortoir ?

Toute la soirée, je me suis retenu de dévisager la meilleure amie de May. Voilà que je m'autorise un coup d'œil. Eh ouaip. Elle est toujours aussi sublime que dans mon souvenir.

Lark (l'alouette), c'est le nom d'un oiseau qui pèse moins de 90 grammes, mais cette fille n'a rien de fragile. Elle a d'immenses yeux noisette et des pommettes hautes. Sa peau est dorée et souple, et ses cheveux noirs, brillants, sont coupés de façon à lui dégager le cou qu'on a envie d'embrasser. Elle paraît tellement *vivante*, comme si Dieu l'avait peinte avec des couleurs plus brillantes que le reste du monde. Non content de l'avoir dotée d'une peau parfaite, il lui a offert des formes plantureuses et une bouche pulpeuse.

Lark doit sentir le poids de mon regard, parce qu'elle lève les yeux pour les plonger dans les miens.

Oups. Pris sur le fait.

Je me sens rougir lorsqu'elle m'observe pendant un bref instant. Son expression se teinte de suspicion ou de quelque chose que je n'arrive pas à comprendre, puis elle baisse les yeux sur ses mains. Comme j'ai déjà été surpris en train de la regarder, je continue. De toute manière, il m'est impossible de détacher mon regard. Lark est la femme la plus ravissante que j'aie jamais vue.

Elle est déjà venue une fois, en mars, pendant la saison de l'élagage.

Je me rappelle parfaitement la première fois que je l'ai vue, j'entassais des branches devant l'étable après avoir taillé les pommiers du verger toute la journée. C'était le coucher du soleil, la lumière était toute dorée et rose. May Shipley est sortie de la cidrerie avec un pichet de cidre dans la main. Elle parlait avec quelqu'un et je n'y ai pas vraiment prêté attention, jusqu'à ce que j'entende ce si beau rire. Il était doux, musical et compréhensif.

J'ai levé la tête pour voir qui pouvait bien produire un si joli son. Du coup, la première fois que j'ai vu Lark, elle était en train de sourire. Ces yeux noisette étincelaient de gaieté, et je me suis surpris à sourire, moi aussi, sans avoir la moindre idée de ce qui les faisait rire.

Les filles avaient fait le tour de la grange, jusqu'à un hamac accroché entre deux vieux chênes. J'ai ralenti mon travail d'empilement des branches pour pouvoir entendre plus longtemps leur rire flotter dans l'air du soir.

Pendant le dîner ce soir-là, j'ai pris soin de m'asseoir à table du même côté de Lark, parce que je savais que si je m'installais en face, j'allais me mettre à la dévisager. Elle a passé la nuit à la ferme, puis est repartie le lendemain après le déjeuner. Pendant ces vingt-quatre heures, j'ai passé chaque repas en étant hyperconscient de sa présence. Le son de sa voix me serrait la poitrine chaque fois qu'elle parlait. Chaque fois qu'elle posait son regard sur moi, même une seconde, ma nuque se mettait à chauffer.

Pour être honnête, je ne savais pas comment réagir. Je n'avais jamais ressenti ça avec quiconque auparavant. À cause de mon étrange éducation, je n'avais pas rencontré beaucoup de femmes jusque-là. La force de cette puissante et de cette toute nouvelle attirance m'était en fait totalement étrangère.

Au printemps dernier, quand May a dit au revoir à Lark, elle lui a lancé :

– Tu m'envoies un mail tous les jours, n'est-ce pas ? Je n'arrive pas à croire que je ne vais plus te voir pendant toute une année.

Toute une année. La déception m'a serré la gorge, et je n'ai pas su quoi faire de ça non plus.

Et puis Lark est partie dans sa petite Volkswagen et j'ai fait mon possible pour ne plus y penser.

Mais voici sept ou huit semaines, un matin, May est arrivée en pleurs à l'étable. J'ai cru comprendre, au bref récit qu'elle a fait à son frère, que ses mails étaient restés sans réponse depuis plusieurs jours. Du coup, May a écrit à la mère de Lark pour lui demander si tout allait bien.

« Je croyais qu'elle allait me répondre que Lark avait perdu son téléphone, ou un truc de ce genre ! a sangloté May contre l'épaule de son frère. Mais elle a *disparu* au Guatemala. Ils ne la retrouvent pas. Ils cherchent… »

Quand j'ai entendu ça, je suis sorti illico de l'étable avec ma pelle dans les mains. Je me suis retrouvé à l'endroit précis où au printemps, je l'avais vue sourire pour la première fois. C'était comme si je n'arrivais pas à croire à ce que May venait de dire.

Disparue... Quel mot étrange, perturbant !

Je ne connaissais même pas cette fille, mais sa disparition m'a beaucoup touché. Je me suis dit que c'était parce que May était tellement bouleversée. Chaque fois que j'entrais dans la ferme pour le repas, je regardais le visage de May avec l'espoir de bonnes nouvelles.

Il n'y en a pas eu pendant des semaines. May avait l'air de plus en plus désespérée. Ça a été un été difficile. Mais elle est arrivée au verger en courant un après-midi, le mois dernier, un grand sourire sur le visage. Ses yeux brillaient de larmes de soulagement.

– Lark est saine et sauve ! a-t-elle annoncé. Ils l'ont retrouvée et elle va bien !

C'était il y a environ quatre semaines. J'ai été très occupé avec la saison de la cueillette et je n'en ai plus entendu parler. Puisque Lark était saine et sauve, je l'ai à nouveau chassée de mon esprit.

Jusqu'à aujourd'hui. Griffin nous a inopinément annoncé que Lark allait venir passer le reste de la saison de la cueillette, et j'ai manqué laisser tomber mon sandwich par terre. Je suis resté assis à la table de pique-nique, à me rappeler à quel point j'avais été distrait pendant les vingt-quatre heures où elle nous avait rendu visite au printemps. Et je me suis demandé s'il était possible qu'une personne puisse produire un tel effet sur moi à nouveau.

La réponse est oui.

Ce soir, je ressens exactement la même attirance. Il n'y a pas la moindre partie d'elle sur laquelle mes yeux n'aient pas envie de s'attarder, sur la brillance de ses cheveux, le ton chaud de sa peau. Elle est aussi belle que dans mon souvenir. Non. Plus. Seules deux choses semblent avoir changé en elle. Elle est plus mince. Et elle a les yeux cernés de noir. Plus tôt, quand Griffin a éclaté d'un rire tonitruant, elle a sursauté.

Ça m'a fait de la peine de la voir comme ça.

Madame Shipley se confond en excuses auprès de Lark à propos de la maison du dortoir.

– Ta chambre a une porte, comme ça, tu auras ton intimité. Mais tu devras partager la salle de bains avec trois hommes. Parfois quatre. Ils font la traite du matin, de six à sept heures et demie, du coup c'est le meilleur moment de la journée pour prendre une bonne douche, je pense.

– Le dortoir, ça ira très bien, je vous assure. J'ai toujours adoré ce drôle de petit bâtiment. Mais je ne chasse personne, j'espère ?

Madame Shipley secoue la tête.

– Griffin avait l'habitude de dormir dans la chambre de devant, mais à présent, il dort avec Audrey. Nous avons donc gardé la chambre pour les invités.

– Je vais montrer la chambre à Lark, annonce May en se levant. Lark, prends nos verres, moi je porte ton sac.

– D'accord.

Lark se lève, elle aussi. Je ne la regarde pas pendant qu'elle quitte la salle. Griffin et moi aidons à ramasser les derniers verres. Et ensuite, il est temps de dire au revoir à Leah et Isaac.

– Bonne nuit, mon lapin.

Leah Abraham me serre dans ses bras.

– Bonne nuit.

Leah n'a que vingt-neuf ans, moi vingt-trois. Mais à mes yeux, personne n'a été plus proche du rôle de parents que Leah et son mari. Ce sont les Abraham qui m'ont recueilli quand j'ai été chassé de mon pseudo-foyer, quatre ans auparavant. Et, plus encore, ils sont les deux seuls à comprendre ce par quoi je suis passé. Parce que eux aussi ont vécu la même chose.

Ils savent combien il est étrange et difficile de démarrer une nouvelle vie après avoir quitté l'endroit où j'ai grandi.

Je tapote maladroitement le dos de Leah jusqu'à la fin de mon câlin du jeudi soir. Je sais que Leah fait exprès de me prendre dans ses bras, elle essaie de me prouver que c'est un geste naturel. Que ce n'est pas un péché. À mon arrivée dans le Vermont, les câlins de Leah me tétanisaient, parce que toucher la femme d'un autre était pour moi profondément étrange. Même maintenant, quand elle m'enlace, je le tolère tout juste.

Pendant mon enfance, se toucher signifiait recevoir des coups de fouet. S'étreindre était une infraction punissable, tout comme parler avant son tour ou piquer de la nourriture dans le garde-manger. Résultat, je restais sur mon quant-à-soi. J'étais peu enclin à toucher les autres ou à parler aux gens que je ne connaissais pas intimement. Ceux-là étaient au nombre d'une demi-douzaine.

– On se voit samedi au marché, dis-je à Isaac. Et, demain matin, je vais faire la vidange de ton camion. Tu pourras passer le récupérer quand tu voudras, l'après-midi.

– Merci mon pote, à plus.

Il sort avec sa fille de trois ans et demi, Maeve, endormie sur son épaule. Son visage passe devant moi. Cette petite fille a de la chance.

Maeve va devenir une câlineuse de première en grandissant. Elle est le centre de l'univers de ses parents, et elle ne se doute pas une seconde que la vie peut être différente. Maeve ne sera jamais perdue dans une meute d'enfants se battant pour une nourriture trop rare. Elle ne sera jamais giflée pour avoir posé une question. Et ce n'est pas tout.

Le prénom de Maeve n'est pas tiré de l'Ancien Testament.

Elle n'est pas obligée d'appeler son père « Monsieur ».

Elle ne sera pas mariée à un vieil homme le jour de ses dix-sept ans.

Isaac ouvre la portière arrière de la voiture de sa femme et, doucement, dépose le corps endormi de son enfant sur la banquette.

J'ai vécu avec Isaac et Leah dans leur ferme pendant mes deux premières années dans le Vermont. Mais il y a dix-huit mois, j'ai fait le grand saut, trois kilomètres plus bas sur la route, parce que les Shipley ont une plus grosse exploitation et qu'ils pouvaient me payer un salaire.

Isaac m'aurait gardé avec lui si j'en avais éprouvé le besoin. Il représente tout ce que j'imagine être un père. Mais vivre et travailler tout seul comme tenter d'être indépendant me paraissaient bien et bon pour moi, et Isaac a compris.

– Tu pourras toujours revenir si ça n'allait pas, m'avait dit Leah.

Debout sur le porche d'entrée, je regarde les Abraham s'éloigner en voiture, en espérant n'avoir jamais à m'imposer de nouveau chez eux.

Après que la lumière de leurs phares a disparu, je reste un moment dans la fraîcheur de l'air du Vermont. La ferme des Shipley sent les choses qui poussent et les fruits en train de mûrir. À ce moment de l'année, le parfum est celui, un peu vinaigré, des pommes en décomposition. On a travaillé au pressage du cidre pendant six heures aujourd'hui, ce qui signifie que moi aussi, je sens vraiment la pomme. Si je me dépêche, je pourrai prendre une douche avant l'extinction des feux dans le dortoir.

Mais Griff a d'autres plans.

– Hé, Chewie, voilà tes bouquins.

– Merci.

Ses cousins apparaissent sur le porche, eux aussi.

– Vous avez une seconde, les mecs ? J'ai besoin de vous parler.

– Bien sûr, Han.

J'ai plusieurs surnoms, ces derniers temps. Et voilà l'ironie, Griff m'a donné le nom de l'alien poilu de *La guerre des étoiles*, mais c'est censé être flatteur. Et son cousin Kyle, lui, m'appelle « l'enfant de chœur », ce qui est censé être une marque d'affection.

Famille étrange que celle-ci. Pourtant, je les aime.

Sans dire un mot, je les suis, lui et ses cousins, en bas des marches sur la pelouse, dans l'obscurité. Quoi que Griff ait à nous dire, il ne veut pas le faire sous la véranda.

Alors que nous traversons la pelouse, à mi-chemin du verger, le chant des criquets nous surprend soudain. Le murmure de la nuit est un chœur familier. Non loin, une chouette hulule et une autre lui répond.

Traverser la propriété des Shipley de nuit me fait toujours penser au psaume 96. *Que les champs jubilent, et tout ce qui vit en eux. Que tous les arbres de la forêt chantent de joie.* En août, les champs du Vermont sont en pleine jubilation.

C'est drôle que je n'aie jamais aimé la Bible avant d'être débarrassé des gens qui me l'ont enseignée.

Alors que les Abraham sont gentils avec moi parce qu'ils savent d'où je viens, les Shipley le sont simplement parce qu'ils sont des gens gentils. Cela fait presque quatre ans que je les connais à présent, depuis que je suis arrivé, pieds nus et affamé, devant chez les Abraham, en bas de la route. Mais j'ai toujours l'impression d'être le petit nouveau.

Ici, je ne suis pas ostracisé comme un monstre, mais il subsiste encore quelques bonnes vieilles vannes. Griffin Shipley s'est très vite rendu compte de la vie étrange que j'ai vécue enfant.

« Oh mon Dieu, a-t-il braillé un mois après notre rencontre. Zach n'a jamais vu *La guerre des étoiles* ! »

La semaine suivante, il m'a embarqué dans un marathon cinématographique, celui des trois films originaux. « Le canon », comme il les appelle. On est arrivés complètement épuisés au marché des fermiers, le lendemain. Mais, d'après Griffin, ça en valait le coup parce que comme ça, je sais enfin que Dark Vador est le père de Luke.

Et ce n'était qu'un début. Ensuite, ça a été « il faut que je t'apprenne les Monthy Python ». Puis un million d'autres films. Et les règles du football, mais j'étais encore un peu hésitant. Il y avait trop de positions.

Les choses que j'ignorais étaient une source d'amusement sans fin pour le clan Shipley. Le moment où ils m'ont appris ce qu'étaient les Pop Rocks[6] a été vraiment rigolo. Je ne savais pas ce qu'était Halloween ou le Valentine's day (deux fêtes païennes, d'après mes précédents chefs

---

6. Marque de bonbons américains.

suprêmes). Ou s'embrasser sous le gui. Ou boire du lait de poule. Je ne connaissais pas une seule allusion sexuelle. Cela me posait des problèmes, parce qu'apparemment, il existait des millions de termes pour le sexe et je ne les comprenais pas tous. Je ne suis pas près d'oublier l'air sidéré de Griffin après qu'il m'avait expliqué ce qu'était une pipe.

– Mais personne ne fume, avais-je dit pendant qu'il essayait de reprendre son souffle.

Cela dit, ils se taquinent les uns les autres autant que moi. Peut-être même plus. Cette saison, Griffin s'est mis à appeler Kyle « Le Tombeur » parce que Kyle semble passer un temps fou à se demander comment baratiner les nanas pour qu'elles finissent dans son lit.

Cela dit, moi non plus, je ne sais pas trop comment faire.

Griffin s'arrête au beau milieu de la pelouse. Je ne m'y attendais pas, je lui rentre dedans.

– Yo, dit-il en se retournant pour m'attraper par les épaules, mes années de football sont derrière moi.

– Désolé.

– Pourquoi est-ce qu'on s'arrête au milieu de la pelouse ? demande Kyle.

– Attendons Jude et Dylan.

Les autres garçons accourent vers nous. Et quand on est là tous les cinq, Griff s'explique.

– Deux choses. La première, c'est au sujet de Lark.

Je baisse les yeux, mais j'écoute attentivement chaque mot qu'il prononce.

– C'était la coloc de May à la fac de Boston. Mais, l'an dernier, elle est partie bosser au Guatemala.

– Sympa ! dit Kyle.

Mais Griffin contredit son cousin.

– Non, *pas* sympa. Écoutez ce que je vous dis. Elle n'était pas là-bas en vacances, OK ? Il lui est arrivé un truc moche, et ça l'a complètement fait flipper. May ne sait pas exactement ce qu'elle a subi. (Griffin s'éclaircit la voix.) Ça pourrait bien être n'importe quelle horreur.

Tout mon corps se glace d'un seul coup et je me mets à trembler, alors qu'il fait encore au moins vingt et un degrés dehors. Je prends une lente et profonde inspiration, puis j'expire.

– Est-ce qu'elle va bien ? demande Dylan. Elle a l'air crevée.

– Eh bien… (Griff se frotte la nuque.) Elle est venue ici pour bosser, mais aussi pour s'éloigner de la ville et essayer de se relaxer. Alors, allez-y mollo avec elle. Il faudra qu'on voie comment elle va. Je la connais depuis longtemps, c'est une fille costaude. Et, les mecs, je ne devrais même pas avoir à vous le dire, elle est *intouchable.*

Griffin tourne la tête de gauche à droite et de droite à gauche, pour être certain que tous ses cousins ont bien compris :

– Pigé ?

– Oui, Maître, répond Kyle. Je ne vais pas me servir de mon charme inné.

– Comme si elle allait le remarquer ! le taquine son frère Kieran.

J'ai remarqué que Griffin ne s'est pas donné la peine de m'intégrer à son speech ni à son examen visuel. C'est ainsi. Mon célibat est largement connu et parfois moqué.

– La deuxième chose, c'est que j'ai un plan pendant le voyage d'Audrey en France.

– Est-ce que c'est une cure anti-frustration sexuelle ? Parce que je suis tout à fait partant, dit Kyle.

Griff l'ignore.

– Je vais refaire la cuisine dans le bungalow et la moitié de la salle de bains.

– Toi-même ? demande Jude.

Griffin se marre.

– Avec votre aide, j'espère. Vous avez des heures sup à m'accorder ? Je paie au tarif habituel, plus toute la tarte aux pommes que vous pouvez avaler.

– Bien sûr, mec, répond Jude. Je peux te donner le lundi. Mais les samedis sont pour Sophie. Si elle va rendre visite à sa mère, j'aurai encore plus de temps pour toi.

Griffin lève le menton.

– J'apprécie vraiment. Merci.

– Attends, dis-je lentement, tu veux démonter les anciens appareils et les installations, refaire la plomberie, enduire et repeindre les w.-c.…

– Et abattre un mur et changer les plans de travail.

– Et récolter vingt mille pommiers ?

– *Et* faire un nombre record de caisses de cidre pendant les douze prochaines semaines.

Griff me sourit dans l'obscurité.

– Hum, comment est-ce que tout cela va se faire ? Je voudrais le savoir.

Griff ne peut résister à une citation de *La guerre des étoiles*.

– Fais-le ou ne le fais pas. Mais n'essaie pas de le faire.

Il ouvre ses bras en grand avant de les laisser retomber.

– Putain, je ne sais pas comment tout cela va se faire, mais après le départ d'Audrey, je vais venir m'installer dans le dortoir avec vous, les gars. Comme ça, ça n'aura pas d'importance qu'il n'y ait plus d'eau ni d'électricité dans le bungalow.

Je suis déjà en train d'imaginer un plan d'attaque.

– Il faudra enlever les sanitaires en premier. Ça nous donnera plus de place pour travailler.

Griff me donne une claque sur l'épaule.

– Ouais. Et tu pourras m'aider à installer les nouveaux. Mais j'ai un autre boulot pour toi. Tu es partant ?

– Bien sûr ?

– Je veux que Lark et toi, vous vous occupiez des marchés paysans de toute cette saison. Cela va m'aider à gérer en parallèle le travail de la ferme, la fabrication du cidre et le chantier de rénovation. Je serai dix fois plus efficace si je ne perds pas mon temps à traverser le Vermont en voiture, quatre jours par semaine. Tu peux faire ça pour moi ?

– Bien sûr, c'est d'accord.

Ça m'a pris une minute pour intégrer cette petite promotion. Jusqu'à présent, il y a toujours eu un Shipley sur chaque marché. Charger correctement le camion et vendre selon l'inventaire est une vraie forme d'art. Alors, je suis heureux qu'il me fasse confiance concernant ces revenus importants. Et il m'offre du temps en tête à tête avec Lark.

Je dois me pincer.

– Et… Dyl ? (Il s'adresse à son plus jeune frère.) Ce sera toi le crémier quand tu ne seras pas en cours. Je te paie à partir d'aujourd'hui, puisque tu es un étudiant à temps partiel.

– Super.

Dylan aime entendre ça. En moins de deux semaines, il s'est rendu six fois en voiture à l'université du Vermont. Sa sœur jumelle, elle, part à l'université Harkness dans le Connecticut, à plein temps, elle va rater la saison de la cueillette.

– Et personne ne vend mon secret à Audrey, hein ? La cuisine, c'est une surprise pour elle. Je vais entamer la démolition dès l'instant où son avion aura décoller.

– Bien sûr, mec.

– C'est tout ce que j'avais à vous dire. Bonne nuit, les mecs. Dormez bien, parce que demain je vais vous faire bosser comme des dingues.

Griff et Jude retournent à la ferme avec Dylan à leur suite.

Kyle, Kerian et moi partons dans la direction inverse, vers la baraque-dortoir.

– Premier pour la douche, je lance.

– Eh merde, murmure Kieran.

– Je vais faire vite, je promets lorsque nous atteignons le sol en pierre.

La baraque-dortoir des Shipley est un bâtiment vieux d'un siècle. Il a des murs en larges planches de pin et une grande porte en chêne. J'adore cet endroit.

La chambre d'amis est à droite en entrant, et la salle de bains à gauche. En face, il y a le dortoir, où cinq lits jumeaux ont été construits dans les murs. J'occupe le lit sous les fenêtres, alors que les autres sont superposés contre les murs de côté. Il y a un vieux et grand placard sur le mur du fond de la pièce, et chacun a son coffre sous les lits du bas.

Quand la pièce est pleine, il y a tout juste assez de place pour cinq types. Mais c'est assez spacieux pour nous trois. Et la présence temporaire de Griff ne va pas trop nous encombrer. J'apprécie sa compagnie.

Je lâche mes livres sur mon lit, attrape ma serviette et me dirige vers la douche. Je passe devant la chambre d'amis, la porte est entrouverte. Lark a dû apporter de la musique, parce que le son de guitares et des vocalises féminines résonnent dans le couloir. J'entends May rigoler. Lark lui répond d'une voix rauque qui résonne dans ma poitrine.

Merde.

Je referme la porte de la salle de bains et j'ouvre les robinets de la douche, offrant ainsi une chance à la vieille tuyauterie de délivrer de l'eau chaude. Il est temps de me déshabiller, mais pour une fois j'hésite. C'est un peu bizarre de me mettre tout nu avec une femme qui pourrait entrer à tout moment. Je suis habitué à un environnement cent pour cent masculin, où je n'ai pas à réfléchir avant de me déshabiller.

Après avoir rapidement suspendu mes vêtements à la patère sur le mur, je me glisse sous le jet d'eau chaude. Après une journée de dur labeur, c'est une véritable bénédiction. Mes muscles sont agréablement fatigués, et j'apprécie la sensation de l'eau giclant sur ma peau nue.

Comme la nourriture, l'eau chaude était rare là où j'ai grandi. Je ne savais pas qu'on pouvait s'offrir une douche chaude le soir sans se sentir coupable. Leah et Isaac ont dû m'apprendre beaucoup de choses après mes dix-neuf ans passés au ranch Paradise. Quand je suis arrivé dans le Vermont, je n'avais jamais touché un ordinateur ni à un téléphone. Je n'avais jamais mangé de fast-food. J'ignorais ce qu'était le Red Bull ou le Big Mac. Je ne connaissais pas *La guerre des étoiles*, ou les Black Keys, ou *Game of Thrones*.

Il y avait des choses encore plus gênantes que j'ignorais.

Je n'oublierai jamais la fois où Isaac m'a raconté *son* arrivée dans le Vermont. Lui et Leah s'étaient enfuis ensemble du ranch Paradise et avaient traversé le pays en campant, depuis le Wyoming poussiéreux jusqu'au Vermont.

– On a bien aimé ici, et puis c'était l'été. Alors, on a ramassé des pommes pendant toute la saison et on est restés.

Vivant aussi frugalement que deux êtres humains peuvent le faire, ça ne leur a pris que cinq ans pour mettre de côté l'argent nécessaire à l'achat d'une ferme en faillite. Même à présent, Leah et Isaac travaillent comme des chiens pour que leur ferme leur rapporte de quoi vivre.

J'avais écouté cette histoire, plein d'admiration, impressionné à la fois par le courage et la chance qu'il leur avait fallu pour passer d'adolescents dans une secte à propriétaires terriens en moins de dix ans.

– C'est une chance que Maeve ne soit pas née avant que vous ayez pu acheter la ferme, ai-je dit.

Tout au long de ma jeune vie, j'avais vu la charge que de trop nombreux enfants faisaient peser sur les jeunes mères du ranch Paradise.

Je dois reconnaître que jamais Isaac ne s'est moqué de mon ignorance. Pas une seule fois.

– Ça n'a rien à voir avec la chance, mec. C'est le contrôle des naissances.

– Qu'est-ce que c'est que ça ? ai-je demandé.

J'avais presque vingt ans et je ne savais même pas qu'il existait un moyen pour les femmes de ne pas tomber enceintes.

La semaine suivante, Isaac m'avait passé un livre d'éducation sexuelle, du genre de ceux que les parents donnent à leurs enfants préados. Et pour être bien sûr que j'avais compris le message, il m'avait expliqué le contrôle des naissances un soir où Leah et Maeve étaient déjà couchées.

Et même si nous habitions au milieu de nulle part et que j'évitais toute vie sociale, il avait glissé une boîte de capotes dans le tiroir de ma commode.

– Juste au cas où, d'accord ? C'est différent ici, Zach, m'avait-il dit, ce qui était l'euphémisme du siècle. Personne ne va te fouetter parce que tu as fait l'amour. Mais ça ne signifie pas pour autant que tu ne dois pas faire attention.

J'ai toujours la boîte. Elle n'a pas été ouverte.

La raison pour laquelle j'essaie toujours de prendre ma douche en premier, c'est que comme ça, j'ai du temps pour lire ensuite. J'ai une lampe spéciale qui s'accroche aux livres, que les jumeaux Shipley m'ont offerte à Noël. Et comme il ne me reste plus que vingt pages pour finir *Sa Majesté des mouches*, je vais pouvoir commencer le tome six de *Harry Potter* pendant que les autres prennent leur douche.

De temps en temps, des personnes bien intentionnées me font remarquer que pour quelqu'un qui a vécu les dix-neuf premières années de sa vie enfermé dans une propriété poussiéreuse du Wyoming, je sors rarement de la ferme. Mais elles ont tort. J'ai été dans La Terre du Milieu, à Poudlard et dans le Londres de Dickens, tout ça le mois dernier. La différence entre la vie sur un ranch, où les livres étaient interdits, et une ferme, où l'on discute librement de ses lectures et où on s'échange les livres, est incommensurable.

Il est presque l'heure de l'extinction des feux quand j'entends May souhaiter bonne nuit à Lark.

– Dors bien. Le petit déj est à huit heures et demie. On fait tout d'assez bonne heure par ici. Rien à voir avec ces longues grasses matinées qu'on avait à Boston. C'était le bon temps.

– Je me lèverai et je t'aiderai à préparer le petit déjeuner. Bonne nuit, ma belle. Merci beaucoup de m'avoir fait venir ici.

– On est tellement contents de t'avoir avec nous. Maintenant, va te coucher. On dirait que tu n'as pas dormi depuis un an.

Il n'y a aucune isolation dans le dortoir, du coup j'entends toute la conversation. Ensuite, j'entends Kieran sortir de la salle de bains et souhaiter bonne nuit à Lark à son tour.

– Est-ce que je peux éteindre la lumière dans l'entrée ? lui demande-t-il.

– Bien sûr. Hé, Kieran ?

– Ouais ?

– Je peux fermer la porte d'entrée ?

On n'a jamais fermé le dortoir à clé. Personne ne se risquerait à pénétrer dans la propriété des Shipley pour déranger trois ou quatre malabars, avec pour seul butin possible deux ou trois iPods.

– Pas de problème mon chou, répond Kieran après un instant. Bonne nuit.

– Bonne nuit.

Je replie mon oreiller sous mon oreille droite et je ferme les yeux. Lorsque je ferme les yeux dans cette pièce, c'est sans inquiétude. Les bruits des gens qui plongent dans le sommeil m'ont toujours rassuré.

Ça m'est égal d'habiter dans le dortoir. Complètement égal. Les grognements et les ronflements de mes voisins ne sont pas une nouveauté. En fait, les deux ans que j'ai passés chez Leah et Isaac ont été le seul moment où j'ai eu une chambre pour moi tout seul.

Vivre au dortoir et manger gratuitement signifie que je n'ai aucune dépense à faire pour vivre. Sous ce toit, tout le monde est bien nourri, et partager ce dortoir me permet de mettre de l'argent de côté.

Kieran se met à ronfler le premier. Les cousins Shipley ne sont là que pendant la saison de la récolte, pour prêter main-forte. Leurs parents ont un élevage à Hardwick et un troupeau de bœufs Highlands. Ils seront repartis à Thanksgiving.

Il ne restera plus que moi.

Je suis à peu près certain que la plupart des gens qui passent par le dortoir envisagent ça comme une solution à court terme. Depuis une centaine d'années, ce bâtiment accueille des ouvriers agricoles temporaires. Cet endroit n'est qu'une étape vers une vie plus grande, une vie meilleure.

Le problème, c'est que je n'arrive pas à imaginer mon chapitre suivant. Et alors que je suis allongé, en train de réfléchir aux événements de la journée, quelque chose commence à me troubler. Ma promotion d'ouvrier cueilleur à responsable des marchés paysans est une bonne chose, sauf qu'elle a un gros défaut. Les marchés sont *saisonniers*, ils s'arrêtent juste avant Thanksgiving.

Je viens juste de me rendre compte que mon temps chez les Shipley risque de prendre fin bien plus tôt que je l'ai imaginé. Il me faut un plan B, et rapidement.

Je ne suis pas du genre à paniquer, mais cette idée est préoccupante. Je ne suis pas allé au lycée parce que ces religieux tarés du ranch Paradise l'interdisaient. Trouver un boulot va être un vrai coup de poker. Ma seule chance, c'est de tomber sur quelqu'un qui accepte un travailleur qui ne se plaint jamais et touche sa bille en mécanique.

Mais Ruth Shipley et Leah Abraham passent leur temps à parler de l'école. Je me demande si ça serait possible, ou s'il est trop tard pour un type comme moi. Quand j'écoute les histoires de Griff à propos de ses années de fac, je n'arrive pas à m'imaginer vivre sur un campus, participer à des concours de bière et écrire des dissertations sur la guerre civile. Ça, c'est ce que font les autres, les gens qui ont grandi dans une maison où les études étaient importantes.

Je n'ai aucun membre de ma famille pour me guider dans cette voie parce que je les ai laissés derrière moi, dans l'Ouest. J'ai certes une famille d'emprunt. Ils sont géniaux, mais ils ont déjà trop fait pour moi. Je n'ai pas de petite amie, qui voudrait d'un mec qui a un niveau scolaire de quatrième et qui a été jeté à la rue par sa famille ?

Voilà quelles sont mes pensées pendant que j'écoute le dortoir se préparer à une nouvelle nuit. En y réfléchissant, je me dis que ce lieu me ressemble beaucoup. C'est une annexe de la ferme. Il en fait partie, mais pas complètement. À côté. Pas totalement indépendant.

Ma vie est celle d'un dortoir.

Sur cette pensée, et malgré les ronflements de deux de mes voisins, je m'endors.

Plus tard, peut-être une heure, ou même deux heures après, je me réveille à cause d'un bruit, quelque chose ne va pas du tout. J'ouvre les yeux dans le noir, le cœur battant, en entendant un véritable hurlement de terreur. Le bruit s'arrête aussi vite qu'il a commencé et, pendant un moment, je reste là à me demander si j'ai rêvé.

Mais ça recommence, sous la forme d'un cri étouffé. J'en ai la chair de poule.

– Qu'est-ce que… ce sont des coyotes ? bégaie quelqu'un.

J'écoute attentivement. À travers la pièce, un autre ronflement bruyant s'élève. Mais le bruit recommence une troisième fois, encore plus fort.

Et ça vient de la chambre d'amis.

Je me glisse hors du lit, pose mes pieds mal assurés sur le plancher froid. J'avance dans le couloir sombre sans trop me cogner. Je m'arrête devant la porte de Lark. À présent, je l'entends parler, mais ce qu'elle dit est incompréhensible.

Ou bien elle est en train de rêver, ou bien elle a reçu une visite inopportune.

Pourtant, j'hésite encore. Si j'étais désorienté, je n'aimerais pas qu'un inconnu à moitié endormi déboule dans ma chambre. Mais Lark se remet à crier, et le son qu'elle fait est assez flippant pour me pousser à réagir. J'ouvre sa porte.

La pièce est éclairée par une veilleuse que quelqu'un a eu la bonne idée d'installer. Lark est recroquevillée au milieu du grand lit. Elle a le visage en sueur et semble terrorisée.

– Lark, je dis.

– Non, gémit-elle en enfonçant son visage dans son oreiller.

– Lark, je répète plus fermement. Tu es en train de rêver.

Mais elle ne m'entend pas. Elle se met à trembler.

– Arrêtez ! crie-t-elle.

Je suis complètement réveillé à présent, mais je n'ai pas la moindre idée de ce que je dois faire. Il faut sans doute la toucher pour la réveiller de ce qui semble être un violent cauchemar. Mais je peux aussi lui faire la peur de sa vie. Ou alors je peux m'en aller sans rien faire.

Pendant que j'hésite, elle se met vraiment à pleurer.

Eh merde.

Je me penche sur elle et pose une main sur son épaule.

– Lark, réveille-toi.

Je lui imprime une pression très douce, pas une qui pourrait devenir une partie des horreurs qu'elle croit être en train de vivre. Je lui dis exactement ce que Leah aurait dit à quelqu'un qui fait un cauchemar : Réveille-toi, ma belle.

Je lui caresse le bras.

Ça marche. Mais à présent, elle se tourne vers moi d'un seul coup en s'asseyant, toute raide.

Effrayé, je saute en arrière.

– Désolé.

Lark me dévisage, de haut en bas, en essayant de reprendre sa respiration et en essuyant à la hâte les larmes sur ses joues.

– Merde, jure-t-elle, la respiration encore haletante. Merde, je suis désolée.

Elle remonte ses genoux et laisse tomber sa tête entre.

– Merde, merde, merde, continue-t-elle à murmurer.

À présent, je ne sais vraiment plus quoi faire. Elle n'a probablement pas envie d'un type bizarre debout dans sa chambre. Mais d'un autre côté, elle tremble encore.

– Lark, est-ce que ça va aller ?

La tête dans ses mains, elle a un rire étranglé.

– C'est la grande question, n'est-ce pas ?

Pendant que je la regarde, elle prend une profonde, longue inspiration, puis expire.

– Retourne te coucher. Je vais essayer de ne plus crier.

– Ok… (Mais mes pieds refusent de bouger. J'ai de la peine pour elle.) Bonne nuit.

J'aurais bien ajouté *fais de beaux rêves*, comme le disait Leah, mais je ne veux pas que Lark croie que je me moque d'elle. Alors, je me contente de fermer doucement sa porte et de retourner dans le dortoir. Je me recouche, mais je ne me rendors pas tout de suite. Je guette d'autres sons de détresse. Mais tout est calme.

CHAPITRE 3

LARK

Après le départ de Zach, je me rallonge dans le noir, les yeux clos, en me concentrant sur ma respiration. Le psy que mes parents m'ont envoyée voir à Boston m'a donné des tas d'exercices de relaxation, alors je suis ses conseils. Méditation. Exercices de respiration profonde. Exercices de respiration rapide.

Chacun d'eux fonctionne parfaitement jusqu'à l'instant où je m'endors. Pendant la journée, je parviens à me maîtriser. Mais quand les ténèbres m'encerclent et que je baisse la garde, mes dragons secouent leurs chaînes et se mettent à rugir.

Parfois, je rêve de la main qui est apparue entre les deux taudis, les doigts qui se sont refermés sur ma bouche et m'ont traînée dans le passage. C'est ainsi que mon calvaire a commencé.

D'autres nuits, le cauchemar débute quand je suis déjà ligotée et bâillonnée, dans la petite baraque sale que mes kidnappeurs utilisent. J'entends le débit rapide d'un dialecte que je ne comprends pas. Mon espagnol limité est trop scolaire pour cette partie du Guatemala. Et bien que je ne puisse comprendre tous les mots, je sais qu'ils discutent de ce qu'ils doivent faire de moi.

Mes cauchemars prennent des formes variées et il m'est difficile de savoir ce qui se passe dans mon corps quand je suis endormie. Mais je me doute que mes sanglots et mes cris ne commencent qu'après que j'ai été visitée dans mes rêves par un certain visage émacié, tragique.

Oscar.

Sans Oscar, je crois qu'il m'aurait été plus facile de passer outre à mon kidnapping – ces jours de peur et de honte où j'étais contrainte d'utiliser les toilettes à la turque devant mes ravisseurs. Si cette histoire s'était bien terminée, j'aurais été capable de passer des nuits paisibles.

Mais ce n'est pas le cas. Et un garçon est mort. Et si certains événements qui ont entraîné ma libération se sont perdus dans des brumes traumatiques, le sort d'Oscar, lui, ne l'est pas.

Chacun de mes rêves se termine dans une mare de sang qui se formait sur le plancher crasseux et suintait vers moi.

Je tapote l'édredon autour de moi et je soupire. Quand May m'a dit que je pouvais m'installer dans la cabane du dortoir, cela m'a semblé être la solution idéale. Mes parents, qui avaient déjà vécu trois semaines d'angoisse à se demander si j'étais morte, étaient vraiment au bout du rouleau. Je leur suis revenue saine et sauve, uniquement pour me mettre à hurler dans mon sommeil.

Venir dans le Vermont était censé me détendre. Je comptais sur cet endroit pour me tranquilliser. Et dormir dans le dortoir signifiait que je ne serais pas seule. Il y a trois grands types costauds et une porte fermée à clé entre le monde et moi. *Allez, subconscient ! Mets-toi ça dans le crâne. On est totalement en sécurité ici.*

Les premiers résultats ne sont pas très encourageants. Guatemala : 1 ; Dortoir : 0.

Mais peut-être qu'il va me falloir quelques jours pour prendre mes marques. J'espère que le bon air du Vermont va m'y aider. *Tu es en parfaite sécurité ici*, je me répète. Il ne se passe jamais rien de mauvais dans le Vermont. Si seulement j'arrivais à en persuader mon subconscient.

***

Lorsque je me réveille à nouveau, j'entends le bruit rassurant de trois garçons qui se lèvent à l'aube. Encore somnolente, j'enfouis ma tête sous la couette et j'écoute leurs voix qui murmurent tout bas. J'entends le bruit de l'eau courante et celui des garçons qui se glissent l'un après l'autre sous la douche.

Puis leurs bottes de travail passent à grands pas devant ma porte et sortent du bâtiment. Le dortoir redevient parfaitement silencieux et je laisse encore un quart d'heure de répit au chauffe-eau. Puis je me lève pour prendre ma douche, comme Ruth Shipley me l'a conseillé.

En sifflotant, je choisis un short et un tee-shirt.

L'idée de travailler de mes mains en extérieur me ravit. C'était la raison pour laquelle j'avais accepté cette mission au Guatemala. L'ONG pour laquelle je travaillais enseignait aux paysans du tiers-monde les techniques agricoles modernes. Quand ils m'avaient offert la possibilité de quitter mon bureau pour un travail de terrain, j'avais sauté sur l'occasion.

Pendant mes six premières semaines là-bas, j'avais appris à aimer cet endroit. J'avais étudié les terres cultivables et l'érosion. J'avais partagé des données agricoles, échangé des qualités de semences avec les gens du pays et bu avec eux leur café fort et sucré sur le seuil de leurs maisons, l'après-midi. C'était tout ce que mon désir d'aventure avait toujours imaginé.

J'étais tellement optimiste. Et puis, tout est devenu un enfer.

Ambulant.

Quand un peu plus tard, je traverse la pelouse pour rejoindre la ferme Shipley, la préparation du petit déjeuner bat son plein. Il s'agit de nourrir dix personnes affamées.

Daphné et moi mélangeons une jatte de pâte à pancakes pendant que Ruth fait frire du bacon et prépare une montagne d'œufs brouillés. May a déjà rempli deux brocs de café quand elle se met à en faire un troisième.

À huit heures et demie, les hommes entrent pour se rendre tout droit à la salle de bains. Ils ont déjà trait les vaches et déplacent le poulailler mobile. La ferme Shipley ne se contente pas de cultiver un verger à pommes et d'entretenir une cidrerie de grande qualité, elle élève aussi des vaches de race Jersey et vend son lait bio aux Abraham, en bas de la route, qui le transforment en délicieux fromages.

– Vous avez tout le nécessaire sur un rayon de trois kilomètres, j'observe en déposant un autre pancake sur le plateau.

– À part les céréales, répond madame Shipley, quoique certains fermiers du Vermont se soient remis à produire du sarrasin vers Hartwick.

Je suis entourée de vrais paysans, purs et durs, et c'est génial.

Ma grande contribution au petit déjeuner consiste à parsemer les pancakes de myrtilles. Quand tous les autres sont servis, je prends mon assiette pour m'asseoir à table. Il n'y a pas beaucoup de bavardages, les cinq jeunes gens affamés sont trop occupés à dévorer leurs pancakes et leurs œufs.

– Bien dormi ? me demande May après avoir resservi tout le monde de café.

– Parfaitement, je mens.

Involontairement, mes yeux croisent le regard de Zach, de l'autre côté de la table. Il me dévisage un long moment avant de reporter son attention sur une tranche de bacon dans son assiette.

Merci, je lance mentalement dans sa direction.

Ruth s'assoit à table et lève sa fourchette.

– Lark, ta mère a appelé ce matin.

– Oh merde, je murmure. J'ai oublié de l'appeler hier soir lorsque je suis arrivée.

– Je lui ai expliqué qu'ici, nous avions une mauvaise réception, poursuit madame Shipley.

– Merci de m'avoir couverte. Je vais l'appeler tout de suite après le petit déjeuner.

– Elle semblait très inquiète.

Ruth me regarde fixement de ses grands yeux bleus.

– Eh bien (j'avale une gorgée de café), j'ai toujours été le genre de môme pour qui tout le monde se fait du mouron. Et cette année je suis passée dans la catégorie pro.

May se met à rire en secouant la tête.

– Oui, ça c'est bien vrai, ma poulette. Et je ne m'en suis pas encore complètement remise.

Moi non plus. Mais j'essayais de garder le secret.

Après le repas, nous faisons la vaisselle, puis il faut bien faire face. Ma mère répond dès la première sonnerie.

– Je me suis fait du souci pour toi toute la nuit.

– Je vais *bien*, Maman.

C'est ce que je me répète tous les jours, même si ce n'est pas vrai. Le téléphone transforme son soupir en tornade.

– Après ce que tu nous as fait vivre le mois dernier, je croyais que tu penserais au moins à nous appeler.

Et voilà la raison pour laquelle, en ce moment, il m'est impossible de rester avec mes parents à Boston. La culpabilité. J'en suis remplie. Et je peux à peine me contrôler, de jour comme de nuit. Je ne veux pas être, en plus, la responsable de l'état mental de ma mère.

À présent, il faut que je me mette à plat ventre.

– Je m'excuse de ne pas t'avoir appelée. Je suis arrivée juste pour dîner avec plus de dix personnes et j'ai été embarquée dans ce maelström. Je suis vraiment désolée.

Et je le suis *vraiment*. Jamais je n'ai voulu faire vivre un enfer à mes parents. Mais je l'ai fait, et à présent j'ai la tête à l'envers.

– Très bien. Merci. Comment as-tu dormi ?

– Bien, je réponds, en réitérant mon mensonge. Mais, hé, je m'y efforce.

Qu'elle me croie ou pas, elle n'insiste pas.

– Je sais que tu seras bien dans le Vermont, je le sais vraiment, dit-elle comme si elle essayait de nous en convaincre toutes les deux.

– C'est chouette ici. Aujourd'hui, je vais aller cueillir des pommes.

– Ça doit être relaxant. Tu pourrais aussi penser à appeler Gilman. Il m'a envoyé un texto hier.

– Il *t'*a envoyé un texto ? Sérieusement ? Mon ex-petit copain envoie des textos à ma mère ?

– Peut-être qu'il ne le ferait pas si tu répondais à ses appels.

Pas faux.

– Je n'ai tout simplement pas de place dans ma tête pour Gilman en ce moment, j'admets. Il peut bien attendre que je sois prête.

Il y a un silence pendant lequel je vous jure que je peux entendre ma mère lutter contre elle-même.

– Porte-toi bien, Lark. Appelle-nous si tu as besoin de quoi que ce soit.

– Bien sûr.

Je raccroche et vérifie mes textos. Évidemment, il y en a toute une tripotée de mon ex.

Il faut que je te voie. Quand est-ce que ce sera possible ?

Et pourquoi pas « jamais », Gilman ?

Beurk. Il est le seul que je ne me sens pas coupable de fuir. Il m'a larguée, merde alors. Je suppose qu'il le regrette. Et qu'ensuite, quand j'ai disparu, il s'en est voulu à mort de s'être comporté comme un salaud. C'est étrange qu'il suffise de frôler la mort pour que vos anciens amis vous aiment à nouveau.

Mais Gilman n'est pas sur la liste des gens que je me sens obligée de consoler. Alors, je vide mon téléphone. À la campagne, la batterie d'un téléphone se décharge plus vite, n'est-ce pas ? C'est parce que l'appareil cherche en permanence un meilleur signal cellulaire.

Cependant, je me jure que j'appellerai à la maison demain, juste pour faire plaisir à maman.

Je suis la fille unique de deux profs d'université. Mon père a écrit de longs articles intellos sur les tenants et les aboutissants du Premier Amendement. Ma mère passe des journées entières à étudier des cellules dans son laboratoire. Ils aiment leurs bouquins et leurs abstractions scientifiques. Aucun des deux n'a compris quand j'ai annoncé que j'allais partir barouder au Guatemala pendant un an, pour un tout petit salaire. Ils ont immédiatement détesté cette idée.

– Cette partie du monde n'est pas très sûre, s'est inquiétée ma mère.

– Ce n'est pas le Honduras ! lui ai-je rétorqué en rejetant leurs arguments.

Mais ce fut moi le dindon de la farce.

Une fois, quand j'avais neuf ans, j'avais entendu une conversation téléphonique entre ma mère et sa sœur. C'était la semaine où j'avais réussi à me casser un bras en tombant des barres parallèles.

« Tu sais, quand on a su qu'on allait avoir une fille, on a été tellement soulagés, lui confiait-elle pendant que je me cachais derrière la porte de la salle à manger. Max déteste le sport ou le camping, ou tous les trucs sales, et je ne sais pas quoi faire d'une canne à pêche. Mais Dieu se rit de nous, n'est-ce pas ? J'ai la petite fille la plus turbulente, la plus fonceuse qui soit au monde. C'est à elle que je dois chacun de mes cheveux blancs. »

À présent, ma mère a une fort jolie tête tout argentée. C'est de ma faute.

Quand je vais trouver Griff, il me dit qu'il commence la journée par un tour rapide de la ferme. Je suis déjà venue, mais cette fois je vais être salariée, j'ai donc besoin qu'il m'indique la marche à suivre.

Le premier arrêt est pour l'étable, où deux douzaines de vaches sont traites deux fois par jour. Mais on est au milieu de la matinée, les stalles sont vides. Les vaches des Shipley sont nourries à l'herbe, elles sont donc en train de brouter dans les prés.

L'étable est ombragée et fraîche, elle sent le foin et le fumier.

– Ne t'inquiète pas, tu ne vas pas travailler ici, dit Griffin.

– Ça me serait égal, je réponds avec franchise. Il y a des choses plus effrayantes dans ce monde que de la bouse de vache.

– C'est bien vrai, Sauvageonne, dit-il doucement. Mais j'ai besoin de toi pour les marchés paysans. Et pas seulement pour être derrière l'étal, mais aussi pour charger, installer et démonter. Et nous faisons un inventaire rudimentaire de ce qui a été vendu, avec des notes sur le temps qu'il fait et le trafic. Je t'expliquerai tout ça un peu plus tard.

– Cool.

Avant de quitter l'étable, Griffin me montre du doigt une boîte jaune accrochée au mur.

– À tout hasard, c'est là que nous rangeons le défibrillateur.

– Ah.

C'est bien triste. Feu monsieur Shipley, le père de Griffin, est mort subitement d'une crise cardiaque. On n'aurait probablement rien pu faire pour le sauver. Mais pourtant, cet appareil a été installé depuis dans l'étable.

– OK. C'est bon à savoir.

– Il y a également un extincteur dans chaque bâtiment.

Il désigne la bonbonne rouge sur le mur.

– Pigé. Bonne idée.

Nous ressortons dans la fraîcheur du soleil de septembre. Au-delà de l'étable se dresse la cidrerie. Je suis Griffin le long du sentier balisé entre les bâtiments. Il s'arrête devant une palette géante où des cageots de pommes sont empilés.

– Un des plaisirs, quand on bosse ici, consiste à apprendre à reconnaître toutes les variétés de pommes à toute vitesse.

– D'accord.

Il attrape une pomme dans un cageot et me la montre.

– Qu'est-ce que tu crois que c'est ?

– Je n'en ai pas la moindre idée.

Griffin renverse sa tête en arrière et se met à rire.

– OK, le premier indice, c'est la date. On est encore au mois d'août. La plupart de nos pommes ne sont pas récoltées avant octobre. Ce sont des Paula Red, elles mûrissent tôt.

Il mord dedans, puis me la passe.

– Dis-moi quel goût elle a.

Je mords et commence à mâcher. Wouah ! Rien ne vaut une pomme bien mûre. Celles de l'épicerie ne peuvent pas rivaliser.

– Excellent, belle consistance. Elle est juteuse, aussi. Beaucoup d'acidité, moyennement sucrée, pas non plus une tonne de saveurs intéressantes.

Griffin écarquille les yeux.

– Bien vu. C'est tout à fait vrai. Les Paula ne sont pas les pommes les plus intéressantes, mais elles démarrent la saison. Je ne peux pas produire un excellent cidre avec. Ce sont des pommes pour le marché paysan.

– Et tu fais quoi avec les bonnes ?

Il sort son téléphone et me montre sur l'écran une photo de plusieurs pommes spéciales, à la peau tavelée.

– Voilà mes bébés.

Il n'y a que Griffin pour avoir une photo de fruits là où tout le monde a une photo de sa petite amie.

– Tes bébés sont moches, Griffin.

– Je le sais, hein ? Mais c'est ça qui est chouette avec le cidre, si tu veux faire de la bonne qualité, tu ne peux pas utiliser des pommes douces et goûteuses. Il te faut un fruit amer et compliqué.

– Amer et compliqué, je répète. Comme moi.

Griffin sourit.

– Si tu le dis. Tu as une idée de la raison pour laquelle les pommes acides marchent mieux pour le cidre ?

– À cause des tannins, peut-être ?

– Tu es une fille maligne.

– Je prête attention aux discussions sur les boissons alcoolisées.

– Bien sûr. Viens là.

Il pose sa main sur la poignée de la porte et la pousse.

– Admire la puissance de cette station opérationnelle de combat !

Griff me fait toujours sourire.

– Est-ce qu'un jour tu vas être assez grand pour laisser tomber tes citations de *La guerre des étoiles* ?

– Nan !

Il me lance un clin d'œil malicieux et ouvre la porte en grand.

– Wouah ! dis-je en levant les yeux sur une rangée d'immenses fûts métalliques, fort impressionnants.

– Ce sont mes nouveaux réservoirs de fermentation. Ils ne sont qu'à moitié pleins en ce moment, parce qu'il est encore très tôt dans la saison. Ça, c'est la centrifugeuse.

Il me montre une machine au milieu de la pièce.

– Nous pressons chaque jour. Une partie pour les réservoirs et une autre, pasteurisée, est vendue au marché des fermiers. Voilà mon système de filtration et mon réservoir de mélange. Dans ce coin, là-bas, je fais l'embouteillage.

– Purée, Griffin, tu as beaucoup investi. Ça semble être une affaire sérieuse à présent.

Il doit bien y avoir plusieurs dizaines de milliers de dollars d'investissement devant moi. La dernière fois que je suis venue en visite, Griffin m'avait dit qu'il comptait augmenter sa production de cidre brut. Mais je n'avais pas compris ce que ça sous-entendait.

– Ouais. Et ça va être une sacrément bonne récolte, du coup, je ne vais sans doute pas faire faillite. Pas cette année, du moins.

Il sourit, mais je peux voir qu'il est tendu. Griff n'a que vingt-huit ans, il a la charge d'une grosse ferme et, de facto, celle d'une grande famille.

Nous avons tous notre fardeau, je me rappelle. Je devrais sans doute me le faire tatouer sur la main pour m'en souvenir plus souvent.

– Bon, alors mets-moi au boulot.

Je suis venue dans le Vermont pour me surpasser. Et ça peut commencer sur-le-champ.

– D'accord, donne-moi dix minutes pour vérifier mes cuves et, ensuite, nous parlerons de ton premier marché de demain.

– Très bien. Je t'attends dehors.

J'ai envie d'être de nouveau au soleil et de respirer l'air pur du Vermont. Je marche un peu vers le centre de la pelouse ovale qui s'étend entre la maison et les dépendances. Contre le mur du hangar du tracteur, une remorque rouillée est abandonnée ainsi qu'un vieux seau en plastique. Une ferme en activité n'est jamais impeccable. Il y traîne toujours du matériel et des travaux en cours. Et les fermes fonctionnent avec de si petits budgets que rien n'y est jamais remplacé avant d'être définitivement irrécupérable.

Mais la ferme des Shipley est bâtie en haut d'une colline, et la vue est vraiment belle. Les Green Mountains dessinent au loin une sublime ligne de crête immuable. C'est ça le truc pour apprécier toute la véritable beauté d'une ferme en activité, il suffit de regarder au loin. Il faut oublier tout ce qui traîne et avoir une plus longue vue.

Mon regard s'arrête sur le hangar des tracteurs, une tête châtain-clair y brille dans l'ombre.

Zach.

Je trotte à travers l'herbe dans sa direction. Il est seul, plié en deux sur le moteur d'un vieux camion. Je m'arrête un moment dans la large embrasure, en me demandant comment m'excuser de l'avoir réveillé hier soir. Devant moi, il poursuit calmement son travail, inconscient de ma présence. Un poste de radio posé sur l'établi diffuse du bon vieux rock et Zach accompagne la musique d'un mouvement de hanches, tout en vissant un écrou sur une partie du moteur.

Il porte également un tee-shirt lui moulant le torse, alors j'en profite pour admirer les muscles de son dos. C'est un *sacrément* beau spécimen. Je suis du genre à apprécier les types couverts de tatouages, mais il y a quelque chose de pur et de très beau dans la surface du dos ondulant de Zach.

Je l'ai trouvé un peu coincé au dîner hier soir, mais là, seul dans ce garage, il bouge si librement que je me demande si c'est un bon danseur…

Eh merde. Voilà que je l'étudie.

Je me racle la gorge.

– Zach ?

Il fait demi-tour d'un seul coup, en manquant trébucher sur un vieux bidon d'huile à ses pieds.

– Euh… dit-il en l'évitant, salut.

Sans me regarder dans les yeux, Zach prend un vieux chiffon, s'essuie les mains et ensuite attrape le sweat-shirt qui pend sur la vitre ouverte du camion. Il l'enfile.

Je fixe mes ongles pendant qu'il se redonne une contenance.

– Désolée de t'avoir fait sursauter. J'attends Griffin qui doit me donner ses instructions. Apparemment, toi et moi, on va aller vendre des pommes demain. Qu'est-ce qu'il faut que je sache ?

– Ah bon ?

J'ai l'impression qu'il rougit légèrement. Mais certaines personnes sont sensibles à la chaleur. Ça doit être son cas.

– Voyons. Il n'y a qu'un seul détail important concernant le marché de Norwich, dit Zach, en posant son pied sur la roue du camion.

– C'est quoi ?

– Le marchand de donuts du coin, au fond, est franchement bien meilleur que celui du centre.

Je lui lance un sourire.

– C’est tout, alors ?

– C’est super-important. Rien ne vaut un donut au cidre.

– C’est vrai. On devrait suggérer à Griffin d’en faire pendant les week-ends.

– Parce que tu trouves qu’il n’en fait pas déjà assez ?

Je ris.

– Tu as raison, oublie.

– Mon seul vrai conseil pour les marchés de fermiers, c’est de ne pas oublier la calculatrice dans le camion. Je déteste avoir affaire à l’argent des autres. Griffin le sait pourtant. C’est pour ça qu’il t’envoie au marché avec moi. Parce que ça ne m’ennuie pas de soulever les caisses, mais je déteste rendre la monnaie.

– Aucun de ces boulots ne me déplaît, à dire vrai. Ça a l’air sympa.

Lorsqu’il se remet à sourire, ses joues ont un peu rosi. Seigneur, qu’il est mignon ! J’adore les hommes qui rougissent facilement.

– Bon… Je voulais m’excuser de t’avoir réveillé la nuit dernière.

– Ne t’excuse pas, répond-il en refermant le capot du camion. Ce sont des choses qui arrivent.

– C’est que… ça m’arrive souvent. J’espère réussir à abandonner cette habitude. Et je ne voudrais vraiment pas que May s’inquiète pour moi. Alors, j’apprécie que tu n’aies rien dit pendant le petit déjeuner.

Zach m'observe sans faire de commentaires, la bouche légèrement tordue sur le côté. Je n'ai jamais rencontré quelqu'un dont le regard soit si… doré. Il étincelle presque de santé. Si quelques années passées dans une ferme du Vermont produisent cet effet, je m'inscris immédiatement.

Je croise les bras, me sentant soudain embarrassée.

– Si jamais ça recommence, j'offrirai à tout le monde des boules Quies. Et un pack de bière.

Il rit, et le son qu'il émet me fait chaud au cœur.

– D'accord. Pas de problème.

Je lui souris, parce qu'il le faut vraiment. Toute cette beauté mâle qui me sourit…

Zach s'éloigne du camion, en lui jetant un coup d'œil et en lui donnant une petite tape sur le flanc, comme s'il flattait un cheval.

– Il va pouvoir rouler une semaine de plus. Le camion d'Isaac tient surtout par la sueur et le ruban adhésif. Un jour, il va falloir que j'arrive à le convaincre de le mettre au rebut.

– Il est cool, cela dit. (Il a une forme vieillotte, arrondie.) Il date des années 60, non ?

Zach hausse les sourcils.

– 1954. Bien vu.

– Pour une fille, tu veux dire. C'est ce que tu as pensé.

Il penche la tête et se remet à rire.

– Tu m'as démasqué.

– J'ai vu beaucoup de machines agricoles, mon pote. Ne me sous-estime pas.

Je suis des yeux la ligne du camion, du côté conducteur, et je tombe sur le logo et sur un nom peint sur la vieille carlingue métallique. Je le pointe du doigt.

– « La ferme Apostate » ? C'est bizarre comme nom.

Le sourire de Zach s'évanouit.

– Isaac et Leah ont grandi dans une sorte de secte religieuse dans l'Ouest. Ils se sont enfuis ensemble, sans rien, à l'âge de dix-sept ans, alors pour eux, acheter une ferme était un sacré truc.

– Seigneur. Quelle histoire ! C'est pour ça qu'ils ont baptisé leur endroit « La ferme Apostate » ? C'est assez provocateur.

– Je suppose, répond-il en se dandinant d'un pied sur l'autre. Ils n'ont pas voulu être drôles, mais plutôt dire qu'on pouvait réussir à sortir vivant de cet endroit. Si un fugitif cherche, sur Google, Leah et Abraham dans le Vermont, il remarquera le nom « Ferme Apostate ». Il saura alors qu'il a trouvé le bon endroit.

Je sens ma mâchoire du bas tomber toute seule.

– Est-ce que quelqu'un s'est jamais présenté à leur porte ?

Zach plonge ses mains dans ses poches avant d'annoncer :

– Oui, moi.

Il y a un moment de silence pendant que je digère l'info. Je remarque qu'il a l'air fermé, comme s'il s'attendait à ce que je le juge. Il ne me viendrait jamais à l'esprit de juger quelqu'un en fonction de son lieu de naissance, mais je comprends qu'il y soit sensible.

– Eh bien Zach, dis-je doucement, tu dois avoir de sacrées histoires d'auto-stop à raconter. Il faudra qu'on les compare aux miennes un de ces jours.

Ses yeux pâles plongent dans les miens, il esquisse un petit sourire.

– Ouais ?

– Ouais. Rappelle-moi de te parler de la fois où j'ai traversé le Kentucky avec un zèbre.

– Avec un zèbre ?

Il sourit franchement à présent.

– Lark !

Griff m'appelle depuis la pelouse.

– Zach !

– Je suis là ! je réponds.

– Allons-y, dit Zach. Ces pommes ne vont pas se cueillir toutes seules.

Et il me sourit timidement.

Pendant que nous nous dirigeons vers Griffin, je me rends soudain compte que je suis en train de vivre la matinée la plus agréable depuis des semaines.

***

– Ça va être notre premier week-end de cueillette ouverte au public, annonce Griffin pendant que nous nous baladons dans le verger. Bien entendu, nous ne laissons pas les gens ramasser mes pommes à cidre. Daphné et Madelyn sont en train de préparer des panneaux indiquant « Aucune cueillette dans ce secteur ». On va également installer des cordes, mais il y a toujours un touriste assez con pour passer en dessous. N'hésitez pas à chasser quiconque vient par ici, dit-il en désignant une rangée d'arbres au fond de la propriété.

– Pigé. C'est interdit aux trous du cul. Ta signalisation est assez limpide, pourtant.

Nous sommes passés devant un panneau avec une grande flèche qui disait « Mangez ce que vous voulez ».

– Est-ce mon côté sale gosse qui me donne envie de rajouter « même vos crottes de nez » ?

Griffin se met à rigoler.

– Kyle aurait sans doute ajouté la même chose que toi.

– C'est noté. Bon, on ramasse quoi ?

– Des Paula, bien sûr.

En tournant, nous tombons sur Kyle et Kieran debout sur des échelles, en train de cueillir des pommes et de les glisser dans des sacs en nylon accrochés à leurs ceintures.

– D'abord, on va t'équiper de ton propre sac super-sexy de cueillette.

Griffin ramasse un sac bleu qui traînait dans l'herbe.

– Ces courroies vont…

Kieran lui coupe la parole.

– Te faire cracher la purée.

– Chaque fois qu'il dit ça, je sens le vomi me remonter dans la bouche, murmure Kyle.

– Ici, poursuit-il en posant le sac contre ma poitrine. Et tu vois comment le fond du sac est replié sur lui-même ? Ne l'ouvre pas accidentellement, sans quoi toute ta récolte tomberait par terre avant que tu puisses réagir.

– Oui, Chef.

– Vous entendez ça, les garçons ? Lark ne me répond pas n'importe comment, elle.

– Elle y viendra.

Griffin serre les courroies sur mes hanches.

– Je trouve votre manque de foi préoccupant, lance-t-il par-dessus son épaule. Puis, s'adressant à Zach :

– C'est dans quel épisode de *La guerre des étoiles* ?

– L'épisode quatre.

– Bien joué, Padawan. Maintenant, cueillons quelques fruits avant que les touristes ne piétinent cet endroit demain.

On cueille, et on cueille. Au bout d'une heure, c'est devenu plus facile pour moi d'être juchée sur une échelle. Puis May arrive avec un panier de pique-nique et une couverture.

– La couverture, c'est pour toi. D'habitude, je laisse les garçons s'asseoir à même le sol.

– Ça ne me gêne pas du tout de m'asseoir dans l'herbe, je réponds très vite.

J'aime ce boulot, et c'est exactement ce dont j'ai besoin. Je ne veux pas être « la nana » du groupe.

– Je le sais bien. Ce n'est pas le problème. C'est juste que je suis tellement contente que tu sois ici que j'ai apporté une couverture. Et aussi de la limonade et des cookies.

– Des cookies ! braille Kyle. Si je dis que je suis content que Lark soit avec nous, je pourrai en avoir ?

– Avec un peu de chance, dit May en ouvrant le panier. Aujourd'hui, ce sont des sandwichs au jambon et au brie. Servez-vous.

On dévore nos sandwichs, les cookies et on boit la limonade dans le verger. Puis on se relève et on cueille encore un autre milliard de pommes.

À seize heures, je suis agréablement fatiguée. J'ai détaché d'innombrables pommes des arbres, je les ai mises dans mon sac avant de le vider avec précaution dans la caisse géante, au milieu de la rangée. À la fin de la journée, Zach est arrivé au volant d'un tracteur équipé d'un chariot élévateur. Il a soulevé le fruit de notre labeur, a tourné à angle droit et est reparti.

– Maintenant, on fait tous une pause, dit Griffin en posant une main sur mon épaule. Mais le dîner est à six heures précises et m'man n'aime pas qu'on soit en retard.

– Pigé, dis-je en traînant mon corps tout courbaturé à travers la pelouse.

Finalement, je vais bien dormir cette nuit, non ? J'en aurai rudement besoin.

CHAPITRE 4

LARK

Une heure plus tard, environ, j'ai compris. J'ai enfin pigé pourquoi les garçons traînent dans la salle à manger pendant que madame Shipley et ses filles posent le dîner sur la table. Mes membres sont lourds et endoloris, et je me sens prête à dévorer un bon gros repas de fermier. Comme si je l'avais réellement mérité. J'ai fait semblant d'aider en apportant quelques ronds de serviettes et leurs serviettes assorties à table avant de m'écrouler sur une chaise et d'avaler un autre grand verre d'eau.

– Comment ça s'est passé ? me demande May en se jetant sur la chaise à côté de moi.

Je ne l'ai pas revue après le déjeuner, elle est allée faire toute une série de courses en vue du premier jour de cueillette de la saison ouverte au public.

– Je me sens super-bien. Je crois que j'avais besoin de passer plus de temps au grand air, tu sais ? Merci de m'avoir fait sortir de Boston.

Je ne dis pas ça en l'air. S'il y avait une chose qui pouvait me remettre d'aplomb, c'est bien de passer mes journées dans un verger. La ferme Shipley est l'endroit le moins stressant au monde, et j'ai décidé de m'épuiser chaque jour.

– De rien ! dit May en frappant dans ses mains. Le seul problème, c'est que je me suis dit qu'on ne se verrait plus. Demain, Griffin t'emmène bosser à Norwich et moi, je reste ici.

– Mais on a ce soir, je rétorque. On va tous à *La Chèvre*, pas vrai ?

May me prend par le bras.

– Viens avec moi chercher les verres, tu veux bien ?

Je me lève et la suis dans l'arrière-cuisine.

Ma meilleure amie se met sur la pointe des pieds pour attraper les verres sur l'étagère du haut.

– Je ne vais pas aller au bar ce soir. Je voulais t'expliquer pourquoi.

– Oh ?

C'est une introduction étrange, et je scrute May en tentant de deviner ce qu'elle est sur le point de me dire.

Elle ne peut pas aller au bar parce qu'elle… a rendez-vous avec un petit ami ? Seigneur, je l'espère pour elle. Mais si ce n'est pas ça, elle… a un deuxième boulot ? Elle se fait faire un tatouage géant sur les fesses ?

Probablement pas la dernière supposition.

May pose les verres sur un plateau et se retourne vers moi.

– Le vendredi, je vais aux réunions des Alcooliques Anonymes à Colebury, dit-elle.

Je la vois déglutir avec peine pendant que je reçois de plein fouet ses paroles.

– Oh, dis-je lentement. Attends… pour toi ?

Elle hoche la tête, ses jolis yeux noisette sont plus sérieux que jamais.

– C'est un truc un peu nouveau. L'été dernier, j'ai accompagné Jude à quelques réunions de Narcotiques Anonymes, et j'y ai entendu pas mal de choses. Et ça m'a fait vraiment réfléchir à mon rapport à l'alcool. Et je n'ai pas aimé ce que j'ai vu.

– Vraiment ? Ça ne peut pas être aussi grave que ça, je lance à brûle-pourpoint. (Eh merde. C'était *exactement* le truc à ne pas dire.) Je veux dire… je suis sûre que tu sais parfaitement ce que tu fais. Et dis-moi si je peux t'aider en quoi que ce soit.

Ses yeux se remplissent de larmes.

– J'aimerais bien être quelqu'un qui sait exactement ce qu'elle fait. Mais je sais parfaitement, en l'occurrence, que je buvais chaque soir parce que j'aimais la sensation d'engourdissement que ça provoquait en moi. Et je ne veux plus le faire à présent.

– Oh, ma chérie, je suis vraiment désolée. (Je la serre dans mes bras, ce que j'aurais dû faire avant toute chose.) Tu comptes tellement pour moi. J'ai simplement eu du mal à comprendre pendant une ou deux minutes.

– Tout va bien, je suis même un peu tranquillisée que tu n'aies pas dit : « Oh Dieu merci, enfin ! »

– Eh bien, à présent je me sens encore plus nase, j'admets. Non, que j'aie jamais pensé que tu avais un problème. Mais c'était la fac…

May fait un pas en arrière et me serre les épaules. Fort.

– Je sais. C'est à la fac que j'ai appris à aimer l'alcool, mais ce n'est devenu un problème que récemment. Tu n'as pas à t'en vouloir pour ça.

– OK, je dis en observant les taches de rousseur sur son nez. Mais est-ce que tu peux refaire ça ? Mes épaules sont vraiment toutes tendues à cause de la cueillette.

– Oh toi !

May ravale ses larmes et se met à masser mes pauvres épaules.

Je propose :

– Tu veux que je vienne avec toi à ta réunion ? Je veux dire, je ne vais pas t'espionner ni rien, mais je peux t'accompagner en voiture.

– Une autre fois. Sors ce soir, OK ? Tu m'as dit que ça ne t'était pas arrivé depuis longtemps.

– Pas depuis mon départ au Guatemala. Je ne boirai pas, moi non plus. En signe de solidarité.

– Non, sérieusement, je travaille sur certains de mes problèmes, mais je suis au bon endroit. Vraiment.

– May, la table est prête ? demande Ruth depuis la cuisine.

Elle me serre encore une fois les épaules,

– Vas-y. Assieds-toi. Mange comme une fermière, on discutera plus tard.

En me rasseyant à table, je me sens mal à l'aise. Une de mes amies n'allait pas bien, et le moins que j'aurais pu faire, c'était de m'en rendre compte. Mais j'étais trop plongée dans mes propres problèmes.

Zach me jette un coup d'œil interrogatif à travers la table.

– Tu tiens le coup ?

– Ça va, je réponds en me rendant compte qu'il ne parle pas de ma psyché mais uniquement de mes muscles. Rien qu'un peu de repos et deux ou trois aspirines ne puissent guérir.

Et maintenant, je sais pourquoi Zach possède un si beau corps et des cheveux dorés par le soleil. Il a tranquillement cueilli deux fois plus de pommes que moi, vidant et revidant son sac, encore et encore, pendant tout l'après-midi.

– Et une bière, plus tard, à *La Chèvre* ! lance Griff.

– Pas *La Chèvre*, grogne Kyle. On n'est pas allés au *Gin Mill* depuis un mois. Votons.

– D'accord, lui répond Griff, tant que tu votes pour *La Chèvre*.

– Il fait de la poésie sans le savoir, commente Dylan.

– Audrey veut rester avec Zara ce soir, dit Griff.

– En réalité… (Audrey pose sur la table un plat de poulet rôti) je vais y aller de mon côté. Vous autres, vous pouvez aller au *Gin Mill* sans moi si vous voulez. Comme ça, vous tiendrez tous dans le camion.

– Oui ! crie Kyle.

– Même toi, Audrey ? (Griff baisse la tête en signe de défaite.) Je croyais que tu m'aimais ?

– Tu sauras que c'est le cas lorsque tu auras goûté ce poulet au babeurre. Ne fais pas le grognon ! Et dis bonjour à Alec pour moi.

***

Deux heures plus tard, je suis devant la porte du dortoir avec Griff et les autres, à attendre le dernier retardataire pour pouvoir partir au *Gin Mill*.

– Kyle, grouille-toi ! crie Griffin par la fenêtre. Je jure devant Dieu que tu mets plus de temps à te pomponner que mes sœurs. Zach ne met que deux secondes, lui.

– Et c'est pour ça que Zach est puceau ! crie Kyle depuis le bâtiment.

Quoi ?

Avant de pouvoir m'en empêcher, je me suis tournée vers Zach. Et je le regrette immédiatement parce qu'il se met à fixer le bout de ses pieds. Il fait trop sombre pour voir si son cou et ses joues ont rougi. Mais je parierais que c'est le cas.

La porte du dortoir s'ouvre d'un seul coup.

– Allons-y, lance Kyle en avançant à grandes enjambées vers le camion de Griff. Je monte devant.

– Après nous avoir tous fait attendre ? se plaint son frère Kieran. Espèce d'enfoiré ! On serait déjà tous dans le camion si tu ne nous avais pas fait attendre.

– C'est pas mon problème.

Je suis les garçons et je monte à l'arrière en prenant le siège du milieu parce que je suis la plus mince. Ce qui me place à côté de Zach qui fixe résolument la fenêtre. Il est difficile de dire s'il est gêné ou simplement perdu dans ses pensées. Mais je suppose qu'il est inutile que je continue à me demander pourquoi Kyle l'appelle « l'enfant de chœur ».

Vingt-cinq minutes plus tard, nous arrivons devant un beau bâtiment de briques avec un néon, *Le Gin Mill*, illuminé au-dessus de la porte. Griffin coupe le moteur.

– J'ai bien fait de faire le taxi collectif, dit-il en ouvrant la portière.

– En effet, j'acquiesce.

Zach sort le premier, se retourne et me tend la main pour m'aider à descendre.

Je n'ai pas l'habitude des garçons galants et je n'avais pas vraiment besoin qu'on m'aide. À certains moments de ma vie, j'aurais été carrément offensée qu'on puisse penser que j'étais incapable de descendre d'un camion sans l'aide d'un détenteur du chromosome Y. Mais ce soir, je ne suis pas dans cet état d'esprit. Alors, je prends sa grande main chaude et calleuse. Et après avoir sauté sur l'asphalte, je la relâche à contrecœur. Il referme la portière pour moi. Je ne sais vraiment pas pourquoi Zach n'a jamais eu de relations sexuelles. Mais ce n'est certainement pas à cause d'un manque de bonnes manières. De la musique et des rires s'échappent du bâtiment quand Kyle ouvre la porte. Merde. Peut-être aurais-je dû prétexter que j'étais crevée et rester à la maison.

– Est-ce que cet endroit est très fréquenté ? je demande, la poitrine un peu serrée à l'idée de rentrer dans une pièce bruyante et bondée.

– Ce n'est pas si mal d'habitude, me répond Zach à mi-voix. Moi non plus, je n'aime pas la foule.

En entrant, je me rends compte qu'il a raison. L'endroit est assez vaste, du coup, il y a bien assez de place pour respirer.

Griffin pointe du doigt un des vieux box en bois alignés le long du mur de droite. On y tient tout juste à cinq, mais ça n'a pas vraiment d'importance, parce que Kyle et Kieran sont immédiatement partis draguer des filles au bar. Zach et moi, nous restons assis pendant que Griffin va nous chercher des bières. Il dépose les pintes embuées sur la table et je ressens un petit frisson de familiarité m'envahir. Les vendredis soir à la fac. Les bières dans un bar. Les seuls sujets d'inquiétude étaient de savoir quel cours il faudrait bosser ensuite et si on allait se peler de froid au match de foot du lendemain.

C'était le bon temps.

Griffin lève sa pinte, je fais pareil pour trinquer avec lui.

– Content de t'avoir ici avec nous, Sauvageonne, dit-il.

– Contente d'être là, je réponds honnêtement, avant d'avaler ma première gorgée de bière fraîche.

Vous voyez ? Je peux le faire, je peux aller au bar un vendredi soir comme tous les gens normaux. Je fais des progrès.

Le propriétaire du bar passe serrer la main de Griffin. On me le présente, il s'appelle Alec. Il a une poignée de main ferme et deux énormes tatouages sur les bras qui doivent certainement rendre les filles dingues.

– Où est ta moitié ? demande-t-il à Griffin.

– Avec ta sœur. Je parie qu'elles manigancent un truc toutes les deux.

Alec se met à sourire.

– Moi, je parie que je sais de quoi il s'agit. Tu viens faire un tour dehors avec moi ?

– Bien sûr, répond Griffin en se glissant hors du box. Je reviens tout de suite.

Lui et Alec sortent, je me tourne vers Zach.

– C'est quoi, tout ce truc ?

Zach hausse les épaules.

– Je pense que Griff cherche un endroit pour installer d'autres fûts de fermentation. Alec a dû acheter la totalité de cette propriété, mais pour l'instant, il n'utilise que les bâtiments principaux. Et Griff essaie de faire fructifier son business, mais il manque de place dans sa cidrerie.

– C'est excitant.

– Ouais, acquiesce Zach, mais il fronce les sourcils, ce qui ne lui ressemble pas.

Je me dis que toutes les entreprises de Griff sont de bon aloi. Il a toujours le genre de vision qui me fait défaut. Quand je l'ai rencontré, c'était un excellent joueur de football et un chimiste passionné. À présent, c'est un homme d'affaires avisé et un compagnon aux petits soins.

Et moi, je suis quoi ?

Je détaille le bar du regard. Depuis mon retour du Guatemala, je ne supporte plus les foules ni le bruit. Pourtant, je sais bien que je ne vais pas être kidnappée dans ce box. Logiquement, je sais que je suis en sécurité. Mais mon subconscient me joue quelques nouveaux tours. Il a appris la peur. Et je ne sais pas comment lui faire oublier cette leçon-là.

Quand je pose les yeux sur Zach, je vois qu'il m'observe. Ses yeux bleus me regardent avec une telle intensité tranquille que je suis sûre, à cent pour cent, qu'il peut parfaitement lire ma peur comme dans un livre.

– Alors, raconte-moi ton boulot, je lui demande pour nous distraire tous les deux. Où as-tu appris à réparer les engins agricoles ?

– J'ai grandi avec. Mon… euh… beau-père était responsable du garage dans le domaine où nous habitions. Quand j'ai eu douze ans, je me suis aperçu que c'était un des meilleurs boulots, là-bas. J'ai appris tout ce qu'il m'était possible d'apprendre.

L'un de ses doigts dessine des arabesques sur la buée de condensation de sa pinte. Il paraît perdu dans ses souvenirs.

– Tu es depuis quand dans le Vermont ?

Ses yeux bleus plongent dans les miens.

– Quatre ans. Le plus facile pour trouver un job mieux payé serait probablement de passer mon diplôme de mécanicien, mais pour l'instant, je répare juste les véhicules des Shipley et des Abraham.

Je me détends en parlant boulot. Notre petit coin du *Gin Mill*, d'abord bondé, est devenu peu à peu confortable. Il y a énormément de buveurs au bar, mais c'est plus tranquille aux tables. Plus loin, deux tables de billard sont occupées et des gens jouent aux fléchettes sur deux cibles, avec une grande liberté de mouvements.

L'endroit, décoré dans un style industriel, me plaît beaucoup. Les briques et les vieilles poutrelles teintent l'ensemble d'une nuance rosée, tandis que des bougies votives éclairent les tables de manière intime. C'est très dans le style Vermont. C'est comme faire l'expérience de la vie avec le volume baissé de quelques décibels. Et en ce moment, c'est exactement ce dont j'ai besoin.

Le regard de Zach suit le mien autour de la pièce, puis il me lance un petit sourire rapide.

– Tu joues au billard ?

– Bien sûr. Mais pas très bien.

– Je ne suis pas un pro, moi non plus, mais il y a une table de libre. Tu as envie de jouer ?

– D'accord. Voyons lequel de nous deux est le plus mauvais joueur.

Je m'extirpe de notre box avec ma bière à la main.

Alors que Zach est occupé à rassembler les billes, je l'observe par-dessus le bord de mon demi. Je suis prête à parier que Daphné Shipley passe ses nuits à écrire des poèmes à propos des bras de Zach. Il est tout en peau dorée et en muscles, depuis ses biceps qui dépassent des manches de son tee-shirt jusqu'à ses mains larges et puissantes. J'admire aussi son économie de mouvements, la façon dont il bouge son corps calmement, sans efforts inutiles.

J'ai toujours eu un faible pour les hommes qui travaillent de leurs mains. Ça a sans doute commencé avec ma rébellion contre mes ridicules intellectuels de parents… Mon regard s'arrête sur ses doigts épais, sur la façon dont ils positionnent les billes dans leur support, puis comment ils le soulèvent délicatement.

– Tu veux faire la casse ? me propose-t-il en me tendant une queue.

Je refuse d'un signe de tête, toujours sous le charme. Son tee-shirt se tend sur ses pectoraux lorsqu'il se penche pour tirer.

Un instant plus tard, la boule blanche produit un son familier en frappant contre les autres et en les envoyant balader dans tous les sens. Zach chope la bille numéro deux, puis poursuit avec la quatre, avant de rater la suivante.

Quand je tourne autour de la table de billard pour me mettre en position de tir, il se recule gracieusement pour me laisser la place. C'est le vendredi soir le plus sociable que je passe depuis des mois, et tout ça à cause de sa compagnie agréable. Je fais une bande, puis une autre, et ensuite je rate.

– Alors, raconte-moi cette histoire de zèbre, me dit Zach en se préparant pour son coup suivant.

Je ris, surprise qu'il s'en souvienne.

– Ok. Je faisais du stop dans le Kentucky, je voulais aller en Caroline du Nord ou du Sud. Et personne ne voulait me prendre. Et il s'était mis à pleuvoir…

– Et personne ne voulait de toi, toute détrempée, dans sa voiture, m'interrompt Zach en tirant.

– Exactement. Donc j'étais plantée là, avec mon panneau en carton qui commençait à se ramollir, et les choses me semblaient plutôt mal parties. Et voilà qu'un van transportant des chevaux met son clignotant. J'ai donc pris mon air inoffensif de fille heureuse. Tu sais, celui-ci.

Il lève la tête.

– Bien sûr. Je me plais à penser que, moi aussi, je me suis perfectionné dans le genre type heureux et inoffensif.

– Montre-le-moi. J'aimerais voir ça.

– Maintenant ?

Il se met à sourire et les bords de ses paupières se plissent.

– Ouaip. Tout de suite.

Peut-être que c'est une sorte de flirt de ma part, mais c'est amusant de faire oublier à Zach ce qui semble être chez lui une réticence naturelle.

Il pose sa queue de billard et lève un pouce en l'air. Et il sourit d'un sourire tellement faux que j'éclate de rire.

– Hé, se plaint-il gentiment, je manque un peu de pratique.

J'attrape ma bière sur le rebord de la table, j'en avale une gorgée et je la lui tends. Il a déjà terminé la sienne.

– Merci.

Il en boit un peu avant de la reposer.

– Voyons…

J'examine la table pour imaginer mon tir suivant, mais je ne sais pas trop comment faire.

– À l'époque, j'étais très forte pour prendre l'air heureux. Du moins, c'est ce que je croyais. Mais personne ne s'était arrêté depuis longtemps sur ce bord de route trempé. Et voilà que ce camion s'arrête et que la portière s'ouvre. Le vieil homme le plus bougon, le plus froid que j'aie jamais vu, me regarde et me lance : « Je ne prends jamais d'auto-stoppeurs. »

– Aïe.

– Ouais. Et mon visage rayonnant se met à s'affaisser. Et ensuite, il me dit : « Mais j'ai besoin d'aide avec mon cheval. Il est un peu capricieux, là derrière. »

Zach ouvre de grands yeux.

– Ne me dis pas que tu as voyagé dans la remorque à chevaux ?

– Oh mais si. J'avais vraiment envie d'aller en Caroline du Nord.

– Pourquoi ?

Notre conversation se tait un moment, le temps pour moi d'essayer de rentrer la bille numéro onze. Eh merde, voilà, c'est loupé.

– Crotte.

Je me relève en repensant à ce jour de pluie au bord de la route et à mon sac à dos qui pesait si lourd sur mes épaules. Pendant la fac, j'étais toujours partante pour la moindre aventure qui m'attendrait au coin de la rue. Sans penser une seconde aux risques, j'y allais. En fait, mon intrépidité était ma fierté. À l'époque, je pensais que les mésaventures constituaient les meilleures histoires à raconter ensuite. Jusqu'à mon expérience au Guatemala, tellement mauvaise que je ne peux même pas me souvenir de la fin… Je ne me souviens même pas où j'allais. Ça devait être les vacances de printemps. À Nashville, pour un concert, peut-être ?

Zach hausse les épaules.

– Eh bien, à l'époque, cela devait me paraître important. J'ai donc suivi cet homme à l'arrière de la remorque. Il m'a expliqué : « Il faut rester face à lui. Ne vous approchez pas de son arrière-train. Et s'il devient grognon, c'est qu'il veut une carotte. » Puis il a ouvert la porte. C'était un zèbre qui était à l'intérieur.

Zach pose sa queue de billard.

– Sérieusement ? Tu as voyagé avec ce truc ?

Cela faisait longtemps que je n'avais pas raconté mon « souvenir le plus rigolo d'auto-stoppeuse », et à présent il ne me paraît plus aussi marrant que ça.

Alors que, jusqu'à présent, j'avais toujours cru que c'était l'histoire d'un zèbre, je prends soudain conscience qu'en fait, c'est l'histoire d'une idiote de dix-neuf ans.

Charmant.

– J'étais un peu en révolte pendant mon adolescence. Et il pleuvait des cordes lorsque j'ai grimpé à l'intérieur. Alors, même si je soupçonnais cet homme d'être un peu… – je fais le signe de la folie avec mon doigt sur ma tempe –, j'avais vraiment besoin que quelqu'un m'emmène. Ou du moins, c'est ce que j'imaginais. Mes économies m'auraient tout à fait permis de m'acheter un billet d'avion, mais j'avais cette idée folle que pour vivre de façon aventureuse, il fallait y aller à la dure. Je suis donc entrée, j'ai claqué la porte et je me suis retrouvée face à face avec un zèbre erratique.

Zach plie ses bras sur sa poitrine impeccable.

– Tu es restée longtemps là-dedans ?

– Presque toute la nuit. Coincée là, à nourrir cet animal de carottes toutes les demi-heures, chaque fois qu'il commençait à s'impatienter. Deux ou trois jours plus tard, une fois arrivée à destination, j'ai googlisé le mot zèbre, et j'ai appris qu'ils étaient beaucoup plus agressifs que les chevaux. Ils blessent facilement les gens avec leurs coups de patte, et leurs morsures sont dangereuses.

Il me sourit chaleureusement, bien que je vienne de prouver que j'étais une imbécile.

– Je suppose que je vais enlever « rencontrer un zèbre » de ma liste des trucs à faire.

Pendant que Zach disait cela, Kyle s'est avancé vers nous.

– Ta liste de trucs à faire est déjà bien assez longue comme ça, lui lance-t-il. Je peux prendre le gagnant ?

Il renverse la tête en arrière et engloutit une bonne lampée de bière.

Merde. Ça me fait mal d'entendre Kyle mentionner… l'inexpérience de Zach. Si j'ai bien compris ce qui s'est dit plus tôt, il s'est bien fait charrier par les autres garçons du dortoir parce qu'il est puceau. Et je m'attendais à ce qu'il ait l'air gêné. Eh bien, pas du tout. Au lieu de ça, il se penche en avant, attrape la pinte de bière fraîche de Kyle et en boit une grande gorgée.

– C'est gentil de ta part de partager. Maintenant, prépare le triangle si tu veux jouer. On va se faire une vraie partie. Tous ensemble.

CHAPITRE 5

ZACH

Le samedi matin, mon réveil sonne à six heures. Quand j'entre dans la salle de bains pour me préparer, la porte de Lark est encore fermée. Nous devons bosser ensemble au marché de Norwich deux heures plus tard, mais je la laisse dormir. Hier, elle a travaillé dur.

J'avais mal jugé Lark, j'ai cru que la copine citadine de May ne servirait à rien dans une ferme. Mais elle a cueilli des pommes tout l'après-midi comme une championne. C'est ma propre performance qui en a souffert chaque fois que j'ai été distrait par l'apparition de son bras bronzé entre les branches des arbres. Maintenant, il est prévu que je passe plusieurs heures en tête à tête avec elle. C'est trop beau pour être vrai.

Après avoir donné un coup de main pour la traite, je charge des caisses de pommes et des piles de sacs en papier à l'arrière de la camionnette de Griffin.

À huit heures, je retourne au dortoir pour voir si Lark dort toujours, mais elle sort avec un grand sourire quand je m'approche.

– Bonjour !

Mon cœur s'emballe, mais extérieurement, je garde mon air cool.

– Salut ! Bien dormi ?

– En fait oui, *j'ai bien dormi*, comme un loir. Et ce n'est qu'un début.

Elle saute du perron et je remercie mentalement le Ciel qu'elle porte un short en toile blanche qui me permet d'admirer ses belles jambes lisses jusqu'en haut.

– On commence par quoi ? me demande-t-elle.

D'abord, on arrête de mater.

– D'abord, on charge le camion.

Mais quand nous atteignons la camionnette de Griff à côté de la cidrerie, Lark se met à froncer les sourcils.

– On dirait que tu l'as déjà fait.

– C'est-à-dire… (Je soulève un dernier cageot avant de lui répondre.) Il reste quelques plateaux de pêches de vigne tardives par là, sur la table. Tu peux les mettre sur la banquette arrière ?

Lark est une fille intelligente, elle ouvre d'abord la portière avant d'aller chercher les pêches, qui sont rangées dans des cagettes en carton épais. Quand elle s'approche, je lui prends la cagette des mains et je la glisse sur la banquette arrière. Lark hausse les sourcils d'un air déconcerté et va en chercher une autre, en me contournant pour pouvoir, cette fois-ci, la déposer elle-même dans le camion.

Oups. Je n'ai pas voulu lui faire sentir qu'elle n'était pas capable, mais il y a quelque chose chez Lark qui me fait me transformer en homme des cavernes. Je vais devoir faire attention. Nous grimpons à l'intérieur sans dire un mot, l'habitacle embaume la pêche.

– Et maintenant ? demande-t-elle.

– C'est terminé pour ici, je réponds en enclenchant la marche arrière. À présent, nous allons chercher la caisse et l'échelle et on fiche le camp. Tu as eu le temps de manger quelque chose ?

Elle secoue la tête.

– Non, mais ça va. Cela dit, tu avais parlé de donuts ?

Je lui souris, sans doute comme un idiot.

– Tu écoutes bien ce qu'on dit.

– Est-ce qu'ils ont aussi du café ? demande-t-elle, et je remarque combien ses cils sont longs.

Je ne pense pas avoir jamais été assis aussi près de Lark.

– Non. Alors, je vais m'arrêter à la maison pour te laisser en prendre un.

– Tu es le meilleur patron du monde, Zachariah, dit-elle en posant une de ses baskets sur le tableau de bord.

Elle plaisante, mais ça me plaît d'entendre ça.

Une fois qu'elle est allée chercher son café à l'intérieur, nous prenons la route de campagne jusqu'à la nationale, et Lark me demande si elle peut brancher son téléphone sur la stéréo de Griff.

– À moins que tu veuilles brancher le tien ?

– Vas-y, moi je n'ai pas de téléphone. Je suis le dernier homme en Amérique du Nord à ne pas en avoir.

– Ce n'est pas ton truc ?

– Ce n'est pas mon truc de payer cinquante dollars par mois. Et la couverture est pourrie dans le Vermont, alors…

Je hausse les épaules.

– Ah…

Elle branche le jack sur le sien. Audrey a offert cette stéréo en cadeau d'anniversaire à Griffin, cet hiver. Une minute plus tard, la cabine se remplit des sons de… je ne sais absolument pas quoi. C'est un morceau à la guitare acoustique, et ça me semble familier. Mais un type ne peut pas apprendre toute la musique en seulement trois ans.

– Les Chili Peppers ! s'écrie-t-elle. Je sais que tu es jeune, mais…

– Je ne suis pas *si* jeune que ça, je réponds calmement. Et toi, tu as quel âge ?

– Vingt-quatre ans. Et toi ?

– Vingt-trois. Mais j'ai la culture musicale d'un enfant de maternelle. La musique était interdite là où j'ai grandi. À part les cantiques, bien sûr.

– Wouah. (Ça lui coupe la parole un moment.) Mais comment faisaient-ils pour vous garder à distance ? Tu n'entendais pas de musique au drugstore ? Ou à… Tu n'avais pas de télé, c'est ça ?

Je secoue la tête.

– Non, pas de télé. Et je ne suis jamais sorti de la propriété. Nous étions coupés du monde, dans un grand ranch du Wyoming. La ville la plus proche était à vingt-cinq kilomètres. Et, de toute façon, je n'avais pas le droit de sortir. Seuls les hommes mariés avaient le droit de conduire un véhicule.

– En fait, tu as été une sorte de prisonnier jusqu'à tes dix-neuf ans ? dit-elle lentement.

– Exact. Ça m'a pris longtemps pour me rendre compte que la vie que nous menions n'était pas normale. Et même quand j'ai compris que les gens en dehors du domaine ne s'habillaient pas comme nous et ne vivaient pas comme nous, il m'a fallu du temps pour vraiment intégrer la chose.

– Wouah. Tu as eu une enfance vraiment dingue, là-bas, Zach.

– Je sais. Alors, parle-moi des Chili Peppers.

– Leur vrai nom, c'est Les Red Hot Chili Peppers. Et il ne peut rien se passer de vraiment moche quand les Chili Peppers jouent.

Elle me parle un peu du groupe, grunge avec un petit côté funk. Elle baisse la vitre de la camionnette et nous laissons derrière nous une traînée de rock grunge le long de la route étroite du Vermont. Jamais je n'ai été aussi sûr d'avoir abandonné le confinement poussiéreux de mon enfance. Il n'existe rien de plus libérateur que de rouler en chantant, en été, vitres grandes ouvertes, avec une jolie fille à ses côtés.

***

Quatre-vingt-dix minutes plus tard, nous avons presque terminé d'achalander notre stand à Norwich alors que le marché des fermiers est déjà une véritable ruche de paysans qui se bousculent pour installer les leurs.

– Mince, lance Lark en observant cette activité, ce marché est énorme.

– Ouaip, j'acquiesce en sortant une autre caisse de pommes de la camionnette. Griff appelle Norwich le « vaisseau ravitailleur ».

Lark grimpe tant bien que mal sur le hayon et traîne une caisse de pommes jusqu'au bord. Mais quand elle saute pour la porter, je la repousse avant qu'elle puisse la soulever.

– Je peux le faire, affirme-t-elle. Vraiment. Je sais très bien comment porter avec mes jambes et pas avec mes reins.

– J'en suis certain, mais tant que je suis là, tu n'as pas besoin de le faire, je réponds à voix basse.

Lorsque je me retourne, elle mâchonne sa lèvre, elle essaie visiblement de décider si elle doit se fâcher ou pas. Mais elle ne le fait pas, et c'est tant mieux. Cela me cause une douleur presque physique de voir une femme chanceler sous le poids d'une caisse en bois quand quelqu'un de presque deux fois sa taille est disponible pour ça. Peut-être le sait-elle, parce qu'elle grimpe dans la camionnette et glisse les deux dernières caisses vers le hayon pour que je puisse les attraper.

– Merci beaucoup, dis-je en souriant. Tu peux prendre les pêches ?

Cette fois, je vais la laisser s'en occuper. Sans ça, elle n'appréciera pas. Mais je dois détourner le regard et compter jusqu'à dix pour me retenir de l'aider.

– Et maintenant ? me demande-t-elle, après avoir sorti les pêches.

– Tu mets le tablier de caissière et tu positionnes les étiquettes de prix. Je vais acheter les donuts.

– Voilà un arrangement qui me convient parfaitement.

Il reste encore dix minutes avant l'ouverture du marché, mais je convaincs la dame des beignets d'accepter une transaction illégale. Et quand je retourne à notre stand, je tends le sac à Lark.

– Oh mon Dieu ! Ils sont encore tout chauds ! (Elle jette un coup d'œil aux quatre beignets dans le sac.) Mais où est le tien ?

Avec un rire de jubilation, elle en sort un et mord dedans. Alors, elle roule des yeux en gémissant.

Et zut ! Le son qu'elle fait me fait bander. Cette fille a le don pour me transformer en adolescent coupable, du genre qui prie pour que personne autour de lui ne puisse lire dans ses coupables pensées.

Lark me rend le sac.

– Ils sont délicieux. Prends-en un. Vite. Ils sont presque à moi.

Sans se rendre compte de ma souffrance, elle lève les bras en l'air et s'étire. Elle se hisse un peu encore, en dévoilant une bande de peau soyeuse sur sa hanche. Puis elle se penche en avant sur les Ginger Gold et remet en place le panneau.

La matinée va être longue. Mais en fait, non. Au marché, le temps passe toujours vite, et avec ce beau temps, nous sommes très occupés. Comme nous n'avons qu'une échelle, Lark est notre caissière, et moi je me charge du réapprovisionnement et de la vente du cidre doux en bouteilles de deux litres. Norwich est une ville riche et les gens qui y font leurs courses sont des connaisseurs. On me pose des tas de questions sur le goût des différentes variétés, auxquelles je réponds du mieux que je peux.

Cela dit, Lark est une vendeuse née.

– La Zestar a plus de parfum que la Paula. Et les Ginger Gold sont les plus sucrées. Essayez-les aussi.

Elle fait ça tout naturellement, et les gens écoutent attentivement ce qu'elle a à dire. Et lorsque quelqu'un lui demande si les pommes sont bio – après tout, on est dans le Vermont, on nous pose sans cesse la question –, Lark se lance dans une explication de l'agriculture raisonnée, aussi minutieuse que celle que j'aurais pu fournir. Je ne suis pas le seul à remarquer qu'elle est agréable à regarder. Elle attire une foule de coups d'œil de la part des hommes qui s'arrêtent devant notre stand. Féminins, également. Lark ne semble pas le remarquer. Elle pèse, vend les pommes et rend la monnaie sans hésiter, joyeusement.

Il n'y a qu'un moment pendant lequel je crois que les foules se dirigent vers elle. Je suis sorti de notre stand une seconde parce que la fille des Abraham est venue me dire bonjour en courant. Le stand d'Isaac et Leah est quelques dizaines de mètres plus loin, du coup Maeve vient toujours me rendre une petite visite. Je la prends dans mes bras et je la fais tourner en l'air un moment jusqu'à ce qu'elle éclate de rire. Alors, je la rends à Leah et je bavarde avec elle pendant une minute avant de retourner au stand des Shipley. Mais même ce petit laps de temps a été suffisant pour que des clients viennent s'y agglutiner. Et un râleur à moustaches aboie sur Lark en lui demandant pourquoi il ne peut pas acheter les Cortland que lui a demandées sa femme.

– Elles ne sont pas encore mûres, explique-t-elle.

Sa voix est patiente, mais son regard saute de l'un à l'autre dans la foule. Elle semble nerveuse. Je me glisse derrière l'étal et je lance d'une voix forte :

– Au suivant.

Et je lui donne un petit coup de hanche.

– J'ai quelques bouteilles d'eau dans la glacière. Tu peux aller les chercher ?

Elle disparaît et je sers les gens dans la queue. Quand elle revient, elle a l'air plus calme.

– Merci pour la pause, dit-elle en me tendant une bouteille d'eau.

– De rien.

Quand treize heures sonnent, nos cageots sont presque tous vides. Tous les marchands autour de nous se sont mis à remballer.

– Ouf ! dit Lark en faisant semblant de s'écrouler contre une table. C'était intense ! Mais je pense qu'on s'en est bien sortis.

– C'est sûr. Et la foule ne t'a pas trop dérangée ?

Elle ouvre de grands yeux.

– Tu as remarqué, hein ?

– Ouais, je murmure.

– C'était presque bien.

Elle lève les yeux vers le ciel de notre petite tente de marché.

– Je suppose que la lumière du jour m'aide. Et nous sommes d'un côté de l'étal, et eux de l'autre. Je ne sais pas, honnêtement. Certains jours, c'est plus facile que d'autres.

– Bon, bien.

Je soulève jusqu'à mon épaule la caisse la plus lourde avant qu'elle ait le temps de s'en saisir.

– Tu peux surveiller la caisse pour moi ? J'en ai pour quelques minutes, à peine.

Elle me jette un regard acéré.

– Zach, ça ne risque rien par ici. Nous pourrions mettre le cash sous clé dans la camionnette, et comme ça, je pourrais t'aider à remballer.

Je suis pris en flagrant délit.

– Bien, Mam'zelle. Ça me paraît faisable.

CHAPITRE 6

LARK

– Je n'arrive pas à croire que tu aies réussi la manœuvre, je dis une demi-heure plus tard, après que Zach a garé la camionnette de Griff sur une place impossible.

Il se racle la gorge.

– Eh bien, quelqu'un menaçait de tomber d'inanition si elle ne déjeunait pas tout de suite.

C'est moi. Mais quand j'ai fait cette déclaration dramatique, je ne savais pas à quel point il était difficile de trouver une place de parking pour une camionnette dans les rues étroites qui avoisinent l'université de Dartmouth. Hanovre est de l'autre côté de la rivière par rapport à Norwich, et je meurs de faim.

Zach ferme la camionnette à clé, et il descend la grand-rue en passant devant de petits magasins qui vendent des livres et des tee-shirts aux armes de Dartmouth.

– On reviendra ici vendredi après-midi. Le marché de Hanovre est presque aussi grand que celui de Norwich.

Je regarde passer les étudiants en tongs, avec leur mug de café à la main.

– J'adore les villes universitaires.

– Ouais ? Qu'est-ce que tu aimes manger ? Parce qu'on n'a qu'une demi-heure pour nous rassasier.

Je lui lance un coup de coude et je montre du doigt.

– C'est un stand de burritos. On pourrait en acheter à emporter, qu'est-ce que tu en dis ?

– Parfait.

L'endroit est bondé et assez bruyant, ce que je n'apprécie que moyennement. Les bonnes vibrations qui m'ont permis de me sentir bien pendant le marché commencent à s'estomper. Mais Zach est debout derrière moi, et sa présence crée comme un grand mur de calme dans mon dos. La file avance petit à petit et ma faim prend le pas sur mon anxiété.

Travailler au marché paysan a été très amusant, en fait. Avoir une tâche à accomplir m'a permis de rester concentrée. J'ai dit à Zach que c'est la table qui m'a calmée, mais ce n'est pas tout à fait vrai.

C'est lui. Il était tout le temps là, à mes côtés, toujours prêt à réagir, sans cesse à tout observer. Je n'aurais jamais cru que j'étais du genre demoiselle dans la détresse. Mais apparemment, le fait d'avoir été kidnappée vous transforme en une pauvre petite chose.

– Qu'est-ce que tu veux manger ? je demande en renversant la tête contre la poitrine de Zach. C'est moi qui régale.

Il fait un petit bruit rageur.

– Non, c'est moi.

Je me retourne pour fixer bien en face ses yeux bleus.

– Zach, je veux payer. C'est toi qui as acheté les beignets ce matin. Mais, plus important encore – et je pose un doigt sur sa poitrine très, très dure –, je ne suis pas ici pour gagner de l'argent. Toi, tu économises pour t'acheter une ferme, ou Dieu sait quoi d'autre, alors que moi je ne suis que la copine de May à moitié dingue qui avait besoin de sortir de Boston. On va travailler ensemble pendant trois mois. Si je t'offre de temps en temps un burrito un peu cher, c'est que j'en ai envie. Il va falloir que tu t'y habitues.

Il me regarde d'un air plus doux.

– Je crois que je vais pouvoir accepter celui-ci.

– Merci.

En me tournant, je me rends compte que ça va être notre tour. Zach doit penser que je suis une malade mentale.

Ce que je suis, en fait.

Sur le chemin du retour, alors que les Greens Mountains défilent derrière la vitre du conducteur, je brise le silence et je lui demande :

– Alors, dis-moi, c'est quoi ton histoire ?

Il se met à rire sous cape.

– Je te l'ai déjà racontée. J'ai grandi avec des dingues. Ils m'ont viré. J'ai débarqué dans le Vermont. Il n'y a pas grand-chose de plus à en dire.

Je fais dérouler ma playlist. Je choisis un morceau de Pearl Jam et je baisse un peu le volume.

– Alors… j'insiste parce que sa réponse n'a pas été très satisfaisante, les gens se faisaient-ils souvent jeter dehors ? C'était difficile de vivre selon leurs règles ?

Il reste silencieux si longtemps que je crois qu'il ne répondra jamais.

– Des gens se faisaient jeter tout le temps. La polygamie crée toujours un stress énorme dans une communauté.

– Parce qu'il n'y a pas assez de femmes ? je devine.

– Oui. Et comme ils ne peuvent pas augmenter le nombre de femmes, ils doivent se débarrasser de certains hommes. Du coup, il n'y a pas assez de bras pour travailler. Alors, la façon qu'ils ont trouvée de faire fonctionner le système, c'est l'âge. Les filles se marient à dix-sept ans, les hommes seulement vers trente. Le domaine profite ainsi du fruit de leur travail qu'il récupère durant toutes ces années pendant lesquelles les célibataires espèrent qu'ils seront les suivants autorisés à se marier.

– Tout le monde n'obtient pas de femmes ?

– Exactement. Ils doivent donc en expulser quelques-uns et personne ne se porte volontaire pour ça. À part Isaac et Leah. Ils se sont enfuis ensemble quand elle avait dix-sept ans. Ils voulaient être ensemble et savaient qu'on ne leur permettrait pas.

– Wouah, dix-sept ans ! Et, à présent, ils sont mariés et ont un enfant.

– Et une ferme, ajoute Zach.

– C'est une sacrée histoire. Tellement romantique.

– Ils sont vraiment super. Ils m'ont recueilli quand j'ai été chassé, sans poser la moindre question.

– Aïe. (Je n'aurais peut-être pas dû lui demander de m'en parler.) Est-ce que tu as regretté parfois d'être parti ?

– Jamais, répond-il très vite. Me faire exclure n'était pas marrant. Ça m'a pris plus de deux semaines pour arriver dans l'Est en stop. Je n'avais pas mangé depuis trois jours lorsque je suis arrivé chez Isaac et Leah. Mais je regrette seulement de ne pas l'avoir fait plus tôt.

– Comment les as-tu retrouvés ?

– J'ai commencé par faire du stop en direction de l'Est. Je savais qu'il fallait aller dans le Vermont. Je n'avais que neuf ans quand ils se sont enfuis. Mais Isaac avait toujours été gentil avec moi, et il me manquait. Et quand j'avais dix-sept ans, lui et Leah ont essayé de nous téléphoner. Ils voulaient que leurs parents sachent qu'ils étaient en sécurité et bien installés, tu vois ? Mais personne n'a répondu à leur appel.

– Seigneur, vraiment ?

– Vraiment. Je suis sûr que leurs mères auraient aimé leur parler, mais elles craignaient d'être punies.

– Mais toi, tu leur as parlé ?

– Grand Dieu, non. Ils ne m'ont jamais laissé m'approcher d'un téléphone. Mais ça sonnait dans le bureau du pasteur et dans le garage, parce qu'il n'y avait qu'une seule ligne pour tout le domaine. Le lendemain, j'ai jeté un coup d'œil à l'identification du numéro d'appel. Je ne l'ai pas obtenu, mais j'ai lu « Tuxbury, Vermont ».

– Très malin.

Il hausse les épaules.

– Je savais que j'avais besoin d'un plan de secours. La moitié des jeunes hommes finissaient par être exclus. Je n'avais jamais cru que je le serais. Ou peut-être que je le savais. Je n'sais pas.

Il secoue la tête.

– Je suis désolée.

– Ne le sois pas. Ces quatre années ont été belles. J'aurais aimé qu'ils me flanquent dehors plus tôt.

– Mais… qu'est-ce qui s'est passé ? Tu as été chassé très jeune, non ? Tu as dit qu'ils attendaient généralement d'avoir bénéficié de quelques années de ta force de travail.

Il se met à rire.

– Tu as remarqué, hein ? Oui, j'étais un enfant prodige.

– Comment est-ce qu'ils faisaient pour virer les gens ? je demande.

– Ça pouvait être pour n'importe quelle raison. Parce que certains types avaient chipé dans la caisse ou transgressé une loi. Mais ce n'était pas nécessairement rationnel. Il leur suffisait d'inventer une histoire et de rendre la faute plausible. Sinon, les mères de tous ces garçons se seraient révoltées. Quand ça a été à mon tour, ils ont prétexté que la remorque d'un camion avait du jeu.

– Seigneur. Ils ont inventé ton crime pour ensuite te jeter à la rue ?

Il glousse.

– Dans mon cas, je leur ai facilité la tâche. J'ai commis un crime, ou du moins j'ai essayé. Quatre heures plus tard, je faisais du stop pour Reno avec rien d'autre que les vêtements que je portais et vingt dollars en poche. Je n'avais jamais vu une ville. Je ne savais pas ce qu'était un asile pour SDF. J'ai beaucoup appris sur le tas.

C'est à ce moment-là que j'arrête de lui poser des questions. Je ne suis pas la seule à être venue chercher le salut dans le Vermont.

***

Quand nous rentrons à la ferme, il règne une agitation dingue. Il y a une douzaine de voitures garées à la queue leu leu sur le bord de la route, et des familles entières se baladent avec des paniers d'un demi-boisseau[7]. Audrey est en train de vendre des pommes, du cidre doux, et Griff de l'alcool fort, devant la cidrerie. Les autres garçons sont

7. Un boisseau américain correspond à 35 décilitres.

occupés à la cueillette, ils déplacent des cageots et enguirlandent les gens qui veulent cueillir des variétés qui ne sont pas mûres.

– Qu'est-ce que je peux faire ? je demande à Zach après qu'il a déchargé la petite quantité de marchandise invendue.

– Fais une pause, suggère-t-il. Je vais aller m'occuper de la traite de l'après-midi.

Je tombe sur May qui se dirige à grands pas en direction de la maison.

– Qu'est-ce que je peux faire ? je demande.

– Prends un verre de thé glacé avec moi, me suggère-t-elle. J'ai besoin de faire une pause.

– C'est exactement ce que Zach vient de me dire. Mais lui continue à travailler.

– Ce gars ne s'arrête jamais, répond May en ouvrant la porte de la cuisine.

– Attrape-nous un cookie, tu veux bien ?

On s'installe sur la véranda de devant pour regarder les touristes se débattre avec le poids des pommes qu'ils ont ramassées. Et toutes les deux minutes, Dylan Shipley passe sur son tracteur qui traîne un chariot. Les touristes font la navette entre le chariot et les pommiers du fond du verger.

– Ils sont sympas avec toi dans le dortoir ? me demande soudain May. Si tu n'es pas à ton aise là-bas, j'espère bien que tu me le diras.

– Le dortoir, c'est super. J'ai ma chambre à moi. Qu'est-ce que je pourrais y trouver à redire ?

– La compagnie, ma vieille. C'est un concours de quéquettes, là-bas. Kyle peut être chiant. Kieran est un peu plus facile. Et Zach ne te posera aucun problème.

– C'est un type vraiment intéressant.

– Zach ? Il a grandi dans une secte, tu sais. Tous les hommes avaient quatre ou cinq femmes. Tout ce que je sais à ce sujet, je l'ai appris par Leah, parce que Zach n'en parle jamais. Je veux dire, pendant plus d'un an, Griffin pensait que c'était au Texas, et Zach ne l'a même pas repris. Et quand Griff lui a demandé pourquoi, il a juste répondu : « Il n'y a aucune raison de parler de cet endroit, quel que soit l'État dans lequel il se trouve. »

– Ouille.

– Griff dit aussi qu'il a des cicatrices dans le dos, il a été fouetté.

– Seigneur !

– Je sais. Il est chou.

– Vraiment trop chou, j'acquiesce.

– Les autres le charrient beaucoup parfois sur son… euh… inexpérience. Je ne l'ai jamais vu flirter.

– Il est peut-être gay.

– C'est ce que je me suis demandé. On ne peut pas savoir ce que ça peut faire de grandir au milieu d'une bande d'illuminés. Cela dit, je ne l'ai jamais vu flirter avec *personne*, homme ou femme.

– Peut-être qu'il est asexué.

– Peut-être. Mais Zach est toujours très prudent. On ne peut jamais savoir ce qu'il a en tête s'il n'en a pas envie.

– Humm.

J'aurais aimé lui ressembler un peu plus, surtout lorsqu'il s'agit de hurler pendant mes cauchemars.

May vide son verre.

– Il faut que j'aille voir comme s'en sort Audrey au stand de dégustation. Tu me gardes une place à côté de toi pour le dîner ?

– Bien sûr.

J'emporte nos verres à l'intérieur et offre mes services à Ruth Shipley qui a déjà commencé à préparer le dîner. Elle me met au boulot, à la confection d'une salade géante.

À dix-sept heures, le verger ferme ses portes et tout le monde commence à rentrer.

– Et si tu arrangeais ça sur un plateau, me demande Ruth en me tendant différentes sortes de fromages, une grosse grappe de raisin et deux boîtes de crackers. Nous avons toujours une petite réunion de travail le samedi avant le dîner. Et c'est toujours plus sympa avec des amuse-gueules.

– Bonne idée.

Je déballe les fromages et j'en profite pour m'en couper une petite lichette.

– Doux Jésus ! Qu'est-ce que c'est ? C'est magnifique.

– C'est Isaac et Leah qui le fabriquent avec notre lait. Ils ont baptisé celui-ci « Terre promise ».

J'en goûte un autre petit bout, juste pour analyser les arômes.

– Il a un goût de noisette, exactement comme un vieux Gouda.

Madame Shipley hoche la tête, en me donnant quelques pommes à couper également en tranches.

– Ils pourraient aussi l'appeler « fromage salé au lait cru à pâte ferme ».

– Moi, je l'appelle « l'incroyable ».

Et quand je pose le plateau de fromages sur la table, les garçons se précipitent tous dessus.

– Seigneur, je ris, j'ai failli perdre une main.

May flanque une tape sur la main d'un de ses cousins.

– Tu n'as jamais entendu cette phrase, *les dames d'abord* ?

– Ça, c'est vrai au lit seulement, dit Kyle en attrapant un autre cracker.

Griff renifle :

– Il y a au moins un endroit où tu es bien élevé.

– Ouh, je ne veux pas imaginer Kyle en train de jouer les méchants, se plaint Daphné.

– *Imaginer*, c'est tout ce qu'il sait faire, le charrie Kieran.

Griffin tape dans ses mains.

– Les amis, on pourra parler plus tard des échecs sexuels de Kyle. Faisons notre tour de table, pour pouvoir aller dîner. Comment s'est passée la journée ?

May annonce la somme des gains de la journée « cueillette pour tous », et Zach remet la caisse avec notre recette.

Griffin l'ouvre et en sort les billets que j'ai roulés ensemble, avec le décompte.

– Merde. Les billets sont tous bien rangés, triés par ordre de grandeur. Je voudrais que vous voyiez tous, espèces de bandits, comment Lark tient une caisse.

– Mon cul, siffle Kieran.

Je fais semblant de me frotter le front avec mon majeur et il se met à rire.

– On dirait que c'était une bonne journée, dit Ruth en s'asseyant à côté de son fils pour regarder le montant de la recette.

– En effet, répond-il. Aujourd'hui, on a récolté des pommes *et* du cash.

– Alors… (Sa mère croise ses doigts.) Le bilan comptable de la journée est positif. Parlons un instant des dépenses. J'ai reçu notre note de téléphone portable hier. C'est le deuxième mois de suite que nous explosons notre forfait.

Et elle jette un regard en coin à la plus jeune de ses filles.

– Je n'y peux rien ! dit Daphné. Tous mes amis communiquent via les réseaux sociaux. Ça va être de pire en pire quand je serai à l'université.

– Non, c'est à cause de ton habitude d'utiliser Spotify. Connecte-toi par le Wi-Fi, comme nous tous.

– C'est parce que tu n'as pas d'amis…

– Hé, stop ! tonne Griff en levant la main. Tu n'as pas besoin de balancer des trucs personnels. Peut-être que notre abonnement familial est trop juste. Passons à celui du dessus, pour qu'on arrête d'avoir cette discussion.

– Ah, voilà enfin une bonne idée, se moque Daphné.

– Très bien, dit Ruth en prenant note. Bon, Lark, ma belle, j'ai besoin que tu remplisses ces formulaires, me lance-t-elle en me tendant deux feuilles qu'elle vient de sortir d'une chemise.

Ce sont des formulaires d'embauche. Je les lui rends.

– Je ne veux pas être payée.

Elle écarquille les yeux.

– Bien sûr que si, ma belle. Tout travailleur, ici, mérite salaire.

– C'est faux ! susurre Daphné.

– Tu es payée en bourse pour tes études, gronde Dylan, et très bien payée.

Les jumeaux se regardent en se lançant des éclairs, mais ni Ruth ni Griff n'y prêtent attention.

– Il faut que tu sois payée, sans ça notre assurance ne te couvrira pas, explique Griff. C'est pour ça qu'Audrey fait partie de nos effectifs.

– Bon… j'essaie de réfléchir. Payez-moi le minimum, et ensuite déduisez le loyer. Sérieusement, je ne veux rien.

– Tout le monde a… commence Ruth.

Je secoue la tête.

– Je suis encore payée par mon ONG. Leur dernier chèque est arrivé hier sur mon compte. Je ne suis pas venue ici pour l'argent.

Et je me tais, parce que je ne veux pas en dire plus. Oubliez mon salaire. J'ai un fonds de placement de mes grands-parents. L'argent n'est pas un problème pour moi. Mais je ne vais certainement pas leur dire la vérité. *Je suis venue dans le Vermont pour tenter de redevenir saine d'esprit.*

Point final.

– On va trouver une solution, dit Griff en interrompant momentanément la conversation. Lark, remplis les formulaires, c'est tout.

– Dernière chose, dit Ruth en attrapant un cracker. Il faut vraiment qu'on décide si on fait le marché de Royalton cette année ou pas.

Griffin enfourne un grain de raisin dans sa bouche.

– Cinq marchés par semaine, ça me paraît trop. On pourrait produire beaucoup plus de cidre à la place. Une bouteille de Shipley Best nous rapporte quinze dollars.

– Mais Lark est là pour nous aider, indique Ruth, et je sens un stupide petit frisson de plaisir en entendant ça.

Être utile à mes amis est pour moi un véritable soulagement.

– C'est vrai, dit Griffin en joignant ses grandes mains, mais cela n'a pas de sens, vu l'investissement en temps.

Je m'entends lui répondre :

– Eh bien, il faudrait calculer ça.

Dans le travail que j'ai effectué pour l'ONG au Guatemala, j'ai souvent eu à faire face à ce type de problème, comme gérer des ressources limitées.

– Montre-moi.

Griff me tend son carnet de notes et son stylo. Je clique sur le stylo et je me lance.

– Donc, chaque foire nous prend trois heures, n'est-ce pas ? Et combien de temps dois-je rajouter pour le trajet jusqu'à South Royalton ?

– Quarante minutes aller, répond Griff. Et le chargement du camion prend une heure, au moins. L'installation prend une demi-heure et le déchargement bien vingt minutes.

Je griffonne des additions.

– Donc… cinq heures et demie à deux personnes. Combien de cidre peux-tu presser en onze heures ?

Je lève les yeux pour voir que tout le monde me fixe intensément.

– Oh merde, est-ce que j'ai outrepassé mes droits ? Je suis désolée.

May jette la tête en arrière en partant d'un grand éclat de rire.

– Oh mon Dieu ! Nous avons la même discussion chaque semaine, et si tu transformes ça en problème de maths, peut-être qu'enfin on n'en aura plus besoin ! J'ai envie de t'embrasser.

– Amen, dit Griffin. Je peux presser beaucoup de cidre en douze heures. Facilement plus de deux gallons. Ce qui fait, après quelques mois et un peu de manutention, une valeur de quatre mille dollars. *Voilà*.

Mon stylo continue à inscrire des chiffres sur son carnet.

– Même si les heures de travail au pressoir ne représentent que *la moitié* de l'investissement réel du produit fini, il faudra que tu gagnes deux mille dollars au marché de Royalton pour atteindre la même somme.

Madame Shipley tourne une page dans son carnet de notes et se mord la lèvre.

– La semaine dernière, nous avons rapporté deux cent quarante dollars. Et c'était une *bonne* semaine.

– Mais nous avons des *amis* à Royaltown, dit tranquillement Daphné Shipley.

– Nous avons aussi deux bourses d'étude supplémentaires à payer, rétorque sa mère en fermant son carnet de notes, je suis convaincue. Désolée pour Royalton, on ne peut tout simplement pas l'intégrer à notre emploi du temps.

Elle me sourit d'une façon si gracieuse que j'arrête de me demander si j'ai interféré dans une décision qui ne me concernait pas.

Griffin lève les mains au ciel.

– Merci à l'arithmétique.

– Nan, dit Kieran. Merci au bon gros cerveau bien culotté de Lark.

Je rends son carnet à Griffin.

– J'ai l'impression que Kiran vient de dire que j'ai un gros cul !

Tout le monde se met à rire et je remercie le Ciel pour la centième fois d'être venue dans le Vermont pour la saison des pommes.

CHAPITRE 7

LARK

Les cauchemars ne respectent pas le moins du monde votre dignité. Juste après avoir décidé que le Vermont allait me sauver, je passe une autre nuit horrible.

Avant le Guatemala, rêver était pour moi un exercice passif, comme regarder un film dans ma tête. À présent, mes pires cauchemars ressemblent plutôt à un combat de catch.

Ils commencent généralement comme un rêve banal. Ennuyeux, même. Cette fois, je rêve du marché paysan. Dans mon rêve, je quitte notre stand et je me promène en admirant les piles de légumes et les tas de confitures maison. Pourtant, j'évite un coin particulier du marché. Mon cerveau endormi sait qu'il ne faut pas que j'y aille. Mais c'est l'endroit qui m'a eue. Je me retrouve devant l'étal d'un marchand de citrouilles. Et soudain, je suis dans un endroit sombre et poussiéreux. Mon cœur se met à battre très fort dans ma poitrine, pendant que je cherche comment sortir de là. Une main m'attrape par le poignet et m'entraîne plus loin dans l'obscurité. *Je ne veux pas refaire ce rêve*, me dis-je. J'ouvre les yeux pour voir les murs de la chambre d'amis des Shipley, exactement là où ils sont censés être. Mais quand je les ferme de nouveau, mon subconscient se joue de moi.

Je sais que je suis en train de me débattre dans mon lit, pour tenter de me débarrasser de mon rêve. Mais de quelque côté que je me tourne, mes ravisseurs me rattrapent toujours. J'ai beau leur crier de me laisser, mon rêve ne me lâche pas. Et malgré tout, je sais que je suis en train de dormir, mais ça n'arrange rien. La scène est arrêtée sur l'image de la minuscule pièce où j'ai été séquestrée, et je ne peux pas m'en échapper.

Une main chaude se pose sur mon omoplate.

– Chut, Lark, tu rêves à nouveau.

Je sais.

La main reste un moment posée sur moi. Ma respiration s'apaise et j'oublie de regarder les ombres. Mais quand la pression réconfortante disparaît, l'obscurité de la cabane me replonge dessus.

Alors, je vois le visage d'Oscar qui observe à travers l'embrasure de la porte, l'air inquiet. Il a un regard de damné. Je hurle à nouveau, et la main se pose dans mon dos.

– Chuuut, allez ma belle, tout va bien.

Et c'est vrai pendant un petit moment. Mais cette nuit, je ne parviens pas à me libérer des ombres. Elles s'accrochent à moi pendant des heures, jusqu'à ce que finalement je parvienne à traverser la surface chatoyante de mon sommeil et que je m'en libère.

Je m'entends pousser un halètement de panique, je suis en nage.

– Chuuut, murmure une voix.

La main de quelqu'un est appuyée contre mon dos. Je tourne lentement la tête. J'aperçois une large épaule qui fait saillie sur mon matelas. C'est encore Zachariah. Il est étendu à l'autre extrémité de mon matelas, un bras vaguement replié sous sa tête, l'autre tendu pour me réconforter. Il a l'air assez inconfortable. Mais il a aussi l'air endormi.

Me sentant coupable, je roule vers le mur. Mais je me penche en arrière de quelques millimètres pour parfaire le contact entre sa paume et ma colonne vertébrale. *Tout va bien*, me dis-je. *L'endroit le plus sûr du monde*. Pour une raison inconnue, cette pensée me picote les yeux. Il m'est presque insupportable de penser à quel point j'ai été bien traitée ces derniers jours.

Même l'endroit le plus sûr du monde paraît plus insaisissable après que vous avez visité les lieux les plus horribles. Je scrute la profondeur de l'obscurité autour des rideaux en coton, et je décide que c'est encore le milieu de la nuit.

Il est temps de repousser toutes mes sombres pensées et de dormir un peu. Si les cernes noirs augmentent encore sous mes yeux, il faudra que je l'explique à May.

Je ferme les yeux à nouveau en me concentrant sur la sensation de la main de Zach dans mon dos. Je vide ma tête de tout, sauf de ça, la chaleur du contact d'un autre être humain. En m'y plongeant, je commence à dériver…

***

Quelques heures plus tard, l'alarme de la montre de Zach nous réveille tous les deux. Embarrassée, je fais la morte quand Zach se redresse d'un seul coup.

– Wouah, murmure-t-il, en faisant le bruit de quelqu'un surpris de se réveiller dans un autre lit que le sien.

Je retiens mon souffle, je ne bouge pas un seul muscle tant qu'il n'est pas sorti et qu'il n'a pas refermé ma porte.

J'ai survécu à cette nuit, mais difficilement. Et à présent que le matin s'est levé et que je suis en sécurité, je suis soudain épuisée. Je réajuste mon oreiller et je me rendors pendant bien trop longtemps. Quand je rouvre les yeux, le réveil affiche huit heures dix.

Mince !

Je prends la douche la plus rapide du monde et je me rue vers la ferme pour aider à préparer le petit déjeuner.

– Désolée, je halète en passant la porte en courant.

Dans la cuisine, la famille Shipley est déjà en pleine action. Ruth est en train de préparer une montagne d'œufs brouillés dans une énorme poêle. Daphné monte une pile de pancakes pendant que Dylan pose des tranches de bacon bien grillées dans un plat.

– Je ne me suis pas réveillée. Que puis-je faire ?

Ruth me regarde tout en continuant à brouiller les œufs d'une main.

– Tu as l'air fatiguée, Lark. Est-ce que tout va bien ?

Impossible de tromper une mère de famille, mince alors.

– Ouaip, je réponds très vite, je mets la table.

– Bien sûr, répond May, les mains pleines de mugs à café. Prends les fourchettes et les serviettes. Ensuite, apporte le bacon.

– Pigé, j'acquiesce en plongeant la main dans le tiroir à argenterie.

Quelques minutes plus tard, les hommes commencent à entrer dans la maison. Griffin s'arrête devant moi pour me dévisager en allant à la salle de bains.

– Quoi ?

– Tu as mal mis ton tee-shirt, Sauvageonne, au cas où tu voudrais le savoir.

Je baisse la tête. Il est bien entendu à l'envers. Si mon but était de convaincre mes amis que j'ai toute ma tête, ce n'est pas la meilleure preuve qui soit.

– Tu peux servir le café, Lark ? Voilà le lait, me demande madame Shipley.

J'emporte la cafetière à la salle à manger et je commence par la tasse de grand-papa Shipley.

– Merci bien, Mademoiselle, dit-il avec un clin d'œil.

May m'a toujours raconté qu'avoir sa maison remplie de fermiers donne à son grand-père l'impression d'être un contremaître dans un ranch de cow-boys.

Daphné, elle aussi, fait lentement le tour de la table. Elle s'arrête devant chaque homme pour leur offrir des pancakes. Je remarque avec amusement que lorsqu'elle s'arrête devant Zach, elle met le plus gros, le plus beau des pancakes dans son assiette, puis se recoiffe d'un geste théâtral.

– Merci, lui dit Zach, les yeux dans son assiette.

– De rien, répond-elle d'une voix voilée.

Puis elle perd contenance et s'enfuit vers la cuisine.

J'attire l'attention de May, et mon amie roule de gros yeux. Refrénant un sourire, je ne peux pas m'empêcher de me demander si, quand j'avais dix-huit ans, mes coups de cœur étaient aussi évidents que ça pour les autres. J'ai sans doute été encore pire.

– Du café ? je propose à Zach.

– Merci.

Il me tend sa tasse.

– Désolée d'avoir encore été une mauvaise camarade de chambre, dis-je derrière son épaule, d'une voix assez basse pour ne pas être entendue des autres.

– Tu as rêvé que tu ratais la bille numéro onze, n'est-ce pas ? Avoue-le.

– C'était un hasard incroyable, j'argumente en remplissant son mug à ras bord. La prochaine fois, je vais te filer ta pâtée.

– J'ai hâte de voir ça.

***

Quand les monceaux de nourriture du petit déjeuner ont été engloutis, nous restons tous un peu plus longtemps assis devant nos tasses de café, sauf Zach qui entame son quatrième pancake. Daphné continue à lui en apporter et il continue à leur faire un sort. Ce garçon a un sacré appétit.

Dylan et Ruth sont les premiers à se lever pour aller à l'église de Colebury.

– Quelqu'un a besoin de quelque chose en ville ? demande Ruth.

Nous lui faisons signe que non, et après leur départ, May lève son mug de café et se met à m'observer attentivement. Je me prépare à une enquête sur mon étrange façon de m'habiller et mes cernes sous les yeux. Mais elle me surprend en m'annonçant tout autre chose.

– Je dois te dire que Gilman a appelé hier soir, après que tu étais partie te coucher.

Je repose violemment ma tasse.

– Seigneur, pourquoi ? Comment a-t-il su que j'étais ici ?

Mon ex-petit ami ne fait vraiment pas partie des gens avec qui j'ai envie de parler en ce moment.

Ma question semble culpabiliser May.

– Je crois que j'ai mentionné sur ma page Facebook combien j'étais contente de t'avoir ici avec moi.

– Oh ! (Je pose mes coudes sur la table.) Facebook, c'est vraiment diabolique.

En face de moi, Zach repose sa fourchette :

– C'est au moins un truc sur lequel les sectes ont raison.

Tout le monde rit, moi y compris, et ce moment de légèreté fait du bien.

– Je n'ai aucune envie de parler à Gilman.

– Peut-être qu'il essaie simplement d'être sympa, me dit calmement May.

– Je le sais. C'est chouette de savoir qu'il est content que je ne sois pas en train de pourrir quelque part dans une tombe de fortune. Mais il y a un an, il m'a quittée et cela signifie que je n'ai pas à lui parler si je n'en ressens pas l'envie.

– Ça me paraît juste, s'avance Griffin, son café à la main.

May fait tourner une boucle de ses cheveux autour de son doigt.

– Il avait l'air vraiment inquiet, Lark. Il a dit qu'il ferait peut-être un saut vendredi prochain.

– Quoi ? (Pas étonnant que May ait l'air coupable.) Personne ne fait *juste* un saut dans le Vermont depuis Boston.

– Il va à un stage de golf avec son entreprise à Stowe.

– Je ne serai pas libre, dis-je rapidement.

– Eh bien, dit lentement May, si tu ne veux vraiment pas le voir, il va falloir que tu lui parles au téléphone.

– Pour ça aussi, je suis trop occupée, je murmure.

– Mon chou, si j'avais su qui appelait, je n'aurais pas décroché. Mais quand j'ai vu s'afficher l'indicatif de Boston, j'ai cru que c'était tes parents.

Je ne veux pas leur parler non plus. Mais je tiens ma langue.

– C'est quoi le programme de la journée ? je demande.

– La vente de cidre ! proclame Audrey. Tu peux m'aider à servir les touristes. C'est crevant ! Je vais te former parce que dimanche prochain est mon dernier week-end avant mon départ pour la France.

Griff bougonne dans sa tasse à café.

– Ne va pas tomber amoureuse d'un petit Français maigrichon.

– Jamais de la vie ! (Et elle pose une main sur sa poitrine massive.) Moi, je les aime costauds et grognons.

– Aïe, gronde Griff.

Il pose sa tasse et l'attrape, il l'installe sur ses genoux et l'embrasse. Elle passe ses bras autour de son cou et lui rend ses baisers.

– Et voilà qu'ils recommencent, dit Kyle en repoussant son assiette. Vous feriez sans doute mieux de passer la matinée au lit, les enfants. J'aimerais bien avoir un boss joyeux pour les dix prochains jours.

Griff flanque un petit coup à son cousin sans pour autant lâcher sa nana.

Puis nous sortons tous ramasser des pommes et inciter les touristes à acheter du cidre.

CHAPITRE 8

ZACH

Ça s'est passé comme ça. Lors de la deuxième ou de la troisième nuit.

J'étais endormi sur ma couchette quand quelque chose a commencé à titiller ma conscience. Comme le sommeil est une de mes activités favorites, j'essaie de l'ignorer. Je roule sur le côté et je ferme les yeux bien fort.

Mais alors, je l'entends à nouveau, un sanglot retenu qui s'élève de l'autre pièce. Lark.

Mes yeux scrutent l'obscurité lorsqu'elle pousse un autre cri de frayeur.

– Pfff. Voilà qu'elle recommence, dit quelqu'un dans le dortoir.

– J'y vais, je chuchote en me levant.

Lark me réveille plusieurs fois pendant la nuit. Parfois, il lui suffit d'un petit coup sur l'épaule pour se calmer. Parfois, elle se réveille et s'excuse. D'autres fois, elle ne se calme pas si facilement et je me retrouve dans son lit le lendemain matin. Ces nuits-là, elle n'arrive pas à échapper à ses cauchemars. Après deux ou trois allers-retours dans sa chambre, je renonce et je m'allonge par terre, contre la tête de son lit. À l'aube, je me réveille, la tête sur son deuxième oreiller.

Cette nuit-là, j'entre dans sa chambre au moment où elle prononce le nom d'Oscar. Et ensuite elle dit « Stop ! ». Comme toujours. Ça me glace les sangs d'imaginer ce qu'elle veut qu'il cesse de faire. Lark est allongée sur le dos et gigote. Je m'assois, je prends sa main et je la serre doucement.

– Tu es en sécurité ici, Lark. Tout va bien.

Elle ouvre grand les yeux et me dévisage. Elle a un regard paniqué, j'attends qu'elle me dise quelque chose. Ses yeux semblent faire le point sur mon visage, et alors elle se détend. Ses paupières se referment.

Je reste là à lui tenir la main, à regarder cette fille splendide qui dort. Elle est tellement différente des filles de la campagne avec qui j'ai grandi. Ses longs cils noirs pointent vers le bas, vers ses hautes pommettes. C'est un vrai mystère qu'un visage puisse être tout à la fois si fort et si féminin. La courbe de ses lèvres est détendue et entrouverte, comme si elle était sur le point de dire quelque chose. Je fixe ces lèvres, en me demandant comment ça serait si elles étaient plaquées contre les miennes.

Oups. Je ne suis pas ici pour la mater. Je dois arrêter de penser à ça. Et immédiatement, de préférence. Je compte jusqu'à cent et je commence à retirer ma main de la sienne. Mais Lark bouge et serre ma main.

– Il faudrait peut-être que j'y aille ? je chuchote.

J'ai posé cette question toute rhétorique, c'est la seule que quelqu'un puisse poser à une personne endormie. J'espérais juste que le son de ma voix allait l'apaiser.

– Non, murmure-t-elle en expirant.

Puis elle tourne la tête comme si elle était gênée par cette requête.

Il est tard et je suis crevé. J'ai vraiment besoin de me reposer. En plus, il fait froid. La température est tombée à 10 degrés ce soir, nous annonçant l'arrivée de l'automne.

Pour la première fois depuis nos rencontres nocturnes, je soulève les couvertures avant de m'allonger. Il y a deux semaines, ça m'aurait semblé dingue, mais je sais que Lark ne voudrait pas que je me gèle. Je pose ma tête sur son deuxième oreiller et je m'installe.

Je fais attention de laisser un certain espace entre nous, mais pas Lark. Elle s'approche de mon corps jusqu'à ce que sa hanche et sa jambe touchent les miennes. Elle pose nos mains jointes sur sa cuisse et pousse un soupir.

La nuit semble retenir sa respiration pour moi. Je sens les coups que fait mon cœur contre mes côtes et le doux sifflement de sa respiration. Dehors, un criquet têtu et solitaire stridule à la fenêtre de Lark.

Je reste sans bouger, les yeux fermés, en essayant de jouir de l'instant. Passer la nuit dans le lit d'une fille est quelque chose de tout nouveau pour moi.

Toucher les gens ne m'est pas naturel. Mais Lark n'a pas les mêmes complexes. Elle prend souvent May et Griff et Audrey dans ses bras. Quand il y a trop de monde au bar, elle s'assoit sur les genoux de Griffin comme s'il faisait partie du mobilier. Au marché fermier, elle peut parler à tout le monde, même aux gens qu'elle n'apprécie visiblement pas beaucoup.

Comparée à moi, socialement, elle est très fonceuse. Il faut reconnaître que je n'ai pas placé la barre très haut.

Et elle vient de m'ordonner de me coucher dans son lit. Ce qui terrifie Lark, chaque fois qu'elle ferme les yeux, doit vraiment être horrible.

Allongé là, je me sens de plus en plus à l'aise. J'aime la sensation de sa main fine dans la mienne. Mais, bien que je sois très fatigué, le sommeil ne vient pas. J'écoute les craquements que fait le vieux bâtiment et le son de plus en plus régulier de la respiration de Lark. Le travail agricole de demain va bientôt me tomber dessus, il faut vraiment que je dorme. Mais quelque chose dans ce moment de paix m'en empêche.

Bien souvent, je m'arrête un instant pour apprécier la beauté de ma nouvelle vie dans le Vermont. Il m'arrive, par exemple, de poser mon râteau et de regarder les Green Mountains au loin. Ou alors je sens l'odeur du premier feu de bois de l'automne, et j'inhale toute la beauté environnante. Mais habituellement, c'est le paysage, ou un boulot bien fait, que j'admire. Et la satisfaction de savoir que je suis libre d'apprécier ma vie, loin des fourches caudines de ces dingues qui avaient l'habitude de me gouverner.

Mais ce soir, c'est une autre sorte de beauté. C'est rare pour moi d'être vraiment utile à quelqu'un. Bien sûr, je suis un bon travailleur. Si vous avez besoin de mettre une tonne de pommes en caisse, je suis votre homme. Mais je suis proche de très peu de gens, et personne ne compte sur moi pour que je le soutienne.

C'est sans doute la définition même d'un être solitaire.

Être allongé à côté de Lark me fait désirer des choses auxquelles je ne pense pas d'habitude. Mon corps est très rarement touché par quelqu'un d'autre que moi. Pourtant, je suis un outil sacrément costaud, comme les camions que je répare. Mon corps est capable de déplacer des choses lourdes d'un bout à l'autre de la ferme. Mais il n'offre de réconfort à personne, sans parler d'amour.

Jusqu'à maintenant.

En observant les ombres sur le plafond, je sens les doigts de Lark se crisper, alors je serre doucement. Elle pousse un halètement. Je prends sa main et je la presse entre les miennes en massant ses articulations.

– Accroche-toi, je chuchote. La nuit ne durera pas toujours.

Elle se détend, et j'en suis la cause.

Nous nous assoupissons tous les deux pendant un certain temps. Mais j'ai bien fait de rester, parce qu'elle passe une nuit difficile. Elle remue, se tourne et retourne pendant un bon moment. Puis, en poussant un grand cri, elle balance ses jambes contre les miennes, ce qui me sidère.

Je me dresse sur un coude et je la regarde.

– Lark, ma belle, ressaisis-toi.

Elle ouvre les yeux.

– Merde, siffle-t-elle en se tournant pour me faire face.

Je me retrouve en train de fixer ses grands yeux sombres, écarquillés par la peur.

– Hé, je chuchote, tout va bien.

Elle déglutit difficilement.

– Je sais.

Pourtant ce n'est pas vrai, et c'est bien ça le problème.

– Moi aussi, avant, je faisais des mauvais rêves, je lance à brûle-pourpoint.

– C'est vrai ?

Je hoche la tête dans le noir.

– J'en ai fait beaucoup après avoir été viré du ranch. Ça m'a pris un an pour que ça s'arrête. Je rêvais de la raclée que j'avais reçue le jour de mon départ.

Merde. J'en ai dit assez.

Lark soupire.

– Tu veux dire que ça pourrait encore durer dix mois ?

– Non ! Pas nécessairement.

Elle sourit, et la proximité de sa bouche est difficile à ignorer. Mais je réussis à le faire, pourtant, en lui posant une question difficile.

– Lark, qu'est-ce qui s'est passé au Guatemala ?

Elle se fige.

– J'ai été kidnappée.

– Merde.

Lark me répond en souriant amèrement.

– C'est vraiment le pire juron que tu connaisses.

Je lui souris à mon tour, parce que c'est vrai et parce qu'elle s'en est rendu compte. J'ai une relation étrange avec les jurons. C'est moi qui en emploie le moins à des kilomètres à la ronde. Quand je veux jurer, j'utilise plutôt « Zut ! » ou « Miel ! ». Mon pire juron, c'est « Merde », parce que même au bout de trois ans, je suis incapable de m'en prendre au nom du Seigneur.

– Tu changes de sujet, j'indique.

Elle fronce son nez parfait, elle a l'air réveillée à cent pour cent, à présent.

– Je n'aime pas parler du Guatemala.

– Je le sais bien, et je ne suis pas du genre à vouloir forcer les gens. Mais je me demande ce qui te tourmente la nuit.

Elle prend l'air pensif pendant un moment et je me rends compte que j'ai déjà mémorisé toutes ses expressions.

– Je m'imagine bien. Et tu as le droit de savoir, puisque c'est toi qui te réveilles quand ça m'arrive.

– Nan, je fais marche arrière. Tu n'es pas obligée de me le dire. À la place, tu pourrais me raconter pourquoi tu habitais au Guatemala.

– Ah ! (Elle se laisse retomber sur l'oreiller.) Je travaillais dans une ONG spécialisée dans l'éducation des fermiers dans les pays en voie de développement. J'étais là-bas pour enseigner aux paysans comment économiser leurs semences et faire de la polyculture. Ce genre de trucs. Je trouvais que c'était un boulot génial. J'étais tellement brave, à la limite du stupide. Les gens me disaient de faire plus attention, mais j'allais dans des endroits où tu n'es pas censé te balader seule. Je n'avais aucun désir de mort, tu sais. Mais je pensais que si nous agissions en ayant peur les uns des autres en permanence, nous ne nous en sortirions pas. Et le monde entier resterait rempli de peur.

Je lui serre la main, en lui demandant silencieusement de poursuivre.

– Mais vers la fin de ma première année là-bas, des hommes m'ont attrapée en pleine rue, dans une petite ville, et m'ont jetée à l'arrière d'une fourgonnette. J'ai crié, tu sais. Mais tout le monde s'est carapaté quand c'est arrivé. Je suis restée vingt jours dans une cabane au milieu de nulle part. J'avais un seau pour faire pipi et pratiquement rien à manger.

Sa voix se met à trembler.

– J'ai cru que j'allais mourir là-bas.

Je regrette de lui avoir demandé d'en parler. Et le seul réconfort que je peux lui apporter, c'est de frotter sa main entre les deux miennes.

– Pourquoi t'ont-ils enlevée ?

– Pour la rançon, répond-elle d'une voix blanche. Les organisations qui envoient des gens travailler dans des pays lointains ont des assurances contre le kidnapping. Alors, dans certains pays, choper les filles stupides est devenu un sport national. Mais ce groupe, il s'est avéré que j'étais leur première cible, il ne savait pas encore vraiment comment jouer les kidnappeurs. Ça leur a pris un temps fou pour joindre le négociateur. C'est presque comique, non ? Je n'ai même pas été enlevée par des pros.

– Non, ce n'est pas drôle du tout.

Je m'allonge contre elle en lui tenant toujours la main. Ses yeux se remplissent de larmes, mais elle continue.

– J'ai pensé que personne ne viendrait jamais me chercher. Alors, j'ai commencé à travailler ce jeune garçon au corps. Un adolescent. J'essayais de le convaincre de me laisser partir.

Sa voix est rauque, je me mets à regretter de lui faire revivre tout ça. Mais c'est trop tard.

– Qu'est-ce qui s'est passé ?

– Ils s'en sont rendu compte. Et ils l'ont tué. Devant moi. Je ne me rappelle pas tous les détails. Un médecin m'a expliqué que le cerveau se protège parfois en gommant les souvenirs trop insupportables.

Je ne dis rien, parce qu'il n'y a rien à dire. Je caresse juste le dessus de sa main avec mon pouce.

– Tu es content ?

Sa voix est amère.

– Je suis vraiment désolé, Lark.

– Bon… (Elle hésite.) Je suis désolée de crier la nuit. J'aimerais pouvoir arrêter.

Elle roule sur le côté pour me faire face. Nous sommes nez à nez, nous nous regardons fixement. Elle a un air un peu sauvage et féroce. Comme si elle voulait pulvériser ses ennemis.

– Je n'en peux plus d'avoir peur, chuchote-t-elle.

Sa main est encore dans la mienne, je le serre un petit coup.

– Tu n'as plus à avoir peur. Si quelqu'un veut te faire du mal, il faudra qu'il me passe sur le corps.

Ses yeux cherchent les miens, et je ne sais vraiment pas ce qu'ils attendent. Son regard se pose sur ma bouche et je sens que je déglutis avec peine. Cet instant arrêté est comme un élastique tendu entre nous, prêt à craquer.

Embrasse-la, me dit mon cœur, et je voudrais lui obéir. Mais ce n'est pas un baiser dont elle a besoin en ce moment. Alors, j'agis par instinct, je ne sais pas comment, je l'attire à moi jusqu'à ce qu'elle soit sur ma poitrine. Et je le serre dans mes bras.

Et comme il est écrit dans la Genèse, c'est bon.

Lark se pelotonne contre moi. Elle glisse son nez dans mon cou et pousse un soupir. J'en ai le souffle coupé. Mon cœur cogne contre mes côtes comme un marteau, et j'ai la chair de poule tellement j'ai envie de l'embrasser. Mais il ne faut pas. Et je suis pleinement récompensé de ma maîtrise quand son corps se détend contre le mien.

Quelques-uns de ses démons ont quitté la pièce, et c'est tout ce qui compte.

Nous restons couchés comme ça, quelque temps, sans dire un mot. Le stress que je lui ai causé en la faisant parler a disparu à présent. J'aime la chaleur de son corps contre le mien. Je n'ai jamais tenu personne ainsi. Et le doux chatouillis de son souffle sur ma joue me fait réaliser ce que j'ai raté pendant toutes ces années.

Ça.

Mes pensées dérivent, jusqu'à ce que Lark me demande soudain.

– Quel crime tu avais commis ?

– Quoi ?

Je suis trop ivre de bonheur pour saisir sa question.

– Quand tu as été chassé de ta maison dans le Wyoming ? Je me le demande depuis une semaine. Et tu m'as fait raconter mon histoire. Alors…

Oh, et puis, zut. Elle a marqué un point.

– Tu n'es pas obligé de me le dire. Mais je n'arrive toujours pas à comprendre pourquoi c'est toi qu'ils ont jeté dehors.

Le compliment est indirect, mais il me fait chaud au cœur.

– C'est marrant, mais même après qu'ils m'ont pris sur le fait, je n'ai pas cru qu'ils allaient me chasser jusqu'au dernier moment.

– Pourquoi ça ?

– J'étais vraiment un bon travailleur, je faisais profil bas.

– Toi ? Nan.

Je rigole, et elle pouffe dans mon cou. C'est la meilleure sensation du monde. Je ne sais pas pourquoi, cela ne me semble pas bizarre. Peut-être parce que c'est le milieu de la nuit, mais la tenir dans mes bras me semble être la chose la plus naturelle qui soit.

– D'accord, ils avaient de la chance de m'avoir avec eux. Je croyais qu'ils le savaient. C'est juste humain, tout le monde pense que rien de mal ne lui arrivera, tu vois ?

Elle répond d'une voix si basse que j'ai failli ne pas l'entendre.

– Je vois très bien ce que tu veux dire.

C'est vrai, elle sait. Je lui caresse le dos, en appréciant la sensation forte que me procure son corps sous ma main.

– Eh bien, moi aussi. Et quand mon tour est venu, ce fut à cause d'une fille.

– Ah, soupire Lark. Comme Isaac et Leah ? Tu l'aimais.

– Non, je réponds vite, parce que c'est la vérité. On était amis, pourtant. Son père est mort à peu près en même temps que le mien. Nos mères se sont remariées avec deux cousins. Chacun de ces hommes avait cinq épouses au moment de mon départ.

– Argh ! Quelle maisonnée ça devait être !

J'étais habitué à cette idée, mais j'ai observé assez de visages pour savoir que les gens trouvent ce système matrimonial complètement dément. Je ferme les yeux, en essayant de me remémorer la maison de ma mère au moment de mon départ. Le souvenir devient un peu plus glauque chaque fois.

– Yep. C'est une autre histoire. Quoi qu'il en soit, Chasteté avait seize ans, et moi dix-neuf. Elle…

Je n'ai jamais raconté cette histoire, sauf à Isaac. Lark relève la tête pour me regarder.

– Elle quoi ?

Heureusement, elle ne peut pas me voir rougir dans le noir.

– Elle aimait batifoler avec moi. Elle avait l'habitude d'entrer dans le garage quand j'y étais seul.

– Oh… dit tranquillement Lark. J'ai l'impression que cette histoire part dans une autre direction.

– Non ! je réponds en riant. C'est une histoire assez barbante d'adolescents qui se font attraper en pleine action, à l'arrière d'une voiture.

C'était stupide de ma part de courir ce risque, mais j'étais jeune et excité. J'avais tellement envie de faire l'amour que je n'aurais pas entendu une tornade arriver. Et une tornade aurait représenté un bouleversement moins fort dans ma vie.

La portière de la voiture s'était soudain ouverte en grand et les cris avaient commencé.

– Une heure après qu'ils nous avaient surpris, j'avais des plaies profondes dans le dos causées par une badine. Et ensuite, ils m'ont abandonné sur le bord de la route.

– Ouah, fait Lark. Et tu as dit que son nom c'était…

– Chasteté.

– Oh, Zach !

– Je sais. Quelle ironie, dis-je en appréciant autant son sourire que la sensation de son corps contre le mien. Au fait, Griffin et les autres ne sont pas au courant.

– Je ne leur dirai pas, cela ne cadre vraiment pas avec ta réputation, répond-elle rapidement.

Je souris dans le noir.

– Je sais, hein ? Ils ne pigent pas que j'ai un esprit aussi cracra que n'importe qui. C'est juste que je ne m'en suis pas servi ces derniers temps.

Elle se tait pendant un moment.

– Alors, ils t'ont simplement… jeté dehors ? En dépit de tes talents de mécanicien et de ton amour du travail ?

– C'est comme ça que ça se passait. Il y avait plein d'autres tarés pour prendre ma place. Et une bouche de moins à nourrir.

– Et tu sais ce qui est arrivé à Chasteté ?

C'est ça, la question épineuse.

– Rien de bon. Ils l'ont probablement mariée à un vieux. C'est ce qui arrive aux filles de dix-sept ans, là-bas.

– Vieux comment ?

– Quarante, cinquante ans. Avec beaucoup de chance, elle s'est retrouvée être la première femme de quelqu'un. Mais c'est très rare.

– Beurk. Tu t'inquiètes pour elle ? me demande Lark à voix basse.

C'est difficile pour moi d'en parler à quelqu'un, même à Lark.

– Je me sens coupable. Parce que je m'en suis sorti et pas elle.

Lark fait un geste somnolent et son corps se détend contre le mien.

– Peut-être qu'elle est partie.

– Peut-être, j'acquiesce pour être poli.

Mais les chances sont pratiquement nulles. Les anciens ont dû marier Chasteté sur-le-champ. Et le vieux n'a pas dû attendre pour la mettre dans son lit. À présent, elle doit avoir deux enfants. Je ferme les yeux afin de revoir son visage. La fille dont je me souviens avait seize ans et elle souriait. Elle chantonnait en étendant le linge lavé par nos mères. Je la regardais en allant au garage, et elle, elle me suivait des yeux.

C'était il y avait quatre ans seulement, mais ça aurait aussi bien pu être dans une autre vie. C'est comme les univers parallèles dans les films de science-fiction de Griff. Personne ne peut jamais revenir en arrière et passer d'un monde à l'autre.

Lorsque vous avez été membre du domaine, vous restez sur le domaine. Et quand vous en êtes parti, vous n'y revenez jamais plus. De temps en temps, je me demande ce que je serais devenu si j'étais resté à Paradise Ranch. À vingt-trois ans, je serais encore en train de trimer pour les autres en essayant de tenir le coup. Je serais en train de me battre pour survivre, en essayant en permanence de me placer au mieux face aux autres hommes. Et le code moral de cet endroit était épineux. Pour rester dans les bonnes grâces des anciens, il aurait fallu que je détourne le regard lorsqu'ils auraient chassé le prochain jeune d'une vingtaine d'années. Si j'avais eu des fils, j'aurais dû avoir peur en permanence qu'ils soient jetés à la rue. Si j'avais eu des filles, j'aurais dû craindre qu'elles soient offertes à un vieux pervers.

Quelle existence horrible, désespérante, ça aurait été.

Mais le truc avec Paradise Ranch, c'est que même si je ne veux jamais y retourner, cela me fait toujours souffrir qu'ils m'aient chassé. J'ai eu l'impression d'être une de ces marchandises du magasin d'occasion où j'achetais parfois les tee-shirts que je portais pour réparer les moteurs. Là-bas, tout valait un dollar, parce que plus personne n'en voulait.

Paradise Ranch est le pire endroit sur terre, et pourtant je n'ai pas été assez bon pour pouvoir y rester.

Je ferme les yeux et je tente de me sortir cet endroit horrible de l'esprit. Je respire à fond l'air du Vermont, et je me remets à frotter le dos de Lark.

Elle ne bouge pas. Et après l'avoir écoutée pendant une longue minute, je pense qu'elle s'est endormie sur ma poitrine.

Je reste éveillé un moment, en jouissant simplement du poids de son corps endormi sur le mien. Et puis, je m'endors moi aussi.

CHAPITRE 9

LARK

C'est le premier vendredi de septembre, environ une heure avant le dîner. J'ai passé la journée à cueillir des Zestar[8] au soleil avant que May me demande de rentrer faire une compote de pommes avec elle. On vient juste de terminer vingt kilos de conserves et toute la maison embaume la cannelle.

Et pourtant, je suis remplie d'anxiété, parce que mon ex-petit copain doit arriver d'un instant à l'autre.

– Tu n'es pas obligée de le rencontrer. On peut t'envoyer en ville faire une course, et je lui dirai que tu n'avais pas envie de le voir. Je me sens mal, c'est de ma faute s'il passe par ici.

– Non, ça va. Ça ne fera que prolonger l'inévitable. Je n'ai pas peur de Gilman. Je n'aime pas les drames, c'est tout.

8. Une qualité de pomme.

– Et c'est pour ça que nous sommes amies, dit May en se penchant sur le vieux billot de boucher de sa mère. Qu'est-ce que tu vas faire s'il veut que tu reviennes à Boston avec lui ?

Beurk. Quoi, en fait ? J'imagine Gilman me réconfortant lorsque je me réveille en hurlant, et cette image me paraît tout bonnement impossible. C'est un type bien, mais du genre analytique. Il va sans doute me sortir une feuille de papier sur laquelle il me demandera de lister mes symptômes. Puis il embauchera une équipe de spécialistes pour étudier mes cycles de sommeil.

– Je ne rentrerai pas à Boston, dis-je avec fermeté. En tout cas, pas avec Gilman. Et pas avant que tu me foutes dehors.

– Alors, ça n'arrivera pas.

– Apportons un pichet de cidre ou de thé glacé sur la véranda. Je veux affronter mon ex au grand air, je suggère.

– Excellente idée. Je vais préparer les verres. Monte à l'étage et enfile une de mes robes bain-de-soleil.

Je jette un coup d'œil à mon short et mon débardeur.

– Hum, je ne pensais pas faire d'effort de toilette pour Gilman. Il pourrait se faire des idées fausses.

May attrape un pichet sur une étagère tellement haute qu'il me faudrait une grue pour l'atteindre.

– C'est vrai, mais moi je préfère affronter les ennuis dans une robe et avec du rouge à lèvres. Comme ça, je me sens plus sûre de moi.

– C’est très sage de ta part. Je vais essayer. J’ai assez peu de confiance en moi ces temps-ci.

– J’ai une robe polo noire sans manches, me lance-t-elle pendant que je grimpe les escaliers. Essaie-la.

Cinq minutes plus tard, je redescends ces mêmes escaliers, mais May a quitté la cuisine. Je me dirige vers la véranda où elle est en train de mettre des cookies sur une assiette.

– Oh, miam, je fais en prenant un des biscuits au gingembre d’Audrey.

– J’en ai sorti assez pour tout le monde, y compris ces voyous, dit-elle en montrant du doigt les garçons qui, après leur journée au verger, jouent au Frisbee sur la pelouse.

Je les observe un moment, en réalisant qu’en sortant, j’ai pris la bonne décision. Tout devient plus supportable en voyant les mouvements rapides de la silhouette dorée de Zach qui s’élance vers le disque volant.

Les garçons n’ont pas vu que May et moi avons apporté à manger. Alors, je soulève un des deux pichets, mets deux doigts dans ma bouche et je siffle. Mauvais timing. Zach tourne la tête juste au moment où Griff lui lance le Frisbee.

– Attention ! je crie, mais il ne peut pas m’entendre.

Il regarde dans ma direction. Il reste bouche bée quand le Frisbee le frappe en pleine tête.

– Ouille, dit May. Ça va lui faire une bonne marque.

Pauvre Zach ! Il se prend la tête entre les mains et Griff court vers lui pour s'excuser.

– Ah ! les garçons, murmure May.

Une minute plus tard, ils s'approchent de la véranda pour boire un thé et manger des cookies.

– Je suis vraiment désolée, je balbutie quand Zach grimpe sur le perron en se tenant le visage.

– Ce n'est rien, dit-il, les joues en feu.

Pauvre garçon. C'est tellement embarrassant de se faire frapper par un Frisbee.

– Fais-moi voir, Zach, lui demande May. C'est juste une égratignure. Mais tu vas avoir un hématome.

– Tu vas avoir l'air d'un dur à cuire, dit Kyle en lui tapant sur l'épaule. Les nanas adorent ça.

Zach fait les gros yeux.

– Sympa ta robe, Sauvageonne, apprécie Griff. Zach a failli perdre une dent à cause d'elle.

– La robe est à ta sœur, je n'en ai pas apporté pour bosser à la ferme.

– Tu aurais dû, murmure Kyle, ce qui lui vaut un regard désapprobateur de Griff, comme de Zach.

– Elle te va vraiment bien, dit May. Garde-la, d'accord ? Elle a rétréci au sèche-linge et, du coup, elle n'est plus assez longue pour moi. J'ai l'impression d'être une girafe.

– Mais tu es une sorte de girafe, lui lance son frère.

– Et toi, tu es un trou du cul.

C'est alors que j'entends le crissement de pneus sur le gravier et qu'en levant la tête, je vois la BMW de Gilman dans l'allée.

– Merde, je murmure.

– Qui est-ce ? demande Kieran.

– Mon ex, je grogne.

– On peut s'éclipser, propose Griff.

– Pas question, je siffle entre mes dents. Ça va être une visite rapide, je vous le promets.

Griff fait un signe à Zach.

– On se refait une partie de Frisbee ? Je te promets de ne plus te cogner la caboche.

– Ouais, répond timidement Zach. Allons-y.

Il attrape un cookie et descend du perron à la suite de Griff et des autres. Pendant qu'ils s'éloignent, May et moi observons Gilman sortir de sa belle voiture, qui a l'air déplacée à côté des camions tout rouillés.

Tout comme Gilman.

Je l'observe du coin de l'œil, en essayant de le voir avec un regard neuf. Mince, il a bonne mine. Mais il a également l'air trop habillé dans son pantalon kaki fraîchement repassé, et la poussière de l'allée des Shipley s'est déjà déposée sur ses chaussures cirées.

Le reflet de sa montre Cartier est particulièrement dérangeant.

Il est… plus bling-bling que dans mon souvenir. Et ça me donne envie de le secouer un peu. Qui peut bien se soucier du pli de son pantalon quand le monde est dans un état tel que les gens se tuent les uns les autres sur des planchers sales au Guatemala ? Il y a des pommes à récolter et des kidnappeurs à capturer. Et lui va jouer au golf avec des clients et commander des bouteilles de vin à deux cents dollars pièce.

– Beurk, je chuchote, je n'ai pourtant jamais été froussarde jusqu'à il y a peu.

– Tu es tout sauf ça, dit May d'une voix basse et rassurante.

Et elle descend les marches d'un bond pour accueillir Gilman.

Ils s'embrassent et j'entends le son de sa voix pour la première fois depuis des mois. J'avais oublié à quel point il parle sur un ton pincé et aristocratique. Un an plus tôt, quand j'étais sur le point de partir au Guatemala, il m'a annoncé ce que toutes les femmes redoutent : *On ferait mieux d'aller voir ailleurs*. Cela m'a mis tellement en colère. À présent, je m'en fiche royalement.

Gilman et moi nous sommes rencontrés lors d'une soirée d'anciens élèves de l'université de Boston, et on est sortis ensemble. Trois mois plus tard, mon bail a expiré et il m'a proposé d'emménager avec lui. Au moment où j'ai accepté le poste au Guatemala, nous vivions ensemble depuis six mois. C'était un jeune avocat travaillant dans une société prestigieuse. Il courait des semi-marathons pour le plaisir. Je représentais la moitié dingue, spontanée de notre relation, la petite amie entêtée et instable qui travaillait pour une ONG sans le sou et qui lui servait de faire-valoir dans les soirées.

Je croyais que nous étions heureux. Mais j'avais mal jugé Gilman.

Il m'a expliqué qu'il était hors de question qu'il attende un an alors que sa petite amie serait en immersion totale dans la misère au Guatemala. Il voulait d'une partenaire qui soit disponible pour sortir dans le monde et faire l'amour régulièrement. À l'époque, j'avais été meurtrie et en colère. Mes premiers jours au Guatemala avaient été épuisants et j'avais passé quelques soirées à me demander si je n'avais pas pris la mauvaise décision.

Voilà qu'à présent, je me rejoue en pensées notre dernière conversation.

« Le truc, c'est que je pense qu'on se retrouvera peut-être un jour, disait-il. Mais là, on a vingt ans, Lark. »

Je me sens sacrément plus âgée maintenant.

J'ai appris à aimer le Guatemala, jusqu'au moment où je l'ai détesté. Et ces deux derniers mois ont été si stressants que je n'ai pas songé à Gilman un seul instant. Je l'ai oublié. Alors, pourquoi donc devrais-je lui parler ?

– Salut, toi.

La voix de Gilman est hésitante, alors qu'il monte les marches du perron.

En faisant attention de me contrôler, je lève lentement les yeux, comme si le fait de le revoir pour la première fois depuis un an n'avait aucune importance.

Pourtant, ça en a. Ses yeux bruns et calmes me détaillent avec le même sérieux que d'habitude. Pendant que nous nous observons, il pince ses lèvres de cette façon qu'il a quand il réfléchit profondément. L'extrême familiarité de ce tic me remue. Mais je ravale ma gêne.

– Salut, toi. Comment ça va ?

– Bien. Bien mieux depuis que je sais que tu es en sécurité.

Et voilà la partie sordide, je me dis.

– Merci, je réponds aussi gentiment que possible.

Il s'avance en ouvrant les bras. Je me laisse enlacer. Son corps de coureur de fond m'est tellement familier que je dois fermer les yeux. Il m'embrasse sur la joue pendant ce qui me semble être une éternité.

– Je me suis vraiment fait du souci.

– J'entends ça souvent, je réponds en reculant. Asseyons-nous. J'adore cette véranda. Elle n'est pas super ?

Il est temps de changer de sujet. Je me mets à ressentir une drôle de sensation vis-à-vis de Gilman. Il n'est pas habituellement du genre émotif. Mais il ne veut pas me lâcher. Il a une main accrochée à mon avant-bras, comme si j'allais sortir de la véranda et disparaître dans la brise.

Ce qui serait un bon plan, en fait.

Je réussis à me débarrasser de lui en me dirigeant vers l'un des rocking-chairs. Sur la pelouse, les garçons boivent du thé en bavardant. Sauf Zach, qui regarde Gilman avec une expression indéfinissable.

Mon ex s'assoit à côté de moi et je me force à le regarder. L'embarras me fait rougir, j'espère qu'on en aura bientôt fini. Quelle idée ridicule ça serait de se remettre ensemble ! Il m'est impossible de rembobiner ma vie jusqu'avant mon départ pour le Guatemala. L'ancienne Lark a disparu. La nouvelle ne reconnaîtrait pas la Lark version 1.0 à cinquante pas.

– Il y a du thé, mais je te conseille de goûter le cidre, dis-je à Gilman. Les Shipley le pressent quotidiennement, et on le vend au marché paysan. Si tu ne conduisais pas, j'aurais demandé à Griffin de te faire goûter à son truc plus fort.

Il hoche la tête, puis prend un verre en silence et je commence à me sentir mal à l'aise sous son regard insistant.

– On peut parler un instant ? demande-t-il.

– On n'est pas bien ici ?

Il jette un coup d'œil aux garçons sur la pelouse et à May qui se tient juste derrière l'extrémité de la véranda, dans le petit jardin d'herbes aromatiques.

– Ok, c'est bien ici.

Bien sûr que ça l'est.

Il avale une gorgée de cidre.

– Je ne savais pas quoi penser quand tu as disparu. Ça a été terrible pour moi.

– Vraiment ?

Je tressaille. *Pas aussi terrible que pour moi.* Je fixe l'intérieur de mon verre, attendant des excuses. Même si je n'ai pas le moindre désir de me remettre en couple avec lui, j'ai envie de l'entendre dire « j'ai fait une erreur ». Même si seule la culpabilité le pousserait à le faire. Et une relation basée sur la culpabilité est évidemment une mauvaise idée. Je ne serais plus la personne qu'il lui faut, à présent. J'étais une vraie épave. Ce ne serait pas une bonne chose pour moi de rentrer à Boston, de replonger dans mon ancienne vie et dans les bras de Gilman. Pas alors qu'il m'est encore si difficile de reprendre ma vie en main. Avec qui que ce soit.

– J'ai beaucoup pensé à toi, poursuit Gilman. Et quand tu as disparu, j'ai cru que je ne pourrais jamais te le dire.

Il hausse les sourcils, il a le regard triste.

Vas-y, sors-le, je pense. Que je puisse enfin te laisser tomber.

– Lark, la vérité, c'est que nous n'avons jamais été faits l'un pour l'autre. J'ai rencontré quelqu'un et nous allons nous marier cet été.

Il me faut un moment pour intégrer l'info. Puis la colère monte.

– *Quoi ?*

C'est sorti comme un glapissement. Et je me rends vaguement compte que soudainement toutes les têtes se tournent vers moi.

– Je voulais te l'annoncer personnellement, avant que tu le découvres sur Facebook, poursuit Gilman précipitamment.

– Facebook, je répète stupidement.

– On allait l'annoncer… avant, dit-il en butant sur les mots. Et alors… tu as disparu. Et je me suis senti très mal. Comme si j'en étais la cause, en quelque sorte. Je sais que c'est idiot, mais ça m'a vraiment perturbé que tu aies des problèmes là-bas, quelque part. Et moi, j'étais censé choisir entre des cartons d'invitation à fond crème ou blanc.

Je me contente de le regarder en me demandant à quel moment les mots qui sortent de sa bouche vont commencer à faire sens pour moi.

– Alors, ça n'a pas été des mois faciles. Je suis tellement content que tu sois rentrée saine et sauve à la maison.

Une colère noire m'envahit.

– Attends, que je comprenne bien. Tu es content que je sois rentrée, pour que tu puisses te marier avec quelqu'un que tu as rencontré pendant ces quatre derniers mois ?

Il détourne le regard.

– Je l'avais rencontrée avant. Mais nous… euh… n'avions pas commencé à sortir ensemble avant que tu partes.

– Qui est-ce ? je m'entends demander.

– Mandy, dit-il d'une voix précautionneuse.

Mandy. Ce nom m'est vaguement familier.

– Ta… stagiaire ? Celle qui a une fleur différente peinte sur chaque ongle ? Celle qui porte des bandeaux roses ? C'est avec *elle* que tu vas te marier ?

– Oui. Ne me crie pas dessus.

Une veine pulse sur sa mâchoire.

– Ne crie pas ? Alors, tu me *trompais* ? je glapis.

– Non ! hurle-t-il. Nous ne nous sommes mis ensemble qu'après que je t'ai dit qu'on devrait se séparer. Je t'ai été fidèle, à part un petit écart.

Je me lève d'un bond.

– Eh bien maintenant, tu peux aller faire ta liste de mariage sans avoir à te demander si mes funérailles ne vont pas gâcher ta fête de fiançailles.

Je lui tourne le dos. Le cidre, qui avait si bon goût il y a à peine quelques minutes, me brûle la gorge. Je descends les marches en pilote automatique.

– Je te souhaite une belle vie, je lance par-dessus mon épaule en quittant la véranda et en courant vers le dortoir.

May me regarde passer d'un air sidéré, un brin de persil dans chaque main, pendant que Griff et Zach foudroient Gilman du regard.

Heureusement, personne n'essaie de me retenir.

***

Quelques heures plus tard, la porte de ma chambre s'ouvre lentement et quelqu'un se cogne en tentant d'entrer.

– Purée, Lark, je peux allumer la lumière ?

Je me réveille et je m'assois dans mon lit pour allumer ma lampe de chevet.

– Désolée, May.

Je cligne des yeux sous cette lumière soudaine.

May entre avec un grand plateau en bois, le pose sur le lit puis s'assoit au pied du matelas.

– Est-ce que je t'ai vraiment réveillée ? Il n'est que huit heures du soir.

Je me frotte les paupières.

– Une envie de sieste subite.

– Oh, Seigneur ! C'est pour ça que tu as manqué le dîner. Mais je me suis dit qu'il fallait que tu manges quelque chose. Audrey a fait son chili. Je t'en ai gardé une part avant que les sauvages n'aient tout englouti.

– Merci, mon chou.

Je m'efforce de me redresser. J'approche le plateau et j'attrape la cuillère. May a posé une assiette à dessert sur le bol pour garder la nourriture au chaud. Quand je la soulève, la délicieuse odeur épicée commence à embaumer la pièce.

– Je t'ai même apporté des garnitures. Tu vois à quel point je t'aime.

– Oh ma vieille, c'est toi la meilleure.

Je prends la soucoupe remplie de morceaux d'avocat et de fromage râpé, et je verse le tout dans le bol. Je n'ai pas faim, mais May s'est donné tout ce mal. Alors, j'avale quelques haricots. Les voix mâles provenant de la pièce voisine sont plus fortes que d'habitude.

– Qu'est-ce qui se passe ? je demande en dirigeant un pouce vers le mur derrière moi.

– Griff et les garçons discutent des travaux de rénovation qu'ils vont faire après le départ d'Audrey.

– Oh ! je soupire.

J'avais oublié qu'il va bientôt déménager dans le dortoir. Encore un autre souci pour moi, celui de réveiller Griff Shipley avec mes terreurs nocturnes.

– Tu veux me raconter ta journée de merde ? me demande May.

– Eh bien…

Je me demande quoi lui raconter quand Zach apparaît dans l'encadrement de la porte. *Super*. Le monde entier va être au courant de mon humiliation. Je sais que je ne suis pas censée me soucier du mariage de Gilman. J'ai décidé de ne plus avoir de relations avec lui. *Pour l'instant*, du moins. Voilà le point d'achoppement. Il a claqué la porte. Il m'a dit qu'il voulait s'amuser, rester célibataire. Et voilà qu'il épouse quelqu'un d'autre et m'annonce que je ne suis pas digne d'être aimée. Comme si j'avais besoin qu'on me le rappelle.

– Il va se marier, je lance à brûle-pourpoint.

Voilà, je l'ai dit. J'ai arraché le pansement d'un coup sec.

– Quoi ? glapit May, en bondissant du lit. Ce connard !

J'enfourne un morceau de viande du chili et je mâche.

Audrey a fait un chili d'enfer, et en plus, il n'y a rien à ajouter au sujet de Gilman.

– Est-ce que j'aurais dû lui filer un pain ? propose Zach depuis la porte.

Ça me fait sourire.

– Ce n'aurait pas été très difficile, n'est-ce pas ? L'idée de Gilman tout mince se mesurant à Zach est plutôt comique.

Zach hausse les épaules en souriant.

– Je suis certain que tu pourras lui régler son compte toi-même, Lark. Au moins, à présent, je sais que ce n'est pas *lui* le gars qui hante tes nuits.

– Qu'est-ce que tu veux dire ? demande May en se tournant vers moi pour m'observer. Quelqu'un hante tes nuits ?

– Nan, je réponds à toute vitesse en évitant le regard subitement coupable de Zach. Mais vas-y, May. Tu crèves d'envie de le dire. Dis-moi que tu ne l'as jamais aimé.

Ma meilleure amie se rassoit sur mon lit.

– Ce n'est pas sympa de dire « je te l'avais bien dit ».

– Aujourd'hui, tu peux me dire tout ce que tu veux.

Je prends une autre bouchée.

C'est bon tout ça, le chili, leur compagnie. Analyser mes échecs avec May a toujours été plus drôle que de le faire toute seule. May lève les bras en croix.

– Très bien. Il est trop vieux pour toi.

J'éclate de rire,

– Il a vingt-huit ans !

– Mais il *fait* plus vieux. Il n'est pas assez intéressant pour toi.

– Merci, M'man.

– Je veux dire, il est mignon, tout ça. Mais j'ai toujours pensé qu'il était trop méticuleux. Quand je posais une tasse sur la table de votre cuisine, il courait immédiatement la laver. Il avait classé tes livres par ordre alphabétique contre ta volonté.

– Tu as raison, May. Comment ai-je pu être aussi aveugle ?

Mais mon amie ignore mes sarcasmes.

– Je parie qu'il a aussi classé tes chaussettes. Je parie qu'il se fait manucurer. Attends, est-ce qu'il se fait épiler les couilles ?

– Pas de commentaire, je dis, ne voulant pas admettre que la minutie de Gilman est très, très détaillée.

– Est-ce que, au moins, il faisait bien l'amour ? demande-t-elle.

– Oh, mes oreilles chastes ! plaisante Zach en se les bouchant avec les mains.

Malgré mon humeur sombre, je me mets à rire.

– C'était correct. Mais il faisait un excellent café.

May et Zach se mettent à hurler de rire.

– Mais c'est important ! j'argumente, alors qu'ils rient de plus belle.

– Oh, chérie, dit May quand elle peut reprendre son souffle. Il est tellement chiant ! Gilman n'aime pas la bouffe asiatique, pas même les sushis ! Il a les goûts d'un môme de douze ans. Il n'allait vraiment tout simplement pas avec toi, Lark. Tu es un million de fois plus intéressante que lui.

– Mmmm, la nourriture asiatique, je soupire. C'est le problème dans la campagne du Vermont. Pas de nourriture exotique à des kilomètres à la ronde. À moins qu'il y ait un nouveau bar à sushis dont tu m'as caché l'existence.

– Je n'ai jamais mangé de sushis, lance Zach.

– Vraiment, jamais ? répète May.

Zach lui lance un clin d'œil.

– Quand est-ce que les gens arrêteront de s'étonner des choses que je n'ai jamais faites ?

– Tu marques un point.

Elle se penche en avant et me serre la main.

– J'espère que tu me pardonnes d'avoir dit à Gilman de passer.

– De toute façon, même sans ton aide, je crois qu'il aurait réussi à me faire me sentir comme une merde. Mais avait-il besoin de dire que nous n'avons jamais été faits l'un pour l'autre ? Il s'est au moins arrêté juste avant de m'expliquer que le temps que nous avons passé ensemble a été un ratage total.

– Mon chou, tu es bien mieux lotie sans lui.

Je ramène mes genoux sous mon menton.

– C'est vrai. Mais je l'étais déjà sans lui. À présent, je suis sans lui et offensée en prime.

May se met à glousser.

– Tu sais quoi, la prochaine fois qu'on a un après-midi de libre, allons à Burlington manger japonais pour célébrer la stupidité de Gilman. (Elle fait signe à Zach.) Toi aussi, tu peux venir. On commandera du sushi de luxe, et tu pourras ainsi faire une nouvelle expérience.

– Pour vous deux ? Je le ferai, je mangerai du poisson cru.

Je ris encore, en tentant de visualiser la scène. Leurs bouffonneries sont exactement ce dont j'avais besoin.

– J'ai une impression de déjà-vu. Le dortoir me rappelle la fac. La promiscuité. La façon dont tout le monde est au courant des histoires de tout le monde.

Ce soir, le manque d'intimité est étrangement réconfortant.

– Ouaip, confirme May.

– Alors, inutile de cacher ma honte. Elle est connue de tous. Comme des sous-vêtements sur une corde à linge.

– En effet, dit Zach.

J'ouvre grand la bouche et je hurle en direction du plafond,

– Bon, écoutez, là-haut ! Mon petit ami ne m'a jamais aimée et il épouse quelqu'un d'autre !

Une voix masculine à peine assourdie me répond depuis l'autre côté de la cloison.

– C'est un connard !

Et un autre poursuit :

– Tu veux que je lui pète la gueule ?

– Je vous tiendrai au courant. Et en plus, Zach est vierge, concernant les sushis !

– Ça c'est surprenant ! répond Griffin, et quelqu'un d'autre rigole.

– Et May n'est plus vierge du tout ! je chantonne.

Alors, il y a un grand coup dans le mur à côté de ma tête.

– Tu plaisantes, j'espère ! crie Griffin.

– Maintenant, est-ce que je dois péter la gueule de quelqu'un d'autre ?

– Oh Lark, tu es une telle fouteuse de merde, me dit May en se jetant sur le lit.

Je lève une main et elle me fait un high-five.

Zach se contente de nous sourire, avant de pivoter sur lui-même pour aller se préparer pour sortir à *La Chèvre*.

DEUXIÈME PARTIE

MILIEU DE SAISON

CORTLAND
HONEYCRISP
HARALSON

CHAPITRE 10

ZACH

Jeudi, le dîner de départ d'Audrey a lieu chez les Abraham. Avec Griff, ils sont installés en bout de table, pratiquement assis sur les genoux l'un de l'autre.

Personne n'a laissé Audrey cuisiner ce soir. Nous avons tous insisté pour qu'elle ne lève pas le petit doigt pour sa dernière soirée dans le Vermont. Leah a préparé un rôti de porc avec une sauce chutney épicée à la pomme et une salade de pommes de terre bleu lavande, parce qu'ils viennent tout juste de récolter leurs Adirondack Blues[9]. Moi, je me suis occupé de Maeve pour qu'elle ne traîne pas dans les jambes des cuisinières. Même si j'ignore absolument tout sur les bambins, Maeve et moi sommes de vieux amis. Elle est née dans la chambre à coucher des Abraham, la première année où je

9. Variété américaine de pommes de terre à chair violette.

vivais dans le Vermont. Je suis donc l'une des premières personnes qu'elle ait rencontrée.

– Viens ici, lui dis-je pour la centième fois alors qu'elle se dirige à nouveau en gambadant vers la cuisine. Ta maman est en train de préparer le dessert.

– Qu'est-ce que c'est ? me demande Maeve en plissant son petit bout de nez.

– Des limaces cuites dans une croûte de miettes et de la glace au pissenlit.

– Zaaach ! hurle-t-elle en manquant me fendre le crâne en deux, c'est dégoûtant !

– Bon d'accord. Tu pourras prendre de la tourte aux pommes, je garderai les limaces pour moi.

Elle se lève en attrapant mon épaule avec sa petite main et en posant un pied dangereusement près de mes couilles. Je la laisse me grimper dessus comme sur un arbre, parce que j'ai toujours été un garde d'enfants complaisant. Elle entoure ma tête d'un de ses petits bras potelés et en regardant par en dessous, je découvre Lark qui m'observe, une expression très douce sur le visage.

Je lui souris, mais ma dignité est déjà bien compromise. De toute façon, regarder Lark me donne toujours envie de sourire.

Maeve reste sur mes genoux pendant tout le dessert et insiste pour me donner à manger. Très vite, j'ai des coulées de glace sur mon short. Et alors ?

J'étais tellement occupé à essuyer les traces laissées par Petite Mam'selle Gluante que j'ai failli rater ce qui est en train de se passer en bout de table.

– Tu vas me manquer, Princesse ! dit Griff à Audrey.

– Pareil pour moi, Griff, lui répond son amoureuse en lui passant un bras autour du cou.

– Tiens, c'est pour que tu te souviennes que ta place est ici lorsque tu feras la folle à Paris.

Il pose quelque chose sur la table et je plisse les yeux pour voir ce que c'est : une caisse de fruits en bois tellement petite qu'elle tient dans la paume d'Audrey.

– C'est trop mignon ! J'adore. C'est pour le savon… essaie-t-elle de deviner.

– Bien entendu ! gronde Griff.

Mais il n'y a pas de savon dans cette petite cagette. Audrey soulève un morceau de papier de soie. Elle le tripote un moment pour découvrir une pochette de soie, à l'intérieur. Elle en sort une bague étincelante.

Il y a un grand silence autour de la table quand nous réalisons tous ce que Griff vient de faire.

– Oh mon Dieu, bégaie Audrey. Elle est… elle est splendide.

Griff ne s'est pas mis à genoux. Sans doute parce qu'Audrey est assise.

– Princesse, veux-tu m'épouser ?

– Oui ! s'écrie-t-elle. Mais on n'était pas censés dépenser de l'argent pour une bague ! Notre budget est super-serré.

Il l'entoure de ses grands bras musclés.

– Je crois avoir entendu un oui quelque part.

– Oh toi ! Bien sûr que je veux t'épouser. Je suis surprise, c'est tout.

Puis elle regarde nos têtes ébahies autour de la table.

– Tu es terriblement sûr de toi, n'est-ce pas, Griff ?

– Seulement à ton sujet, répond-il tranquillement en l'embrassant sur la pommette.

Vu son expression, on pourrait croire qu'ils sont seuls dans la pièce. Ou au monde. Audrey se retourne et se blottit dans ses bras, c'est seulement alors que tout le monde se réveille et les félicite.

– Qu'est-ce qui se passe ? me demande Maeve.

Elle a tranquillement terminé ma glace pendant que se déroulait ce mélodrame entre adultes.

– Euh…

J'ai la gorge étrangement serrée, je cherche quoi lui dire. Comment expliquer ce genre de truc à une môme de deux ans et demi ? Griffin a gagné le gros lot. Quelqu'un l'aime plus que tout. Leah vient à ma rescousse et prend sa fille dans ses bras.

– Griff et Audrey ont décidé de se marier, explique-t-elle.

Maeve se met à bâiller.

– Dis bonne nuit à Zach, c'est l'heure de se coucher.

– Non !

Mais Leah l'emmène vers l'escalier, malgré ses protestations. Isaac arrive avec deux bouteilles de champagne frais à la main.

– Tu es terriblement sûr de toi, répète Audrey en montrant les bouteilles.

– Tu adores ça, rétorque Griff, et ils se remettent à s'embrasser.

Je détourne le regard, comme toujours. Tout le monde pense savoir pourquoi parler de sexe me met mal à l'aise. Ils croient que ça me fait peur, ou que je ne sais pas comment réagir. Mais c'est des conneries. Je sais exactement ce que j'aimerais faire. Avec elle.

Mon regard se pose en douce sur Lark, qui sort un mouchoir en papier de son sac pour Ruth qui pleure de joie. Les joues de Lark sont toutes roses d'avoir travaillé toute la journée au soleil et au grand air. Quelqu'un lui tend une coupe de champagne, elle lui fait un merveilleux sourire pour le remercier.

– Seigneur, ce que le champagne me manque ! soupire May en se glissant sur la chaise vide de Leah, à côté de moi.

– À moi aussi, frangine, lui confirme Jude. Enfin je ne suis pas un vrai fan de champagne. Mais, de temps en temps, mon vieux pote Jack Daniels me manque vraiment.

Alors que les bulles de champagne éclatent sous ma langue, je me demande si moi, je suis fan de champagne. Probablement pas. Ce genre de chose a sans doute été décidé par le destin. Ce type friqué avec qui Lark est sortie doit en boire régulièrement, lui.

– Mon frère est *fiancé*, lance May en testant le concept. Je pensais ne jamais voir ça.

– Moi non plus, j'admets.

– Ces deux-là me tuent, dit May. Ça me donne de l'espoir, tu sais ? Le Vermont est le quarante-neuvième État le plus peuplé des États-Unis. Ce n'est vraiment pas un réservoir génial pour l'amour. En juin dernier, Griff se traînait à la maison, tout déprimé, et voilà qu'Audrey a surgi de nulle part.

Je m'en souviens très bien. C'est moi qui avais réparé son pneu crevé. Elle me file un coup de genou.

– Qui allons-nous trouver pour toi, Zachy ?

Ta meilleure amie ?

– Euh, je ne suis pas sûr d'être prêt pour ça.

– Si mon frère peut trouver quelqu'un qui aime son côté ronchon et que même ce naze se marie… (Et elle me montre du doigt Jude qui sourit)… alors, c'est vraiment étonnant que toi et moi soyons encore seuls.

Moi, pour une fois, je ne suis pas étonné.

– Parce qu'il y a beaucoup d'appelés, mais peu d'élus.

Jude hausse les sourcils.

– C'est une citation de *La guerre des étoiles* ?

J'éclate de rire.

– Non. C'est dans *Matthieu*, chapitre 22, verset 14.

– Pas étonnant que je ne connaisse pas, répond Jude avec insouciance.

Puis il repose son verre de soda.

– Je ferais mieux de rentrer à la maison. Sophie a dû rentrer de l'anniversaire de sa collègue de boulot. Bonne nuit, les amis.

Je le regarde féliciter l'heureux couple en pensant à la parabole que je viens de citer. Un roi de la Bible avait invité tous ses sujets au mariage de son fils. En venant accueillir ses hôtes, il a vu un homme qui n'était pas habillé correctement pour des noces. Le roi lui a demandé de s'expliquer à propos de sa tenue, sans obtenir de réponse. Alors, il a ordonné à ses serviteurs : « Liez-lui les pieds et les mains, et jetez-le dans les ténèbres du dehors, où il y aura des pleurs et des grincements de dents. »

Quand j'étais petit, le prédicateur nous avait expliqué que le manque de respect de l'homme était la cause de sa chute. Mais je m'étais toujours identifié au pauvre type qui s'était présenté en guenilles. Même maintenant que j'ai un bon boulot et des amis affectueux, jamais je n'oublierai que j'ai été ligoté comme l'homme de cette histoire et jeté dehors. Une partie de moi s'attend toujours à ce que ça recommence.

***

Quand ma montre sonne le lendemain matin et que j'ouvre les yeux, je suis dans ma couchette. La déception m'envahit, jusqu'à ce que je réalise que Lark a passé une bonne nuit paisible, seule dans son lit.

C'est une bonne chose, espèce de trou du cul, je me sermonne.

Nous sommes vendredi, ce qui signifie pas de marché fermier en sa compagnie. Je me lève et me dirige vers l'étable en passant sans faire de bruit devant la porte de Lark. J'espère qu'elle a pu dormir de nombreuses heures d'un sommeil réparateur.

Ce matin, May s'est levée encore plus tôt que les vaches. Elle a conduit Audrey à l'aéroport Logan de Boston, pour un vol à sept heures du matin.

Quand Griffin entre seul dans l'étable, Dylan lui tend une pelle.

– Tu es affecté au ramassage de la merde.

Son frère grommelle.

– Est-ce que je peux te demander pourquoi ?

– Tu es en retard, lui répond Dylan. Et je suppose que c'est parce que tu as passé la nuit à t'envoyer en l'air.

– Ce n'est pas un délit puni par la loi, murmure Griffin.

Mais il prend la pelle et se met à nettoyer les caniveaux pendant que Dylan et moi terminons la traite.

Après quoi, j'aide Griffin à déménager dans le dortoir.

– Tu veux quel lit ? je lui demande, debout avec une caisse en plastique contenant ses affaires entre les mains.

En riant sous cape, Griffin enlève le matelas fait main de Kyle de la couchette du bas, à gauche. Il le pose par terre un instant, le temps de mettre le matelas de la couchette du haut sur celle du bas.

Puis il installe le matelas de Kyle et ses oreillers en haut.

– Il va te filer un pain.

– Qu'il essaie un peu !

On prend le petit déjeuner, ce qui est moins drôle sans Audrey. On a tous l'habitude de son sourire radieux et de la manière dont elle distribue les omelettes et les pancakes, avec la grâce et la précision d'une artiste de cirque.

Malgré la température qui s'est rafraîchie, Lark porte le même short blanc, celui qui m'a rendu fou le jour de notre premier marché ensemble. J'arrête de la mater en douce lorsqu'elle me tend une assiette d'œufs brouillés au bacon. C'est le genre de festin que je n'ai pas eu assez souvent lorsque j'étais enfant.

Après le petit déjeuner, je suis Griff chez lui pour commencer à déménager la cuisine. J'entends une voiture sur l'allée de graviers et à travers la fenêtre de Griff et d'Audrey, je vois Lark arriver au volant de sa petite voiture.

– J'apporte les cartons et les boîtes que May a mis de côté, dit-elle, tout sourires, en passant la porte d'entrée. Où voulez-vous que je les mette ?

– C'est toi la meilleure, Sauvageonne, lui dit Griff. Tu pourrais nous filer un coup de main pour emballer tout ça ?

– Bien sûr.

Lark ouvre la porte du frigo, une poubelle à ses pieds.

– Tu tiens à garder ces restes ? demande-t-elle, une boîte en plastique à la main.

– Putain, bien sûr que oui, c'est mon déjeuner, grogne-t-il. Ne jette rien de ce qu'Audrey a cuisiné. Je me prépare à une période de vaches maigres.

Lark renifle. Elle ouvre le placard d'à côté, emballe les provisions dans des boîtes pendant que Griff débranche le vieux réfrigérateur et le sort avec précaution de son emplacement contre le mur. Il faut qu'il démonte la porte et les charnières pour pouvoir sortir ce truc.

– Bon, maintenant, on passe à la démolition ? je demande à Griff après qu'il a sorti le vieux frigo dans l'allée.

Il pose une main sur le mur entre la cuisine et la salle à manger.

– On s'occupe d'abord des murs. J'ai commandé un nouvel îlot qu'on mettra ici, avec un plan de travail et deux ou trois tabourets de bar pour ouvrir un peu l'espace.

– Ce sera chouette, dit Lark en venant regarder par l'embrasure de la porte ce que ça va donner. Ce sera plus lumineux. Et, plus tard, Audrey pourra garder un œil sur les enfants pendant qu'elle mitonnera tous les festins de haute gastronomie qu'elle voudra.

Mon regard se perd vers l'avant de la maison en imaginant la scène. Et lorsque je regarde le visage de Griff, il arbore un petit sourire secret. Comme si lui aussi, il avait déjà pensé à ça. Je me laisse aller au même rêve pendant un instant et j'aime ce que je vois : moi qui aménage une maison pour ma famille.

Ma famille. Une petite bande mythique de gens qui seraient tout excités quand je passerais la porte d'entrée. C'est assez difficile à imaginer, en fait.

Griff coupe l'arrivée de gaz et il sort la cuisinière.

– Je les embarquerai plus tard, dit-il quand nous les posons à côté du réfrigérateur dans l'allée. Il faut que j'aille presser du cidre avant le déjeuner.

– Et si je démontais ces placards ? lui propose Lark quand nous rentrons dans la cuisine. Tu as un tournevis ?

– À la cave, lui répond Griff.

– Je vais le chercher, je propose. Je connais le sous-sol de Griff.

L'endroit ressemble à une chambre de torture. Je ne sais pas si les cauchemars de Lark ont à voir avec les caves, mais mieux vaut ne pas prendre le risque.

Griff pose une main sur l'épaule de Lark.

– Merci pour ton aide, Sauvageonne. (Puis il regarde sa montre.) La journée va être longue avant de recevoir un texto d'Audrey.

– Tout va bien se passer pour elle. Aller à Paris en avion, ce n'est pas plus dangereux que d'aller à Boston.

Griff fronce les sourcils.

– Hé. Ça ne va pas se passer comme dans *Seul au monde*. L'avion d'Audrey ne va pas se crasher sur une île déserte, juste parce que vous venez de vous fiancer hier soir, j'ajoute.

Son visage se crispe encore un peu plus.

– Ôte-moi ça de mon cerveau, bougonne-t-il avant de sortir de la maison.

Quand je me retourne, Lark affiche un sourire.

– Comment savais-tu qu'il était en train de penser à un film de Tom Hanks, vieux de quinze ans ?

Je hausse les épaules.

– On l'a regardé il y a quelques mois. Et il me cite des films à longueur de journée.

– Tu es adorable.

J'apprécie la remarque pendant quelques secondes, jusqu'à ce que je réalise qu'elle a dit exactement la même chose à un chiot que nous avons croisé au marché de Hanovre, la semaine dernière.

Bon. Je descends au sous-sol en flippant pour fouiller dans la caisse à outils de Griff, et quand je remonte, elle chantonne.

***

Deux nuits plus tard, je me réveille dans le noir en entendant sa voix. Elle ne chante plus. Plus à ce moment-là.

– C'est quoi ce bordel ? demande Griff.

Le hurlement strident qui suit me réveille complètement. Je bondis de mon lit et je cours vers la chambre de Lark.

– Arrêtez ! crie-t-elle quand j'ouvre sa porte.

– Chut, chuuut. Tout va bien.

Je referme doucement la porte derrière moi et je m'assois au bord de son lit. Quand je pose la main sur son bras, elle sursaute.

– Tu es en sécurité, dis-je à voix basse. Chuuut.

Je repousse ses cheveux de son visage et je fais le même petit bruit avec ma langue que celui que j'utilise pour rassurer les vaches laitières. Ça marche, là encore, ce qui m'étonne à chaque fois. Même quand Lark ne se réveille pas, elle se calme immédiatement dès que je lui parle. Et quand son visage se détend et que sa respiration s'apaise, je sens une vague de chaleur envahir ma poitrine. Même si je sais que mon rôle n'est que fortuit, c'est moi qui la réconforte. Et personne d'autre.

La porte de sa chambre s'ouvre lentement, et en tournant la tête, je vois Griffin, en pyjama, qui me regarde en fronçant les sourcils.

Pendant une seconde, une panique due à mon ancienne vie me fige sur place lorsque j'imagine la scène telle que la voit Griff : moi, penché sur le lit d'une fille en pleine nuit.

– Tout va bien par ici ? murmure-t-il.

Je hoche la tête, j'ai la bouche sèche. Mon cœur bat la chamade.

Mais Griff se contente de nous regarder un moment, avant de s'en aller. Il referme tout doucement la porte de Lark.

Le cœur battant toujours aussi fort, je reste assis là un bout de temps, à m'inquiéter. Lark a encore des problèmes de sommeil et, maintenant, Griff va savoir qu'elle ne va pas bien. Elle ne veut pas inquiéter les autres. Cela la met mal à l'aise.

Lark se retourne dans son sommeil, en murmurant des phrases incompréhensibles. Je passe mes choix en revue. Je peux retourner dans mon lit, cela paraîtrait moins bizarre à Griff. Mais elle peut se remettre à hurler. Et elle me tient la main. Je n'ai pas envie de la lâcher.

Je repousse ses couvertures et j'entre dans son lit. Le matelas se creuse sous mon poids en la secouant légèrement. Elle se roule immédiatement dans ma direction et pose une main sur ma poitrine.

– Viens là, je murmure.

C'est ce qu'elle fait en s'enfonçant tout contre moi, contre mon épaule. Je la fais glisser à moitié sur ma poitrine. Quand je tourne la tête, mon nez frôle ses cheveux qui embaument.

S'il existe un paradis, il doit ressembler à ça, à cette belle endormie dans mes bras. J'ai cru que ça allait me prendre longtemps pour me rendormir, mais sentir sa poitrine se gonfler et se dégonfler sur la mienne a sur moi un effet tout à fait soporifique.

À mon réveil, il fait jour. Le dimanche est le seul jour de la semaine où l'alarme de ma montre ne sonne pas. Puisque nous allons devoir bosser tant d'heures cet automne, Griff nous a donné à tous une matinée de congé. Et le dimanche, je peux dormir sans me préoccuper de la traite.

J'ai toujours adoré faire la grasse matinée, mais celle-ci est la meilleure qui soit. Je reviens lentement à la conscience. Ma première sensation est une sensation de chaleur. Puis je sens une odeur de melon. C'est le doux parfum des cheveux de Lark. Et je sens la tiédeur de son corps pressé contre le mien.

Quelle joie.

Je somnole dans un brouillard agréable. Je me cambre un peu pour m'étirer. Et c'est alors que je me rends compte que mon sexe en érection est pressé contre les fesses de Lark.

Très vite, je recule mon bassin et j'effectue une roulade sur le ventre. Ce n'est pas un mouvement très souple. Je reste allongé, à me demander pendant combien de temps je l'ai serrée comme ça, avec mon corps trahissant mon désir pour elle.

Comme Lark est silencieuse, elle ne s'en est peut-être pas rendu compte. Et je ne sais pas quels mots utiliser pour m'excuser. *Désolé, pendant mon sommeil, mon subconscient a décidé de presser ma queue contre tes fesses.*

Je sais que c'était une réaction physique parfaitement normale, mais je n'en suis pas moins mortifié. On ne peut pas avoir grandi là où j'ai grandi et ne pas ressentir de la honte. À Paradise Ranch, un garçon qui posait des questions sur le sexe était fouetté. Sans parler de faire l'amour.

Il y avait une citation du *Deutéronome* que tous les garçons devaient apprendre par cœur : *Si un de vos hommes est impur à cause d'une émission nocturne, il doit être chassé du campement et ne plus y revenir.*

Je me rappelle avoir prié avant d'aller me coucher pour ne pas répandre ma semence pendant mon sommeil et donc ne pas être chassé. Il s'est passé déjà quatre ans depuis que j'ai quitté cet endroit. Mais ses leçons sont toujours gravées au fer rouge dans mon esprit.

Pendant que je suis allongé là, perdu dans mes pensées, Lark se met à bâiller et à s'étirer. Elle ouvre les yeux en clignant des paupières.

– Salut, me dit-elle, l'air effrayée.

– Salut. Je suppose que tu te doutes de pourquoi je suis là.

Elle tend une main et la pose sur mon dos, et sa chaleur traverse l'épaisseur de mon tee-shirt.

– Je ne suis pas surprise que tu sois là. Je suis simplement surprise que tu sois *encore* là. Alors, je suppose que nous sommes dimanche.

Mon éclat de rire est si soudain que j'en hoquette. *Du calme.*

– Tu as raison.

Elle me sourit, paupières closes. Puis elle se serre contre moi, son pied nu trouve le mien sous les couvertures.

– On a une amitié inhabituelle.

– C'est vrai, je murmure.

Et je ne vais pas vous mentir, le fait qu'elle parle d'amitié me rend ridiculement heureux.

– Qu'est-ce que tu fais le dimanche quand j'arrête de me coller contre toi ? me demande-t-elle sur un ton ensommeillé, en glissant son pied contre le mien.

– Aujourd'hui, j'emmène Ruth à l'église parce que Daphné n'est pas là pour le faire.

– Wouah. (Lark rouvre les yeux.) C'est tellement gentil de ta part.

– Ce n'est rien du tout.

– Mais si.

Sa main me masse agréablement le dos de haut en bas. Ça m'excite, mais je le cache bien. Et comme il n'y a pas de risque qu'il se passe quoi que ce soit entre nous, je me laisse aller à apprécier cette sensation. Ses caresses me déclenchent des picotements de haut en bas de la colonne vertébrale et laissent ma peau hypersensible.

– Je suis certaine que Ruth apprécie ta compagnie, dit-elle. Et je suppose que tu n'es pas un grand fan de l'église. Tu dois même être assez remonté contre le christianisme.

– Nan, dis-je faiblement. Je n'accuse pas la religion de mes problèmes.

– Vraiment ? Parce que moi, à ta place, je serais super-énervée. Quiconque se sert de l'Église pour chasser ses proches est un vrai connard.

Je souris contre mon oreiller. J'aime les caresses de Lark et sa façon de monter au créneau pour prendre ma défense.

– Ils se sont juste fourvoyés. Je les plains.

C'est la vérité en effet, dans mes bons jours, cela dit. Et aujourd'hui, c'est un de mes meilleurs jours.

– C'est généreux de ta part. Je ne suis pas aussi sûre de moi à propos de la religion. Peut-être que je suis nulle de dire ça, puisque récemment j'ai beaucoup imploré le Seigneur.

– Je suis heureux qu'il t'ait exaucée, dis-je calmement.

Elle soupire.

– Il existe un proverbe qui dit : Il n'y a plus d'athées dans les tranchées. Mais je n'ai jamais été une grande croyante.

– Moi si. Surtout maintenant.

– Pourquoi maintenant ?

Parce que tu es tellement belle.

– C'est difficile à expliquer. Je ne suis jamais allé dans une vraie école, mais ils m'ont appris à lire la Bible, et j'en connais chaque livre. Ils avaient l'habitude de prêcher en disant que Paradise Ranch était notre pays de cocagne, de miel et de lait. Mais moi, j'étais un môme. Je prenais tout au pied de la lettre. Et il n'y avait jamais assez de lait, sans parler du miel.

– Aïe, dit Lark à voix basse.

– J'avais entendu parler de tous les miracles et je me trouvais minable d'avoir manqué ça. Mais le truc marrant, c'est qu'à présent je vis dans l'endroit le plus miraculeux au monde. Quand toi et moi nous irons bosser, ce sera pour ramasser des pommes qui tombent presque toutes seules de l'arbre. Il y aura du lait dans mon café et quelqu'un qui m'offrira du rab, encore et encore, au petit déjeuner. C'est ici, la terre de lait et de sirop d'érable.

En baissant la tête, je vois que Lark m'écoute avec une expression très douce et jamais je n'ai été plus certain que notre Terre est un endroit unique.

– Partout où je regarde, je vois des miracles, je conclus.

Elle ferme les yeux et glisse ses bras sous sa tête.

– Zach, tu es vraiment brillant pour quelqu'un qui n'a pas pu aller à l'école.

– Tu m'as juste chopé dans un bon jour, dis-je, et elle se met à rire.

CHAPITRE 11

LARK

Après le petit déjeuner, je pars ramasser des pommes au verger. J'ai appris à enfiler des couches de vêtements parce que, si les journées de septembre sont encore chaudes, la température chute violemment dès la nuit tombée. Je trouve Griffin dans une rangée de pommiers à cidre. Il les inspecte avec un soin et une précision qui me fascinent. Je le regarde tester la fermeté d'une pomme avec son pouce et lui donner une petite secousse pour voir si elle se détache facilement.

Ce qu'elle fait.

– Il faut qu'elles soient assez mûres pour pratiquement tomber toutes seules de l'arbre, me dit-il quand je m'approche. Celles-ci le sont. Où sont les gars et May ?

– May rattrape un peu son retard de lecture, dis-je. Elle a repris les cours à la fac de droit la semaine dernière.

– Mais je peux aller chercher tes cousins et Zach.

– Une minute, je voudrais juste savoir un truc, dit-il en examinant une autre pomme.

– Mmmm ? je demande en cueillant une pomme pour la humer. J'adore leur parfum ensoleillé, musqué.

– Tu fais souvent des cauchemars comme ça ?

Merde. Je me penche pour mettre la pomme dans le seau, afin qu'il ne voie pas mon visage.

– Pas si souvent que ça, je réponds avec précaution.

Sauf que comme il dort dans le dortoir à présent, il va me rappeler ce mensonge très rapidement. Zach termine sa nuit dans mon lit tous les deux ou trois jours. Pourquoi est-ce que mes rêves ne s'arrêtent pas, putain ?

Au moins, je dors plus qu'à Boston, grâce à Zach. Ça aussi, Griff va s'en rendre compte. Pourquoi est-ce que je cause tant d'ennuis ?

Griff se racle la gorge.

– Peut-être qu'un docteur pourrait t'aider ?

– Tu crois que je n'ai pas essayé ? J'ai vu *trois* psys, Griff. Mes parents ont appelé tous les spécialistes qu'ils connaissaient. Mais j'en ai eu marre de m'entendre demander ce qui s'est passé.

– Et que s'est-il vraiment passé ? me demande-t-il doucement.

– Je n'en suis pas entièrement sûre, je chuchote. C'est ce qui fout les jetons à tout le monde. Le premier truc auquel ils pensent, c'est…

Je m'arrête avant de le dire à voix haute.

– Le viol, termine-t-il pour moi, ses grands yeux bruns tellement remplis d'empathie.

Il passe un bras autour de mes épaules et me serre contre lui.

– C'est ça, mais ça n'est pas arrivé.

– Non ?

Je secoue la tête.

– Pourtant, personne ne me croit.

Mais je connais mon propre corps. Et après mon sauvetage par la police, cela ne m'a jamais effleurée jusqu'à ce que les médecins de Boston se mettent à me poser la question. Mais le sentiment avec lequel je me réveillais, ce n'était pas l'impression d'avoir été violée. C'était… de la *culpabilité*. Quoi qu'il se soit passé, je sais au plus profond de moi que j'en étais la cause.

– Je suis désolé pour ce qui t'est arrivé, grommelle Griff. J'aimerais tellement pouvoir t'aider.

– Mais tu m'aides, dis-je en reculant. Je veux juste rester ici, travailler et sortir avec des gens qui me connaissent.

– Très bien, dit-il en hochant sa tête énorme. Je suis complètement d'accord pour que tu te caches dans ma ferme, tant que cela ne te fait pas de mal.

– Je crois que je vais déjà mieux. Ça ne fait pas si longtemps que ça, tu sais ? J'ai juste besoin d'un peu plus de temps.

Il se mâchouille la lèvre un bon moment, puis il hoche la tête.

– Euh, n'en parle pas à May, tu veux bien ? Je n'ai pas envie qu'elle se fasse du mouron.

Griff me lance un regard sceptique.

– Tu ne veux pas que je m'en fasse, ajoute-t-il, mais tu veux aussi que je mente ?

– C'est parce que ce n'est pas important. Et qu'elle a ses propres merdes à gérer en ce moment, j'argumente.

Je me sens toujours coupable de ne pas avoir eu la bonne réaction lorsqu'elle m'a avoué ses problèmes d'alcool.

– D'accord, soupire-t-il. Maintenant, va me chercher ces flemmards qui font partie de ma famille et ramène-les jusqu'ici.

***

On travaille tous comme des bêtes de somme cette semaine. Ruth conduit Daphné à la fac dans le Connecticut et Dylan commence ses cours à temps partiel. May potasse ses livres de droit. Griff a embauché des journaliers pour ramasser les pommes et l'aider au pressoir, parce qu'à présent, il n'y a plus assez de bras pour tout le travail de la ferme. En plus, on fait des heures sup pour rénover sa maison.

J'aime bien être tellement occupée. Mes amis travaillent tous si dur, les aider me semble la meilleure utilisation possible de mon temps.

Zach et moi avons fait quatre marchés paysans en une semaine, dans quatre villes différentes, et chacun avait une ambiance particulière. Norwich et Woodstock étaient les plus branchés. Hanovre me rappelait une fête foraine. Et celui de Montpelier était typique des néoruraux du Vermont.

Pourtant, il a plu. Pendant un temps, on aurait pu croire que la pluie avait été tout spécialement commandée pour tremper les marchés paysans. Cela stressait Zach, pas parce qu'il n'aime pas être mouillé, mais parce qu'on vend moins quand il pleut.

– Tu ne peux pas contrôler la météo, je souligne après un marché très calme à Hanovre.

Il a l'air dépité lorsqu'il faut recharger la moitié de nos marchandises dans le camion.

– Je sais, soupire-t-il. J'espère simplement que Griff ne regarde pas les comptes en se demandant ce que j'ai bien pu faire de travers.

– Je pense qu'en te voyant tout dégoulinant, il va arriver à la bonne conclusion.

Et mince, le torse de Zach dans un tee-shirt humide est une vraie splendeur. Ses abdos sont aussi bien dessinés que l'ancienne planche à laver accrochée au mur dans la cuisine de Ruth Shipley.

Le vendredi suivant, nous cueillons des Haralson, sous un ciel clément. C'est chouette d'être à nouveau au soleil, sauf que je dois assister à la dispute entre Kyle et Griff pour savoir où nous irons boire un verre le soir.

– À *La Chèvre*, répète Griff.

– Au *Gin Mill*, proteste Kyle. Qu'est-ce que ça peut te faire, de toute façon ? Tu n'y vas pas pour draguer.

– Je n'ai pas envie de me taper la route jusqu'au bar d'Alec. Je vais passer assez de temps sur cette route, cet hiver.

– Pourquoi ? demande Kyle.

– Hé, c'est un plan auquel je travaille. Ne vous prenez pas le chou pour ça.

– Allons au *Gin Mill* ce soir, comme ça, tu pourras vérifier tout ça, dit Kyle.

– Ah, c'est malin, répond Griff dans un soupir.

***

Vendredi dernier, je ne suis pas allée au bar pour pouvoir accompagner May à sa réunion des Alcooliques Anonymes. Après quoi, nous nous sommes offert une glace et avons regardé un film chez les Shipley. Puisque les garçons étaient sortis, nous avons choisi un truc de filles et avons proposé à Ruth de le regarder avec nous.

Mais cette semaine, May me pousse du coude jusqu'au camion de Griff.

– Tu sors. Moi, je vais travailler un peu mes devoirs après ma réunion.

– Un vendredi soir ? je geins.

– Oui, pendant encore un an, je vais être aussi chiante. Amuse-toi bien.

Cependant, je suis fatiguée et pas vraiment d'humeur à supporter le niveau sonore d'un bar. Mais j'y vais quand même, juste pour me prouver que j'en suis capable.

Griffin a remporté le morceau, nous nous retrouvons donc à *La Chèvre*. Encore une fois, je fais le trajet à l'arrière de la camionnette, entre Zach et Kyle. Quand nous arrivons devant ce bar, plus petit, et que j'entends la musique assourdissante qui s'en échappe, j'ai immédiatement une crampe à l'estomac. En serrant les dents, j'entre. Mais il n'y a pas une seule table de libre. Eh merde.

Je n'aurais pas dû venir.

Pendant que nous commandons, je me rends bien compte que Zach me surveille du coin de l'œil.

– Ça va ?

– Oui, oui.

Je me rapproche un peu de lui. Je ne peux pas m'appuyer contre un mur pour me reprendre, il est donc ma meilleure solution de rechange.

C'est un môme au visage couvert de taches de rousseur et aux sourcils très fournis qui nous apporte nos boissons. Je sirote ma bière en cherchant des yeux un endroit calme. La musique pop diffusée à fond n'arrange rien.

– Ça me fait mal aux oreilles, je murmure.

– Moi aussi, ça me fait mal, dit Griff. Zara n'aurait jamais toléré cette merde pendant son service.

Une main large se pose sur mon épaule et me pousse vers Griff.

– Attends ici une seconde, me dit Zach.

Et il disparaît.

Deux minutes plus tard, il est de retour. Encore une minute, et j'entends l'ouverture de « Snow » des Red Hot Chili Peppers.

– Oh ouais, ça, c'est bien mieux, dit Griff.

Je renverse la tête en arrière, elle va cogner l'épaule confortable de Zach.

– C'est toi qui as fait ça ?

Il hausse les épaules en avalant une petite gorgée de bière.

– Un jour, quelqu'un m'a dit qu'il ne pouvait rien se passer de mal quand les Chili Peppers jouent.

Les coins de la bouche de Griff se soulèvent.

– Ça ressemble vachement à un truc que Sauvageonne pourrait dire.

– Parce que c'est la vérité ! Hé, regardez…

Je leur montre du doigt trois femmes qui quittent une table haute, de l'autre côté de la pièce.

– Vu ! s'exclame Zach, en s'éloignant à nouveau.

Il nous garde la table jusqu'à ce que les femmes soient parties. Chacune d'elles lui jette un regard fort approbateur au passage. Griff et moi fendons la foule et je m'assois sur l'un des tabourets, à côté de Zach.

– Il nous faut un cinquième siège, je lance, mais Griff nous fait signe que non.

– Je monte dire bonjour à Zara et à la petite Nicole. Kieran et Kyle Le Tombeur peuvent s'asseoir.

Je reviens dans une heure. Ou moins, si Zara est lessivée.

– Son bébé ne dort toujours pas ?

– De temps en temps, dit Griff avec un sourire. Quand elle veut bien, tu vois ? C'est une petite rouquine qui a du caractère. Elle épuise Zara.

Il part et je m'installe pour mater un peu les gens pendant que mon groupe préféré passe. Je me sens plus à mon aise. Je propose de faire une partie de poker.

– Tu vas sans doute me plumer, bougonne Kyle. Il paraît que je suis incapable de rester impassible.

– On n'a qu'à jouer des centimes, je suggère en sortant un jeu de cartes de mon sac. Et on va t'entraîner à avoir l'air impassible.

– Je ne me rappelle pas bien la hiérarchie des différentes combinaisons, avoue Zach.

– Ce n'est pas grave, disons qu'on s'entraîne.

Nous jouons une partie en buvant nos bières. Kieran gagne, mais seulement parce qu'il a une veine de cocu. Zach, lui, affiche une tête parfaitement impassible.

– Oh, oh, Zach, glousse Kieran, regarde qui vient d'entrer.

– Super, murmure Zach en prenant sa bière.

– Qu'est-ce qu'il y a ? je demande en me tournant vers la porte.

Tout ce que je vois, c'est deux filles à peine assez âgées pour être en fac. Elles sont outrageusement maquillées, comme le sont parfois les adolescentes qui se cherchent encore. Et elles sourient un peu trop également.

Ça fait peine à voir.

Les yeux de Kieran se mettent à briller en attrapant sa bière.

– La frisée a un faible pour Zach. Et quand elle est bourrée, elle essaie de lui grimper dessus comme à une échelle.

Kyle se met à rire.

– Si seulement. Elle essaie de le monter comme un taureau monte une génisse. Moi à sa place, je la laisserais faire.

Kieran secoue la tête.

– Même toi, tu ne le ferais pas. Trop saoule, trop jeune…

– Peut-être l'année prochaine ? glousse Kyle. Si elle ne chope pas Zach avant. Maintenant, attention les yeux, le spectacle commence.

Zach, rouge de confusion, fait la grimace. Je regarde les deux filles qui ont effectivement l'air bourrées et titubent.

– Mince, est-ce qu'elles ont conduit jusqu'ici dans cet état ? je me demande à voix haute.

– Nan, l'une d'entre elles habite plus haut, à quelques centaines de mètres, répond Kieran. Elles se déchirent la tête à la maison et, ensuite, elles viennent ici. Griff a dû les ramener chez elles une fois, au printemps dernier. Après en avoir détaché une de Zach.

– Maintenant, elle t'a repéré ! L'approche, c'est ma partie préférée, pouffe Kyle.

– Pourquoi moi ? murmure Zach dans sa bière.

– Parce que tu as l'air d'être un type sympa, dit Kyle gaiement. Tu es accessible. Comme un gentil petit chiot.

Zach a plutôt l'air vraiment embarrassé.

– Tu veux que je lui fiche les jetons ? je propose.

– Comment ?

– Comment ? je me gausse en avançant vers lui. Prends-moi dans tes bras.

– Un complot ! jubile Kyle. On va se marrer.

– Grouille !

Je lui ôte sa bière des mains pour la poser sur la table. Et je me redresse, passe mes bras autour du cou de Zach. Mais il reste là, raide comme la justice.

– Tu es un acteur épouvantable, je siffle en lui donnant un coup de coude. Joue le jeu.

Lentement, ses bras se referment sur moi et se posent autour de ma taille. Je me dresse sur la pointe des pieds et je frotte lentement mon nez contre le sien.

– Ça donne quoi ? je murmure.

C'est Kieran qui répond :

– Le missile guidé par infrarouges est toujours dirigé vers la cible. Contact, dans cinq secondes. Gaffe à toi, Lark.

Ça me fait sourire.

– Salut, Zach ! lance une voix aiguë et chancelante. Moi aussi, j'ai droit à un câlin ?

Sérieusement ? Je tourne le menton vers la fille.

– Il est occupé, là, j'aboie.

J'entends Kyle et Kieran renifler de plaisir. Mais la fille ne s'éloigne pas. Cette pauvre petite poulette ne comprend pas mes allusions. La manière forte s'impose donc.

Je prends le beau visage de Zach entre mes mains, et je le tire vers le bas jusqu'à ce que ses lèvres effleurent les miennes. Le corps de Zach reste parfaitement immobile.

Quand le vin est tiré, il faut le boire.

Après une seconde d'hésitation, je me penche. En inclinant la tête pour obtenir un angle droit, je joins doucement nos bouches. Il fait un son très doux, retenu, qui m'atteint en pleine poitrine. Ses bras se resserrent doucement autour de moi pendant que nos lèvres se touchent, et c'est à ce moment que mon corps oublie que ce baiser est censé être un leurre. La bouche de Zach répond à la mienne et mes genoux se mettent à vaciller légèrement. Seigneur, c'est tout simplement torride et cela fait si longtemps que personne ne m'avait embrassée.

Sérieusement, je devrais offrir un cadeau, à cette petite nana pompette, pour m'avoir offert l'occasion d'embrasser Zach. Il se plonge dans ce baiser, et l'instant se distend et miroite de façon tout à fait inattendue. J'ai très envie d'aller plus loin, mais il ne faut pas. À grand regret, je fais glisser mes lèvres vers la commissure des siennes et je le taquine avec des baisers papillons.

– La voie est dégagée ! glousse Kyle.

Alors Zach me relâche, se recule aussi vite que si je l'avais touché avec un Taser. Je me retrouve un peu désappointée. Ça a été vraiment bon, tant que ça a duré.

Zach reste là, l'air effrayé. Il pose ses doigts sur ses lèvres et les laisse très vite retomber. Je me retourne et j'examine le bar. La poursuivante pompette de Zach est à l'autre extrémité de la pièce, en train de se choisir une nouvelle proie.

– Mission accomplie ? je demande.

– On le dirait bien, dit Kyle en me donnant une petite tape sur la tête. Tu sais quoi, Lark ? Je crois que j'aperçois quelqu'un qui vient m'emmerder, moi aussi. Tu peux t'en charger ?

Il me tend les mains. J'ouvre la bouche pour charrier Kyle, mais je perds le fil de mes pensées quand je vois le regard assassin que lui lance Zach. Lui qui habituellement ne ferait pas de mal à une mouche, regarde Kyle comme s'il voulait le tuer.

Étrange.

– Tu sais quoi, Kyle, si une fille vient t'attaquer, je vais utiliser une autre stratégie.

– Ouais ?

Il vide sa bière.

– Juste pour changer, je vais la draguer, elle, à la place.

– *Génial*, dit Kyle. Je pourrai regarder, hein ?

Il faut bien que je rie, j'aurais dû savoir qu'il dirait cela.

***

À la surprise générale, et sans doute même de la sienne, Kyle n'est pas rentré en camionnette avec nous ce soir. Il nous a demandé de rester avec une étudiante qu'il a rencontrée en buvant sa troisième bière.

– Comment est-ce que tu vas rentrer à la maison ? lui demande Griff.

– On s'en fout ! lui répond Kyle.

– Très bien.

Et il se penche sur Kyle,

– Il y a une boîte de capotes dans la boîte à gants de ma camionnette.

– J'ai ce qu'il me faut, dit Kyle avant de taper l'épaule de Griff et de s'éloigner.

Instinctivement, je me tourne vers Zach pour voir ce qu'il pense de cette péripétie amusante. Mais il a une expression on ne peut plus fermée. Il examine la mousse de sa bière comme si les réponses à toutes ses questions vitales étaient inscrites au fond de son verre.

– On met les bouts ? Pas d'objection ? demande Griff.

Zach termine sa bière et pose son verre vide sur la table.

– Allons-y, dit-il, et il sort du bar si rapidement que je vois quasiment une traînée de condensation derrière lui.

Euh, oh. Zach n'a pas dit grand-chose depuis que je l'ai embrassé. Et à présent, je me demande si je n'ai pas merdé. J'oublie parfois que tout le monde n'aime pas se comporter ainsi. Je déteste penser que mes bêtises l'ont mis mal à l'aise.

– Je vais devant, crie Kieran avant que nous sortions.

Mais Zach est déjà installé à l'avant de la camionnette.

– Je l'ai demandé en premier, ronchonne Kieran.

– Tant pis, marmonne Zach.

Le retour à la maison se passe dans le calme, ce qui m'inquiète un peu plus. Zach a été tellement généreux avec moi ces dernières semaines. Cela m'achèverait de me dire que j'ai fichu en l'air notre amitié.

– Merde, dit Griff quand nous nous engageons dans l'allée. Est-ce que Dylan a laissé la lumière allumée dans l'étable ? Ou alors, c'est la minuterie qui déconne à nouveau.

– Je vais aller vérifier, murmure Zach depuis le siège avant.

– Merci, mec.

Griff tire sur le frein à main. La camionnette s'arrête, Zach saute dehors et referme sa portière. Puis Griff continue à rouler jusqu'en haut et se gare devant la maison.

– Je vais aller dire bonsoir à grand-père et maman. Quelqu'un a besoin de quelque chose dans la maison ?

– Je viens avec toi, dit Kieran. J'ai envie de faire une razzia dans la boîte à biscuits.

Il ne reste plus que moi. Je fais quelques pas en direction du dortoir. Mais ensuite, je fais marche arrière. Je traverse la pelouse sombre vers l'étable, où la lumière est encore allumée.

La lune est quasiment pleine, ce qui facilite la marche nocturne à travers l'herbe. Je suis plus courageuse que lorsque je suis arrivée à la ferme, voici un mois. Je peux traverser d'un bâtiment à l'autre la nuit, sans me sentir paniquée et perdue. Vous voyez ? Même si mes progrès sont lents, je me comporte un peu moins comme une dingue.

– Zach ? j'appelle lorsque j'atteins la porte grande ouverte de l'étable.

– Je suis là, me répond une voix brusque au moment où les lampes principales s'éteignent, laissant juste un faible éclairage à côté du plafond.

J'observe la silhouette sombre de Zach qui avance vers moi en tapotant le cul d'une ou deux vaches Jersey au passage.

– Il y a un truc qui ne va pas ? demande-t-il sans croiser mon regard.

– Eh bien…

Je m'appuie contre le chambranle de la porte, en me demandant ce que je dois dire. Est-ce que je suis en train de surréagir ?

– Je crois que j'ai merdé ce soir. Si ce baiser t'a embarrassé, j'en suis vraiment désolée. Je ne recommencerai plus jamais. J'ai dépassé les limites. Je t'ai peut-être offensé.

– Offensé, répète-t-il en écho.

Quand il finit par se redresser, l'expression que je lis sur son visage n'est pas celle à laquelle je m'attendais.

– Ou… oui, je balbutie.

Zach entre dans mon espace intime si rapidement que je n'ai pas le temps de réagir. Mon dos entre en collision avec le bois de la grange à l'instant où il pose sa main sur ma joue. Pendant la nanoseconde qui précède son baiser, je prends une inspiration et j'inhale l'odeur de la paille et de la flanelle propre. Puis sa bouche avide prend la mienne.

Oh.

Oh… wouah.

Mes sens sont affolés par Zach tout entier, par son odeur ensoleillée et par le contact rugueux de son pouce sur ma joue.

Et son goût, qui est fait de bière et de désir. Son baiser est impatient. Ses lèvres caressent les miennes en exigeant d'être goûtées. Ma surprise disparaît d'un seul coup et je m'affaisse contre le mur en inclinant mon visage contre le sien, dans l'attente.

Et il me donne tout ce que j'attends. Pendant que ses grandes mains encerclent ma taille, il touche ma lèvre avec sa langue. J'ouvre ma bouche pour lui, aussi vite qu'un oisillon affamé. Le premier contact avec son désir est magique. Il déclenche une décharge électrique dans tout mon corps.

Je fais un petit bruit de surprise lorsque chacune de mes terminaisons nerveuses se réveille pour le saluer. Mes mains trouvent le chemin de sa poitrine, mes doigts agrippent sa chemise de flanelle. Sa langue glisse contre la mienne. Et quand il pousse un grognement d'approbation, je le sens partout.

– Zach ?

Quelqu'un l'appelle. C'est la voix de Griff. Nous nous séparons en haletant, les yeux dans les yeux.

– Tout va bien ? demande Griff depuis l'autre bout de l'étable, dans le noir.

Zach crie « oui » d'une voix plus rauque que d'habitude.

– C'était encore la minuterie ?

Zach ouvre la bouche, puis la referme. Il fait mine de revenir vers moi. Il faut que je sois aveugle pour ne pas voir qu'il est en plein conflit interne. Et même s'il n'y a aucune raison sur terre pour que Griff discute des lumières des vaches à minuit, un vendredi, je ne veux pas non plus être la cause d'une engueulade avec son patron.

Alors, je prends une décision rapide, je pars. Je me glisse dans l'espace entre Zach et la porte de l'étable, je me dirige vers la pelouse éclairée par la lune. Je sens le regard de Zach sur moi, mais je me dépêche de m'éloigner.

CHAPITRE 12

ZACH

Putain de merde, comme on dirait chez les Shipley.

Je me trouve embringué dans une conversation sur l'éclairage des granges avec Griff, avant de finir par m'excuser puis par me diriger, enfin, vers le dortoir.

La porte de Lark est fermée. Il n'y a pas de rai de lumière en dessous.

Mais c'est mieux ainsi, j'ai besoin d'un peu de temps pour m'éclaircir les idées, pour comprendre ce qui a bien pu se passer ce soir. Je n'ai jamais imaginé embrasser Lark. Griff nous a dit très clairement que *cette fille était intouchable.* Mais, eh, c'est elle qui a commencé. Le baiser au bar nous a pris tous les deux par surprise.

Cette façon qu'elle a eue de s'agripper à moi pendant qu'on s'embrassait ? Ce n'était pas le fruit de mon imagination. Ni l'embrasement de son visage, après. Elle l'a senti. Mais pourtant cela ne justifie pas mon audace. J'aurais pu passer outre. En ruminant tout ça, je me brosse les dents mécaniquement et je me mets au lit. Griff entre en plaisantant avec Kieran. Ils se demandent où peut bien être Kyle cette nuit.

– J'espère que cette fille n'est pas une serial killeuse, annonce Kieran.

– Ce serait marrant qu'il se soit gouré en interprétant la situation. Peut-être qu'elle veut simplement le convertir à une autre religion, poursuit Griff.

– Ou lui vendre une propriété à temps partiel à Boca !

Tous deux éclatent de rire.

Je me souris à moi-même lorsqu'ils éteignent la lumière. C'est un comportement typique du dortoir, alimenté par ce mélange habituel du vendredi soir, fait de bière et de frustration sexuelle. Telle est ma version personnelle de mon « chez-moi ». Cela pourrait paraître étrange à quelqu'un d'autre, mais pour moi, c'est normal.

Et lorsque le sommeil me gagne, je fais une prière silencieuse pour que Lark dorme bien cette nuit. M'approcher d'elle en ce moment serait une très mauvaise idée. Il suffirait qu'elle me touche pour que je prenne feu.

Griff se met à ronfler le premier, mais je prends vite sa suite.

***

Le samedi, je me réveille dans mon lit. En coupant l'alarme de ma montre, je me lève avec peine, m'habille et me dirige vers l'étable, où Dylan et moi commençons la traite en silence, encore à moitié endormis. C'est au tour de Kieran de faire la grasse matinée, mais à peine vingt minutes après qu'on a commencé les tâches matinales, il se pointe.

– Qu'est-ce que tu fais ici ? je lui demande pendant que je branche la trayeuse à Becky, une vache Jersey.

– Je couvre mon frère, murmure-t-il. Dieu sait quand il va revenir.

Kieran prend une pelle et se met à nettoyer le caniveau. C'est chouette de sa part. Je connais les Shipley depuis des années, à présent, mais je suis toujours stupéfait de leur générosité les uns envers les autres. Pas étonnant que j'aie du mal à imaginer un plan B. Je n'ai aucune envie de vivre ailleurs qu'ici.

– C'était au tour de Kyle d'être de corvée de merde aujourd'hui, pointe Dylan.

– Tu pourras le punir lundi, je suggère.

– Hé, Chewie, tu as une seconde ? m'appelle Griff depuis l'extérieur de la grange.

– Bien sûr.

Je le suis dans la lumière du matin. On entend de la musique dans la cuisine de la ferme et je me demande si Lark y est déjà, en train de préparer le petit déjeuner avec Ruth et May.

Penser à elle suffit à me tordre le ventre. Dans une heure, on partira ensemble pour le marché de Norwich. Le trajet va être intéressant.

– J'ai une question à te poser, me dit Griff en me ramenant à la réalité, qu'est-ce qui se passe avec Lark ?

– Euh…

Sa question fait retentir les sonnettes d'alarme dans ma tête. Je n'ai pas fait exprès d'embrasser Lark. Je lutte contre une forte envie de mentir à propos des sentiments que j'éprouve pour elle.

– Elle va bien, tu crois ?

Ça me prend un moment pour me rendre compte que sa question n'a rien à voir avec le baiser dans la grange.

– Tu veux dire… parce qu'elle fait des cauchemars ?

Il hoche la tête.

– Ça ressemble à un syndrome post-traumatique, non ? Exactement comme le second frère de Zara, Damien. Tu savais qu'il avait rempilé en Afghanistan ?

J'acquiesce. Damien passe de temps en temps au *Gin Mill*, et j'ai vu ses plaques d'identité.

– Ce type n'a pas dormi pendant deux ans après son retour au bercail. Il m'a dit qu'il était encore parfois somnambule. Un jour, il s'est réveillé sur son canapé, un couteau de cuisine à la main.

Aïe.

– Je n'arrive pas à imaginer Lark jouer *Les démineurs*[10] avec nous.

---

10. Film de Kathryn Bigelow, sur le lieutenant James, soldat d'élite et démineur US en Irak.

– Je n'ai pas *peur* d'elle, Zach. Juste, je ne veux pas être le type qui a ignoré ses problèmes parce qu'il n'y prêtait pas assez attention.

– Ce n'est pas ça du tout !

Au ton irrité de ma voix, Griff hausse ses sourcils bien fournis. Mince, je crois que je ne me suis jamais disputé avec lui. Pas même sur le choix des pizzas.

– Alors c'est quoi ? demande-t-il tranquillement.

Je prends une profonde respiration et j'essaie de me calmer. Si Griff fait toute une affaire des problèmes de Lark, ça ne fera que l'énerver un peu plus. *Cela pourrait la pousser à partir*, ajoute mon subconscient. La vérité, c'est que je veux être celui qui l'aide. Le seul et l'unique. Est-ce que je suis en train de foutre la merde pour rester le seul contre lequel elle viendra se serrer quand elle aura peur ?

– Et si on lui laissait un peu de temps pour se sentir mieux ? je suggère alors. Elle n'est pas rentrée depuis très longtemps ? Elle est venue dans le Vermont pour échapper à ses parents qui sont trop inquiets pour la laisser respirer.

Griff se frotte la barbe.

– Je t'entends. Et quand je lui ai posé la question directement, elle m'a dit qu'elle allait bien. Mais elle avait l'air nerveuse au bar hier soir. Est-ce qu'elle s'en sort bien au marché ?

– Ouais, je réponds du tac au tac. Ça se passe bien la plupart du temps.

Sauf quand il fait vraiment chaud, ou que c'est bondé. Ou bruyant.

– Qu'est-ce que, euh… (Griff se balance d'un pied vers l'autre.) Elle t'a parlé de ce qui lui était arrivé au Guatemala ?

Mes poils se hérissent dans mon cou, comme chaque fois que je me pose la même question.

– Elle m'a dit qu'elle avait vu quelqu'un mourir.

Griff tressaille.

– C'est tout ?

– Ce n'est pas suffisant ? je demande en essayant de ne pas utiliser un ton trop énervé.

– Bien sûr que si, répond lentement Griff. Je crains simplement qu'il y ait autre chose, et que peut-être je lui demande de faire des trucs trop difficiles pour elle.

– Je ne crois pas. Si tu veux vraiment t'en assurer, propose-lui d'envoyer quelqu'un d'autre à Norwich aujourd'hui. Tu verras bien ce qu'elle te répondra.

– D'accord. Elle semble avoir confiance en toi. (Il me serre l'épaule.) Mais préviens-moi s'il y a le moindre problème.

– Ok, je grogne.

– Comme le baiser qu'elle t'a donné la nuit dernière.

Ma gorge se serre.

– C'était juste une plaisanterie.

Enfin, c'était censé en être une.

Griff se marre.

– Les meilleures plaisanteries ont toujours un fond de vérité. Ça paraissait assez réaliste, si tu veux mon avis.

Je sens mon cou qui commence à chauffer.

– On va charger le camion pour Norwich ou on reste là à bavasser toute la matinée ?

Son sourire élargit encore.

– Wouah, je crois que tu l'apprécies beaucoup. Arrange-toi pour ne pas faire trop de peine à ma sœur Daphné.

– Griff ! Seigneur Jésus !

Le sourire de mon boss est rayonnant.

– Tu jures sur le nom du Seigneur à présent ? On dirait que j'ai fait mouche.

Et voilà, je me suis *fait piéger* par cette conversation embarrassante.

– Je vais charger le camion, je murmure.

Et pour la première fois de ma vie, je tourne le dos à Griff Shipley, les tempes en feu. En me dirigeant vers la cidrerie, je m'attends à ce qu'il me rappelle et qu'il m'arrête. Mais il ne le fait pas.

CHAPITRE 13

LARK

Je suis dans la cuisine quand le pick-up se gare devant.

Je mets deux des muffins au potiron de Ruth dans une boîte en plastique et je referme deux grands mugs de voyage remplis de café.

– Bonne journée, me lance May depuis la cuisinière où elle prépare des œufs brouillés, on dirait qu'il va faire beau.

– Merci, ma poulette. Étudie à fond pour qu'on puisse regarder un film ce soir.

– D'accord.

Je sors avec les muffins et le café, en posant les mugs sur la boîte en plastique pour pouvoir plus facilement refermer la porte de derrière.

– Laisse-moi t'aider, murmure Zach en emportant les tasses avant que j'aie pu exécuter un numéro d'équilibriste risqué.

– Merci.

Je contourne la camionnette pour aller m'installer sur le siège passager. Je me demande comment ça va se passer entre nous, ce matin. Sans doute bizarrement. Je me suis réveillée en me rappelant notre moment passé dans la grange. Et au bar. Je ne savais pas que j'étais aussi facile à impressionner. Mais il a suffi de deux baisers pour me rendre toute chose. Même s'il n'est pas évident qu'il y en ait d'autres à l'avenir. Et à présent, nous avons deux cent cinquante kilos de pommes à vendre en quatre heures. Je suis occupée à attacher ma ceinture lorsque je vois Griff qui nous fait signe.

– Hé, le patron te fait signe, je dis à l'instant même où Zach lève le pied du frein.

Le pick-up s'arrête à nouveau et je baisse ma vitre pendant que Griff trottine vers nous.

– Salut, Lark. Tu as envie de vendre des pommes aujourd'hui ? Parce que si tu préfères rester ici, je peux envoyer Dylan à ta place.

Je plonge les yeux dans ceux grands et bruns de Griff, en essayant de comprendre pourquoi il me demande ça.

– Est-ce que tu essaies de me priver des donuts au cidre de Norwich ?

– Pas le moins du monde, Sauvageonne.

– Tant mieux. Parce que je te préviens que suis capable de tuer pour eux.

Griff rigole. Puis il se penche vers Zach :

– Tu as pris le cidre doux que j'avais mis dans le frigo du bas ?

– Bien sûr, lui répond sèchement Zach.

Le sourire de Griff s'estompe.

– Tout va bien ?

Les mains de Zach serrent un peu plus fort le volant.

– Ouais. Ça va.

– Ok, alors.

Griff ôte sa casquette de base-ball et nous salue avec.

– Allez de l'avant, et vendez-moi les premières Honeycrisp de la saison.

En observant le visage de Zach pendant que nous démarrons, j'y vois une certaine tension.

– Tout va bien ? je hasarde.

– Ouaip, répond-il, mais il n'est pas complètement convaincant.

Il est stressé et je ne suis pas assez vaniteuse pour penser que je peux en être la cause.

– J'ai apporté des muffins et du café.

Ses yeux ne quittent pas la route un instant, il se contente de hocher la tête.

– Super. J'ai vraiment besoin d'un café ce matin.

Dès que nous entrons sur la route, je lui tends son mug de voyage et il en a boit une grande rasade.

– Merci pour cette manne céleste.

– Tu n'as pas bien dormi ? Moi, j'ai dormi comme un bébé.

Peut-être que j'exagère un peu, mais s'il a le moindre regret à propos de notre baiser dans la grange, je veux lui faire comprendre que, de mon côté, tout va bien. J'apprécie trop son amitié pour laisser pourrir la situation.

Mais, hé, s'il avait envie de recommencer, je me laisserais très probablement faire. Cela fait longtemps que je n'avais pas ressenti un tel désir pour quelqu'un, mêlé à un tel optimisme.

– Je suis heureux que tu aies bien dormi, dit-il gentiment. C'est tout ce que je te souhaite.

J'attends, mais il ne dit rien de plus. Alors, je prends mon iPod et je mets en route une de mes playlists. Eddy Vedder entonne « Black » et je m'enfonce dans mon siège quand les inévitables Chili Peppers prennent sa suite, je ne peux pas m'empêcher de sourire aux anges.

– Merci d'avoir demandé qu'ils mettent ça hier soir, quand je me suis sentie un peu tendue. C'était vraiment chouette de ta part.

– De rien.

Silence.

Humm.

Je regarde défiler le paysage du Vermont. Le maïs n'a pas encore été récolté. Et les énormes meules de foin recouvertes de plastique blanc ressemblent à des boules de mozzarella géantes qui me donnent envie d'une énorme salade de tomates et d'une brouette pleine de vinaigre balsamique…

La radio marche et Zach, même stressé, est d'une compagnie des plus agréables. Je me sens toujours détendue en sa présence, parce qu'il sait déjà que je suis une épave. Et il semble m'aimer quand même.

Il m'aime un peu plus qu'il ne l'aurait souhaité, ça, j'en suis sûre.

J'ouvre la boîte de muffins et j'en coupe un en quatre avec précaution. Il est encore chaud et remplit l'habitacle d'une bonne odeur de potiron et de muscade.

– Sésame, ouvre-toi, je dis en m'avançant vers son siège, un morceau de muffin à la main.

Je le lève jusqu'à sa bouche.

Il l'ouvre et j'enfourne le morceau dedans. Alors, il m'attrape la main et embrasse ma paume. C'est juste un geste rapide, mais d'une incroyable tendresse. Ma peau frissonne à l'endroit où il l'a touchée. Et quand il pose ma main sur mes genoux, je me mets à l'inspecter comme si l'explication de ce soudain changement d'atmosphère entre nous y était inscrite.

Je n'avais pas ressenti une telle alchimie depuis longtemps. Et c'était encore plus agréable que dans mon souvenir.

***

Pour une fois, on va avoir un temps splendide au marché. Il n'y a pas seulement du soleil. La température a encore grimpé. À midi, on se croirait en juillet plutôt qu'en septembre. Les gens s'attardent devant les étals, bavardent avec leurs voisins, et j'ai dû me débarrasser de mon sweat-shirt bien qu'on soit à l'ombre.

J'ai bien noté le coup d'œil appréciateur de Zach en découvrant mon débardeur. Heureusement, on est trop occupés pour parler ou même pour trop penser à nos activités extrascolaires de la nuit dernière.

Au centre de la halle du marché, un petit groupe de musique joue. Je ne les vois pas directement, mais des accords de banjo et de violon ponctuent mes transactions.

Je me sens parfaitement détendue jusqu'à ce que Leah arrive et demande à Zach :

– Maeve est avec toi, n'est-ce pas ?

Les mains de Zach se figent sur la bouteille de cidre qu'il vient de sortir de la glacière.

– Je ne l'ai pas vue de la matinée.

– Oh, chuchote Leah.

Elle fait demi-tour en la cherchant tout autour. Et Zach jaillit pratiquement de notre stand pour l'aider à chercher.

– Maeve ? appelle Leah d'une voix tremblante. Où es-tu, ma chérie ?

Zach met ses mains en porte-voix et appelle, lui aussi. Puis il avance d'une dizaine de mètres avant de recommencer. Je termine avec un client, mais mon attention est ailleurs. Je prends son sac de pommes et je le pèse. Mes doigts restent immobiles sur les touches de la calculette, jusqu'à ce que le client m'indique lui-même le montant exact.

– Je suis vraiment désolée, je marmonne en lui rendant sa monnaie sur dix dollars.

Je n'entends pas ce qu'il me répond, mon pouls bat trop fort dans mes oreilles. Et mes yeux continuent à chercher dans la foule une petite fille aux bras potelés qui porte un tee-shirt « Ferme Apostate ».

– Maeve !

La voix de Zach résonne quelque part, hors de mon champ de vision. Puis celle de Leah, en écho. Je frissonne malgré la sueur qui dégouline à présent dans mon dos. Une vague de terreur s'empare de moi.

– Maeve ! appellent les voix, et je retiens ma respiration en espérant entendre une petite voix leur répondre.

Mais elle ne le fait pas.

Une autre cliente s'avance vers la balance et y place ses pommes, mais je n'arrive plus à fixer mon regard sur l'échelle de poids. Le pourtour de mon champ de vision est devenu sépia et les bruits du marché distants.

– Est-ce que ça va, Mademoiselle ? demande quelqu'un au loin. Vous devriez peut-être vous asseoir ?

Cela me semble une excellente idée. J'attrape le bord de la table à deux mains pour m'aider à me baisser. Mes fesses heurtent le sol et tout devient noir.

***

– Je crois qu'elle revient à elle.

Quand je rouvre les yeux, quatre visages me regardent d'en haut. L'un d'eux appartient à Linda, la femme d'un certain âge qui vend de la laine teinte à la main sur le stand mitoyen du nôtre. Elle agite un vieil éventail en papier sur mon visage.

– Faites-lui de la place. Il fait terriblement chaud aujourd'hui !

Les trois autres appartiennent respectivement à Zach, Leah et Maeve, tous accroupis autour de moi. Je ferme les yeux en jurant.

– C'est un vilain mot ! gazouille Maeve.

– Excuse-moi, je marmonne, en tentant de me rasseoir.

– Vas-y doucement, lance Linda, et sa main étonnamment puissante se pose sur mon épaule. Sans ça, tu vas recommencer. Tu es tombée comme un sac de patates, vraiment.

Mais je n'ai pas envie d'être allongée sur l'herbe avec des gens qui m'observent. J'attrape donc le bord de la table pour me redresser. Zach n'est pas d'accord. Il se penche et passe une de ses mains sous mes genoux, l'autre sous mes fesses. Je suis alors soulevée dans les airs jusqu'à l'arrière de notre stand.

Je voudrais lui résister, mécontente, mais c'est trop fatigant. Mes jambes sont toujours très lourdes, je me contente donc de lui lancer un regard courroucé.

Mais je recule quand il m'en lance un encore plus sévère.

– Je n'aime pas trop que tu tombes dans les pommes comme ça.

Je me défends.

– Il fait très chaud.

Il m'installe à l'arrière du camion.

– Reste ici, je vais chercher de l'eau.

C'est une sacrément bonne idée. Alors, je fais ce qu'il me dit de faire.

– Qui est-ce qui vend les pommes ? je lui demande quand il revient en ouvrant une bouteille d'eau fraîche.

– Leah et Maeve. Bois-moi ça. En entier.

Le jeune ouvrier agricole le plus sexy de tout le Vermont arbore une expression impassible qui me suggère de ne même pas essayer de discuter. J'avale une grande goulée et je commence à me sentir mieux.

– Mais où était-elle ? je tente de demander, l'air de rien.

Le regard ombrageux de Zach me prouve que je ne le trompe pas une seconde. Ce n'était pas la chaleur qui m'a fait tourner de l'œil, quelques minutes plus tôt.

Score de la journée : Peur 1 ; Lark 0.

– Sous la table des marchandes de fleurs, elle admirait leur nouveau chaton.

Il sourit pour la première fois depuis mon petit incident, ce qui transforme son visage, devenu plus reconnaissable.

– Je lui ai dit : « Maeve, on te cherche partout ! » Et elle m'a répondu simplement : « Regarde Zacky, il s'appelle Cacao ! »

Je me mets à rire et ça me fait mal au crâne. Sans m'en rendre compte, je passe ma main sur l'arrière de ma tête, là où est en train de se former un œuf de pigeon. Le sourire de Zach disparaît.

– Tu as très mal ? Je ne t'ai pas vue tomber.

– Non, je réponds. (Ma réponse aurait été la même, quoi qu'il soit arrivé.) On peut garder ce petit incident secret ?

Il hésite.

– Griff s'inquiète pour toi.

– Et c'est exactement pour ça que je te le demande.

– Eh bien… (Zach frotte ses favoris dorés.) D'accord, si tu insistes. Je ne suis pas capable de te dire non.

Deux ou trois réponses bêtes me viennent à l'esprit, je les refoule toutes.

– Merci. Et si on allait vendre quelques pommes à présent ? Je me sens coupable d'avoir fait tout ce cirque.

Il me dévisage de ses grands yeux bleus, à la recherche d'un éventuel problème persistant.

– Très bien. Mais il ne reste qu'un quart d'heure avant la fermeture.

– Quand même.

Nous nous dévisageons un bon moment. Puis il s'avance et je le serre dans mes bras. Fort. Il est si chaud, si costaud contre moi, je le respire comme quelqu'un qui refait surface après être resté sous l'eau trop longtemps. Il embrasse mes cheveux, puis soupire.

– Encore un quart d'heure.
– Je m'appuie trop sur toi, je chuchote.
En m'appuyant sur lui.
– Pourquoi trop ?
Il me serre encore un coup, avant de s'éloigner.

***

Pour une fois, je n'essaie même pas de faire ma part quand Zach charge le camion. Je compte la caisse qu'il m'a apportée, puis je l'attends sur le siège passager. J'ai bu beaucoup d'eau et j'essaie d'oublier à quel point je me suis sentie faible. Enfin, nous repartons vers la maison. Je mets les Chili Peppers, bien entendu. J'ai besoin de leur pouvoir positif pour chasser mes idées noires.

– Tu veux me dire ce qui s'est passé tout à l'heure ? me demande Zach lorsque nous entrons sur l'autoroute.

– Il faisait chaud.

Il me lance un regard en coin.

– J'ai un peu flippé.

– Parce qu'on ne trouvait pas Maeve ?

– Ouais. C'était comme… (Je m'efforce de définir quelque chose à laquelle je fais tout pour ne pas penser.)… une détente, j'imagine.

Les ombres sont toujours là, tapies dans les recoins de ma conscience. Des mains qui surgissent de nulle part. Le hurlement que j'ai réussi à pousser. Mais personne n'est venu.

– Je suis désolé, dit-il tranquillement.

– S'il te plaît, n'embête pas les Shipley avec ça. Je n'ai pas épargné ma propre famille pour aller en perturber une autre.

– Je t'ai dit que je ne le ferais pas. Mais j'espère vraiment que ça ne se reproduira plus.

Moi aussi.

– Tu sais, Griff était celui qui nous défendait toujours, May et moi à la fac. C'est vers lui que nous nous tournions quand les choses se passaient mal.

– Ouais ?

Il se tait une seconde.

– Tu es sortie avec lui ?

– Sûrement pas !

Quelle drôle d'idée !

– Je ne suis pas du tout attirée par Griff, mais j'ai aimé tous les membres de la famille Shipley dès que je les ai rencontrés. Je suis une enfant unique et j'ai toujours envié May et sa famille nombreuse. Et Griff faisait encore partie du bureau des étudiants quand nous étions en première année. On l'appelait tout le temps pendant nos deux premières années. Quand on était trop saoules pour conduire, c'était Griffin qu'on appelait et pas un taxi. Quand on était en panne sèche ou qu'on avait crevé, on l'appelait.

– Cela ressemble à un bon deal.

– Oui. J'appréciais le fait qu'il soit toujours présent pour nous, mais sans jamais nous juger, tu vois ?

– Il ne vous a jamais engueulées d'être tombées en panne d'essence ? *Cela* ne lui ressemble pas.

– Oh, bien sûr que si ! Il nous passait un savon à chaque fois. « Comment peut-on avoir besoin d'aide au beau milieu d'une soirée foot, un lundi ? Qui est-ce qui me doit une boîte entière de cookies pour ma peine ? » Mais il ne nous culpabilisait jamais, il ne nous faisait jamais de sermon sur le fait qu'on le faisait braire. Alors que mes parents prenaient toujours tout personnellement.

– C'est dur. Mais, au moins, tu savais qu'ils tenaient à toi.

Et c'est alors que je réalise à quel point je passe pour une môme pourrie gâtée. Zach n'a jamais eu de parents aisés, assis chez eux à Boston, à prier pour sa survie. Alors, qu'est-ce que ça peut bien faire que la nature trop autoritaire de mes parents ait alimenté mes bêtises d'adolescente ? À la fin de la nuit, quel qu'ait été le nombre de fois où je sortais en douce en passant par la fenêtre de ma chambre, je savais qu'ils seraient toujours là, à attendre mon retour.

– Bref, Griff a toujours été gentil avec moi. Je ne veux pas devenir un problème pour lui cet automne.

Il tend une main et m'attrape l'avant-bras.

– De qui veux-tu être le problème, alors ?

Je réalise à quel point qu'il dit vrai.

– Apparemment, je suis déjà le tien, je suppose. Je suis désolée.

Sa main plonge sur la mienne et la serre.

– Tu peux être mon problème quand tu veux.

J'entrelace mes doigts avec les siens. Je me sens un peu coupable de cette bouffée d'amour que je ressens pour Zach. Il est intelligent, brillant, parfait. Et moi, je ne suis rien de tout ça.

– Qu'est-ce tu dis de ce temps ? dit Zach en baissant le plus possible sa vitre. Je ne comprends pas qu'on puisse encore douter du réchauffement climatique.

– Je sais. Mais ils vont bientôt comprendre, quand les plans de café vont mourir en Amérique centrale. L'arabica ne va pas bien quand il fait trop chaud.

– Sans blague ? Alors nous sommes foutus, Lark. La ferme Shipley carbure au café.

– Je crois que même les politiciens les plus cyniques y viendront, quand ils n'auront plus accès au café. Et, ces derniers temps, le houblon ne pousse plus très bien dans l'État de Washington. Du coup, la bière pourrait bien suivre le café.

– Tu ne me donnes que des mauvaises nouvelles.

Oui, c'est bien vrai.

– Je connais un truc qui pourrait nous faire du bien. Et nous rafraîchir.

– Alors, allons-y. C'est de la glace ?

– Non, c'est une surprise. Attends, tu vas voir.

CHAPITRE 14

ZACH

Lorsque je dépasse l'entrée de la ferme Shipley sans m'arrêter, Lark me jette un regard intrigué. Je ne tourne qu'un kilomètre et demi plus loin, juste au niveau du bungalow, mais de l'autre côté de la route. Je fais avancer la camionnette dans les mauvaises herbes jusqu'à la lisière du bois et je la gare sous les arbres.

– On est arrivés. Descends, je vais prendre les serviettes.

– Les serviettes ? On va nager ?

– Ou barboter. S'éclabousser. Se rafraîchir un peu.

– Où ça ?

– Tu verras ça dans une minute.

Lark sort son téléphone de sa poche avant de descendre du pick-up, pendant que je cherche le carton d'affaires que je trimballe toujours avec moi les jours de marché. Dedans, il y a deux serviettes, l'une décente, l'autre en lambeaux.

Ça fera l'affaire.

– C'est juste derrière cette trouée d'arbres, je dis en la lui montrant.

On peut entendre l'eau couler avant même de la voir.

– Wouah ! s'exclame Lark devant moi. On dirait une piscine.

C'est la pure vérité. Quelques très gros rochers ont atterri là, créant une mini-cascade d'une soixantaine de centimètres, puis une retenue d'eau en dessous. Quand j'arrive à ses côtés, elle est en train d'admirer le trou d'eau en souriant.

– Le débit est fort en ce moment, je remarque. C'est à cause de toute cette pluie que nous avons eue. Avance doucement, d'accord ? Les rochers sont glissants.

– Je serai prudente, promet-elle en enlevant ses chaussures et ses chaussettes. Je n'ai pas envie de me cogner la tête une deuxième fois aujourd'hui.

Elle descend avec précaution sur la berge, jusqu'à ce que l'eau effleure ses orteils.

– Oh, c'est le paradis.

Le paradis, c'est de regarder l'eau lécher ses mollets si lisses.

– Elle n'est même pas froide. C'est profond comment ? elle demande en pointant le centre de la piscine.

Je montre ma poitrine.

– Jusque-là, probablement.

– J'y vais, annonce-t-elle.

Elle passe ses mains sous son débardeur pour dégrafer son soutien-gorge et le sortir de son petit haut. Elle le lance en l'air, il atterrit à mes pieds. De la dentelle blanche. Et voilà, je vais l'imaginer qui porte ça en permanence, mince alors !

Elle baisse son short pendant que je m'efforce de ne pas avaler ma langue. Elle me tourne le dos et je vois le petit triangle de sa culotte apparaître.

– Attrape, dit-elle avant de jeter son short par-dessus son épaule.

Je ne sais pas comment, mais je l'attrape. Et je lutte comme un beau diable pour savoir s'il vaut mieux déplacer son soutien-gorge pour le poser sur un rocher au soleil ou le laisser où il est. Je finis par le ramasser et je le laisse tomber sur les serviettes.

Lorsque je me retourne, Lark a de l'eau jusqu'à la poitrine et sourit.

– Tu ne viens pas ?

Telle est la question.

– Je n'avais pas prévu ça. Quand on va rentrer, la ferme sera pleine de touristes.

Elle fait les gros yeux.

– Eh bien, tu n'auras qu'à te garer derrière le dortoir. Comme ça, on pourra courir se changer. Personne ne le remarquera.

Cette fille a raison. Alors, je laisse tomber les clés du pick-up sur les serviettes et j'enlève mon t-shirt. Elle me regarde avec un petit sourire coupable.

En roulant l'ourlet de mon short, j'avance très lentement en faisant bien attention aux rochers glissants. Me casser la figure comme un looser devant elle ne fait pas partie de mes plans.

L'eau est super-bonne. Fraîche, mais pas glacée.

– C'est une idée géniale que tu as eue, Zach.

Elle se met à battre des pieds et à nager sur la petite distance qu'autorise la piscine.

– Merci.

– De rien, je réponds alors qu'elle se remet à avancer et que ses bras soyeux scintillent dans l'eau.

– C'est un endroit public ? J'aurais mieux fait de te le demander avant de me mettre à moitié nue.

Je ris.

– Nous sommes sur la propriété d'Isaac et Leah.

– Oh, tant mieux.

Nous restons environ dix minutes dans l'eau fraîche.

– Tes lèvres sont toutes bleues, me taquine-t-elle.

Et mince, du coup, je me concentre sur ses lèvres à elle. C'est beaucoup trop facile de me souvenir de leur goût sur les miennes.

– Les tiennes aussi.

Je sors le premier et je m'essuie comme je peux avec la serviette toute pourrie. Je lui tends la meilleure en essayant de détourner le regard lorsqu'en sortant de l'eau trempée, son débardeur moule ses seins parfaits et ses tétons pointent juste devant moi.

Mon Dieu, protégez-moi, mais c'est difficile de détourner le regard.

Elle s'enroule la serviette autour de la taille, ce qui m'aide un peu.

– Regarde ailleurs, me demande-t-elle une fois que nous sommes revenus sur la pointe de nos pieds humides jusqu'au pick-up.

Je détourne le regard pendant qu'elle ôte son débardeur et qu'elle enfile le sweat-shirt qu'elle portait ce matin.

– Ah, c'était vraiment rafraîchissant ! se réjouit-elle une fois grimpée à l'arrière, avec la serviette autour de la taille.

– Uh uh…

À présent, j'ai chaud, mais pas pour la même raison qu'avant la baignade.

***

Les semaines suivantes, je passe un temps fou à tenter de ne pas embrasser Lark.

Je ne l'ai pas embrassée au marché de Montpelier, même quand elle m'a apporté un sandwich et s'est marrée à mes blagues débiles. Je ne l'ai pas embrassée quand nous nous sommes mis à genoux, l'un contre l'autre, pour poncer les plinthes de la cuisine du bungalow. Seuls. Et je ne l'ai pas non plus embrassée quand nous avons battu Dylan et May aux cartes. Deux fois de suite. Je ne m'étais jamais autant amusé pendant une averse, assis autour d'une table basse, en mangeant du pop-corn et en jouant à l'euchre[11].

11. Jeu qui se pratique en Amérique du Nord, avec trente-deux cartes, entre deux, trois ou quatre joueurs.

C'est un dimanche après-midi, et pour une fois dans ma vie, je fais une vraie pause.

La plupart des dimanches, Griffin travaille presque aussi dur que les autres jours de la semaine. En temps qu'employé, normalement j'ai mes dimanches libres. Mais je n'ai jamais pris de congés. Je suis incapable de rester assis à regarder un film ou à lire un livre alors que Griff est en train de presser des pommes dans la cidrerie. Je ne trouve pas ça correct.

D'habitude.

Mais la force d'attraction de Lark est puissante.

Elle a un as dans sa manche. L'euchre est un jeu d'équipe et il n'y a rien de mieux que de la regarder en face de moi, en me demandant quels secrets dissimulent ses yeux pétillants.

– Pique, dit-elle lentement, comme si elle prenait une grave décision. Zach, étale tes cartes. Je fais cavalier seul.

– Tu n'es pas obligée, lui fait remarquer May. Il ne vous manque qu'un seul point pour gagner.

– Mais c'est pour la gloire, et c'est à vous de jouer.

– Oh mince, ça va faire mal, se plaint Dylan auprès de sa sœur.

Ça fait mal.

La victoire de Lark est éclatante. Quand elle abat sa cinquième carte gagnante, elle pousse un cri de joie en sautant en l'air. Elle se penche pour me tomber dans les bras, et je la soulève.

La victoire est douce, tout comme l'odeur de ses cheveux.

Je pourrais l'embrasser en ce moment, devant Dieu et devant le monde. Je l'aime aussi fort que ça. Mais je suis distrait par un éclair plus violent encore que mon désir, qui est immédiatement suivi par un coup de tonnerre si fort que May pousse un cri et que le corps de Lark se met à tressaillir entre mes bras.

– Tout va bien, dis-je instinctivement.

Mon subconscient est toujours prêt à la rassurer. Je la repose délicatement.

Pour être honnête, elle a eu deux semaines difficiles. Après son accident au marché fermier de Norwich, j'ai passé pas mal de nuits dans son lit, et pas pour m'amuser. Mince alors, elle a toujours peur. Et le type qui vous calme quand vous criez ne peut jamais être celui qui se retourne et exige de vous un baiser. Ça ne serait pas bien.

Alors, même si le matin je me réveille brûlant de désir, je n'ai pas succombé à la tentation d'y goûter à nouveau.

– Bon, c'était marrant de perdre contre vous, les gars, dit Dylan en levant son mug de café. Mais après cette raclée, je vais aller faire quelques devoirs.

Et il quitte la pièce à l'instant précis d'un second coup de tonnerre.

May appuie son nez contre la vitre, la pluie se met à dégouliner dessus.

– Quel temps de dingue. Je me demande où est Griff ?

Nous avons la réponse quelques minutes plus tard, quand la porte s'ouvre à grand fracas sur Griff qui appelle son frère en hurlant.

– Dyl ! J'ai besoin d'un coup de main ! On a un arbre qui est tombé !

– Je vais t'aider, dis-je en courant vers la porte.

Mon dimanche paisible est déjà oublié. Je décroche un imperméable sur une patère, au passage. Il a appartenu au père de Griff. Mais il n'y a pas de place pour les sentiments quand il s'agit de faire tourner une ferme. Un imper ne peut pas être sacré. C'est une protection. La vie continue.

– Merci, mec, me lance Griff.

– Où est tombé l'arbre ?

– En travers du poulailler. Mais ce n'est qu'un bouleau.

Une fois enfilées les bottes de Dylan, je me rue dehors avec Griff. Ça ne nous prend qu'un quart d'heure pour déplacer l'arbre déraciné et réinstaller la clôture automatique des poules.

– Encore merci, répète Griff quand nous avons terminé.

– De rien.

Et il part à la cidrerie.

Avant de rentrer, je soulève les flancs montés sur charnières du poulailler mobile et je ramasse une demi-douzaine d'œufs dans les plis de mon imper, épargnant ainsi à Dylan un futur trajet sous la pluie.

Quand j'ouvre la porte d'entrée en faisant bien attention aux œufs, Lark est toute seule dans la cuisine.

– Oh mon Dieu, on dirait que tu es allé te baigner tout habillé !

– J'ai bien l'impression que c'est le cas. Tu pourrais…

Elle a déjà traversé la pièce et quand elle voit ce que je porte, elle pose son mug et dépose délicatement les œufs sur le comptoir de la cuisine.

– Belle prise.

– Ouais. J'ai appris à mes dépens qu'il ne fallait jamais les mettre dans sa poche.

– Sérieux ?

– Sérieux. C'est une énorme erreur.

Je déboutonne mon imper et Lark m'enlève ce truc humide des épaules. Ses mains frôlent mon corps, mon désir s'enflamme immédiatement. Puis elle attrape un torchon dans le tiroir et me frotte la tête avec pour me sécher les cheveux.

Nous sommes si proches l'un de l'autre, maintenant qu'un grand calme se fait en moi.

– Tu es toujours le premier à répondre présent quand Griffin a besoin d'un coup de main, dit-elle tranquillement.

– Ça ne me dérange pas.

Du pouce, elle essuie une goutte d'eau sur ma joue. Le contact de sa peau sur la mienne est à la fois familier et électrisant.

Dès qu'elle me touche, j'ai l'impression que je l'aime depuis toujours.

– Tu *dégoulines*, me gronde-t-elle.

Je dois la regarder fixement, parce que ses grands yeux marron sont rivés aux miens. Il n'y a que quelques centimètres entre nous, qui pourraient être effacés très facilement. Mais je tiens bon, je ne bouge pas, même quand une autre goutte d'eau ruisselle le long de ma joue.

C'est Lark qui détourne le regard la première. Elle le fait en se penchant en avant, en appuyant ses lèvres sur ma joue et en buvant les gouttes d'eau dans un doux baiser.

– Hmmm, soupire-t-elle, et son soupir me donne la chair de poule.

Elle lève la tête un centimètre de plus et embrasse ma peau humide à nouveau.

Mon corps se met à ressembler à un feu de broussailles. *Woufff.* En cédant à l'envie qui me terrasse jour et nuit, j'attrape son beau visage à deux mains.

Mon cœur bat comme un fou, mais je ne fonds pas sur sa bouche comme je l'ai fait dans la grange. Cette fois, je le prends tendrement. Mes lèvres frôlent les siennes. Mais ce simple contact suffit à me faire tourner la tête. La douceur de sa peau et son parfum féminin me terrassent. Ma bouche se referme sur la sienne, ses mains se posent sur ma poitrine. *Oui.* Tout mon corps chante. *Encore.* J'approfondis le baiser, en faisant glisser ma main le long de sa nuque pour l'attirer vers moi. J'ai peut-être passé mes vingt-trois premières années sans jamais toucher un être humain, mais Lark m'a changé. Je suis avide de contacts. Sa bouche se relâche sous la mienne et elle émet un petit bruit plaintif qui me va droit à la queue.

En ouvrant ses lèvres avec les miennes, je découvre son goût enivrant. Et la logique, la raison fuient quand je bois, petite gorgée après petite gorgée, à sa bouche. Elle s'agrippe à ma chemise, nous nous perdons tous les deux dans la puissance du désir qui est né entre nous depuis… je ne sais pas quand.

Je ne me rappelle même plus comment je m'appelle. Tout ce que je sais, c'est la douleur qu'elle me fait subir. Le désir. Mon envie d'elle ressemble à un diable sur mon épaule qui m'ordonne de descendre mes mains le long de son dos, de saisir ses hanches et de les coller aux miennes.

Un peu plus et je vais mourir. En faisant appel aux dernières bribes de volonté qui me restent, je relâche notre étreinte en me cognant la tête contre le chambranle. Ça ne me ressemble pas d'être aussi irréfléchi.

Peut-être que certaines personnes peuvent se permettre d'abandonner toute maîtrise d'elles-mêmes, mais pas moi.

– Ça continue, murmure Lark en caressant ma lèvre inférieure du bout de son doigt.

C'est parce que je suis faible.

On entend un bruit de pas sur les marches de derrière.

Lark a la présence d'esprit de se reculer au moment où la porte s'ouvre et que Ruth Shipley entre.

– Bonjour, nous dit-elle, l'air essoufflée. Tu sembles encore plus mouillé que moi.

– Ça tombe vraiment dru dehors, dit Lark en ramassant l'imper qui traînait par terre.

Nous l'avons laissé tomber pendant notre session précipitée de bécotage.

– La visibilité est nulle. Je ne crois pas que j'ai fait plus que du 50 km/h.

Ruth ôte son propre manteau.

– Vous faisiez quoi, vous autres ?

Je réussis enfin à recouvrer ma voix.

– Griff est à la cidrerie. Dylan et May font leurs devoirs.

Elle enlève ses bottes et me contourne.

– Oh des œufs ! Merci.

Il me faut un moment pour comprendre de quoi elle parle. J'ai complètement oublié les œufs à l'instant même où Lark m'a souri.

– De rien, je réponds un peu trop tard.

Lark me fait un sourire en douce avant de demander à Ruth si elle a besoin d'aide pour préparer le dîner.

***

Ce soir, Jude passe après le dîner. Lui et Griff ont prévu de bosser tard à la menuiserie des placards de la cuisine avant que les plombiers viennent installer les nouveaux éviers demain. Je leur ai dit que j'allais les aider, bien entendu. Nous sommes quatre à bosser sous la lumière nocturne. La pluie s'est arrêtée, nous installons donc les portes de placards sur les bancs de sciage. Jude et moi nous ponçons pendant que Griff et Kyle mastiquent, à la lumière du porche d'entrée.

– Écoute Zach, me dit Jude pendant que nous bossons, tu m'as aidé à trouver mon boulot, je commence à croire que je peux te rendre la pareille.

– Mais j'ai un boulot ? *Pour l'instant.*

– Ouais, mais celui-ci pourrait être vraiment super. Mon patron a un frère qui vit dans le Royaume du Nord-Est.

C'est le coin le plus reculé du Vermont, à la frontière du Canada.

– Ils ont des problèmes avec la maintenance de leurs tracteurs, parce qu'il n'y a pas assez de demandes dans leur ville. Monsieur Marker veut créer un service de réparation itinérant. Un genre de camion plein d'outils et de matos.

– Mais les pièces détachées ? C'est impossible d'avoir tous les trucs nécessaires dans un camion.

– Peut-être pas pour les grosses réparations, concède Jude. Mais tu as toujours dit qu'une bonne maintenance quotidienne, c'est la clé pour les tracteurs. J'ai dit à Marker que tu es celui qu'il lui faut, que tu es un type qui murmure à l'oreille des tracteurs.

Je renifle. Jude sourit.

– Tu devrais l'appeler avant que quelqu'un d'autre le fasse.

– Merci, mon pote.

– C'est quoi ce truc ? Tu veux me piquer mon meilleur employé ? demande Griff, quelques mètres plus loin, son pinceau à la main.

– Et moi, je compte pour du beurre ? le taquine Kyle. Tu ne vois pas que je suis en train de te filer un coup de main un dimanche soir ? Où est ta reconnaissance ?

– Juste derrière la porte de derrière, lui répond Griff en faisant un signe du menton.

Kyle pose son pinceau et disparaît quelques instants. On entend un cri de joie avant qu'il réapparaisse, un pack de bières dans chaque main.

– Il y a même un truc sans alcool pour toi, Jude.

– Sympa. Tu m'en passes une ? Et, Griff, tu ne vas pas empêcher Zach de doubler son salaire, hein ? demande Jude en posant sa ponceuse.

– Bien sûr que non. Zach sait bien que je plaisante. De toute façon, il va bientôt devoir prendre son envol. Et, en plus, si tu acceptes ce job de mécanicien, maman va arrêter de te tanner pour que tu passes le GED. Tu devrais parler avec le patron de Jude.

Je pousse un grognement de remerciement. Pourtant, je ne sais pas qu'elle est la pire des options. Me casser la tête avec un examen ou travailler tout seul en pleine cambrousse. Le Royaume du Nord-Est est l'un des trois comtés les moins peuplés du Vermont. Vivre tout seul dans une caravane quelque part et faire de la route pour aller réparer les tracteurs d'inconnus ? Plutôt mourir.

Nous faisons une pause-bière avant de nous remettre à travailler encore un peu. La conversation se poursuit autour de moi, mais je n'entends pas grand-chose. Je suis trop plongé dans mes propres pensées. Les cinq meilleures minutes de ma vie continuent à passer et repasser dans ma tête. Ça a été fabuleux d'embrasser Lark dans la cuisine, mais je ne recommencerai sans doute jamais. Et à présent, le boulot de Jude pour les tracteurs s'empare également de mon esprit.

– Tu es encore plus calme que d'habitude ce soir, me dit Griff plus tard, sur le chemin du dortoir.

– Je suis fatigué, c'est tout.

– Ouais, j'imagine. Je prends toujours pour argent comptant le fait que tu veuilles faire des heures sup. Peut-être que, parfois, tu veux refuser mais que tu ne le fais pas.

– Nan, ce n'est pas ça.

– Vraiment ? Cela dit, tu pourrais réparer des tracteurs pour le même salaire en faisant deux fois moins d'heures. Marker fréquente la même église que maman. On pourrait très bien te recommander à lui.

Quelque chose se tord dans mon ventre.

– Oublions ça pour l'instant. Il y a bien trop de trucs à faire en ce moment.

Nous atteignons la porte du dortoir, je n'ai donc pas à poursuivre la conversation. Jude passe la nuit avec nous, je lui propose donc d'aller lui chercher des draps.

– Pas la peine, j'ai apporté mon sac de couchage.

En passant devant la porte de Lark, je remarque qu'elle est fermée. Mais il y a un rai de lumière en dessous et les accords d'un morceau de guitare s'en échappent. Mon cœur tressaille, j'ai très envie de toquer. Mais je ne le fais pas.

Dans le dortoir, Jude grimpe sur la couchette de Kieran, celle du haut, pour installer son sac de couchage.

– Comme au bon vieux temps. Ça tombe bien qu'il y ait une place libre. Ça m'aurait fait mal si Griff avait dû dormir par terre, plaisante-t-il.

Kyle lui répond depuis notre placard :

– Jamais de la vie. Il a trop peur des souris.

– Une fois, une souris a grimpé sur son pied, il a hurlé, ajoute Kieran.

– Je n'ai pas hurlé.

– Tu as hurlé comme une môme.

– J'avais onze ans, se défend Griff.

– Une vraie chochotte de onze ans, insiste Kieran sous nos éclats de rire.

Même après que tout le monde est passé sous la douche et s'est couché, les bavardages se poursuivent dans le noir. Je ferme les yeux et les taquineries deviennent le bruit de fond de mes pensées. Cela ne me dérange pas du tout de dormir dans le dortoir. Et je ne sais vraiment pas ce que je vais faire quand les Shipley me demanderont de quitter les lieux.

Je m'endors au son des ronflements de Griff. Mais ça ne dure pas. J'ai l'impression que Lark se met à crier quelques minutes à peine après que je me suis endormi, mais en fait, cela doit faire des heures.

– C'est quoi ce truc ? murmure Jude dans son sommeil.

Je ne lui réponds pas. Je me précipite dans la chambre de Lark et je referme la porte derrière moi.

– Chuttt… ma douce, chuttt…

Je m'agenouille sur son lit, je me mets à lui masser le dos, doucement. Rapidement, sa respiration se calme. Mon Dieu, comme je l'aime ! Quelle pensée angoissante c'est, mais c'est la pure vérité. Je n'ai jamais ressenti ça pour personne. Je marcherais dans les flammes pour elle.

Je repousse les couvertures et je me glisse contre elle. Sentir la chaleur de son corps fait immédiatement réagir le mien. Mais je ferme les yeux et prie pour que le sommeil m'emporte immédiatement. Heureusement, il le fait. Trop parfaitement, apparemment.

Nous étions au lit. Il faisait vraiment sombre là où nous étions, mais je savais que c'était elle. J'aurais reconnu son odeur entre toutes, et le bruit de sa respiration. Les mains chaudes de Lark ont glissé le long de mon corps en me titillant. Et attendez, j'étais nu. Sa chevelure si douce glissait le long de mon torse, je sentais chaque mèche sur ma peau.

Sublime.

De ses lèvres humides, elle déposait des petits baisers sur mon ventre.

Quand elle est descendue plus bas, j'ai retenu mon souffle. Ses lèvres ont effleuré mon gland. Elle a ouvert la bouche et, subitement, tout est devenu chaud et humide autour de moi. J'ai laissé sortir un gémissement. C'était tellement bon que tous les muscles de mon corps se sont bandés. Sa bouche était à la fois douce et insistante. Voilà qu'elle me suçait, et c'était encore plus dingue que ce que j'aurais cru. Je me suis cambré pour mieux pénétrer dans sa bouche. « Oh merde ! »

– Zach ?

J'entends sa voix, mais je suis incapable de lui répondre. Je suis parti trop loin dans mon rêve.

– Ça va ?

La question me fait sursauter. J'ouvre les yeux. Le visage de Lark est juste au-dessus du mien, sa bouche parfaite à quelques centimètres à peine. En essayant de sortir de mon rêve, je soulève la tête pour l'embrasser.

Lark émet un son effarouché.

Effarouché ?

Putain !

Je m'assois si vite qu'elle doit se pousser pour m'éviter.

– Désolé.

Je baisse les yeux, mon sexe me fixe d'un air accusateur, bandé qu'il est contre mon pyjama en flanelle. Je relève vite les genoux, avant de me retourner sur le côté opposé.

– Zach ?

Inquiète, elle pose la main sur ma nuque. Mais son contact met le feu aux poudres. Son geste amical n'est pas du tout ce qu'il me faut à l'instant.

– Tu es malade ?

– Non... Je suis... C'est...

Reprends-toi tout de suite. Il ne s'est rien passé, je me sermonne. *Ce n'était qu'un rêve.* C'est exactement les mots que j'emploie, nuit après nuit, pour réconforter Lark. Et voilà que c'est à moi que ça arrive à présent.

Mon pouls est toujours aussi rapide que lorsque je croyais qu'elle me...

Merde.

– Chuttt... dit Lark, en repoussant une mèche de mes cheveux. Tu rêvais de quoi ?

J'ai un éclat de rire étouffé et je secoue la tête.

Lark me donne un léger coup de poing amical. Je me rends bien compte qu'elle essaie de me mettre à l'aise, mais ça ne marche pas.

– Moi je te dis mes secrets, et toi tes rêves restent top secret ?

Je pousse un long soupir.

– C'était un rêve interdit aux moins de dix-huit ans. Et pas à cause de la violence.

– *Oh.*

Ce simple mot signifie qu'elle a parfaitement compris. Me sentant rougir, j'appuie ma joue brûlante contre l'oreiller. Je prends une lente inspiration en tentant de me contrôler. Dans mon rêve, j'étais sur le point d'avoir un orgasme. J'ai besoin de quelques minutes pour me calmer, avant de me lever et de retourner dans mon lit.

– Zach, murmure Lark.

Le lit bouge quand elle se rallonge elle aussi.

– Est-ce que c'est égoïste de ma part de te demander si je fais parfois partie de tes rêves les plus agréables ?

Dans le *Lévitique*, il est dit : *Tu me mentiras pas à ton prochain.* La tentation est forte. Pourtant je dis la vérité.

– À chaque fois, je ne rêve que de toi.

CHAPITRE 15

LARK

J'observe comment le dos musclé de Zach monte et descend à chacune de ses respirations. Incapable de résister, je pose ma main sur son cou. Il est si chaud, si solide. Pendant que mon pouce le caresse, le temps se suspend entre nous. Le choix m'appartient. Si je vais vers lui, il sera mien. Je peux aussi ne rien faire. Ne rien dire. Mais ce sera un rejet total, et ça, je ne le veux pas.

Je sais déjà à quoi Zach ressemble quand il fend du bois, lorsque chacun de ses muscles réagit aux mouvements de la hache. Je l'ai vu passer devant ma porte avec juste une serviette autour de la taille. Je sais comment il embrasse, avec une perfection et un désir tels que ça me rend folle.

À présent, je me demande de quoi il aura l'air en se balançant sur moi dans le lit.

Et qui pourrait me le reprocher ? Zach est beau comme le jour. Mais un Zach excité, c'est du domaine du fantasme. Mon pouls accélère. Je ressens soudain une envie folle d'admirer chaque centimètre carré de sa peau dorée, de lire le désir obscurcir son regard.

Ma libido chancelante se réveille lorsque je concentre mon regard sur l'attache de son cou et de son épaule carrée. Sans m'en rendre vraiment compte, je m'approche et je l'embrasse à cet endroit précis.

Sa peau est du velours sous mes lèvres, et son odeur me fait tressaillir. Son corps se tend à mon contact et il pousse un léger soupir.

Au moment où je me penche vers lui, je comprends que d'une certaine façon, je ne devrais pas faire ça. Zach n'est pas juste un garçon qui m'attire. Il est spécial. Zach est quelqu'un de mieux que… eh bien, que quasiment tout le monde, en fait. Il faut faire attention avec lui.

Mais quand je fais glisser mes lèvres le long de sa mâchoire, il se met à gémir. Ce son léger anihile le peu de maîtrise de soi qui me restait. La Sauvageonne en moi n'a plus fait surface depuis un bon moment. Et voilà qu'elle signifie sa présence en goûtant du bout de sa langue la peau tiède de Zach, cette peau qui a exactement le goût qu'il faut, celui de l'air frais de la nuit, du grand air avec un semblant de sueur.

Zach s'arrête de respirer et je me demande si je suis allée trop loin.

– Tu veux que j'arrête ?

Pendant les deux secondes qui suivent, j'exécute un tour sur moi-même et je me retrouve sur le dos, en train de contempler le visage si sérieux de Zach. Il est allongé sur moi, le poids de son corps m'est une sensation délicieuse.

Il ne dit toujours rien. Ce silence se poursuit lorsqu'il laisse retomber sa tête, pour que ses lèvres puissent frôler les miennes. C'est à mon tour d'avoir la respiration coupée. J'attends de découvrir ce qu'il va faire ensuite.

Il ferme les paupières et se met à m'embrasser doucement. C'est plus fort que moi. Je m'ouvre à son invite. Avec un gémissement passionné, Zach accepte le défi. Sa langue glisse contre la mienne en s'entortillant, en explorant.

Le désir me poignarde. Avec ses baisers enthousiastes, Zach a rallumé les flammes vacillantes de ma libido. Ses mains entourent mon visage, ses doigts plongent dans mes cheveux. Il se soulève afin de ne pas m'écraser, mais il m'est impossible de ne pas sentir son sexe en érection contre moi.

Oh, les plaisirs que je pourrais partager avec cet homme.

Cette simple pensée me fait geindre à voix haute. Zach se recule. Il me regarde de nouveau d'un air grave.

– Je ne te fais pas flipper, n'est-ce pas ? chuchote-t-il d'une voix rauque.

– Jamais de la vie.

Et je glisse les mains sous son tee-shirt en m'autorisant enfin à découvrir la sensation de toute cette toison dorée sous mes doigts. C'est incroyablement soyeux. Chez Zach, tout est mieux que chez quelqu'un de normal. Et quand j'appuie mes doigts sur la surface plate de ses tétons, il gémit.

Nos baisers se font plus pressants et je perds la tête, comme je ne l'ai plus fait depuis bien longtemps. Pendant ce moment merveilleux, ma peur disparaît. Il n'y a plus de cauchemars, plus de ténèbres planant sur mon cœur. Il n'y a plus que les glissements de la langue de Zach sur la mienne et la caresse de ses mains calleuses sur mon corps.

Il nous fait rouler sur le côté. Ses doigts deviennent plus audacieux. Il se met à caresser le haut de ma cuisse, puis s'aventure sous ma chemise de nuit.

Oh oui, putain.

Je l'embrasse de tout mon être, en pressant mes seins douloureux contre sa poitrine. Ses doigts s'égarent sur mon ventre, si délicieusement proches de mon sexe que je ne peux pas me retenir. Haletante, je roule des hanches en signe d'encouragement. Je descends et je lui caresse la queue, une seule fois, à travers son pyjama en flanelle.

Zach interrompt notre baiser pour retomber sur l'oreiller. Il prononce une phrase qui ne lui ressemble pas du tout :

– Tu me tues.

– Rappelle-moi déjà, pourquoi tu es encore vierge ?

– Je n'ai jamais assez désiré personne, halète-t-il.

– Et maintenant ?

Je ponctue ma question de petites succions derrière son oreille.

– Dans mes rêves, on le fait toutes les nuits.

C'est incroyablement excitant. Je dois serrer les cuisses devant cette envie irrésistible. La paume de Zach s'aventure encore sous l'élastique de ma culotte et je gémis. Il avale mon gémissement avec un baiser. J'adore sa façon de réagir au quart de tour, et son désir. Je m'assois un instant pour tirer sur le bas de son tee-shirt. Sans dire un mot, je lui demande de l'ôter.

Il attrape le tissu à deux mains, avant d'hésiter.

– Peut-être que tu n'as pas besoin de ça en ce moment ?

– Pardon ?

Le mettre à poil, c'était exactement ce dont j'avais besoin.

– Ce n'est pas pour ça que je grimpe dans ton lit la nuit, chuchote-t-il, son merveilleux visage plus sérieux que jamais.

– *Je le sais*. Personne n'est en train de profiter de moi. Et je n'ai pas besoin d'une « mecsplication » sur ce qui m'est nécessaire ou pas.

Zach me sourit. J'adore ce sourire, mais je le fais disparaître : je soulève ma chemise de nuit par-dessus ma tête et je la jette par terre.

Son regard se remplit d'une lueur lascive et je l'observe détailler mes seins nus. Cette fois, quand je tire sur son tee-shirt, il se baisse pour me laisser le lui ôter sans un mot.

Puis il ouvre les bras.

Notre baiser suivant est si brûlant et si impatient que je me sens flotter tout du long de plaisir. Nous sommes allongés face à face. Les mains de Zach caressent avec une sorte de respect ma poitrine. Chacun de ses gestes me rend un peu plus dingue. Cela fait si longtemps que personne ne m'a touchée avec amour. Ses baisers glissent le long de mon cou, jusqu'à la vallée entre mes seins. Il est allongé sur le côté et sa langue explore un de mes mamelons, puis l'autre. Et quand il referme ses lèvres et se met à me sucer, je me sens littéralement inondée de désir.

Je veux qu'il aille plus loin. Et vite. Mais avant, il y a quelque chose que je dois savoir.

– Zach ?

– Mmmm ? me demande-t-il en humant mes seins.

– Je voudrais savoir, juste avant que tu te réveilles, qu'est-ce qu'on était en train de faire ?

Il se met à rougir violemment.

– Et si je n'ai pas envie de te le dire ?

– Comme tu veux, mais j'aimerais vraiment bien le savoir.

Il déglutit avec difficulté.

– Tu me faisais une pipe.

Eh bien, c'est un fantasme somme toute facile à réaliser.

En poussant doucement Zach, je le fais rouler sur le dos. Et je me mets à couvrir sa poitrine sublime de baisers. J'explore la forme de ses pecs, en insistant sur ses tétons qui durcissent à vue d'œil. Il gémit quand je commence à lécher sa poitrine, en me dirigeant vers les abdos. Je plonge mon nez dans sa ligne de poils blonds et je descends lentement. Sa respiration accélère, elle devient haletante lorsque j'atteins l'élastique de son bas de pyjama. En descendant encore, je couvre son sexe bandé de baisers taquins à travers le tissu.

– Lark.

– Ouais ?

– Tu n'es pas obligée.

– Je le sais, je chuchote en flairant le tissu. Rappelle-toi. Pas de « mecsplication ».

Je glisse mes pouces sous l'élastique et j'attends. Pendant un moment, il ne se passe rien. Puis Zach pousse un soupir et soulève ses hanches pour me permettre de baisser son pantalon. Son sexe jaillit, long et prêt.

Wouah ouh ! Chaque parcelle de Zach est belle. Sa queue est épaisse, non circoncise. Le bout rose de son gland dépasse de son prépuce, impatient qu'on s'occupe de lui.

En me tortillant, je descends complètement son pyjama. Je le jette par terre. Son corps nu est tout doré, si beau que ça me fait un effet dingue de penser que je suis peut-être la première fille à le contempler ainsi. Zach se soulève sur ses coudes, il ressemble à un Adonis au repos.

– Viens là, grogne-t-il en m'ouvrant un bras.

Il y a un tel feu dans ses yeux que je lui obéis. Pas tout à fait, parce que j'ai d'autres plans.

Je fais glisser mes mains en haut de ses cuisses en couvrant ses genoux de baisers, ainsi que la paume de sa main qui cherche à m'attraper. J'avance juste assez pour admirer encore un peu sa poitrine. Zach, alors, glisse ses mains sous mes bras pour me soulever, mais je résiste. Je redescends rapidement et sans perdre de temps, je darde ma langue sur le bout de sa queue avant de la lécher sur toute sa longueur. Sous la surprise, tout son corps se cabre.

– Oh, merde, lance-t-il. Oh… répète-t-il quand je recommence.

Je plonge mon nez dans les boucles blondes à la base de son sexe et quand j'attrape ses hanches, il tremble.

Je plaque un gros baiser humide sur son gland, ce qui déclenche chez lui un énorme soupir. Je le prends en entier dans ma bouche. C'est de l'acier gainé de satin. En l'engloutissant, j'attrape ses couilles d'une main. Sous moi, son grand corps tout excité ondule. Pendant que je le suce, il se tord presque. Comme c'est beau d'être la cause de tant de plaisir. La chaleur et le contact d'une autre peau sur la mienne m'ont vraiment manqué.

– Mon cœur, dit-il en posant une main tremblante sur mon menton pour essayer de me repousser, je vais éjaculer.

J'agrippe sa main avec la mienne et je le suce plus fort encore.

– Mmmm, je fredonne.

Zach poussé un vrai halètement. Je lève les yeux à temps pour le voir plaquer son autre main sur sa bouche. En assourdissant son cri, il jouit tellement violemment que j'ai du mal à me maintenir en place. Chacun de ses muscles puissants se contracte quand il éjacule, encore et encore, avant de s'écrouler définitivement sur le lit.

Un charmant silence s'installe entre nous. Doucement, je le lèche. Puis j'embrasse tendrement la jointure de ses cuisses puissantes et je remonte pour poser ma tête sur sa poitrine. Zach laisse retomber son avant-bras sur ses yeux. Quand sa respiration s'apaise, il m'attrape et me serre contre lui. Sous mon oreille, son cœur bat tellement vite. Mais il est étrangement silencieux.

– Ça va ? je lui demande.

Il se met à rire, ça me fait plaisir.

– Je crois qu'on n'aura pas besoin du défibrillateur de la grange. Mais c'était moins une.

Il prend une profonde inspiration.

– Je ne m'attendais pas à ce que…

Il ne termine pas sa phrase.

– Je *sais* ça, OK ? Je n'ai jamais fait l'amour avec quelqu'un sous la contrainte.

– Moi non plus.

Il me faut un quart de seconde pour réaliser que c'est une blague et nous nous mettons à rire ensemble. Je m'étale sur lui. Seigneur, comme il est sexy, tout en muscles dorés sous la lumière de la lune ! Et l'excitation a teinté ses lèvres et ses joues de rouge vif.

Tout en continuant à sourire, il m'embrasse rapidement mais intensément.

– C'est la meilleure nuit de toute ma vie.

Il y a quelque chose de révérent dans le son de sa voix que je n'étais pas prête à entendre.

– Ça pourrait être encore mieux !

C'est alors que les hanches de Zach tressautent sous moi, et qu'un petit bruit gourmand monte du fond de sa gorge. Je glisse mes doigts dans ses cheveux décolorés par le soleil et je l'embrasse de nouveau.

CHAPITRE 16

ZACH

Jésus Marie ! Putain de merde ! Mère de Dieu. Je n'ai pas de jurons assez vulgaires pour ce qui se passe cette nuit-là.

Je glisse les mains le long du corps incroyablement doux de Lark et je lui rends son baiser.

Ça n'a peut-être pas d'importance que je ne l'aie jamais fait auparavant. À chaque endroit que je touche, j'apprends quelque chose. Elle me mordille la lèvre et j'entends un son sortir de ma poitrine. Lorsqu'elle m'ouvre ses lèvres, c'est la chose la plus facile qui soit de me glisser à l'intérieur, de découvrir la chaleur de sa bouche et la sensation veloutée de sa langue contre la mienne.

Sa bouche a un goût nouveau, salé, qui, je l'ai réalisé, m'appartient. À cette pensée spectaculairement cochonne, et même si cela m'a paru impossible une minute plus tôt, ma queue se dresse de nouveau. J'enfonce ma langue plus profondément dans sa bouche pour mieux la goûter. Mon cœur bat à la vitesse d'un cheval au galop. Sur le domaine où j'ai vécu dans le Wyoming, ils avaient l'habitude de parler des filles en disant qu'elles étaient démolies. À cet instant, le mot « démoli » me semble assez bien correspondre à mon état à moi. Maintenant que je sais à quel point cela peut être merveilleux, je vais avoir tout le temps envie de recommencer avec Lark.

Dans ma vie, j'ai eu peu de moments de joie ou de chance. Et les deux en même temps… c'est presque plus que je ne peux en supporter.

Presque.

La sensation de la bouche de Lark sur mon sexe a été, sans mentir, la chose la plus extraordinaire que j'aie jamais éprouvée. Mais la serrer, presque nue contre moi, est encore meilleur. Ses seins sont aussi doux et pleins que dans mes rêves.

Le bonheur me rend téméraire. Mes mains glissent le long de son corps jusqu'à atteindre le petit bout de tissu qui nous sépare encore. Quand je baisse sa culotte, Lark m'aide. J'ai besoin de l'explorer. Alors, je bloque mes bras autour d'elle et je roule. Elle atterrit sous moi avec de grands yeux étonnés.

– Tu veux bien ? je murmure en penchant la tête pour embrasser son épaule.

Elle hoche la sienne pendant que je lèche son cou. Elle se cambre pour augmenter le contact avec ma bouche.

Il va falloir que je trouve une solution pour faire durer cette nuit indéfiniment.

– Je ne sais pas exactement ce que je fais, tu sais ? J'espère que ça te va ?

Elle me fait taire d'un doigt sur ma bouche.

– Zach, tu es déjà un très bon amant.

J'embrasse ses doigts qui recouvrent ma bouche en les repoussant d'une chiquenaude.

– Bien essayé. Mais tu n'as pas besoin de me baratiner.

Ses yeux noirs se mettent à briller dans l'obscurité.

– Je suis sérieuse. Le sexe, c'est dix pour cent d'habileté et quatre-vingt-dix pour cent d'écoute. Qui est meilleur auditeur que toi ?

Je me racle la gorge.

– Qu'est-ce que je dois écouter ?

– Tu le sauras quand tu l'entendras.

Puis elle me prend la main et l'entraîne lentement, résolument, vers sa poitrine.

– Touche-moi, chuchote-t-elle.

Mince. Le son érotique produit par les deux mots de son injonction suffirait à faire de n'importe quel type son esclave à vie. Je caresse ses seins soyeux, les soupesant dans ma paume avant de titiller leur mamelon rosé. Je m'aperçois qu'ils durcissent à mon contact. Alors, je me penche. Avec un rapide coup d'œil à ses yeux aux paupières lourdes, je pose mes lèvres sur un joli petit bouton rose. Je fais tourner ma langue autour en observant son expression. Ma bouche baise ses seins, elle laisse sortir un soupir de joie.

– Ouiiiii, susurre-t-elle.

Bon, d'accord.

Je tourne ensuite mon attention vers son autre sein, et je reçois le même encouragement. Cette fois, ses hanches se mettent à frétiller sur le drap. En suçant plus fort, je laisse glisser ma main le long de son corps. Mes doigts palpent la peau soyeuse de son ventre et le galbe parfait de sa hanche. Elle soupire de nouveau et ouvre grand les jambes.

Sans hésiter, je passe ma main dans les boucles frisées entre ses jambes. Ce que je découvre juste en dessous, c'est son trou doux et humide. Je ne peux pas me retenir, je gémis entre ses seins.

Et je me mets à bander dur à nouveau, pendant que mes doigts caressent doucement son humidité. Lark bouge un peu les hanches pour que mes doigts puissent remonter. Lentement, je fais tourner mon pouce sur le petit bouton de chair que je sens à cet endroit.

– C'est *tellement* bon, murmure Lark.

J'ai du mal à croire qu'elle puisse être si belle, offerte à mes désirs dans l'obscurité. Mes fantasmes n'ont jamais été aussi agréables. J'éprouve une surcharge sensuelle, la sensation de sa peau si douce contre la mienne et le goût salé de son corps dans ma bouche. Je l'embrasse en descendant le long de son ventre. Je pose quelques baisers sur son mont-de-Vénus. Sa respiration s'accélère de plus en plus. Je rassemble mon courage pour passer ma langue sur son sexe. Elle pousse un petit cri de plaisir.

Son goût est unique, un délice de miel et de musc. Je l'explore avec ma langue, elle gémit et halète. Les sons qui sortent de sa bouche sont hachés, joyeux. Maintenant je sais comment la rendre heureuse. Tant que je couvrirai cet endroit tendre de baisers, elle sera béate, sans appréhension.

– Mmmm, je marmonne contre son corps.

Mon pouce virevolte.

– Zach, attends ! chuchote-t-elle.

– Ça ne te plaît pas ?

– Ça me plaît trop. C'est pour ça qu'il faut que tu t'arrêtes un peu.

Je pose mes pouces sur son pubis tout en déposant un dernier baiser sur son sexe. Puis je rampe jusqu'à sa tête.

Immédiatement, sa main se referme sur ma bite qui est dure comme du marbre.

– Je veux que tu me sentes jouir de l'intérieur.

J'en ai la respiration coupée.

– Seulement si tu veux, ajoute-t-elle.

– Je le veux tellement fort, j'avoue, en la serrant dans mes bras. Mais il faut mettre un préservatif.

Lark secoue la tête.

– J'ai un stérilet. Je ne peux pas tomber enceinte. Quand je suis revenue – elle se racle la gorge –, on m'a fait tous les tests possibles.

Une pensée angoissante surgit dans mon crâne.

– Lark, est-ce que c'est parce que tu as…

Elle secoue rapidement la tête.

– Non. Rien de ce genre ne m'est arrivé. C'est simplement que je ne parlais pas quand je suis rentrée. Du coup, tout le monde imaginait le pire.

Je sens un malaise. *Je ne parlais pas*, a-t-elle dit. Les choses étaient donc pires que ce qu'elle m'a raconté.

– Où es-tu parti ?

– Je m'inquiète juste pour toi.

– Ne le fais pas, pas ce soir. S'il te plaît, me demande-t-elle, une main posée sur ma poitrine.

– Bien, je chuchote lorsque ses lèvres se remettent à me torturer.

Merde, je ferais n'importe quoi si elle me le demandait. N'importe quoi.

– Viens ici, exige-t-elle en s'installant sur le dos.

Mon ventre se noue, au fur et à mesure que l'anticipation nerveuse me gagne. Je prends une profonde inspiration. Et je laisse retomber mon bassin sur le sien. Sentir son corps sous mon corps m'atteint d'une façon presque primale. Je n'ai pas besoin du moindre mode d'emploi. En écartant un peu plus ses genoux avec les miens, je glisse mon sexe contre le sien. Mon gland frôle son humidité. Lark relève un peu les hanches et je la pénètre. Je ne tente même pas de retenir mon gémissement lorsqu'elle m'entoure de sa chaleur. Je pousse encore un coup et j'atteins le fond.

Le plaisir est presque insupportable. Pendant un instant, je dois fermer les yeux et me laisser couler.

– C'est si beau, chuchote Lark.

J'ouvre les yeux, elle me regarde. En fixant son regard brun, je commence à remuer. Il le faut. Sans y penser, mes hanches se sont mises en branle. Et… merde. Il n'existe rien qui puisse ressembler à ça. Ce sentiment d'être si parfaitement lié à elle est tout ce que j'ai toujours désiré. Elle me touche partout, ses mains me caressent les flancs, les bras. C'est mon fantasme qui se réalise. Et je n'y survivrai pas.

En m'appuyant sur mes avant-bras, je me penche pour l'embrasser. Elle me retient en gémissant. Je n'aurais pas cru que ce que je ressentais en faisant l'amour avec Lark puisse encore s'améliorer.

Mais l'impulsion de sa langue dans ma bouche déclenche une réaction en chaîne dans mon corps qui se met à trembler contre le sien.

– C'est si bon. Tu es si bon, chante Lark contre mes lèvres.

Et je suis d'accord avec elle, même s'il est hors de question que je le formule. Mon corps déferle dans le sien, tous mes sens sont comme amplifiés. Il faut que je trouve un moyen de ralentir, parce que je ne veux pas que cette sensation prenne fin. Jamais.

Lark se cambre pour changer l'angle entre nos deux corps. Mon rythme balbutie et je me presse contre elle.

– Oh, geint-elle.

C'est un beau son de plaisir, j'ai envie de l'entendre encore.

– Tu aimes comme ça ?

Je roule des hanches, en allant à la rencontre de son corps pressé contre le mien. Son accord est évident. Elle se met à haleter sous moi. En l'écoutant, je la pénètre, encore et encore. Chaque poussée semble la rapprocher un peu plus de l'extase. Son regard devient fixe et ses baisers distraits. Lark presse brusquement ses genoux contre mes flancs et se met à gémir. Elle se cambre, en tendant la mince colonne de son cou à mes baisers. Et alors je la sens. Son corps frissonne de l'intérieur en relâchant une série d'impulsions autour de mon sexe. Et c'est à mon tour de gémir. Je me balance en elle pour poursuivre cette sensation.

– Oh, ma chérie, je halète.

Ça s'approche, ça va me submerger.

– Plus fort.

Je lui réponds avec une poussée que je ressens jusque dans mes os. Tout est chaleur et mouvement. Le corps de Lark est contracté autour du mien, ses hanches me rendent coup pour coup. Ces coups violents viennent soit de la tête de lit qui frappe contre le mur, soit des battements de mon cœur. L'un ou l'autre.

Je me mets à embrasser Lark en étouffant ses plaintes avec les miennes. Elle plonge la tête contre mon cou, son sexe, à nouveau, se met à avoir des spasmes autour du mien.

Et ensuite, je ne peux plus me retenir. Chaque muscle de mon corps se bande et je pousse un cri d'extase. Mon orgasme est soudain et doux à la fois. Je m'enfonce en elle une dernière fois. Puis tout redevient calme, excepté notre respiration haletante.

Ou du moins c'est ce que je pense. Quand je pose mes lèvres sur le front moite de Lark, j'entends un nouveau bruit. De l'autre côté de la cloison s'élève un sifflement strident, suivi d'acclamations et d'applaudissements.

– Oh, Seigneur Jésus, glousse Lark. (Elle passe ses avant-bras autour de ma tête comme pour protéger nos deux visages du bruit d'à côté.) Je suis vraiment désolée.

– Pourquoi ?

– Parce qu'ils vont te mener une vie d'enfer dans quelques heures.

Elle a raison, c'est le genre d'attention qui me fait habituellement fuir. Mais, pour une fois, je suis trop content et trop rassasié pour m'en soucier. En sortant d'elle, je la prends immédiatement dans mes bras. Elle pose sa tête contre mon épaule en tendant la main pour me caresser paresseusement la poitrine. C'est délicieux.

Malheureusement, les rires et les railleries de la pièce à côté ne se taisent pas. Je couvre l'oreille de Lark avec ma main avant de crier « Fermez-la ! » en direction du mur.

Mais ça ne fait que multiplier les rires de tout le monde, y compris ceux de Lark.

– Ignore-les. Il y a encore deux heures avant que sonne ton alarme. Tu ferais mieux de dormir.

Et elle se serre un peu plus. Je me demande si je vais pouvoir y arriver. La façon dont ses cheveux si doux caressent ma poitrine est quelque chose que je ne veux rater pour rien au monde. Être si proche d'elle me tient éveillé. Mais quand Lark bâille et se blottit contre moi, mes pensées se font plus lentes, embrumées.

– Personne ne peut faire de cauchemar après ça, murmure Lark. Je te le dis…

Je plonge en riant dans sa chevelure.

– Tu aurais dû le dire plus tôt.

Quelques minutes plus tard, je suis endormi, un sourire aux lèvres.

CHAPITRE 17

ZACH

Comme à l'accoutumée, ma montre sonne quand le ciel n'est encore qu'une bande gris foncé. Ce qui est moins habituel, c'est la façon dont je me réveille, collé contre le corps nu de Lark.

Elle n'a même pas entendu mon alarme. Je la coupe avant de tourner la tête vers elle avec étonnement. Ses longs cils noirs reposent sur ses pommettes parfaitement dessinées. Les courbes tentatrices de ses seins disparaissent sous les draps.

Et je bande de nouveau. Avec le souvenir de la nuit dernière encore battant dans mon système sanguin, qu'aucun exercice physique ne réussirait à évacuer.

Un autre jour interminable va débuter.

Je plonge ma tête dans son cou, j'y dépose un baiser.

– Il faut que j'y aille.

– Je sais, marmonne-t-elle.

– Je n’en ai vraiment pas envie.

C’est l’exacte vérité. J’embrasse la peau soyeuse de son épaule. J’aimerais pouvoir rester avec elle toute la journée.

– Il faudra qu’on parle un peu plus tard.

– Comme tu veux.

Elle n’a pas ouvert les yeux, je me demande si c’est mauvais signe.

– Sors de là, Zach, lance la voix de Kyle depuis l’entrée. C’est toi qui es de corvée de merde ce matin.

– J’arrive.

J’embrasse Lark une dernière fois, cette fois dans le creux de la gorge.

– Vas-y, avant de te faire passer un savon, murmure-t-elle.

C’est ce que je fais, bien malgré moi.

Kyle m’attend dans la grange avec la pelle. Lui et Kieran font la traite, je me charge du boulot le moins agréable. Nous ne sommes que tous les trois, aujourd’hui. Être de corvée de merde signifie avoir le nez sur toute la bouse déféquée par les vaches pendant la nuit. Elle est collectée à travers un système de caniveau derrière le cul des vaches, jusqu’à un tas à l’extérieur du bâtiment. Mais les vaches ne visent pas forcément bien et un gros boulot de pelletage est nécessaire pour nettoyer tout ça.

Kyle me fourre la pelle entre les mains.

– Ça, c’est pour nous avoir empêchés de dormir toute la nuit.

D'accord. J'ai deux réactions possibles. L'humour ou le silence.

– Ce n'était pas *si long* que ça, je réponds.

Non que j'aie une grande expérience de la chose, mais je suis prêt à parier que notre performance a battu un record de vitesse. Lark et moi nous nous sommes jetés l'un sur l'autre comme si l'Apocalypse était imminente.

– Putain, tu parles, bougonne Kieran à l'autre bout de la pièce en installant les tuyaux de traite. Peut-être que tu t'es contenté de rêver, après quatre heures et demie. Mais comme tu nous as offert une véritable bande-son de film porno, ça s'est transformé en branlette assurée dans les couchettes.

D'accord. J'aurais mieux fait de me taire.

– Bienvenue parmi les vivants, mon pote, dit Kyle. Maintenant, on va pouvoir t'apprendre la poignée de main secrète.

Je lui file un petit coup et Kieran rigole.

– Tu te sens différent ? demande-t-il d'une voix haut perchée

– Qui est-ce qui se sent différent ? demande une voix féminine.

– Personne, répond Kyle à toute vitesse. Qu'est-ce que tu veux, tante Ruth ?

Je me mets à rougir en me demandant ce que madame Shipley a bien pu entendre.

– Est-ce que Jude et Griffin viennent prendre le petit déjeuner aujourd'hui ? Ou bien sont-ils déjà partis travailler au bungalow ?

– Ils ne vont sûrement pas rater le petit déj, suppose Kyle. Je pense qu'ils sont juste allés ouvrir aux plombiers.

Ruth disparaît et les autres cessent de me charrier. Ils se mettent au travail. Tête baissée, je commence à pelleter.

Kieran plaisantait quand il m'a demandé si je me sentais différent. Mais la vérité, c'est que oui. Mon corps ressent une agréable paresse, due à mon relâchement sexuel intense. Mais j'ai également le sentiment peu familier que quelque chose de nouveau commence pour moi.

Je désire Lark, et pas seulement pour le sexe. Je veux qu'elle soit ma petite amie. C'est un mot inhabituel dans ma bouche, qui sonne assez enfantin à mon oreille. Le vocabulaire des relations amoureuses est quelque chose à quoi je n'ai jamais eu à réfléchir. Mais ça n'a pas vraiment d'importance. Je veux sentir les battements du cœur de Lark contre le mien la nuit, et l'entendre me parler de sa journée juste avant de m'endormir. Je veux lui apporter une tasse de café le matin et la serrer contre moi pour la réveiller avec un baiser.

Or je ne sais pas si Lark en a envie, elle aussi.

Il faudrait que j'aie cette conversation avec elle le plus tôt possible. Je ne veux pas qu'elle croie que c'est arrivé par accident, que j'ai profité de la situation, et d'elle, pour assouvir mes désirs. Et puis, il y a Griff. Il nous a interdit d'approcher Lark.

Je verse une pelletée de bouse dans le caniveau. Peut-être finalement que me refiler la corvée de merde était sympa. La forte odeur d'ammoniaque dégagée par la bouse de vache est un véritable tueur de libido.

***

Après les tâches matinales, c'est l'heure du petit déjeuner. Je suis complètement affamé. Nous nous dirigeons tous vers la maison. Je ferme la marche. Il serait tentant de courir en avant, à l'appel et de Lark et de la nourriture, mais ça me vaudrait toutes sortes de commentaires dont je peux me passer.

Lark n'est pas dans la cuisine, et quand j'apporte mon assiette dans la salle à manger, elle n'y est pas non plus.

Griffin et Jude arrivent juste après, leur assiette à la main. Quand ils s'asseyent à table, je me risque à jeter un coup d'œil à Griff en me demandant s'il va m'engueuler plus tard.

La fille est intouchable, ça me trotte encore dans la tête. Mais lorsqu'il me regarde, il n'a pas l'air en colère, plutôt d'évaluer la situation.

De toute façon, ça n'a pas d'importance, je ne regrette rien.

– Est-ce que le plombier est arrivé ? demande quelqu'un.

– Ouaip. Il est déjà au boulot. Il y a du café ?

Griff regarde autour de lui.

– Où est Lark ? demande-t-il, probablement parce que c'est souvent elle qui sert le café.

– Voilà le café ! crie Ruth depuis la cuisine.

Elle entre en trottinant, avec des mugs pour Griff et Jude. Elle m'en sert un bien chaud.

– Tu as l'air fatigué ce matin.

– Tu parles, pouffe Kyle de l'autre côté de la table.

Heureusement, madame Shipley a passé des années en compagnie des hommes, des garçons et de leurs blagues. Elle sort avec sa cafetière, sans autre réaction qu'un sourcil haussé.

C'est l'un de nos repas du matin les plus calmes. Dylan est déjà parti pour ses cours à Burlington. May et Ruth ont apporté leur assiette. Il ne manque plus que Lark.

– Voilà pourquoi je suis resté dormir ici, dit Jude. Mon boulot est super, mais on n'a pas la pose du milieu de matinée avec café et repas chaud.

– Heureusement qu'ils paient le double de moi, lance Griff.

– Heureusement.

Il pointe son morceau de bacon vers moi, et je sais tout de suite ce qu'il va me dire.

– Tu vas appeler Marker aujourd'hui ?

– Peut-être, je grogne. Il faut que je réfléchisse.

– De quoi s'agit-il ? Il y a une possibilité de travail pour Zach ? demande Ruth en levant son mug.

– Ça se pourrait. Marker songe à monter un service de réparation de tracteurs.

– Ah, c'est tout à fait dans ses cordes.

Je suis sauvé par le bruit de la porte de la cuisine. Une seconde plus tard, le visage rosi de Lark apparaît dans l'encadrement de la porte.

– Je suis vraiment désolée. Je me suis rendormie après que mon réveil a sonné.

Kieran a un sourire satisfait et Kyle pouffe de rire.

– Fatiguée ?

Ma pression sanguine grimpe en flèche et je lui lance un regard noir. Son sourire disparaît et il se plonge dans l'examen de ses œufs.

– Quoi ? demande May en me regardant, puis tour à tour Kyle, Jude et Kieran.

Le regard de Lark trouve le mien, et j'y lis comme de l'amusement. Son sourire me dit de ne pas m'en faire. Qu'un commentaire de Kyle, ce n'est pas la fin du monde.

Je repousse ma chaise.

– Assieds-toi, lui dis-je, puisque personne d'autre ne le fait. Je vais te chercher une assiette.

Et je sors de la salle à manger sans la toucher, même si j'en ai vraiment envie. Il y a trop de regards curieux, mon câlin peut attendre.

Dans la cuisine, je me sers de la spatule de Ruth pour déposer le bacon et la dernière portion d'œufs brouillés dans l'assiette de Lark. May m'y rejoint.

– Est-ce que tout va bien ? me demande-t-elle en faisant clairement référence à l'atmosphère étrange de la salle à manger.

– Mais oui, dis-je en attrapant une fourchette pour Lark.

May remplit un mug de café avec un nuage de lait, comme aime Lark.

– J'ai raté quelque chose ?

– Non… rien de grave.

Je glousse nerveusement en passant devant elle sans en dire plus. De retour dans la salle à manger, je pose l'assiette devant Lark, toujours sans aucun commentaire. Mais je passe la main sur l'arrière de sa tête, m'autorisant ce contact furtif avec sa chevelure de soie.

– Merci, chuchote-t-elle.

– De rien.

Et je me rassois pour terminer mon petit déjeuner.

CHAPITRE 18

LARK

Je suis restée nettoyer après le petit déjeuner. Je m'en veux encore d'avoir fait la grasse matinée. C'est presque plus embarrassant de laisser les Shipley me préparer mon repas que d'avoir hurlé pendant l'orgasme, à portée de voix des garçons.

La pudeur n'a jamais été très importante pour moi. Mais me faire entretenir, si. Pendant que nous lavons la vaisselle, May me jette des regards en coin. Mais elle ne dit rien, parce que sa mère est là.

Ruth finit par sortir ramasser les œufs dans le poulailler. Dès que la porte s'est refermée derrière elle, May raccroche son torchon.

– Bon, vas-y, accouche. Qu'est-ce que j'ai manqué ?

– Pourquoi ?

– Qu'est-ce que tu veux dire, *pourquoi* ? Parce que je veux savoir ! Et pourquoi les garçons sont au courant et pas moi ?

Oh Seigneur !

– Euh, parce qu'ils ont entendu la chose arriver.

May écarquille les yeux.

– Tu as fricoté avec quelqu'un ?

– Ouais.

– Attends… Oh mon Dieu, ce n'est pas Kyle, n'est-ce pas ? C'est pour ça que tu ne me le dis pas. Ce serait dégueulasse !

May frissonne.

Et je lui lance un sourire démoniaque.

– Oh mon Dieu ! Noooon !

Je ris.

– Ce n'était pas avec ton cousin, purée, mais tu es vraiment marrante quand tu flippes.

May semble de plus en plus embarrassée.

– Espèce de salope. Alors…

J'ai l'impression de voir ses synapses mouliner dans son crâne pendant qu'elle commence à comprendre. Elle m'attrape par le poignet et le serre.

– Tu te moques de moi ? Tu as fricoté avec Zach ?

Je hoche la tête.

– Oh. Mon. Dieu.

May pose sa main devant sa bouche. Puis elle le laisse retomber et me demande :

– Tu l'as... *défloré* ?

Beurk.

– Hé oh ! Hello, c'est 1865 qui appelle. Ils veulent récupérer leur mot. En outre, la virginité est juste une invention masculine pour assujettir les femmes.

Mais elle n'en a pas encore fini.

– Je ne me doutais pas une seconde que tu l'aimais ainsi…

– Eh bien…

La stupeur sur son visage me refroidit un peu.

– Ça nous est tombé dessus comme ça.

Elle me dévisage un long moment.

– Daphné va être folle de jalousie.

– Ne lui dis pas, je glapis. Seigneur… En plus je ne sais pas si ce n'était pas simplement un coup d'un soir.

– Et qu'en pense Zach ?

– Je n'en sais rien ! Et si tu nous laissais une minute pour y songer ? Tu m'as dit que Zach est quelqu'un de secret. C'est arrivé, voilà, d'accord ? Je ne savais pas que ça allait te faire flipper.

Ma meilleure amie détourne le regard.

– Je ne flippe pas. Je suis surprise, c'est tout.

Un sentiment de gêne m'effleure soudain. Est-elle jalouse ? Ça semble peu probable. May n'a jamais mentionné Zach.

– Tu penses que je ne suis pas assez bien pour lui ?

– Ne me fais pas dire ce que je n'ai pas dit !

Elle finit par me regarder en face.

– Ce que je sais, c'est que tu vas retourner travailler à Boston dans quelques semaines. Et lui va rester ici. J'espère que ça ira pour lui. Fais attention, d'accord ? Il est vraiment spécial. Et il n'a pas beaucoup d'expériences dans les relations amoureuses.

Toute cette conversation m'a fait monter la pression. Je *sais* que Zach est spécial. Personne ne le sait mieux que moi. Et May me fait passer pour une fille sans cœur. Comme si j'allais rentrer à Beacon Hill et oublier les événements de cet été. *Jamais* je n'oublierai cet été. Ou ce printemps. Ni quoi que ce soit d'autre, apparemment. Voilà qu'à présent, May me dévisage d'un air inquiet.

– Je ne voulais vraiment pas te paraître dure. Il n'existe personne de mieux que toi, Lark. Mais tu es une voyageuse, tout le temps en mouvement. Pas Zach. Je n'ai pas envie de voir l'un de mes amis souffrir, c'est tout.

Je prends une profonde inspiration, puis j'expire en essayant d'expulser ma colère. Si May avait la moindre vision de la jungle impénétrable de mes émotions, elle saurait que je ne suis pas comme ça. Je n'ai plus du tout l'âme d'une intrépide globe-trotter. Je me sens juste fatiguée. Et je suis en permanence effrayée par mes propres pensées. Mais tout ça, May l'ignore parce que je suis une amie bien trop nulle pour le lui avoir dit. Alors calmement, je lui réponds :

– Je sais que Zach est spécial. Ni l'un ni l'autre nous n'avons envie de démarrer une histoire. Mais nous passons beaucoup de temps ensemble et il est complètement irrésistible.

May sourit et elle semble retrouver son sens de l'humour habituel.

– Il est tellement beau. Et il ne le sait pas. Ce qui multiplie par deux son sex-appeal, non ?

Je pousse un grognement d'approbation, en me souvenant de lui sur moi, dans mon lit.

– Et quand il se met à poil, c'est encore multiplié par deux. Je vais probablement me choper un coup de soleil tellement Zachariah irradie.

May attrape un verre sur le comptoir et fait semblant de s'asperger avec.

– Oh, arrête.

Elle sourit en reposant l'eau.

– Je te ferai juste remarquer que de nous deux, c'est toujours toi qui bénéficies de tous les rapports sexuels. Depuis toujours.

– Pas du tout. Tu as eu un petit copain super-sexy en première année.

Son visage se ferme quand je mentionne James, que je n'ai jamais aimé. Mais c'était un joli garçon. Elle se met à soupirer.

– Je traverse une période sèche depuis assez longtemps, à présent. Je voulais me poser un peu avant. Régler mon problème d'alcool.

– Mais ça se passe bien, non ?

Je n'ai toujours pas trouvé le moment pour en parler avec May. Et elle ne fait pas non plus le premier pas. Elle aussi garde ses secrets.

– Ouais.

Elle referme la porte du dernier placard du haut.

– Il faut que j'y aille, j'ai cours à dix heures. On se voit ce soir ?

– Bien sûr.

Elle me serre dans ses bras et elle sort. Je vais proposer mes services à Zach ou à n'importe qui d'autre au verger. Je passe devant Ruth dans son potager et je continue en direction du verger, guidée par un bruit de tondeuse. Les Cortland sont mûres et pèsent sur les pommiers. Je me demande combien de kilos nous allons en vendre demain, au marché de Montpelier.

Je trouve Zach sur un tracteur Kubota orange, en train de faucher l'herbe entre deux rangées d'arbres. Quand il me voit, il coupe le moteur. Je m'avance vers lui, pendant que l'engin toussote avant de s'arrêter. Il me fait un grand sourire.

– Salut, toi.

Il descend du tracteur et s'approche, en prenant mes mains dans les siennes.

– Tu te sens bien ce matin ?

– Plus que jamais. Et toi ? Les garçons ont été sans pitié ?

– Euh. Il y a eu quelques vannes. Mais plutôt du genre désespéré, tu vois ? Comme si Kyle était bien emmerdé de ne plus avoir de sujet de raillerie contre moi.

Hissée sur la pointe des pieds, je me mets à rire. Et ensuite, je l'embrasse.

Ses bras puissants m'enlacent. Son baiser est lent, ses lèvres tâtent les miennes comme s'il essayait de voir si tous les détails sont bien à leur place.

Je ressens un joyeux éclair de désir quand il change de position pour approfondir notre baiser.

Ouiiii. Le désir est une drogue bien agréable. J'en ai encore envie. Mais Zach finit par reculer.

– On peut parler une minute ?

Non.

– Vraiment ? C'est notre seul moment d'intimité et tu veux parler ? Je ne t'ai donc rien appris ?

Je l'embrasse de nouveau, et il glousse contre ma bouche.

– Tu me tues, chuchote-t-il. Ce que je dois te dire ne sera pas long, d'accord ?

Et il pose une main sous mon visage.

– Tu vas me dire qu'on n'aurait pas dû le faire ? (Je lève les yeux vers les siens, bleus et sérieux.) Parce que je ne regrette rien.

Il secoue sa tête lentement.

– Je ne vais pas te dire ça. Je veux que tu saches que tu comptes beaucoup pour moi. Ce n'est pas une simple crise d'urticaire que j'ai envie de gratter.

J'essaie de ne pas me défiler devant toute cette attention, ce regard bleu.

– Tu comptes aussi beaucoup pour moi, j'admets.

Et c'est la vérité. Je ne sais pas comment j'aurais fait pour traverser ces dernières semaines sans sa présence rassurante à mes côtés. *Mais ne tombe pas amoureux de moi*, je le supplie intérieurement. *Je suis une véritable épave*. Il sourit encore et il m'enlace pour m'embrasser. Il en veut encore. D'un baiser, nous passons à deux, puis à… Nous perdons le compte.

À un moment, Zach me fait tourner sur le côté et me hisse sur le siège du Kubota. Il grimpe entre mes genoux et m'embrasse à nouveau, pendant que ses longs doigts me caressent le dos.

C'est divin. Il sent l'herbe fraîchement coupée et le soleil. Je glisse une main sous son tee-shirt pour tâter ses abdos dorés, parfaits. J'adore sentir ses poils soyeux sous le bout de mes doigts. Il gémit doucement quand je descends la main vers la ceinture de ses Carhartt[12].

C'est alors que j'entends la voix de Griffin au loin. Il dit quelque chose à propos des Cortland. J'ai cru que j'aurais le temps d'un dernier baiser avant qu'il ne nous interrompe.

Eh bien non.

– Lark ?

Malheureusement, la seconde voix n'appartient ni à Griff ni à l'un de ses cousins. Je me recule, en donnant un léger coup de coude à Zach, tout pantelant, et je tends le cou pour voir qui ça peut bien être. Les deux personnes qui accompagnent Griff ne sont pas celles auxquelles je m'attendais.

– Maman ? Papa ? Qu'est-ce que vous faites là ?

Zach sursaute presque en reculant, les yeux exorbités. Il tourne la tête vers la dernière rangée du verger pendant que mes parents avancent vers

12. Marque américaine de vêtements de travail.

nous. Impossible pour eux d'ignorer qu'un instant plus tôt, nous étions en train de nous bécoter.

– En voilà une surprise, dis-je d'une voix pas vraiment accueillante.

Ils arrivent sans prévenir, comme si j'avais sept ans. Mes yeux scrutent le minuscule visage de ma mère, puis plus haut, celui, sévère, de mon père.

– Quelqu'un est mort ?

– Non ! répond ma mère d'un air pincé. Nous avions envie de te voir.

– OK, j'articule lentement, en ayant toujours l'impression d'avoir raté un épisode.

– Alors comme ça, vous avez pris la voiture, *tous les deux*, un lundi matin ? Un jour de boulot ?

– Tu as dit à ta mère que c'était un jour calme, sans touristes ni marché, a dit mon père. Alors, nous voici. Et est-ce que tu vas nous présenter ?

Il tourne le regard vers Zach. Je me rattrape.

– Maman, Papa, voici Zachariah. Zach, ce sont mes parents qui déboulent sans prévenir.

– Lark ! lance ma mère d'une voix tranchante. Si j'avais pensé qu'il y avait la moindre chance que tu répondes au téléphone, j'aurais appelé avant !

– Ravi de faire votre connaissance, Madame, dit Zach, en tendant la main à ma mère. Monsieur, dit-il ensuite, en serrant celle de mon père.

– Eh bien, quelqu'un au moins est bien élevé, murmure ma mère en regardant Zach.

Le visage de Zach rougit. Je peux imaginer les pensées coupables qui tournent dans sa tête à cet instant. Seulement cinq heures plus tôt, environ, il était nu et gémissant dans mon lit. Mon cerveau prend enfin la mesure de la situation. Je frappe dans mes mains.

– Donc, vous avez raté un jour de boulot pour venir me voir ramasser des pommes ?

– Tu n'es pas obligée de bosser, me dit Griffin, au bout de la rangée de pommiers. Vous devriez plutôt tous aller faire une promenade. Montrez-leur le coin.

– C'est très gentil de votre part, Griffin, sourit ma mère.

– On aurait dû apporter les vélos, poursuit mon père.

Jadis, nous partions tous faire des virées à vélo pendant les vacances. Je l'avais oublié avant qu'il n'en parle.

– On a des vélos, dit Griff, en enlevant la poussière de ses mains. Hé Zach ? Tu sais où ils sont, à l'arrière de la remise des tracteurs ?

– Bien sûr.

– Il y en a quatre. Tu peux y aller, toi aussi.

– Quelle charmante idée, croasse ma mère.

Je fais les gros yeux à Griff.

– Ce n'est vraiment pas la peine de perdre une journée de travail.

Il se contente de sourire.

– Amuse-toi bien, Sauvageonne. Vas-y mollo, Zach, glousse-t-il, et Zach lui lance un regard noir.

Super. À présent, personne n'est content. Pauvre Zach ! Rencontrer les parents est censé être un truc qui se planifie. Et voilà qu'il rencontre les miens avec sa langue dans ma bouche, quelques heures à peine après notre première nuit.

Aïe. Il faudra que je m'excuse, plus tard.

Zach, docilement, accompagne mes parents au hangar à tracteurs. J'essaie d'attirer son attention, mais il demande à ma mère comment s'est passé leur trajet depuis Boston. Bien que je n'aie jamais songé à présenter Zach à mes parents, il est le type même du gendre idéal, avec ses yeux doux et ses manières extrêmement polies.

Une à une, Zach sort trois bicyclettes du hangar.

– Dylan les graisse régulièrement, elles sont en bon état, nous promet-il. Le chemin est relativement plat, si vous prenez à droite au bout de l'allée. À gauche, il y a une belle descente, mais d'après Dylan, le retour est difficile.

– Tu ne viens pas ? je lui demande après qu'il nous a donné les bicyclettes.

Mon regard se fait suppliant. Mais Zach secoue la tête.

– S'il te plaît ? Griff s'en moque. On peut faire juste un petit tour. *Ne m'abandonne pas avec mes parents bien intentionnés mais si intrusifs.*

– Je ne peux pas, dit-il calmement.

– Bien sûr que si.

Il lève les yeux au ciel.

– Non, je ne peux vraiment pas.

– Oh.

Il y a un silence horrible quand je réalise ce qu'a dit Zach. Je n'ai pas pensé qu'il n'est jamais monté sur un vélo. Chaque enfant devrait avoir un vélo.

– Alors, on ne va pas faire de vélo. On va marcher.

Ses yeux lancent des éclairs.

– Vas-y, OK ? Amuse-toi un peu. À tout à l'heure.

Il me serre doucement l'avant-bras au passage en quittant le hangar. Je le regarde s'éloigner à travers la porte grande ouverte et rejoindre Griffin au verger.

Après qu'il a disparu, je me tourne vers mes parents qui m'observent.

– Voilà, c'était Zach, je lance après m'être éclairci la voix.

Ma mère regarde sa bicyclette.

– Tu ne nous avais pas dit que tu sortais avec un garçon.

Un garçon. Voilà qu'elle recommence à me traiter comme une enfant.

– Il est très gentil comme garçon, dis-je légèrement. Le Vermont me fait beaucoup de bien.

Je fais rouler la bicyclette de Dylan à l'extérieur, sous le soleil.

– Allons-y.

Si je dois passer la journée à être observée par mes parents, autant que ce soit en mouvement. Nous démarrons et je les emmène en bas de l'allée des Shipley, sur la route de terre qui passe devant le bungalow et la ferme des Abraham.

– Il y a une piscine naturelle, plus loin. C'est très joli. Je vais vous montrer.

Mes parents roulent derrière moi en silence. Et je sens leurs regards dans mon dos. Mais j'ai le vent sur le visage et une route qui s'ouvre devant moi. Alors, je me mets à pédaler plus vite.

CHAPITRE 19

ZACH

– Tu n'es pas allé faire du vélo ? me demande Griffin quand je le rejoins sur le chemin de la cidrerie.

– Je n'en ai jamais fait. Je n'ai aucune envie d'essayer pour la première fois devant les parents de Lark.

– Oh merde !

Je me contente de hausser les épaules. Être exclu d'un tour à vélo ne fait même pas partie du « top ten » de mes pires humiliations de la journée.

Griff s'arrête à l'extérieur de la cidrerie, une main sur la poignée de la porte.

– Ça va ?

– Bien sûr.

– C'est le moment de mettre ma première fermentation en tonneau.

– Alors, allons-y. Tu as besoin de combien de tonneaux ? Quatre ?

– Ouais.

Pendant que Griff ouvre en grand la porte à deux battants, je fais le tour du bâtiment pour aller chercher les barriques que nous avons nettoyées à fond, plus tôt dans la saison. Les fûts de chêne qui vont recevoir le cidre pour sa deuxième fermentation sentent toujours aussi bon. C'est un parfum qui mêle les senteurs de bois et de fruit à un musc terreux que j'adore.

Je fais rouler le premier tonneau pendant qu'il attrape le siphon qui va lui permettre de transférer le cidre de la cuve au tonneau. Nous travaillons en silence pendant un moment. De temps en temps, je surprends des regards rapides de Griff.

– Quoi ? je finis par demander, en m'attendant à ce qu'il me passe un savon pour être sorti avec Lark.

– Tu sais ce que c'est que la contraception ?

Je ne m'attendais pas à ce qu'il me dise ça, la surprise me fait rire.

– Ouais, je glousse. Et Lark aussi.

Griff a la gentillesse de paraître embarrassé.

– Bon, tant mieux.

– Si tu veux m'engueuler, autant le faire tout de suite.

Il se frotte la nuque.

– Je ne vais pas t'engueuler. Je voulais juste être sûr que tu as tout ce dont tu as besoin.

– On est sortis couverts, je murmure en rougissant.

Décidément, aujourd'hui, il n'y a pas de terme à mes humiliations.

– Tu ne peux pas m'en vouloir de vérifier. Je me rappelle encore le jour où tu m'as demandé ce que voulait dire « branlette ».

– Parce que c'est un mot bizarre !

Griff se marre.

– Je suis quasiment certain que j'ai découvert ça au même âge que tous les garçons.

– Ouais ? dit Griff, en enlevant le siphon, à présent que le tonneau est rempli. C'était sûrement un péché mortel là où tu as été élevé.

– En effet. Il fallait être discret. C'était une activité de milieu de nuit.

– J'imagine.

– Ils s'arrangeaient pour foutre une honte terrible à quiconque était surpris les mains dans son short.

Je me mets à frissonner à ce souvenir. Une fois, un môme s'est fait prendre en train de se masturber derrière le hangar à provisions. Un des diacres l'a montré en spectacle à l'église, le dimanche suivant. Je me rappelle encore comment ma gorge s'est serrée quand le pasteur s'est répandu en injures du haut de sa chaire. Chaque garçon sur mon banc semblait prêt à vomir.

– Ils n'ont pas rejeté ce môme, pourtant. Il n'avait que treize ans. À la place, ils s'en sont servis comme d'un exemple.

– C'est dégueulasse. Pas étonnant que tu n'aies pas été pressé de faire l'amour.

Ça me fait marrer.

– Certaines envies ne sont pas faciles à éradiquer. En fait, la raison pour laquelle j'ai été chassé, c'est parce que je batifolais avec une fille.

Griff se relève d'un coup.

– Sérieux ? Tu ne me l'avais jamais dit.

– Je sais.

Honnêtement, c'est dément d'avoir cette conversation avec Griff.

– C'est pour ça que je ne voulais pas faire l'amour. Faire l'amour a fait de moi un SDF. Et je ne sais même pas ce qui a bien pu lui arriver à elle.

– Jésus. Voilà une putain de drôle d'éducation sexuelle !

Je vérifie le bouchon du tonneau.

– C'est vrai. Je crois que je préfère ta façon de faire.

Il pouffe de rire.

– L'année dernière, j'ai essayé d'avoir une petite discussion entre hommes avec Dylan. J'ai pris une banane et une capote, et je lui ai montré comment la dérouler. Ça ne lui a pas plu, mais comme papa n'est plus là, il a dû supporter mes explications…

Je n'ai aucun commentaire sarcastique à faire. Griff prend soin de sa famille, même quand ça devient gênant.

– Ensuite, j'ai réalisé à quel point c'était sexiste de ne parler qu'à l'un des jumeaux. Alors, j'ai pris la banane, les capotes, et j'ai frappé à la porte de Daphné.

En imaginant la scène, je mets à rire.

– Ouais. La conversation s'est déroulée différemment. Elle m'a dit : « Laisse-moi te montrer ce bouquin sur la santé féminine que j'ai lu quand j'avais quatorze ans. » Ce truc était aussi épais que l'annuaire du téléphone. Daphné a poursuivi : « Je connais très bien le chapitre sur la contraception et les MST. Je n'ai pas besoin de parler de mon vagin avec mon grand frère, et n'oublie pas que je tire très bien au fusil de chasse. » Alors, j'ai remballé ma banane et je suis reparti.

Je ris aux larmes.

– Alors, merci de ne pas m'avoir menacé de mort quand je t'ai fait mon petit speech.

– Pas de problème, dis-je en m'essuyant les yeux.

– Cela dit, il y a toujours des capotes dans la boîte à gants du camion. Je les laisse là pour Dylan, ou Kyle, ou qui veut.

– Message reçu.

Nous travaillons tranquillement un bon moment.

– Je croyais que tu allais me faire passer un sale quart d'heure parce que je suis sorti avec Lark.

Griffin secoue la tête.

– Ce ne sont pas mes affaires. Je ne voulais pas qu'on la drague dès son arrivée. J'étais juste inquiet pour sa santé mentale, tu vois ? Mais ce n'est pas ton genre, et je sais que ce n'est pas ça pour toi.

– Ce n'est vraiment pas ça.

Griff se relève pour m'examiner.

– Quoi ?

– J'espère que tu ne vas pas te faire briser le cœur, c'est tout. Je ne critique pas. Mais je ne sais pas si Lark a la tête bien en place. Je suis sûr qu'elle tient à toi, mais j'ignore quels sont ses plans.

Moi aussi. Et ça m'embête, bien que je ne veuille pas le reconnaître.

Heureusement pour moi, le téléphone de Griff sonne. Ça pourrait bien être Jude ou le plombier qui se pose une question.

Il décroche.

– Bébé ! Comment ça va à Paris ? Je te manque ?

Sauvé par Audrey. J'installe le tonneau suivant pendant que Griff bavarde avec sa fiancée. Les tendres petits riens qu'ils échangent ressemblent à peu près à ça :

– Et quel genre de levure utilisent-ils pour la seconde fermentation ? Ah, c'est intéressant !

Juste avant le déjeuner, Jude rentre du bungalow où il a supervisé les plombiers à la place de Griff.

– Tout a l'air nickel. Je t'ai fait des photos.

Il sort son téléphone pour lui montrer le résultat.

– Ça commence vraiment à ressembler à quelque chose ! Laisse-moi t'offrir à déjeuner, ce sera sans doute un sandwich préparé par ma mère.

– Ça me va.

Nous rentrons tous à la maison. Lark et ses parents sont déjà là, ils aident Ruth à mettre la table.

Ce sont sûrement des gens absolument charmants, je me répète. Mais ça me déconcerte que la famille de Lark soit riche et intello. Lark m'a raconté que ses parents sont profs de fac. Son père enseigne à la faculté de droit de Harvard. Sa mère est chercheuse en biologie dans un laboratoire.

Lorsque j’arrive, Lark vient de poser le couteau dont elle s’est servie pour couper en tranches les cornichons faits maison par Ruth. Elle traverse la cuisine et elle me donne un baiser qui sent le vinaigre. C’est un baiser furtif, du genre de celui qu’elle aurait pu faire à May à la fin de la journée. Mais jamais je n’ai autant apprécié un geste. Elle revendique notre relation sous les yeux de sa famille et des Shipley. Et d’un seul coup, j’arrête de m’angoisser.

Ruth a préparé un bar « faites-vous votre sandwich vous-même » sur le buffet.

– Servez-vous, dit-elle. Je vais juste apporter les sandwichs que j’ai préparés pour l’équipe de jour au verger.

J’aperçois le panier-repas à côté de la porte.

– Je vais le faire, je m’empresse de dire en le ramassant avant qu’elle puisse discuter.

Elle a des invités.

– Reviens vite.

Un quart d’hcures plus tard, le temps de déposer le déjeuner et d’être interrompu un moment par Kyle, je suis revenu à la salle à manger où je me compose une assiette.

Griff et Lark parlent de leurs années de fac, ce qui est normal, vu que c’est là-bas que Lark a rencontré les Shipley.

– J'ai envoyé une bouteille de cidre à ce prof à l'automne dernier, dit Griff. Avec un mot qui disait que la chimie organique était fort utile dans une cidrerie. Il m'a répondu la semaine suivante, en me demandant où il pourrait se procurer un peu plus de ma chimie. Dans un but de recherche, bien entendu.

Tout le monde se met à rire. Je m'assois à côté de Ruth.

Le père de Lark se tourne vers moi.

– Et vous aussi, vous étiez à l'université de Boston, Zach ?

– Euh, non. Je ne peux pas dire ça.

Il y a un petit silence pendant que monsieur Wainright attend que je lui en dise plus.

Mais je n'ai rien à lui dire.

Au bout d'un moment, la mère de Lark m'aide en changeant de sujet de conversation.

– Une autre raison de notre venue, c'est que tu as reçu un courrier recommandé.

Elle se penche vers son sac posé par terre et se met à fouiller dedans.

– Je crois que ça vient de ton employeur, ma chérie. Je suppose que c'est important, puisque j'ai dû signer le recommandé.

Je regarde Lark prendre l'enveloppe et l'examiner du coin de l'œil. Elle déchire le coin et en sort une simple feuille de papier qu'elle lit.

– Quels connards !

– Lark, murmure sa mère, choquée.

– Ça dit quoi ? demande son père.

Lark laisse tomber la feuille sur la table.

– Trois semaines. J'ai trois semaines pour reprendre le boulot ou fournir un certificat médical expliquant pourquoi je ne peux pas. Sans ça, je suis virée.

– Ils ont le droit de faire ça ? demande Ruth, éberluée.

– Probablement, se gausse Lark. Et je comprends pourquoi. C'est une ONG, avec très peu de moyens. Ils ne peuvent pas continuer à me payer indéfiniment pendant que j'essaie de décider ce que je vais faire. Mais c'est tellement froid et impersonnel. Leur jargon juridique me donne envie de cogner.

Griff, qui est assis à côté de Lark, se tourne sur son siège.

– Je suis désolé, Sauvageonne.

Et il la serre dans ses bras, ce qui me donne une envie folle de faire la même chose.

– Ça va aller, marmonne-t-elle.

– Qu'est-ce que tu vas faire ? demande sa mère, et ma poitrine se serre.

Trois semaines. J'ai toujours su que Lark n'était que provisoirement parmi nous. Mais trois semaines, ça va passer en un clin d'œil.

– Eh bien…

Lark se renfonce dans sa chaise quand Griff la lâche.

– Je ne sais pas. Je vais réfléchir.

– Faisons faire un certificat médical, suggère son père, et mon cœur bondit de gratitude.

– Ça ne sera pas difficile. Ce médecin à Tufts pensait que tu devais continuer ton traitement.

– J'ai une idée ! glapit Lark, si on évitait de discuter de mes visites médicales à table ?

– Je pense que c'est le moment de manger quelques cookies, lance Ruth en se levant.

– Je vais les chercher.

En la clouant sur place, je cours à la cuisine. Une fois là, je pose mes mains sur le comptoir et je respire un bon coup. Le stress que je ressens à présent est tout nouveau pour moi. Le fait que Lark soit tellement en colère me fait enrager, et j'ai peur qu'elle me quitte. J'en veux à son employeur qui lui a envoyé son ultimatum minable par la poste, comme une véritable bombe émotionnelle.

Cette rage en moi est tout à fait inhabituelle, je ne sais absolument pas quoi en faire. Quelqu'un d'autre entre dans la cuisine et je me reprends, en tentant de me rappeler pourquoi je suis là.

– Et, alors, dit Griff. (Il me serre les épaules gentiment par-derrière.) Bon, où est-ce que maman range ses cookies, au fait ?

– Dans le placard au-dessus du grille-pain, je marmonne.

Griff s'avance jusque-là.

– But !

Je me contente de secouer la tête. Griff est connu pour ne jamais filer un coup de main à la cuisine. Mais on ne peut pas lui en vouloir, il travaille environ seize heures par jour pour tout le reste.

En essayant de me secouer, j'attrape un plateau et je le pose devant lui. Il renverse la boîte à biscuits comme pour les faire tomber, alors je la lui arrache des mains.

– Ils vont être en miettes si tu fais comme ça.

Et je les pose un à un sur le plateau.

– Ne panique pas, OK ? me dit Griff sur ton calme.

– D'accord.

– Tout va bien se passer. Elle a juste besoin d'un ami.

– Juste un ami.

Griff soupire.

– Ce n'est pas ce que je veux dire. Sois là, c'est tout. Ne change rien. Hé, tu sais faire le café ? Parce que j'ai proposé de m'en occuper.

– Sérieux ? Et ils ont dit oui ?

– Bien sûr, répond Griff en enfournant un cookie dans sa bouche et en ramassant le plateau. Parce qu'ils savaient que tu me tirerais d'affaire.

Je prends un cookie. Et ensuite, je fais le café.

CHAPITRE 20

LARK

Je passe le reste de la journée avec mes parents. Assise à l'arrière de leur voiture, je me sens retomber en enfance. Je les accompagne à la soufflerie de verre de Simon Pearce où nous observons une bande de types de mon âge souffler des verres à vin à quatre-vingts dollars pièce à partir de boules de verre en fusion rougeoyantes.

– Ça a l'air amusant.

Les jeunes gars ont à leur disposition toute une série d'outils inhabituels. Et j'ignorais que souffler le verre est un sport d'équipe. Ces types font tourner sur lui-même chaque verre au bout d'un tube de métal d'un mètre quatre-vingts de long. J'ai envie de passer la petite barrière qui nous sépare pour leur demander de m'apprendre. C'est une impression familière que je n'ai pas ressentie depuis longtemps. Le désir impérieux de tout laisser tomber pour tenter quelque chose de nouveau.

– Si on allait prendre un cocktail au bar ? propose mon père.

Avec un dernier regard d'envie aux verriers, je les suis dans les escaliers.

***

Je ne rentre pas avant l'heure où tout le monde se prépare à se coucher dans le dortoir. Une fois passée la porte du bâtiment en pierre, je suis remplie d'un profond soulagement. Personne ne m'a posé de questions difficiles ou adressé d'ultimatums. Il y a quelqu'un sous la douche, alors je vais directement passer ma tête dans le dortoir. Zach est déjà au lit, il lit un livre épais à l'aide d'une petite lampe clipsée sur sa couverture.

– Salut, je chuchote.

Il lève la tête et me sourit.

– Salut, toi !

– Salut, Lark ! lance Kyle depuis une des couchettes supérieures. Tu es passée me faire un bisou ?

– Tu peux toujours rêver, Shipley, je réponds en allant vers Zach.

Je lui enlève son livre des mains.

– Viens un peu me rendre visite. Je ne t'ai pas vu de toute la journée.

– C'est comme ça que ça s'appelle, à présent ? demande Kyle.

Je lui donne un petit coup au passage en sortant.

Le livre de Zach, c'est le septième et dernier tome de *Harry Potter*. Et il l'a pratiquement fini.

– Tu l'avais déjà lu ? je demande en le lançant sur mon lit.

– Nope, répond-il en s'installant au bord du matelas. Je sais que c'est un livre pour enfants. Mais je lis aussi d'autres choses.

Je lui souris en refermant ma porte.

– Je le sais bien. Et qu'est-ce que ça peut bien faire ? (J'ôte mon tee-shirt et dégrafe mon soutien-gorge.) *Harry Potter*, c'est pour tout le monde, pas seulement pour les enfants.

Je passe le tee-shirt trop grand de l'université de Boston que j'aime mettre pour dormir.

– J'ai le tome un dans mon smartphone, et c'est ce que je lis quand je n'ai rien d'autre.

– Vraiment ?

Zach suit chacun de mes mouvements. Je lui montre mon string quand je baisse mon short. Ses joues rosissent, mais il ne dit rien.

Je ramasse le livre et je le lui tends.

– Installe-toi confortablement. Je vais me brosser les dents.

Mais il passe un bras autour de ma taille et m'attire contre lui.

– Tu m'as manqué aujourd'hui.

J'embrasse son crâne.

– Je reviens, joli môme.

Puis je me dégage.

Après avoir fait un tour à la salle de bains, je retrouve Zach, appuyé contre la tête de lit et plongé dans son livre. Je me mets au lit. Il n'y a pas de lampe de mon côté, je ne peux donc pas lire. Mais ça m'est égal, je suis crevée.

Quand je me love contre lui, il ferme son livre et le repose sur sa poitrine.

– Je n'ai aucune envie que les séries se terminent.

– Je te comprends. Personne n'aime ça, je réponds en posant une main sur sa poitrine.

– J'ai lu les deux premiers à l'école, quand j'étais môme. Ma maîtresse de cours moyen me le gardait sur une étagère, parce qu'elle savait que je ne pouvais pas le rapporter à la maison.

– Non ?

Il secoue la tête.

– Nous n'avions pas de livres, excepté la Bible. Et un livre sur le fondateur de notre… euh… Église. Tous les autres étaient interdits. *Harry Potter* n'aurait jamais pu être autorisé, parce que la sorcellerie, c'est l'œuvre du démon.

– Aïe. Vraiment ?

Il hoche la tête, ses yeux étincellent.

– En fait, tout ce truc avec *Harry Potter* est l'une des raisons pour lesquelles nos aînés ont décidé de nous sortir du système scolaire. Les enfants rentraient en bus à la maison en demandant des tas de choses qu'ils réprouvaient. Alors, après le CM2, j'ai été « scolarisé à la maison ».

Il met des guillemets à ces mots.

– Ce qui signifiait bosser gratuitement pour le ranch après deux heures d'études de la Bible, le matin. Il s'est passé huit ou neuf ans avant que je puisse continuer la série. J. K. Rowlings a eu la gentillesse de la terminer pendant ce temps.

– C'est une façon agréable de voir les choses.

Zach passe une main sur la couverture du livre.

– Quand j'étais môme, je plaignais Harry d'être dans son placard sous l'escalier.

– Ouais. C'est ça qu'elle veut qu'on ressente en lisant le livre. Elle est très forte pour instaurer de l'empathie.

– C'est sûr. C'est marrant, je me disais que j'avais plus de chance que Harry. Ça m'a pris longtemps pour me rendre compte que tante Petunia et l'autre, je ne sais plus son nom, étaient au moins honnêtes sur le fait qu'ils ne voulaient pas de Harry. Quand j'ai lu le livre la première fois, j'ai pensé qu'ils étaient le mal incarné. Il m'a fallu quelques années pour comprendre que beaucoup des garçons que je connaissais allaient être chassés.

– Comme toi, je chuchote.

Il hausse les épaules, mais son geste ne me trompe pas une seconde.

– Ce sont des idiots, Zach. Ils sont pires que les Dursley.

Il me fixe droit dans les yeux un long moment. Puis il repousse son livre, sourit, roule et m'embrasse.

***

Oscar m'a apporté quelque chose. C'est dans sa poche. J'en ai très envie, mais il est nerveux. Il passe son temps à regarder la porte. Je sais que je suis en train de rêver et que l'objet dans sa poche va nous mener à notre perte. Mais je le veux quand même. Je veux savoir ce que c'est, et savoir ce qui va se produire ensuite. J'en ai assez de ne pas savoir et d'avoir peur.

– *Por favor*, dis-je.

S'il te plaît.

Ses yeux noirs me jaugent. Je me rends compte qu'il hésite. J'ai peur, comme toujours. Mais je suis en colère, également. Je bous de colère. Mon rêve ne me laissera pas en paix tant que nous n'aurons pas été au bout.

Il atteint sa poche, mais les cris commencent aussitôt. Quelqu'un frappe à la porte…

Je me réveille en haletant dans le noir. J'ouvre les yeux, mon cœur bat comme un fou. À côté de moi, Zach a bougé dans son sommeil et s'est collé contre moi. Voilà qu'il a programmé son subconscient pour me réconforter pendant la nuit. La moitié du temps, quand je me libère enfin de mes rêves en me réveillant, c'est pour le trouver en train de me masser le dos. Je respire bien profondément et j'essaie de me calmer, mais ce n'est pas facile.

Ces derniers temps, il existe deux Lark. L'une d'elles est allongée, en parfaite sécurité aux côtés de Zach. C'est la Lark qui cueille des pommes et qui a envie d'apprendre à souffler le verre. L'autre est encore inexplicablement prisonnière au Guatemala et flippe comme une folle.

Pendant la journée, je fais comme si cette Lark n'existait pas. Mais elle existe bien.

À présent, je suis étendue, réveillée, à réfléchir à cette journée étrange pendant laquelle j'ai essayé de convaincre mes parents que j'allais bien. J'ai bien joué la comédie. Quand ils sont repartis à Boston, après m'avoir embrassée, ils n'avaient pas l'air trop inquiets.

Sauf qu'ils m'ont apporté cette putain de lettre. Je tente de m'imaginer rentrer au bureau dans deux semaines, un verre de latte *Starbucks* dans une main et mon ordinateur portable dans l'autre. J'ai donné le meilleur de moi-même dans ce boulot. J'ai accepté de bon cœur leur offre de transfert et j'ai chamboulé ma vie pour eux. À présent, ils veulent que je revienne et que je fasse comme s'il ne s'était jamais rien passé.

Ou que je démissionne.

Merde.

En fermant les yeux, je me concentre sur la sensation de la main ferme de Zach dans mon dos. Qu'est-ce que je veux, en fait ? Est-ce que je veux ce boulot ? J'aimais beaucoup travailler pour une ONG. J'aimais essayer de faire les choses autrement. Ils font du bon boulot dans le monde. Ils aident les producteurs de sucre brésiliens à être plus efficaces et à offrir une vie meilleure à leurs employés. Ils aident les producteurs de café du Guatemala à réduire la déforestation de la forêt tropicale.

Et travailler pour eux a failli me faire tuer.

La vérité, c'est que je n'ai pas besoin de ce job. Si je ne suis pas prête à y retourner, je n'ai pas à le faire. L'argent n'est pas un problème pour moi et ma famille. J'ai plusieurs chèques des Shipley dans mon sac. Pas encaissés.

Mais mince ! J'ai obtenu ce boulot après la fac. J'ai passé un entretien et je les ai impressionnés. Et, à présent, ils me jettent comme un mouchoir sale non blanchi et sensible à l'environnement. Je pourrais obtenir un certificat médical pour prolonger mon délai de réflexion. Je pourrais retourner voir le psychiatre à Boston et lui raconter à quel point les choses vont mal quand j'essaie de dormir.

Mais le hic, ce serait de l'avouer à mes parents. Je ne veux pas faire de thérapie. Je ne veux pas parler de mes sentiments, ou pire, être hypnotisée pour tenter de sortir mes souvenirs effrayants.

Je n'arriverai pas, de toute façon, à régler ce problème en une nuit. Je reste pourtant réveillée pendant des heures, à m'inquiéter.

Finalement, je dois réussir à me rendormir. Parce que je me réveille en entendant le réveil de Zach. Il se retourne et je m'avance pour toucher son corps encore ensommeillé. Je trouve sa poitrine que je caresse.

– Tu as bien dormi ? me demande-t-il en bâillant.

– Oui, et toi ? je mens.

– Parfaitement.

Un bras puissant s'enroule autour de ma taille et des lèvres douces effleurent ma nuque. Ses baisers sont lents et tout chauds de sommeil. Ils glissent vers le col de mon tee-shirt, pendant qu'une de ses mains calleuses de travailleur se glisse sous le tissu pour me caresser la taille. Il s'aventure plus bas, le bout de ses doigts repousse le mini-morceau de tissu entre mes jambes.

– Mmmh, je soupire. Tu nous tortures tous les deux.

– Je sais. J'aimerais tellement qu'on soit dimanche, répond-il entre deux baisers.

– C'est dans combien de jours ?

Il les compte avec des baisers.

– Cinq.

– Merde.

Il se marre.

– On se voit au petit déj ?

– Ouais. Va-t'en avant que je t'attrape et que je te garde prisonnier.

– J'aimerais bien.

Mais il se lève tout de même.

CHAPITRE 21

ZACH

Le mardi, nous faisons le marché de Montpelier ensemble. Lark fait tout le trajet en camion à mes côtés, avec sa main sur mon genou. Ça me rend dingue. Je n'ai qu'une envie, me garer sur le bord de la route et m'envoyer en l'air avec elle. À la place, j'ai droit à quelques baisers volés et à dormir dans son lit cette nuit.

Quelque chose a changé. Les règles ont changé et à présent, je peux la toucher quand je veux. Je ne sais pas comment c'est arrivé, mais je n'ai rien contre. Quand je passe derrière elle dans notre stand au marché, je pose une main sur ses fesses. Et quand je monte dans le camion pour rentrer à la maison, je l'embrasse avant de démarrer. Gagner au loto ne m'aurait pas procuré la moitié de l'excitation que j'éprouve alors.

Le seul truc que je ne fais pas, cependant, c'est d'essayer d'avoir une vraie discussion. J'ai envie de dire à Lark que je tiens vraiment à elle. Mais à présent, il existe un compte à rebours entre nous. Trois semaines avant qu'elle ne décide si elle retourne à Boston ou si elle choisit autre chose pour son avenir.

Je ne veux pas lui mettre la pression. Je ne veux pas que mes désirs égoïstes se mettent en travers de ses plans. Et pire, je ne veux pas savoir si mes sentiments vont jouer le moindre rôle dans sa décision.

Griff m'a dit d'être présent, de ne pas paniquer. Et ça me semble être un bon conseil. Si je n'ai que trois semaines, je compte bien en profiter. Mercredi, c'est jour de marché à Hanovre. Pendant que je charge, Griffin ajoute dix caisses de cidre brut dans le camion.

– C'est pour qui ?

– C'est une livraison pour Woodstock. Lark a tous les détails. Amusez-vous bien.

Et Griffin s'éloigne avant que je puisse lui poser d'autres questions.

– Griff veut qu'on aille à Woodstock après le marché ? je demande à Lark lorsqu'elle monte dans le camion. On va rentrer très tard.

Le marché de Hanovre est ouvert de quinze à dix-huit heures. Et Woodstock est à une demi-heure de là. Peut-être plus.

– On va dîner à Woodstock tous les deux, dit Lark. J'ai dit à Ruth de ne pas nous attendre.

Elle me fait un drôle de petit sourire.

– OK.

Elle manigance quelque chose, mais je décide de laisser courir.

– Tu veux bien me faire plaisir ? Va vite chercher un pantalon et une chemise.

J'hésite.

– Vraiment ?

– Ouais. Vas-y.

Et elle me fait signe de foncer. Alors, je le fais.

Le marché d'Hanovre se passe bien, nous vendons pratiquement tout.

– C'est parfait, dit Lark, en regardant nos caisses vides. On n'aura pas à faire un gros inventaire. En route pour Woodstock.

– Est-ce qu'il faut que je me change tout de suite ? je demande.

J'aurais dû y penser lorsque nous avons chargé. Elle secoue la tête.

– Pas besoin.

Et elle monte dans le camion.

Une fois arrivé à *L'Auberge de Woodstock*, je me gare à l'arrière, à côté du quai de chargement. C'est un assez grand hôtel pour le coin. Nous déchargeons nos dix caisses. Mais ensuite, Lark pose une drôle de question au type de la cuisine.

– Où est-ce qu'on peut se garer pour la nuit ?

Il regarde tout autour.

– Dans le coin, là-bas.

– Pourquoi lui as-tu demandé ça ?

Elle me fait un sourire félin.

– J'ai réservé une chambre. Et j'ai prévenu Griff que tu ne serais pas dispo pour la traite de demain matin.

– Vraiment ?

– Vraiment. Il m'a dit que tu n'avais pas pris un seul jour de congé en deux ans. Alors, pourquoi pas maintenant ?

Je regarde fixement le camion. Puis-je l'abandonner là toute une nuit et passer du bon temps avec Lark ? Je suppose que je pourrais emporter la caisse avec nous à l'intérieur. Serait-ce assez sûr comme ça ? De temps en temps, Griff et Audrey laissent tout tomber et partent pour une journée ou deux. Et la Terre ne s'arrête pas de tourner pour autant.

– D'accord, je réponds lentement.

Elle rit.

– On dirait que je te propose une soirée chez le dentiste.

– Donne-moi juste cinq minutes, le temps de m'y faire.

Je remue les clés dans ma main.

– Je vais garer le camion, ensuite on va entrer et se changer pour le dîner. C'est ça ton plan ?

Lark hoche la tête, en sautant sur ses talons.

– Ce sont les vacances les plus courtes du monde. Mais j'en ai vraiment besoin.

Je l'embrasse, encore émerveillé d'être autorisé à le faire.

– Donne-moi trois minutes.

***

Le hall de l'hôtel est plus chic que je ne l'imaginais. Je ne me sens pas à ma place avec mes bottes de travail et mon tee-shirt « Ferme Shipley ». Et je frémis quand Lark sort sa carte de crédit.

– Laisse-moi te rembourser, je dis quand le réceptionniste a le dos tourné.

– Nope, me répond-elle gaiement, ce qui me fait me demander combien cela peut bien coûter. Mais tu peux payer le dîner, si tu y tiens vraiment.

Une fois que Lark a récupéré notre clé, nous traversons la réception assez chic et passons devant une gigantesque cheminée en pierre. D'autres clients vont et viennent, comme s'ils sortaient tout juste du terrain de golf. Ce n'est vraiment pas mon truc. Mais les avantages de cette sortie deviennent plus évidents dès que Lark passe la clé dans le lecteur de la porte de notre chambre. Quand elle ouvre, un lit king-size et une cheminée où un feu crépite déjà apparaissent devant nos yeux.

C'est beaucoup mieux.

Lark pose son sac à dos contre le mur.

– C'est chouette.

Elle longe la cheminée et disparaît derrière une autre porte de ce qui me semble être une immense salle de bains.

– Plutôt, oui.

Je pose mon sac, moi aussi.

– Je prendrais bien une douche, lance-t-elle.

– Vas-y.

Je vais à la fenêtre et je regarde les pelouses impeccablement tondues. Dehors, la nuit est tombée.

– Oh, wouah ! Ça me donne des idées, dit Lark depuis la salle de bains.

Ensuite, j'entends l'eau couler.

Je délace mes bottes de travail poussiéreuses et je les enlève. Elles font mauvais genre sur le beau tapis. La pièce est splendide, avec son plafond pentu et ses moulures en bois ciré. Je ne suis pas habitué à tout ce luxe. Être là, entre deux fauteuils tapissiers, me donne l'impression d'être un imposteur. Mais ce lit immense aux draps immaculés ? J'en vois tout le potentiel.

Quelques minutes plus tard, l'eau s'arrête de couler dans la salle de bains.

– Zach, viens ici, s'il te plaît.

J'entre et je la trouve plongée dans une baignoire à pattes de lion. La vue de l'eau qui clapote sur ses seins me donne un coup de sang.

– Wouah.

Elle me fait un beau sourire

– Eh bien, ne reste pas planté là. Entre.

Peut-être que j'ai jugé trop vite cet hôtel. J'arrache mon sweat-shirt et la chemise de flanelle que je porte en dessous. Lark suit le moindre de mes mouvements, ce qui me rend un peu pataud. J'enlève mes chaussettes, je fais sauter le bouton de mon short. Elle se lèche les lèvres. Je ne peux pas dissimuler mes pensées cochonnes quant à la suite des événements, vu la bosse dans mon boxer.

Je n'ai, bien sûr, jamais fait de strip-tease devant une femme. Effeuiller mes sous-vêtements est pour moi une expérience unique. Ma queue se redresse d'un seul coup. Impossible de cacher mon désir.

Jamais personne ne m'a vu aussi nu.

– Mon Dieu, tu es sublime, dit-elle dans un soupir. Ce n'est même pas juste.

Ses mots me frappent comme une douce brise tiède, me vrillent les couilles, me donnent la chair de poule. Chaque centimètre de mon corps frissonne de désir.

– Tourne-toi, chuchote-t-elle. Je veux pouvoir t'admirer en entier.

Mais j'hésite.

– J'ai des cicatrices, ce n'est pas ma plus belle partie.

Elle penche la tête et son regard se fait plus doux.

– Je sais, joli garçon. Je les ai senties. Mais rien n'est laid chez toi.

Un peu gêné, je me retourne lentement. J'ai toujours essayé de planquer les traces de la raclée que j'ai reçue pour mon dernier jour à Paradise Ranch. Mais là, je les lui montre, parce que de toute façon, elle va les voir.

J'entends des clapotis dans l'eau et une main mouillée effleure mes fesses.

– Ça fait très « Outlander[13] », tu sais. Tu es limite branché.

---

13. Série télé historico-fantastique dans laquelle l'héroïne, une infirmière de guerre, se retrouve soudain plongée dans le passé.

Mon rire ressemble à un reniflement. Ensuite, je sens ses lèvres qui effleurent, puis embrassent mes cicatrices. Oui, elle les embrasse.

Vous vous doutez bien que personne ne l'a jamais fait.

– Maintenant, grimpe.

Lorsque je me retourne, elle a plié ses genoux pour me faire de la place. J'entre et je me plonge lentement, en laissant l'eau chaude m'envelopper. Quand mon cul touche la porcelaine, j'attrape les chevilles de Lark et j'allonge ses jambes en plongeant les miennes sous la surface. Elle se tortille pour que je puisse m'étendre, en allongeant ses jambes sur les miennes. Elle me dit doucement :

– Moi aussi, j'ai des cicatrices, mais elles sont invisibles.

– Je sais, je chuchote en lui caressant le pied. J'espère qu'elles vont guérir et que tu ne les sentiras plus. Les miennes ne me font plus mal. Je n'y pense plus jamais.

Son beau visage semble réfléchir.

– Tu regrettes parfois de ne pas être allé à la police ? C'est illégal de battre quelqu'un. Coups et blessures.

– Personne n'est jamais allé à la police. Les garçons qui quittent cet endroit ont trop honte. Ils sont convaincus d'avoir fait quelque chose de mal.

Mes fesses ont saigné pendant des jours et des jours. J'avais dégotté un nouveau pantalon dans un abri pour SDF à Omaha, mais je n'avais pas reconnu que le sang qui tachait l'ancien était le mien.

– Je suis tellement content d'être parti à présent, j'essaie juste de ne plus y penser.

– Je comprends.

– Isaac et Leah ont une amie, Maggie, qui vit au Massachusetts. Elle aussi s'est enfuie. Elle a suivi les conseils de Leah et Isaac, elle a donné un nom à sa ferme pour aider les gens à la retrouver. Isaac et Leah disent qu'aider les autres, c'est la meilleure vengeance qui soit.

Le regard que me lance Lark est tellement plein d'amour que ça me coupe le souffle.

– Quoi ? je finis par dire en rougissant sous ses yeux.

– J'ai vraiment envie de t'embrasser.

Ma bite tressaille sous l'eau.

– Qu'est-ce qui t'en empêche ?

La seconde suivante, j'ai Lark sur les genoux. J'agrippe son corps humide, doux comme celui d'un phoque, et nos bouches s'unissent. Chaque mouvement de sa langue me fait gémir. Chaque friction de sa chair contre ma queue me rend encore plus dingue.

Mes mains musardent sur son corps offert. Je soupèse ses seins lourds et glisse mes doigts partout. Quand je plonge entre ses jambes pour la caresser, elle se met à geindre dans ma bouche.

– J'ai tellement envie de toi, je halète entre deux baisers.

– Dis-moi ce que tu veux, chuchote-t-elle.

– Tout.

– Non, sois plus précis. J'ai envie de connaître tes pensées les plus cochonnes.

Je deviens immédiatement écarlate, et elle sourit.

– Donne-moi juste un petit détail excitant.

– D'accord. Mais ensuite, tu m'en diras un, toi aussi.

Lark éclate de rire, ce qui apaise un peu ma tension.

– Ok. Ce n'est que justice. Mais toi d'abord.

Ce n'est vraiment pas facile.

– Je n'ai jamais parlé de ça avec personne.

– Je sais. (Elle m'embrasse sur le nez.) Mais le désir n'a rien de honteux, malgré tout ce qu'ils ont bien pu te raconter. Dis-m'en un. Pas besoin qu'il soit réaliste.

Je veux te posséder tout entière.

Aïe. Ça aurait été honnête, mais ce n'est pas ce à quoi elle pense. Lentement, je me penche jusqu'à ce que mes lèvres soient à seulement quelques millimètres de son oreille.

– Je veux te faire jouir avec ma langue.

– Ouuuh, dit Lark en laissant retomber sa tête sur mon épaule. Je ne vais pas discuter.

– À toi maintenant.

Elle sourit plus encore et me murmure à l'oreille,

– J'ai envie de t'installer sur ce grand lit et de te chevaucher jusqu'à ce que tu deviennes dingue.

Marie, mère de Dieu. Ma tête va cogner le carrelage.

– Je suis complètement partant.

Elle glousse.

– Bien. À toi.

– D'accord.

Ce petit jeu commence à me plaire.

– J'ai envie de te baiser en pleine lumière, afin de ne pas en perdre le moindre détail.

Elle écarquille les yeux.

– Mais bien sûr. Maintenant, voyons…

Elle se mord la lèvre une seconde.

– J'ai envie que tu me jettes sur le lit et que tu me baises par-derrière. Fort et vite.

Une vague de pur désir chauffé à blanc me submerge, je contracte chaque muscle de la partie inférieure de mon corps.

– C'est un bon début pour notre liste de trucs-à-faire, dit-elle en me regardant grimacer de douleur.

Et elle pose les mains sur le rebord de la baignoire et se penche pour m'embrasser lentement.

J'ouvre la bouche, je la laisse entrer, je fais l'amour à sa bouche. Je suis tellement ridiculement excité, et elle jette de l'essence sur le feu en frottant son sexe sur moi. Il est fort possible que je devienne le premier homme à brûler dans les flammes dans une baignoire.

La main de Lark s'agite en tous sens pour trouver le mécanisme de la bonde sur le mur. Elle le tire et je sens l'eau qui s'évacue. Nous nous embrassons, le contact de ses seins doux, soyeux sur ma poitrine, me torture pendant que le niveau de l'eau baisse.

Mais elle repousse le levier avant que la baignoire soit complètement vide. Elle se soulève et je regarde. Mes fesses sont toujours plongées dans une dizaine de centimètres d'eau. Ma queue douloureuse, elle, n'est plus immergée. Nous nous plongeons dans un autre baiser, parce qu'il nous est impossible de faire autrement. Je n'ai jamais ressenti mon désir avec une telle force. Je le serre dans mes bras. Je vous jure que si le bâtiment s'écroulait autour de nous, je ne m'en apercevrais pas.

Pendant que nous nous embrassons, elle s'avance pour se positionner exactement où il faut pour titiller mon gland.

– Vas-y, je supplie.

Dans un soupir, elle enfonce son sexe étroit sur le mien. Je me retrouve comme enserré dans un gant de béatitude, et mon gémissement s'associe au sien. Nos murmures désespérés se réverbèrent sur les murs quand elle commence à balancer son bassin contre le mien.

Heureusement, nous sommes assez proches et elle n'a donc pas beaucoup de place. C'est ce qui m'empêche d'éjaculer dès qu'elle glisse son corps si précieux sur le mien. Je bois à sa bouche, goutte à goutte, et je me laisse aller, en roulant des hanches à l'unisson des siennes. Nous sommes si intimement enlacés que le moindre de nos souffles en est magnifié. Les gouttelettes d'eau y font écho.

Le choc de nos dents est perceptible pendant nos baisers.

Ses yeux bruns me regardent bien en face pendant que son corps m'accueille, encore et encore. Quand je regarde au fond de son iris, j'y vois le reflet de mon propre désir. Le besoin que nous éprouvons l'un de l'autre est insondable. Je la serre contre moi, comme si cette friction merveilleuse pouvait chasser la vulnérabilité que je sens en moi chaque fois que j'imagine qu'elle va me quitter.

Elle prend la cadence, et sa respiration accélère. Ses yeux splendides se ferment et elle enfouit son visage dans mon cou.

– J'ai envie… de jouir, glapit-elle.

– Montre-moi, je halète. Vas-y.

Je pose mes mains sur ses seins, je me mets à caresser ses mamelons avec mes pouces. Jamais je ne me lasserai de la façon dont son corps se crispe quand je la touche. Elle tressaute et gémit contre moi, son rythme se rompt. J'attrape son menton, je le soulève, je prends sa bouche, je suce sa langue. Elle pousse un cri sourd quand son vagin se serre autour de ma queue, comme un poing. Mon propre orgasme explose alors, mc fait planer en chute libre, effaçant tout sauf la jouissance et le lâcher-prise. Ma tête retombe en arrière contre le mur, et je pousse un beuglement pendant que son corps me pompe avec de douces impulsions.

Un petit moment plus tard, tout est redevenu calme. Les seuls bruits sont les gouttes d'cau qui tombent et nos respirations haletantes. Lark s'est écroulée sur ma poitrine, mes doigts pataudss sont plongés dans ses cheveux.

– Tu as froid ? finit-elle par demander.

– Non, je ris. (C'est quoi avoir froid ? Je ne peux même pas me souvenir de quoi que soit de déplaisant.) Et toi ?

– Pas encore. Mais on devrait peut-être se rincer et sortir. Nos doigts doivent être tout fripés.

– Ça en valait sacrément la peine, je marmonne.

Elle me sourit en se retirant. Elle ouvre l'eau chaude et rince ce corps sublime qui est le sien pendant que je la regarde. Puis elle sort avec précaution de la baignoire et s'enveloppe dans une grande serviette immaculée.

À contrecœur, je me lève, moi aussi.

– Je peux t'inviter à dîner avant qu'il ne soit trop tard ?

Elle regarde l'horloge. Il est huit heures et demie.

– Allons-y, avant que je me jette dans ce lit avec toi.

Comme si j'allais discuter…

CHAPITRE 22

LARK

J'enfile une paire de jeans noirs et un pull en cachemire. C'est les plus beaux vêtements que j'avais emportés dans le Vermont. J'ai envisagé d'emprunter quelque chose à May, mais ensuite j'ai reculé. Nous n'avons pas reparlé de Zach, et sa désapprobation m'a vraiment contrariée.

Quand nous sommes prêts, Zach me prend par la main et m'emmène jusqu'à la salle de restaurant pour dîner. C'est une pièce splendide, basse et longue. Le plafond et les murs sont lambrissés de bois foncé. Chaque table est éclairée à la bougie.

– Asseyez-vous où vous voulez, nous propose un serveur en chemise amidonnée.

Zach choisit une petite table à côté de la cheminée et me tient ma chaise. Puis il s'assoit en face de moi. Il a deux cercles rouges sur les joues et ses lèvres sont encore toutes gonflées après notre séance.

– Tu t'es bien nettoyé, je le taquine en admirant le V de sa peau couleur miel à travers l'encolure de la chemise qu'il a choisie. Qui pourrait penser que nous avons passé la journée à vendre des pommes au cul d'un camion ?

– Même chose pour toi.

Ses yeux bleus me sourient.

– Pas mal pour un « red neck[14] ».

Il s'enfonce dans son siège, il a l'air détendu et heureux.

– La saison de travail dans les champs est vraiment trop courte dans le Vermont pour faire de moi un red neck. Rose, à la rigueur.

Un serveur nous apporte les menus.

– Bonsoir. Voici notre carte des vins. Nous avons également des bières de producteurs locaux, et on m'a dit que nous venions de recevoir une livraison de cidre Shipley.

Zach et moi partons d'un grand éclat de rire, à la stupéfaction du serveur.

– Désolée, c'est nous qui venons de vous le livrer.

Il a un petit sourire poli.

– Oh. Je suppose que je n'ai donc pas besoin de vous le décrire.

– Non, en effet. Mais nous allons sans doute prendre du vin. Le cidre, c'est notre quotidien.

Puis il nous laisse choisir et je réalise que je meurs de faim.

---

14. Littéralement, un « cou rouge », un péquenot.

– Oh, des huîtres ! Tu aimes ça ?

Lentement, Zach secoue la tête.

– J'ai appris à manger des tonnes de choses nouvelles depuis mon arrivée dans le Vermont. Mais ça, je ne peux pas.

– C'est censé être aphrodisiaque, je le taquine.

Il me fait signe et je me penche sur la table.

– Souris-moi, ça suffit parfaitement.

Mon cœur bondit de joie. Zach est une belle personne, au-dedans comme au-dehors. Et c'est moi qu'il a choisie. Je ne sais pas pourquoi. Je ne peux pas en comprendre la raison, ma confiance en moi est au plus bas. Mais quand il pose calmement une main dans mon dos, je me sens moins seule. Et quand il me prend la main, ça me rappelle que je n'ai pas toujours ressenti ça. Que ça va peut-être devenir plus facile.

Je commande un vivaneau rouge et un couscous israélien, lui un râble de lapin avec un risotto aux cèpes.

– Un vin rouge, ça te va ?

– Bien sûr.

Je choisis une bouteille de chianti.

Nos plats sont généreux et délicieux. Ce restaurant est plus chic que ne le suggère son nom d'« auberge », sans être coincé pour autant.

Zach détaille son verre en cristal.

– J'aime cet endroit, mais j'ai l'impression d'être un imposteur.

– Qu'est-ce que tu veux dire ?

– Tous les autres types présents ici ce soir s'appellent sans doute Éthan et conduisent une Mercedes.

– Peut-être.

Je regarde autour de nous. C'est un soir de semaine, ce qui pousse les couples retraités à sortir. Et Woodstock est une des villes les plus friquées du Vermont.

– Mais le truc avec les hôtels, ce n'est pas de se demander si on y est à sa place. Personne n'y est. Nous nous contentons d'emprunter un petit bout du monde de quelqu'un d'autre.

– Hmm.

Il avale une gorgée de vin puis me sourit.

– Alors je suis un Éthan pour la nuit ?

– Exactement. Et moi…

Comment pourrait bien s'appeler la compagne d'Éthan ? J'avale une gorgée en essayant de me décider. Jessica ? Emily ?

– Beverly, suggère-t-il.

– Beverly ?

J'essaie de ne pas recracher mon vin.

– Beurk, ce n'est pas sexy du tout.

Il hausse les épaules.

– Si je suis Éthan, tu es Beverly.

– D'accord, je concède. Tu es mon vendeur d'assurances et je suis ta décoratrice d'intérieur. Nous sommes tombés amoureux sur un contrat d'assurance-vie.

Je trouve ses pieds sous la table et je glisse discrètement les miens entre.

– Plus tard, je vais te montrer les polices d'assurance.

Il remue ses sourcils et je me mets à glousser.

***

Après le dîner, nous faisons une tentative malhabile de faire croire que nous ne sommes pas venus à Woodstock uniquement pour faire l'amour. Nous nous baladons dans Mains Street en faisant du lèche-vitrines puisque tous les magasins sont fermés pour la nuit.

Zach est toujours plus bavard quand nous sommes en tête à tête. Il me raconte une histoire drôle au sujet d'Audrey, la première fois qu'ils ont ramassé des pommes cette saison.

« Griff, il y a un truc qui ne va pas avec cet arbre, avait-elle dit.

– Non, il va bien, bébé, mais tu ne peux pas y trouver de pommes, parce que c'est un prunier, lui avait-il répondu. »

– Aïe. Et quand est-ce que Griff va récupérer Audrey ?

– Dans trois semaines ? Quelque chose comme ça.

Les mots *trois semaines* restent suspendus dans l'air un instant, nous rendant tristes.

Nous faisons demi-tour en empruntant la longue allée de *L'Auberge* pour accéder à l'élégant porche d'entrée. Zach ne dit plus rien, alors je lui jette un coup d'œil, il a l'air abattu.

Merde.

– Hé. Merci d'être le seul qui ne m'ait pas posé de question sur ce que j'allais faire à propos de cette lettre.

Je lui serre la main. Il soupire.

– Ce n'est pas parce que je m'en fiche, mais je suppose que tu me le diras quand tu sauras ce que tu vas faire.

– Je suis en colère contre eux, mais aussi contre moi. Je n'ai jamais été une pro du mélo. Je ne suis pas trouillarde. Je ne me planque de *rien*.

Zach garde ma main dans la sienne tout le temps que nous passons la porte à double battant et traversons la réception pour atteindre notre chambre. Et il m'écoute. Comme toujours.

– Mais je ne me sens plus capable de retourner là-bas, m'asseoir à mon ancien bureau et gérer leurs conneries.

– Alors, ne le fais pas. Peut-être que tu te sentirais mieux avec un autre boulot. Tu pourrais bosser pour quelqu'un contre qui tu ne te fâches pas.

– Sauf que je ne sais pas contre qui je suis fâchée, j'admets en sortant la clé de mon sac et en la glissant dans le lecteur pour ouvrir la porte.

– Ce n'est pas de leur faute, si je n'ai pas respecté les instructions. Ce ne sont pas eux qui m'ont enlevée en pleine rue. Seigneur, je n'en peux plus d'être dans ma propre tête. J'en ai assez de moi.

Et je me jette sur le lit géant.

Zach s'allonge à côté de moi, le menton sur les avant-bras sans me quitter du regard.

– Moi, je n'en ai pas assez de toi. Et je n'en aurai jamais assez, poursuit-il en passant une main dans mes cheveux.

Je tourne la tête sur le côté, et la vue de son doux visage me calme. Il caresse ma tête d'une façon plus réconfortante que sensuelle.

– Je ferais n'importe quoi pour toi, tu le sais, n'est-ce pas ?

À cette idée, mes yeux se mettent à me piquer. Je le sais bien. Et ça me fait peur. Je ne sais pas pourquoi.

***

– Lark, je suis là, tout va bien. Réveille-toi.

La voix de Zach vient de quelque part, au loin. S'il te plaît, me prie-t-il. Mais ce son réconfortant est trop lointain.

Je suis à nouveau dans cet endroit sale. Cela fait des semaines que je ne me suis pas sentie en sécurité, mais Oscar est là, il a quelque chose pour moi. Une barre chocolatée ! Le papier d'emballage a le même design que celui que je connais depuis toujours. Je m'émerveille, parce que c'est la seule chose qui soit reliée à ma vie d'avant.

Oscar me l'a donnée en cachette, et j'ai commencé à saliver juste en la voyant. Il ne peut pas défaire mes liens.

Au lieu de ça, il commence à dérouler le chocolat, soigneusement, sans faire le moindre bruit, et il me le tend. Je n'en fais que trois bouchées, tellement j'ai faim.

Puis il décapsule une bouteille d'eau qu'il porte à mes lèvres.

– Je ferais n'importe quoi pour toi, me dit-il avec la voix de Zach.

NON, j'ai envie de crier, mais je ne peux pas, parce que je suis en train de boire de l'eau fraîche et pure à la bouteille qu'il tient pour moi.

La porte s'ouvre soudain et Oscar sursaute. L'eau jaillit sur mon visage, mais je m'en rends à peine compte parce que Le Responsable hurle. Son débit est rapide et furieux, et je comprends tout de suite que ce n'est pas bon du tout. Il dégaine son couteau, je me mets à trembler.

Oscar a l'air terrifié. Ensuite, l'homme lui ordonne de faire quelque chose de si terrifiant que j'ai envie de vomir la barre chocolatée. Et tout ce que je peux faire, c'est regarder. Je sais que je rêve, mais je rêve de ce qui s'est réellement passé, et mes membres sont gelés sur place. Je veux détourner le regard, comme je l'ai toujours fait jusqu'à présent, mais cette nuit, c'est impossible.

Oscar ne discute pas avec son bourreau. Il se tient juste debout à mes côtés sans bouger, même quand Le Responsable échange son couteau contre un revolver et repousse Oscar jusqu'à ce qu'il trébuche contre moi.

Même quand Le Responsable ordonne à Oscar de faire quelque chose qui me coupe la respiration.

Les cris attirent deux autres hommes à l'intérieur. Les mots jaillissent toujours, et je ne peux pas comprendre ce qu'ils signifient. Mais un mot en particulier est très clair. Et quand les autres hommes apparaissent, ils ont l'air amusés. Ils sont venus admirer Oscar face à un challenge.

Ils me dévisagent tous à présent. Mais moi, je ne peux que fixer Oscar. Lui me regarde, au lieu de regarder le revolver. Le Responsable répète son ordre. Je sens mon corps trembler. J'ai peur qu'Oscar fasse ce qu'il lui demande. Et j'ai également peur qu'il refuse.

J'ai peur, c'est tout. Plus peur encore que je ne pouvais imaginer qu'il soit possible. Les yeux d'Oscar sont ronds comme des soucoupes. Je ferais n'importe quoi pour toi, disent-ils.

Le Responsable hurle en poussant Oscar contre moi. Et Oscar roule au loin, en aboyant quelque chose à l'homme qui tient le revolver.

Un refus.

Le coup de feu part de nulle part, et m'assourdit.

Je pousse un hurlement à vous glacer le sang qui, finalement, me réveille. Zach me serre contre sa poitrine, comme quand on console un petit enfant.

– Chuttt, ma douce, dit-il d'une voix tremblante. Chuttt. Chuttt.

Quand j'arrive enfin à me concentrer sur son visage, ses yeux sont pleins de larmes. C'est comme ça que je comprends que j'ai été inconsolable pendant un bon moment.

– Oh merde. Je suis désolée.

Il secoue la tête et me serre plus fort. Les larmes commencent à couler le long de mon visage. Parce que même en dormant à côté de Zachariah dans un lit luxueux et des draps d'une incroyable finesse, le rêve est revenu.

Maintenant, je sais comment Oscar est mort. En me défendant contre quelque chose d'horrible. Je suis secouée de sanglots.

– Tu vas bien à présent, murmure Zach. Tu vas bien.

Mais ce n'est pas vrai. Pas du tout.

TROISIÈME PARTIE

DERNIÈRE SAISON

ASHMEAD'S KERNEL
KEEPSAKE
BALDWIN

CHAPITRE 23

ZACH

Lark m'avait annoncé que notre virée à Woodstock, ce serait des vacances dont elle avait bien besoin. Mais elle me paraît ensuite plus triste que jamais. Personne ne l'a remarqué, à part moi.

May est prise par ses examens de milieu de semestre et par la rédaction d'un énorme devoir pour l'un de ses cours. Les journées d'automne passent et Griff n'a qu'une hâte, voir rentrer Audrey. La rénovation de la cuisine est pratiquement terminée. Il attend toujours les plans du comptoir qu'il a commandé. La plomberie ne pourra être posée qu'une fois qu'ils seront installés et l'eau rouverte. Mais c'est pour bientôt.

Pour ma défense, j'ai été leurré parce que la fréquence des cauchemars de Lark diminuait. Elle a toujours tendance à parler dans son sommeil et à me chercher dans le noir. Mais les hurlements et les coups ont disparu. Je m'étais donc convaincu que ça allait mieux. Pourtant, son visage raconte une tout autre histoire. Chaque fois qu'elle croit que personne ne la regarde, Lark a l'air paniquée. Mais elle est devenue très forte pour faire semblant. Jamais elle n'entre dans la maison sans arborer un grand sourire. Face aux Shipley, elle arbore un masque de courage.

Mais une fois seule, elle devient morose. Lorsque nous nous rendons sur les marchés, elle s'enferme dans le mutisme en regardant les prés défiler par la fenêtre de la camionnette. Jusqu'ici, je ne m'inquiétais pas autant que j'aurais dû, parce que je refusais de voir les choses en face. La nuit, elle m'embrasse comme si elle était en train de se noyer et que j'étais sa bouée de sauvetage. Le sexe est son échappatoire, je pense. Nous avons appris à le faire en silence. Nous attendons que le chœur des ronflements se soit mis en branle dans le dortoir et, alors, nous faisons l'amour lentement, en ravalant les gémissements de l'autre.

Je n'ai pas fait assez attention en partie parce que, cela m'arrive souvent, je suis tombé malade.

Un vendredi, je me réveille épuisé. Me déplacer dans la ferme me donne l'impression d'avoir à marcher avec de la neige jusqu'aux hanches. À l'heure du déjeuner, je m'endors sur ma chaise pendant que Griff et Lark vérifient les comptes du marché.

– Ça va ? me demande Griff quand ma tête se met à dodeliner.

J'avais pourtant quitté le Ranch Paradise, mais je me suis réveillé en sursaut en attendant le coup de badine sur mes mains, comme à chaque fois que je m'endormais pendant l'office religieux.

– Oui, ça va, je réponds en me secouant. J'ai peut-être besoin d'une autre tasse de café, c'est tout.

L'après-midi, Lark et moi aidons à la cueillette. May aussi est là, son cours a été annulé. Même si je me sens malade, cela me fait du bien d'entendre une conversation féminine tout en cueillant. Et chaque fois que je lève les yeux sur les cimes des montagnes au loin, je découvre une extraordinaire teinte rouge orangé.

L'automne dans le Vermont est spectaculaire. C'est pour ça que les gens viennent en masse acheter des pommes et des citrouilles pendant le week-end. Les hôtels sont complets et les pourboires pleuvent dans les bars que possèdent mes copains.

Mais moi, j'ai ce chronomètre intérieur qui continue à avancer sans cesse. Lark va partir et Audrey revenir. Et à un moment, sans doute après la saison du cidre, Griff va m'annoncer la mauvaise nouvelle. Il va me dire que moi aussi, je dois faire mes valises.

Habituellement, je ne suis pas aussi pessimiste. Mais la migraine qui me taraude n'arrange rien.

– Voilà des pommes qui ont une drôle de tête. Elles sont utilisées pour le cidre ? demande Lark en cueillant une Keepsake.

– Nope, répond Griff depuis un rang plus loin. La Keepsake est une variété ancienne. Les grossistes n'en veulent pas, parce qu'elles sont petites et mal calibrées.

– Exactement comme Kieran ! jubile Kyle.

– Fous-moi la paix, bougonne son frère.

Griff poursuit, comme s'ils n'avaient rien dit.

– Mais je les aime. Elles ont une belle acidité et elles se conservent très longtemps. Pas comme les Macintosh qui pourrissent en une semaine. Ces bébés-là sont résistants.

– Ah, c'est bon à savoir, dit Lark.

Pendant la soirée, mon nez se met à couler. J'ai comme des coups dans la tête.

– Oh mon Dieu, on dirait bien que Zach a attrapé la grippe, lance Ruth pendant le dîner.

– Peut-être que je couve juste quelque chose, j'objecte.

– Je vais aller chercher du Motrin[15] et je vais te faire une tasse de cidre chaud.

– Merci.

Je pousse un soupir. Je déteste être celui qui chope toujours la grippe en premier. Cela contrecarre mes plans : être la personne la plus utile parmi les fermiers.

Cette nuit-là, j'annonce à Lark que je vais dormir dans ma couchette pour ne pas lui passer ma maladie.

– Viens ici, rétorque-t-elle. Je ne suis jamais malade. C'est un don chez moi. Et j'ai l'impression que tu aurais bien besoin de quelques gros câlins.

---

15. Ibuprofène.

Et elle ouvre les bras en me regardant attentivement avec son beau visage. Et j'y vais. Je suis incapable de lui résister. Elle me fait m'asseoir devant elle sur le lit, elle me masse les épaules, le dos et ensuite le crâne avec des mouvements lents et amoureux.

Je me mets à gémir, et elle à rire.

– Ils vont nous demander de baisser d'un ton, plaisante-t-elle.

– Je m'en fiche, je marmonne. Je croyais que c'était bon de faire l'amour. Mais c'était avant que tu me masses le crâne.

Je sens qu'elle sourit, même si je ne peux pas la voir.

– C'est agréable d'être celle qui te réconforte, pour une fois. Tu tombes souvent malade ?

– Plusieurs fois par an. Le médecin de famille des Shipley dit que c'est parce que, enfant, je n'ai pas été exposé à beaucoup de microbes.

– Ah. Ça paraît logique.

Après quelques minutes de son attention divine, je me replace de mon côté du lit. Mais elle n'en a pas encore fini. Elle se love contre moi et se met à me frotter la poitrine.

– Je suis désolée que tu te sentes mal.

– Ça va aller. Ce n'est pas grave.

Un homme ne doit pas se plaindre de ses petits bobos.

Cela dit, je ne sais pas si j'ai été très convaincant, car je m'endors au beau milieu de notre conversation.

Le lendemain matin, quand je me réveille, les rayons du soleil traversent les fenêtres. Je suis seul dans le lit. Je soulève mon poignet pour vérifier l'heure à ma montre, mais je ne l'ai plus.

Un voleur de montre est passé par là pendant la nuit, ou alors c'est l'œuvre de Lark. L'horloge sur la table de chevet affiche neuf heures et demie.

Merde !

Je me lève à toute allure, je saute dans mes vêtements et je me dirige vers la ferme. Par la fenêtre de la cuisine, j'espionne Lark. Elle est seule, elle a l'air abattue. Son expression me saisit sur place. Mais quand j'ouvre la porte arrière et que j'entre, elle relève le menton et affiche une expression joyeuse.

– Salut. Tu as bien dormi ?

– Ouais, je réponds, la voix cassée. On est censés aller à Norwich.

– Kyle et Kieran y sont allés, m'explique-t-elle en nettoyant les dessus des comptoirs. Honnêtement, ils étaient plutôt contents. Ils m'ont dit qu'ils n'avaient pas eu l'occasion de goûter à ces beignets au cidre de toute l'année.

– Oh. Je me sens toujours mal à l'aise. Et alors, qui est-ce qui vend les pommes aux touristes ?

– Griff, May et Dylan. Grand-papa s'occupe de remplir les échantillons de cidre. Ne t'en fais pas, OK ?

Elle m'adresse un sourire plus sincère que tous ceux que je lui ai vus faire cette semaine.

– Tout va bien. Et je te garde du petit déjeuner. C'est un matin bizarre, de toute façon, parce que Ruth a dû partir en voiture chercher D…

Elle ne termine pas sa phrase, parce que je l'enlace. Ce n'est pas une idée géniale, vu que je me sens encore plus malade que la veille. Mais je glisse mes lèvres dans son cou et j'y dépose un baiser tendre. Puis un autre.

– Tu es chaud, dit-elle, en posant sa main sur ma joue, puis sur mon front.

– Toi aussi, bébé, je plaisante, même si j'ai très bien compris qu'elle voulait dire que j'ai de la fièvre.

L'inquiétude de Lark pour ma santé m'entraîne sur des chemins peu familiers. D'autres gens m'ont déjà aidé quand j'étais malade. Les Shipley m'ont toujours apporté de la soupe et emmené chez le docteur quand c'était nécessaire. En plus, ils n'ont jamais pratiqué de retenue sur ma paie. Je ne sais pas pourquoi, mais mes salaires restaient les mêmes, même quand j'étais hors service plusieurs jours d'affilée, en pleine saison du cidre.

Mais la façon dont Lark s'occupe de moi est différente. C'est tendre, comme jamais je ne l'ai ressenti. C'est *intime.* Juste pour moi.

– Je vais aller te chercher de l'aspirine, suggère-t-elle en me caressant le bras.

Mais je ne la laisse pas faire. Je la pousse contre le réfrigérateur et j'embrasse son petit coin de peau si sensible, juste derrière l'oreille. Des mains douces se glissent sous mon tee-shirt dans un geste apaisant et je pousse un soupir avant de l'embrasser à nouveau.

C'est à ce moment-là que j'entends un cri de surprise.

D'habitude, Lark et moi ne nous donnons jamais en spectacle. Mais ce n'était pas un moment bien risqué, même selon mes standards. Surpris, je lève la tête en me demandant qui a bien pu trouver notre comportement choquant.

C'est Daphné.

– Salut, dis-je en me redressant et en tentant d'être poli. Tu es rentrée pour le week-end ?

Je ne l'ai pas vue depuis la fête du Travail[16].

Elle ne me répond pas, elle se contente de nous dévisager, Lark et moi. Je recule un peu en attendant que Daphné dise quelque chose, mais ses yeux se remplissent de larmes. Elle fait demi-tour et s'enfuit.

– Merde, murmure Lark derrière moi.

Je reste là, à regarder filer la plus jeune des filles Shipley, assommé de confusion et de fièvre.

– Merde, qu'est-ce que j'ai bien pu dire ?

– Ce n'est pas ça. (Lark pose une main dans mon dos.) Va t'asseoir dans la salle à manger, OK ? Tu peux manger ?

– Je n'ai pas très faim.

– Toi ? Alors là, j'appelle les infirmières. Est-ce que je t'ai dit qu'il y avait du bacon ?

---

16. Cette fête a lieu début septembre aux États-Unis.

– Ah, bon ? Je suppose que je vais quand même réussir à avaler quelque chose.

Il n'existe pas de grippe qui soit assez terrible pour m'empêcher d'ingurgiter quelques tranches de bacon.

Elle se met à rire.

– Va t'asseoir. Du café ?

– Toujours.

Je m'écroule sur une chaise. Je me sens vraiment mal. Une minute plus tard, Lark m'apporte une assiette. Elle m'a gardé une part de quiche et plusieurs tranches de bacon. Il y a aussi du café et un grand verre d'eau glacée, avec deux comprimés d'Advil.

Je prends ma fourchette et je fais de mon mieux.

– Qu'est-ce que tu crois que ça pouvait bien vouloir dire ? je demande à Lark au sujet du départ précipité de Daphné.

Elle me fait un petit sourire triste.

– Wouah. Merci de me prouver que même toi, tu peux être paumé.

– Même moi ? Surtout moi, tu veux dire.

Elle secoue la tête.

– Tu n'es en rien paumé, sauf à propos des adolescentes qui sont amoureuses de toi. Elle est vraiment accro.

Je pose ma fourchette, je me sens vraiment malade tout à coup.

– Mais non, c'est juste une blague de Griff, c'est tout.

– Pas tant que ça.

– Mais Daphné n'est qu'une môme.

– Plus maintenant. Et même les mômes peuvent tomber amoureuses. J'ai cru mourir quand mon prof de biologie de seconde s'est fiancé.

Mon cerveau a du mal à saisir la signification de ce qu'elle me raconte.

– Je ne sais pas quoi dire.

Ou penser. Daphné est une fille super. Mais c'est la petite sœur de Griff. Jamais je n'ai regardé aucune des filles Shipley comme ça. Ça aurait été vraiment bizarre.

Lark pousse les comprimés vers moi.

– Avale ça avant de renoncer à ton petit déjeuner. Et ne te sens pas coupable. Tu es tout à fait irrésistible. Demande à n'importe qui.

Je lui fais de gros yeux, c'est tout simplement ridicule.

Mais je prends les médicaments, comme elle me l'a dit.

CHAPITRE 24

LARK

Après le petit déjeuner, Zach va trouver Griffin pour lui offrir ses services. Mais dès que la porte s'est refermée sur lui, j'envoie un texto à Griff.

Ne laisse pas Z faire quoi que ce soit
de fatigant. Il a de la fièvre.

Il me répond : Pigé, Sauvageonne. Ne t'en fais pas.

Pourtant, je vais sans doute m'en faire.

Les Shipley connaissent Zach depuis plus longtemps que moi et ils se soucient vraiment de lui. Mais j'ai noté sa façon de répondre présent au quart de tour. Il fait toujours passer les besoins des autres avant les siens. Et même si je ne doute pas que c'est dû à son charmant caractère, il se joue là quelque chose d'autre.

Je crains qu'il ne se sente obligé de donner toujours plus parce qu'il a peur. Peur d'être abandonné. Et ce n'est pas une bonne façon de vivre.

May entre dans la cuisine pendant que je lave la laitue pour le déjeuner. Je propose à Ruth de l'aider à le préparer.

– Comment se passe la vente ? je demande à mon amie.

– Très bien. Tu as vu Daphné ? Elle était censée remplacer Dylan et conduire la carriole des touristes.

Le week-end, un couple de percherons appartenant aux Abraham conduit les touristes dans le verger pour ramasser les pommes.

– Eh bien, je pense qu'elle doit être dans sa chambre.

– C'est hors question. Ce n'est franchement pas sympa.

Et May, en colère, fait demi-tour en direction des escaliers.

– Attends.

Je lui cours après et la rattrape en bas des marches. Elle se retourne vers moi, surprise.

– Elle doit sans doute être contrariée.

May hausse les sourcils.

– À cause de Zach et toi ?

– On était tous les deux ensemble dans la cuisine. Rien de très choquant.

Mes joues se mettent à me chauffer, je me sens mal, comme Zach.

– Mais elle est entrée à ce moment-là et… – je me racle la gorge –, ça lui a fait un choc.

Le visage de May se fige.

– Aïe.

– Ouais.

La porte d'une des chambres s'ouvre à la volée, et Daphné apparaît sur le palier, les yeux rougis.

– Qu'est-ce que tu fais là ? me crie-t-elle dessus.

– Hé, l'avertit May, inutile de parler comme ça à Lark. Elle ne t'a rien fait.

– Tu parles qu'elle ne m'a rien fait ! s'écrie Daphné d'une voix perçante. Rentre dans ta maison tellement chic à Boston ! Nous savons tous que tu ne passeras qu'une saison ici. D'abord, tu fais tellement flipper May qu'elle pète un câble et qu'elle perd sa bourse d'études. Ensuite, tu te ramènes ici et…

– *Quoi* ?

Frappée par ce qu'elle vient de dire, je me tourne vers May, elle a les yeux complètement exorbités.

– Ça suffit, hurle-t-elle, tu *dépasses* les bornes !

– Moi ? glapit Daphné. Je n'ai fait que te tenir la tête pendant que tu vomissais. Et dire la vérité, ce que toi tu ne feras jamais.

– *Daphné,* dit May d'une voix étrangement chancelante.

– Tu ne veux pas que Lark sache que tu es amoureuse d'elle depuis toujours ? Oups, désolée ! Et maintenant, elle est avec lui…

Ces derniers mots sonnent comme du pur chagrin. Elle se tourne brusquement vers moi.

– Ça doit être sympa pour May de vous observer. J'espère que tu prends mieux soin de lui que de tes autres amis – un sanglot lui déchire la poitrine –, parce que c'est le meilleur garçon qui soit.

Le claquement de la porte de sa chambre est comme un point d'exclamation à la fin d'une longue, très longue phrase confuse. Elle nous laisse là, plantées dans l'escalier, May et moi, pendant que mon cerveau implose tranquillement.

– Qu'est-ce qu'elle…

Je ne peux pas terminer ma phrase.

– Ne l'écoute pas, murmure May.

– Mais… (Je regarde mon amie avec un regard nouveau.) Qu'est-ce qu'elle voulait dire à propos de ta bourse ?

Et ensuite, il y a l'autre assertion franchement dérangeante que je ne sais pas comment relever. May s'éclaircit la voix.

– Au printemps dernier, je ne me suis pas présentée à un examen. Ça m'a posé de gros problèmes, ça m'a bien compliqué la vie. Mais ce n'était la faute de personne d'autre que moi.

La pression que je ressens dans la poitrine me dit tout autre chose.

– Est-ce que c'était parce que… j'avais disparu ?

– Ouais. Je ne l'ai pas très bien supporté.

May baisse la tête.

– Pourquoi ? j'insiste, alors que les pièces du puzzle commencent à trouver leur place. Qu'est-ce que Daphné a voulu dire quand…

May lève une main en l'air.

– Non. On ne va pas recommencer à parler de mon pétage de plombs.

– Mais… euh… (Je déglutis à mon tour.) Encore une fois, je crois que j'ai raté quelque chose d'important, là. N'est-ce pas ? Pourquoi est-ce que tu ne me mets pas au parfum ? Je suis désolée d'être aussi débile.

May se pince la base du nez et essuie ses yeux pleins de larmes.

– Tu n'es pas débile. Il n'y a juste aucune raison d'en parler, c'est tout.

Mes yeux aussi commencent à me piquer.

– Il existe toujours une bonne raison, non ? Je tiens à toi, je veux que tu me dises ce que tu as sur le cœur.

– Mais peut-être que ça me gêne de te le dire, répond-elle calmement.

Une larme coule sur ma joue.

– Je suis désolée d'entendre ça. Parce que je t'aime et que je ne veux pas te faire de peine.

– Parfois, on fait de la peine aux autres sans le vouloir, renifle May. Excuse-moi.

Et ma meilleure amie fait demi-tour, entre dans sa chambre et referme la porte derrière elle.

Sonnée, je redescends à la cuisine. Le boulot de préparation que j'avais promis à Ruth m'attend toujours sur le comptoir. Dans un nuage, je lave la salade et je la coupe en morceaux dans un saladier. Mais mon esprit est à des millions de kilomètres de là, tentant de saisir la signification de ce qu'il vient d'entendre.

Daphné a dit que May est amoureuse de… moi ? Est-ce que c'est bien ce qui vient de se passer ? Je suis plantée devant l'évier, à tenter de me souvenir d'éventuels indices. Une fois, May a couché avec une fille qui habitait à notre étage. Je le savais et May savait que je le savais. Ce n'était pas un secret, mais nous n'en avons jamais parlé. Tout comme nous n'avons pas parlé de la relation à trois que j'ai eue avec un joueur de lacrosse et sa petite amie, dans les sous-sols d'une fraternité. On était à l'université, n'est-ce pas ? Nous avons testé de nouvelles choses et nous nous sommes amusées. À ma connaissance, May n'est sortie qu'avec des hommes. Tous les coups de cœur qu'elle m'a avoués étaient exclusivement masculins. Ils ont été nombreux. Trop nombreux, peut-être ? Est-ce qu'elle dit la vérité ? Mes pensées inquiètes sont soudain interrompues par Ruth, qui est entrée par la porte de la cuisine.

– Salut ma belle, me lance-t-elle avec un sourire. Tout va bien ?

Non, pas du tout.

– Je lave la laitue, je réponds bêtement.

Elle me sourit patiemment.

– Merci. Et comment va Zach ?

– Il a de la fièvre.

– Ça ne m'étonne pas. Un coup de froid qui ne nous fait pas grand-chose le met complètement à plat. Est-ce qu'on lui réchauffe un bol de soupe à midi ? J'en ai au congélateur.

– Bonne idée, je réponds, le cœur lourd. Excusez-moi un instant.

Sans faire de bruit, je sors en direction du dortoir. Peut-être que tout se serait mieux passé si je n'étais pas venue dans le Vermont cet automne.

***

Les deux soirées suivantes sont insupportables. May ne me regarde pas en face une seule fois. Elle disparaît juste après le dîner en prétextant qu'elle a des révisions. Et le pauvre Zach est malade. Ces deux nuits-là, il s'assoupit dans sa couchette juste après le dîner et dort douze heures d'affilée. Je passe mon temps à me tourner et me retourner dans mon lit, seule pour la première fois depuis longtemps. Et ce ne sont pas les cauchemars qui me tiennent éveillée. Mais la culpabilité. Et pourtant, il me semble égocentrique de croire que ma meilleure amie a dissimulé son attirance secrète pour moi. Si c'est vrai, je l'aurais remarqué, non ? J'aime beaucoup May et je me considère comme une vraie amie, loyale. Pourtant, Daphné m'accuse de froide indifférence envers les sentiments d'autrui. Récemment, je me suis mise à croire à ma propre incapacité, ce qui conforte les théories de Daphné.

Le mardi, Griff m'expédie au marché de Montpelier avec Zach, qui a presque entièrement récupéré. Ou qui, du moins, le prétend. Il est terriblement pâle et terriblement silencieux. Je ne suis pas une très bonne compagnie, moi non plus.

– Est-ce que May a réussi à écrire son devoir ? me demande-t-il entre deux clients.

– Je n'en suis pas sûre, je marmonne.

Zach n'a pas remarqué que May m'évitait. Il a probablement remarqué aussi que Daphné me lançait des regards assassins en permanence. Et May ne parle plus à Daphné non plus. Et Daphné n'adresse plus la parole à Zach.

La veille au soir, Griff a raccompagné sa petite sœur à la fac. Mais les dégâts étaient déjà faits. J'ai quitté Boston pour me détendre et pour soulager mes parents. Et ce faisant, je me suis interposée entre plusieurs membres de la famille Shipley et j'ai brisé le cœur de Daphné. Et peut-être aussi celui de May.

– Ça va ? me demande Zach lorsque nous montons dans la camionnette pour rentrer à la ferme.

Combien de fois m'a-t-il posé cette question pendant l'automne ? Un million de fois ? Merde. Je ne supporte plus d'être si faible.

Je ne *me* supporte plus.

– Tu n'as plus besoin de me poser cette question, je lui réponds calmement.

– Okayyyy, lance-t-il d'une voix traînante.

J'ai rendu toute conversation quasi impossible, du coup le retour à Tuxbury se déroule lentement et dans le calme.

Quand nous arrivons à la maison, Griff est arrivé et nous aide à décharger. Je tente de m'éclipser dans ma chambre pour planquer ma mauvaise humeur. Mais Zach me suit.

– Hé, pourquoi es-tu en colère contre moi ? me demande-t-il à travers l'embrasure de la porte.

Je lève les yeux sur ses yeux bleus si gentils et mon cœur se serre dans ma poitrine.

– Je ne suis pas en colère contre toi. Et je ne le serai jamais.

– Alors contre qui es-tu furieuse ?

Moi. Comme si j'avais le droit d'être en colère contre quiconque d'autre que moi.

– Je ne suis pas en colère. Mais je suis face à une vraie difficulté. Je dois rentrer à Boston.

Les mots m'ont échappé, tout simplement, mais en les formulant, je réalise que c'est vrai.

– Mon travail…

Là, je mens, mais c'est une excuse bien commode. Je ne peux pas rester.

– Alors ça y est ? Tu t'es décidée ? me demande-t-il tranquillement.

– Oui, je mens.

– Je t'aime.

Mes yeux se remplissent de larmes. Je ne pensais pas qu'il dirait ça, et ça me blesse de l'entendre.

– Il ne faut pas, je dis d'une voix hachée. Je suis une épave.

– Ça ne me fait pas peur.

– Je ne peux pas être avec quelqu'un.

Il se raidit.

– Tu ne peux pas ou tu ne veux pas ?

Je ne le peux vraiment pas. Je le savais depuis le début. Mais j'y suis quand même allée, je me suis engagée vis-à-vis de lui. Encore une fois, j'ai pris au lieu de donner.

– Pouvons-nous reprendre cette conversation au début ? demande Zach en se frottant la nuque. Ça ne s'est pas déroulé comme je le pensais, ça n'a pas abouti comme je le voulais.

– C'est la seule façon dont ça peut se passer.

– Pourquoi ?

Sa voix tremble légèrement.

Mince. Il est d'une incroyable honnêteté. Un autre homme aurait tenté de se protéger, de s'éloigner des sentiments. Mais pas Zach. Il est la plus belle personne qui soit, comme l'a dit Daphné.

Et moi la pire. Il ne s'en est pas rendu compte. Mais il est grand temps qu'il le fasse.

– Il ne s'agit pas d'amour, Zach.

– Pour moi, si.

– Tu savais que j'allais rester ici pour la saison de la cueillette uniquement. Qu'est-ce que tu croyais qu'il allait se passer ?

Ses yeux rougissent et il me retourne ma question.

– Et *toi*, qu'est-ce que tu croyais qu'il allait se passer ?

Ça. May m'avait prévenue. Et Daphné l'avait prédit.

Les dragons dans mon cœur se remettent à exhaler leur souffle fétide. Encore.

Et à présent, je suis trop fatiguée pour les retenir. Il faut que je quitte le Vermont avant de causer d'autre chagrin à cet homme merveilleux.

– C'était pour le sexe, je mens, incapable de le regarder en face. C'est tout. C'était bon, mais à présent c'est fini.

La seconde qui suit cette blessure que je lui inflige est un véritable choc, pour lui comme pour moi. Son visage devient rouge violacé. Puis, après deux autres battements de mon cœur, Zach finit par se détourner, et il part. Une seconde plus tard, j'entends la porte du dortoir claquer.

Calme-toi. C'est mieux ainsi, me dis-je.

Les jambes tremblantes, je me lève et je referme ma porte. J'ouvre le tiroir du bureau et j'en sors la lettre qui exige ma présence la semaine prochaine. Je sors également tous les chèques de paie des Shipley, je les déchire en deux et les jette dans la corbeille à papier. Puis je m'assois en silence sur mon lit et j'essaie de toutes mes forces de ne pas pleurer.

CHAPITRE 25

ZACH

Le travail manuel. C'est la seule chose dont je sois capable pour l'instant. Heureusement, un autre bouleau argenté a trouvé le moyen de s'écrouler pendant la nuit, étalant son tronc depuis la bordure de la forêt, du côté de la limite nord de la ferme, sur la clôture de la pâture des vaches. Heureusement, il n'a arraché qu'une section de la vieille barrière. Je donne un grand coup de hache, plus fort que nécessaire. Je suis content lorsqu'une grosse esquille de bois se détache de la fente. Je relève le bras, prêt à recommencer.

– Wouah, le tueur, lance Kyle. Laisse-moi aller chercher la tronçonneuse. Ça ira plus vite.

– J'ai déjà celle-là, je murmure, en attendant que Kyle sorte de mes pattes pour pouvoir continuer.

– Qu'est-ce qui t'arrive ?

Je hausse les épaules, je ne veux pas en parler. Kieran a dû s'en mêler.

– Lark te fait des misères ? Maintenant que j'y pense, tu es plus malin que nous tous réunis. Tu as passé vingt-trois ans sans problème avec les filles.

Ma poitrine se serre, j'ai bien failli laisser tomber la hache et ficher le camp.

– Qu'est-ce qu'elle te veut ? me demande Kyle.

– Rien. C'est bien ça le problème.

– Hé, Griffin ! ramène-toi ! crie-t-il. Zach a des problèmes avec les nanas.

Et à moi, il demande :

– Elle voulait juste s'amuser un moment ? Ça arrive parfois.

Seigneur, c'est plus que je ne peux en supporter. En lâchant la hache, je réponds :

– Ça n'a rien à voir.

Et c'était vrai. Au plus profond de moi, je sais que Lark ne s'est pas servie de moi simplement pour passer du bon temps. Quelque chose ne tourne pas rond, et elle ne veut pas me le dire. Sans tenir compte de ma gêne, Kyle me suit.

– Alors, c'est quoi ?

Beurk. Vider mon sac avec lui n'est pas au programme.

– J'ai cru qu'on allait pouvoir être ensemble. Mais elle voit ça autrement.

– Alors, elle a baisé avec toi et ensuite elle t'a largué ? C'est moche.

– Tu sais, ajoute Kieran, ce sont les femmes qui ont subi ça depuis que le sexe a été inventé. Tu es l'un des rares mecs à goûter à ce traitement.

Je siffle ma réponse entre mes dents.

– Je savais que j'étais spécial.

– C'est une rupture sévère, mon pote, dit Kieran avec une sympathie réelle. Tu veux venir te saouler la gueule plus tard ?

– Maintenant que tu as vécu ta première rupture, tu pourrais aussi bien picoler. Ça va ensemble, suggère Kyle.

– Barrez-vous, bande d'idiots.

Griffin chasse ses cousins et ramasse la hache.

– N'écoute pas ces deux-là, dit-il tout en donnant un grand coup au tronc. Au sujet des nanas, ils sont aussi inutiles que la bite d'un prêtre.

Griff se balance et j'observe la morsure de la hache dans le tronc jaune pâle.

– Je ne sais pas ce qui la trouble, et ça me tue.

Griffin balance la hache une autre fois, en disloquant un autre morceau de bois. Puis il fait sortir les esquilles de la fente avec un grand coup de pied.

– Je te l'ai dit. Lark est trop fragile pour prendre les bonnes décisions.

Mon cœur se met à saigner.

– Elle me repousse, je ne peux même plus l'aider.

– Laisse-lui le temps, Chewie.

Il me tape dans le dos.

– Tu peux lui accorder ça, non ?

– Elle rentre à Boston.

– Boston n'est pas si loin.

– Ce n'est pas ce que tu disais l'été dernier.

– Je sais que tu passes un mauvais quart d'heure. Mais elle aussi. Si tu tiens vraiment à elle, tu vas devoir t'accrocher.

– Je vais essayer.

– Je sais que tu vas y arriver, parce que tu le sens là, profondément.

Griff tapote sa propre poitrine.

– Crois-moi quand je te dis que ce n'est jamais une mauvaise solution de te laisser un peu aller. Je sais que tu ne fais pas facilement confiance aux gens.

– Bien sûr que si, je bafouille.

Griffa hausse un sourcil.

– Hum, hum. C'est la raison pour laquelle aucun de nous n'obtient de réponse quand on te parle du programme GED ou du boulot chez Maker ? Tu veux que Lark s'ouvre à toi, pas vrai ? Mais quelque chose lui fait tellement peur qu'elle n'y arrive pas. Tu es la première personne qui pourrait le comprendre, non ?

J'en reste comme deux ronds de flan, à réfléchir à ce qu'il vient de dire en le regardant fixement.

– Je n'ai peur de rien.

– Ah ouais ? Alors, pourquoi on a l'impression que tu vas dégueuler chaque fois qu'on te demande ce que tu veux faire de ta vie ? Personne ne va te foutre dehors, Zachariah. J'aime voir ta tronche tous les jours et ce boulot est à toi aussi longtemps que tu le voudras. Tu peux rester dans mon dortoir jusqu'à ce que tu sois en âge d'être grand-père, et alors mes mômes t'installeront probablement à la maison.

Griff me tend la hache et je la prends, frappé de stupeur.

– Mais ne me dis pas que tu n'as pas peur d'être seul. On en a tous peur. C'est putain de terrifiant. J'espère que tu n'as pas perdu Lark pour de bon, mon pote. Ça serait vraiment moche. Mais tu pourras toujours compter sur nous autres, quoi qu'il arrive.

Son téléphone se met à sonner. Il me balance un dernier regard perçant à la Griff, puis le sort de sa poche et répond :

– Hé, Isaac, quoi de neuf ?

Je l'entends rire :

– Ouais, plus qu'une semaine avant le retour de ma princesse.

Et il s'éloigne en me laissant là, stupéfait, avec une hache, un arbre couché et la mâchoire pendante.

CHAPITRE 26

LARK

Pendant que je planifie mon départ du Vermont, la nuit tombe. J'appelle mes parents et je leur annonce que je rentre à la maison, sans doute dès demain. Ils ont toutes les réactions qu'il convient d'avoir, puis ils me demandent ce que je compte faire à propos de mon boulot. Je leur réponds que je n'en sais rien.

Ensuite, je range la chambre qui a été la mienne pendant tout l'automne. Puis la salle de bains que j'ai partagée avec les garçons. Je jette le petit mot dans le sac en plastique de la douche qui disait : *Attention ! Produits parfumés féminins. Servez-vous-en et vous ne banderez plus jamais.* Je remballe mon rasoir rose.

Quand j'ai terminé, la pièce est redevenue un territoire masculin, avec rien d'autre qu'une bouteille géante de shampooing et le coupe-chou que Kyle utilise pour se raser parce qu'il trouve que ça fait macho. Mes préparatifs sont terminés, à part une chose importante. Il faut encore que je parle à May, mais je ne pourrai pas le faire demain matin.

Griff interrompt mes préparatifs en toquant à ma porte.

– Sauvageonnne ?

– Ouais ? je réponds en me sentant coupable.

– Il se trouve que j'ai besoin de toi pour le marché de Hanovre demain.

J'ouvre la porte.

– Hmmm… J'allais rentrer à Boston.

– Ne rentre que vendredi, insiste-t-il. Il est arrivé un truc chez Isaac, du coup nous allons manquer de bras. Il se passe toujours un truc par ici.

– D'accord, mais…

Il me coupe la parole d'un geste de sa grande main.

– Tu veux bien me rendre ce service ?

– Ok. Bien sûr.

Cela me laisse plus de chance de parler à May, de toute façon. Je ne veux pas partir d'ici avant de m'être excusée auprès d'elle. J'ai essayé de le faire après le dîner, alors que nous étions toutes les deux en train de laver la vaisselle. Mais May m'a repoussée.

– Je ne plaisantais pas. Nous n'aurons jamais cette conversation.

– Mais tu m'évites, ai-je noté en chuchotant. Nous ne nous évitions pas avant.

Elle a fermé les yeux une seconde avant de les rouvrir.

– J'ai juste besoin d'un peu d'espace.

Aïe.

– Je rentre à Boston dans deux ou trois jours.

Ses mains se sont posées sur l'argenterie dans le vaisselier.

– Bien. Merci de m'avoir prévenue.

Sa réponse calme était pire que si elle s'était mise à hurler que j'étais une amie foireuse. J'aurais aimé qu'elle me dise ce que se confient les meilleures amies. J'avais besoin de savoir ce qui s'était passé au printemps, et si Daphné avait dit la vérité. Mais avais-je seulement le droit de le demander ? J'ai été cette amie foireuse depuis que je suis arrivée chez elle, voici deux mois. Je ne lui ai pas parlé de mes angoisses non plus.

En prétextant qu'elle avait des devoirs, comme d'habitude, May est remontée dans sa chambre. Kyle et Kieran voulaient regarder un film de Bourne, et Zach avait disparu. Alors, j'ai regardé la moitié d'un film d'action avec Kyle et Kieran et je suis partie me coucher.

Je n'aime toujours pas marcher toute seule la nuit pour aller au dortoir, mais je l'ai fait. L'endroit était silencieux quand j'y suis entrée. Je suis restée immobile un moment, en regardant la porte close du dortoir des garçons, dans l'espoir de voir le visage de Zach.

J'espère que tu vas bien, ai-je prié depuis le couloir de l'entrée.

Mais j'ai déjà perdu le droit de le demander. Je suis allée me coucher sur la pointe des pieds. Le sommeil n'allait pas venir facilement, avec Zach à quelques mètres seulement. J'ai fermé les yeux et j'ai imaginé son corps chaud à mes côtés. Si je l'avais rencontré à un autre moment de ma vie, il aurait été allongé à côté de moi en ce moment.

Si seulement.

J'ai fixé les poutres du plafond, chacune d'entre elles était soulignée d'une ombre projetée par ma veilleuse. Avant cet automne, je n'avais plus eu besoin de veilleuse depuis l'âge de six ans. Je me sens tellement mal d'avoir peur de tout. Alors, j'ai repoussé les couvertures et je me suis levée pour aller l'éteindre. Une fois recouchée, j'ai fixé l'obscurité. Les chiffres lumineux de l'horloge suffisaient à éclairer la pièce. Je n'avais pas peur. J'étais pourtant plus seule que je ne l'avais été depuis bien longtemps. Mes paupières ont commencé à peser très lourd. J'étais tellement fatiguée. *Mais c'est bien,* me suis-je dit. Les gens fatigués dorment mieux. Avec un dernier soupir, je me suis mise en boule et j'ai lâché prise.

***

Six heures plus tard, je me réveille au son familier de l'alarme de Zach. Mon esprit embrumé ne me permet pas de me rappeler à quel moment il est entré dans ma chambre ni quel cauchemar m'a terrassée.

Mais je me souviens douloureusement de la dernière conversation que nous avons eue, et à quel point j'ai été odieuse. Et malgré ça, une de ses mains est appuyée contre mon dos, comme chaque fois que je fais de mauvais rêves. Je serre les paupières, horrifiée de l'avoir réveillé en pleine nuit. *Encore*. Même après les horreurs que je lui ai balancées, il est venu à ma rescousse. Des larmes brûlantes commencent à se former derrière mes paupières. Pourquoi est-ce qu'il est aussi gentil, bordel ? Je reste parfaitement immobile, comme la lâche que je suis. Je sens une larme couler de chacun de mes yeux, mais heureusement, je tourne le dos à Zach.

Il y a un grognement, puis le bruit de Zach cherchant maladroitement le bouton de sa montre. Je retiens ma respiration, en attendant qu'il se lève et sorte. Mais ce n'est pas ce qui se passe. Au lieu de ça, il se retourne et se penche sur moi. Il repousse mes cheveux dans mon cou et me hume doucement derrière l'oreille.

– Prends soin de toi aujourd'hui, dit-il.

Puis il m'embrasse très doucement dans le cou.

Oh Seigneur !

Je serre les poings pour lutter contre mon envie de me retourner et de me jeter dans ses bras. Ma respiration suivante ressemble à un sanglot. Parfait. Je ne suis même pas capable de snober quelqu'un correctement. Mais Zach ne relève pas. Il passe juste son bras autour de ma taille et me serre pendant que je ravale mes sanglots et que je reprends mon souffle. *Calme-toi*, je m'ordonne à moi-même. *Tout de suite*.

Plus tard dans la journée, nous sommes censés faire le marché de Hanovre ensemble. Je ne sais pas si je vais en être capable.

Derrière moi, Zach soupire. Il me caresse le poignet du bout des doigts.

– À plus tard, mon amour, murmure-t-il. Ça va aller, ajoute-t-il comme pour me prouver qu'il lit dans mes pensées.

Alors, il se lève en déposant un dernier baiser sur mes cheveux. L'air me paraît soudain deux fois plus froid dans mon dos lorsqu'il est parti.

CHAPITRE 27

ZACH

Quand c'est l'heure de partir au marché de Hanovre, j'ai la surprise de voir Griff venir charger le camion avec moi.

– On y va tous les deux ?

Il secoue la tête.

– Lark vient aussi.

Ça me met de mauvaise humeur. Griffin me croit incapable de vendre des pommes avec Lark sans la présence d'un baby-sitter ? Comme si j'étais capable de perdre mon côté aimable entre maintenant et six heures de l'après-midi ?

Mais je ne dis pourtant rien. Ce n'est pas mon genre. Et quand il est temps de partir, Lark arrive et grimpe à l'arrière, nous laissant, Griff et moi, monter à l'avant.

C'est un long trajet.

Griffin gare le camion en haut de Dartmouth Green à Hanovre, là où les tentes ont déjà commencé à s'installer dans un coin de la grande place plantée d'herbe, devant la vieille bibliothèque. Hanovre est habituellement mon marché favori. Le remue-ménage des étudiants rend le spectacle des passants amusant. Habituellement. Mais aujourd'hui, les choses sont tout bonnement désagréables.

Lark saute du camion la première. Avant que Griff ait pu la suivre, je lui demande :

– Si tu pouvais venir au marché aujourd'hui, pourquoi diable suis-je là ?

– Isaac m'a demandé que tu lui files un coup de main cet après-midi. Leah doit partir après la mise en place.

– Oh, je dis stupidement. OK.

– Et c'est tout ce que tu te demandes ? On dirait que tu portes un fardeau bien lourd aujourd'hui. Appuie-toi sur moi.

Pas de doute, il a presque l'air amusé. Je ressens une envie pressante de le cogner. Mais bien sûr, je ne le fais pas.

– Écoute… je me racle la gorge. Dans quelques semaines, les marchés vont fermer. Alors, j'aimerais te demander quels sont tes plans de boulot pour cet hiver. Spécialement, si… euh… j'y suis inclus ?

– Le travail ne s'arrête pas avec la clôture des marchés, dit-il. Tu le sais bien.

– Bien sûr. Mais si Audrey rentre pour t'aider à gérer le business du cidre, alors tu auras besoin de moi pour quoi ?

Griff se met à glousser.

– Oh, Chewie, Ouais, Audrey va m'aider à expérimenter de nouvelles techniques de fermentation. Ce sera rigolo, mais ça ne diminuera pas la charge de travail. D'autant plus qu'Audrey et Zara vont ouvrir une boulangerie et un café dans un des bâtiments annexes de *Gin Mill*.

– Oh, un autre nouveau business ?

– Ouais, et je suis sûr que tu penses qu'on est dingues. Mais Zara a besoin de gérer un business ouvert pendant la journée. Elle s'est rendu compte qu'on ne peut pas bosser dans un bar avec un môme, à moins d'avoir une aide en permanence, ce qu'elle n'a pas. Audrey va faire les pâtisseries. C'est une des choses qu'elle a apprises pendant ses études à Paris. Et comme le frère de Zara habite là, ils pourront se relayer si Zara est débordée.

– Je vois. Alors, tu vas les aider à faire tourner l'affaire pendant l'hiver.

– Bien sûr. Et on fera ça tout en réalisant notre boulot de taille habituel et en produisant vingt pour cent de cidre de plus que l'hiver dernier avec les pommes que j'achète à un verger de Champlain.

– Merde, Griff.

– Ouais. Tu vas finir par avoir envie de suivre ces cours de GED, uniquement pour pouvoir rester assis quelques heures par semaine. Le boulot est à toi, aussi longtemps que tu le veux. Maintenant, allons vendre quelques putains de pommes.

Nous sortons et nous commençons à installer le stand, pendant que je jette des coups d'œil en douce à la cause de ma peine de cœur.

Ce n'est pas si simple d'installer trois tables et quinze caisses de fruits, plus du cidre, sans regarder quelqu'un dans les yeux, mais Lark y parvient. Nous sommes juste un peu avant quinze heures et les clients grouillent déjà, prêts à foncer sur les stands. Lark enregistre les étiquettes sur chaque cageot de pommes que nous avons apporté pendant que Griffin range l'échelle.

Regarde-moi, je la supplie en silence, mais elle ne le fait pas.

– Salut, ma jolie !

Je lève la tête pour voir Linda, la vieille femme hippie qui vend des écheveaux de fils teints à la main. Elle est notre voisine sur les marchés de Hanovre et de Norwich. Je n'ai jamais su si « ma jolie » était un surnom réservé à Lark ou si Linda appelait tout le monde comme ça.

– Tu peux m'aider un instant ?

– Bien sûr, dit Lark, prête à filer un coup de main. On installe votre table ?

Linda se penche lentement pour relever la table pliante. Lark ouvre les pieds et bloque les verrous. Toutes les deux, elles remettent la table en place.

– Est-ce qu'il y a un problème avec le garçon-soleil ? Il n'a pas l'air dans son assiette aujourd'hui.

Elle se tourne vers moi pour mieux m'observer.

Merde. Je dois avoir l'air ombrageux.

– Je suppose, dit Lark en regardant ses pieds.

Linda hoche la tête.

– Tu sais, si j'avais vingt ans de moins…

Elle me fait un clin d'œil coquin. Ça me fait sourire. Si Linda avait vingt ans de moins, elle serait encore assez vieille pour être ma grand-mère. Je lance un autre coup d'œil à Lark, et cette fois elle se laisse prendre. Son regard coupable croise le mien avant de se détourner. Je lui en veux encore tellement de me repousser. C'est ma première peine de cœur et je ne sais pas comment faire pour guérir.

Un enfant sonne la cloche qui annonce l'ouverture du marché et les clients s'y engouffrent. Penché sur notre stand, je regarde notre rangée. L'espace habituellement occupé par la Ferme Apostate est vide.

– Isaac n'est pas encore arrivé, je fais remarquer à Griffin. C'est bizarre. Qu'est-ce que tu as dit qu'ils devaient faire aujourd'hui ?

– Il ne m'a pas donné tous les détails, mais ce n'était pas grave. Ne t'inquiète pas. Les voilà, de toute façon.

Griff montre du doigt leur camion qui avance entre les rangées de voitures, à la recherche d'une place pour se garer.

– Je vais aller leur dire bonjour. Tu restes avec Lark encore quelques minutes ?

Lark lui fait un petit signe de tête, et nous nous retrouvons à travailler l'un à côté de l'autre. Elle vend des sacs et des sacs de pommes, et quelques bouteilles de cidre doux. Je réapprovisionne aussi vite qu'elle vend, mes mains sont glacées à force de manipuler les fruits froids et les cruches de cidre. C'est l'automne, et un vent frisquet souffle pendant que nous travaillons.

Les doigts de Lark doivent être tout engourdis, eux aussi. Pendant que je l'observe, la poignée d'une cruche de cidre commence à lui glisser des doigts. En plongeant, je la rattrape avant qu'elle touche le sol.

– Merci. Désolée, balbutie-t-elle pendant que je la repose sur la table.

– Tu as besoin de gants ? je demande tranquillement. Griff doit en avoir une paire dans le camion.

Mon subconscient a commis une faute en oubliant que nous avons rompu. Je pose une main sur ses reins, et le contact, même à travers plusieurs couches de vêtements, me semble normal et nécessaire. Elle me jette un regard vulnérable et soupire.

– Je ne crois pas que je pourrais rendre la monnaie avec des gants. Mais merci tout de même.

– Pas de problème, je murmure, en me forçant à reculer.

Les pommes partent vite, j'empile d'autres caisses sur notre table. Je me garde le travail physique qui ne m'a jamais fait peur.

– Excusez-moi, Monsieur, dit une voix féminine. Vous avez des bananes ?

Je lève les yeux sur une jolie fille qui se tient devant notre stand, une main posée sur le front pour se protéger de la lumière éblouissante de l'après-midi.

– Des bananes ? je demande.

C'est une demande bien ridicule. Je suis en train de me demander comment expliquer poliment que les bananes ne poussent pas dans le Vermont quand elle baisse la main qui protégeait ses yeux. Et mon cœur bondit devant son visage familier et ces cheveux trop longs, que toutes les filles étaient obligées de laisser pousser au Ranch.

Chasteté.

Muet, je regarde sa peau pâle et ses yeux bleu clair. Son visage est un peu plus rond, plus féminin qu'à ses seize ans.

Sacré…

– Zachariah. (Elle rit.) Tu devrais voir ta tête ! Je suis désolée de te surprendre. C'est moi qui ai eu cette idée.

– Seigneur.

Je fais le tour de la table en trébuchant pour aller vers elle en essayant de trouver mes mots.

– Qu'est-ce qui s'est passé ? Comment es-tu arrivée jusqu'ici ?

– De la même façon que toi, je suppose.

Elle lève le pouce, comme si elle faisait de l'auto-stop.

– Non, tu n'as pas fait ça ! C'est dangereux, je dis, incapable de ne pas la dévisager.

Chasteté me fait les gros yeux.

– D'abord j'ai pris un bus. Mais quand j'ai été à court d'argent, j'ai fait de l'auto-stop. J'avais googlé ton nom avant de partir et je suis tombée sur Isaac et Leah. Ton nom doit être dans les métadonnées du site Web.

– Je… je ne sais même pas ce que ça signifie, je balbutie.

Elle écarquille les yeux. Et se remet à rire.

– Mon Dieu, je répète.

Une fille de dix-neuf ans qui n'a jamais quitté le ranch ne peut pas faire de l'auto-stop à travers tout le pays. Elle n'a même jamais rencontré d'étranger avant de quitter la propriété. À l'idée qu'elle a voyagé seule, comme ça, j'en ai la tête qui se met à tourner. J'attrape d'une main l'un des piquets de la tente pour me maintenir. C'était comme si mon cerveau et mon corps n'arrivaient pas à rester stables face à tout ce que je vois et entends. Je ne sais plus s'il faut crier ou pleurer. Je me suis tellement inquiété pour elle. Et à présent elle est là, debout devant moi.

– Zach, tu viens de blasphémer. Deux fois.

– Désolé, je réponds du tac au tac.

– Je plaisante. Je ne veux plus vivre selon les règles à présent. Voilà pourquoi je me suis enfuie. C'est une longue histoire, mais… (Elle me fait un énorme sourire.) Tu as l'air d'aller bien, Zach. Sérieusement. Je ne peux pas m'arrêter de te regarder.

– Tu es… incroyable. Je suis sidéré de te voir ici.

J'essaie de sourire. Mon cœur explose en mille morceaux de la façon la plus étrange. Elle attrape ma main libre.

– Je te raconterai tout plus tard. Mais Isaac nous fait signe. Regarde.

Je me retourne pour voir Isaac nous appeler depuis son stand, quelques places plus loin. Quand je jette un regard à Lark, elle regarde fixement Chasteté comme on regarde un fantôme. Mais elle semble vouloir s'en détacher.

– Vas-y, me dit-elle sans croiser mon regard. Griff revient de toute façon.

Alors, je laisse Chasteté m'entraîner là où Isaac et Leah sont en train de monter leur stand le plus rapidement possible.

– Zach, tu viens prendre ces cageots avec moi ? me demande Isaac.

– Bien sûr.

Je lâche la main de Chasteté et je le suis. Ma tête me tourne toujours.

Mais quand nous arrivons au camion, Isaac se contente de s'appuyer contre le hayon et me tend une bouteille d'eau.

– Bois ça. On dirait que tu vas tourner de l'œil.

Je renverse la bouteille dans ma bouche complètement desséchée.

– Doucement, môme, dit Isaac. Ça change sa vie, mais ça ne doit pas nécessairement changer la tienne.

Je le regarde, surpris.

– Qu'est-ce que tu dis ?

– Je dis que je te connais. Et en ce moment, tu es en train de foutre en l'air tous tes projets de vie, en essayant de voir comment tu vas pouvoir aider une fille à qui tu crois avoir nui.

Isaac attrape une caisse remplie de pots de miel et me la passe.

– Elle n'a que dix-neuf ans et elle est venue jusqu'ici en stop, je chuchote.

– Ouaip. Et elle s'est très bien débrouillée.

Isaac s'empare d'un autre cageot.

– Je veux que tu respires un bon coup. Nous allons prendre soin de Chasteté et voir ce dont elle a besoin. Mais ne flippe pas, OK ?

Il soulève la caisse jusqu'à sa poitrine et repart vers le stand. Je le suis, toujours en état de choc. Je me suis toujours demandé si Chasteté avait été mariée de force et à quel point ça s'était mal passé pour elle. Sûrement très mal pour qu'elle s'enfuie.

***

Deux heures plus tard, Isaac et moi sommes tous les deux dans le stand, avec Maeve qui joue à nos pieds. Leah a emmené Chasteté à un rendez-vous chez le docteur, peut-être le premier de sa vie.

– Pourquoi doit-elle aller chez le docteur ? je m'inquiète.

– Elle a attrapé des engelures en Iowa. Elle n'avait pas de manteau. Et Leah veut juste s'assurer qu'il n'y a rien de spécial à faire pour la soigner.

Isaac a déjà vendu tous les fromages qu'il a apportés et un tombereau de pommes de terre d'arrière-saison. Il a vendu pas mal de miel et quelques bougies. Et il joue avec Maeve qui a décidé que l'espace sous les tables était son fort. Moi, je n'ai presque rien fait, à part regarder dans le vide.

– Désolé, je dis en me poussant pour laisser passer Isaac pour probablement la dixième fois.

– En réalité, je n'ai pas vraiment besoin de ton aide aujourd'hui, finit-il par admettre en s'asseyant sur une caisse renversée. Si tu es ici, c'est pour me parler.

– Te parler de quoi ?

– Ne fais pas l'imbécile. Je voulais juste te dire que même si Chasteté dit qu'elle est venue dans le Vermont pour te chercher, Leah et moi nous allons prendre soin d'elle. Il se passe pas mal de choses dans ta vie en ce moment. Et nous sommes là pour aider. Nous avons baptisé notre ferme pour aider les gens comme elle à nous trouver. Et maintenant, elle l'a fait.

– Mais moi aussi, je veux aider.

– Et tu le feras. Mais il faut qu'on parle d'autre chose. Qu'est-ce qui s'est passé avec Lark ? Griff m'a dit que tu avais l'air d'un zombie. Et je dois dire que je suis d'accord avec lui.

Je gémis.

– Il n'y a rien à dire. Et il est temps de remballer. Le marché est terminé.

Isaac me laisse m'en sortir comme ça et je l'aide à charger son camion. Quand nous avons terminé, il appelle sa fille.

– Viens, Maeve, le marché est terminé.

– On n'attend pas Leah et Chasteté ? je demande.

– Nous sommes venus à deux voitures.

J'aperçois Griffin qui me fait signe depuis son camion. Mais je lui montre Isaac, j'ouvre la portière côté passager et je monte.

– Qu'est-ce que tu fais ?

– Je rentre avec toi.

Isaac hoche la tête.

– Tu n'es pas obligé. Oublie ton complexe du héros pendant une journée, le temps de t'habituer à la présence de Chasteté, d'accord ?

Il fait grimper Maeve dans son siège-auto et l'attache.

– Ce n'est pas pour ça, je soupire, soudain épuisé. Ramène-moi à la maison, tu veux ? Tu peux me déposer à l'entrée de chez les Shipley.

Mon ami m'observe un moment.

– D'accord.

Je me mets à regarder à travers la vitre pour échapper au regard d'Isaac. Je suis encore tracassé par son commentaire à propos de mon complexe du héros.

Isaac s'engage lentement dans la rue de l'Université. Mais il doit freiner sec quand deux étudiants, dans leurs sweat-shirts verts de Dartmouth, se jettent pratiquement sous les roues du camion. Ça m'est déjà arrivé une fois, ça m'avait d'ailleurs valu une petite diatribe de Lark.

– C'est une des universités les plus sélectives du pays et ses étudiants ne sont pas assez intelligents pour regarder des deux côtés avant de traverser !

Chaque fois que je pense à Lark, mon cœur se serre douloureusement. J'essaie de penser à autre chose.

– Est-ce que tu vas me dire pourquoi c'est si compliqué pour toi de t'asseoir dans un camion avec Griff et Lark ? me demande Isaac pendant que nous traversons le pont en direction du Vermont.

Lark l'appelle « le pont des grosses couilles », un surnom qui lui a été attribué à cause de ses décorations en béton. Jamais plus je ne traverserai ce pont sans sourire à cause d'elle.

– Allô Zach, ici la Terre, lance Isaac.

– On ne peut pas lâcher l'affaire ? Il n'y a pas grand-chose à en dire. Je l'aime. Et elle n'est pas sur la même longueur d'onde. Ça n'a rien de très original. Chaque chanson qui passe à la radio raconte à peu près la même chose.

Isaac reste silencieux un moment.

– Personne n'a un plus grand cœur que toi, Zach. N'abandonne pas trop vite, c'est tout.

– Trop tard.

Je me retourne pour voir pourquoi Maeve n'a pas interrompu notre conversation à la façon décousue dont elle a le secret. Mais la tête de la petite fille est renversée contre le rembourrage de son siège-auto. Elle s'est déjà endormie. Alors, je me retourne pour regarder la route défiler et m'enfoncer un peu plus dans mon propre malaise.

– Comment sais-tu qu'elle n'en viendra pas à t'aimer ? me demande Isaac d'une voix calme. Tu ne la connais pas depuis bien longtemps. Peut-être que les choses doivent aller plus lentement.

Je renifle.

– Elles sont allées plutôt rapidement. Et puis il y a eu un serrage de freins soudain...

– Aïe.

Il y a un silence et Isaac lance :

– Alors... Pendant qu'on en parle, y a-t-il quelque chose que tu ignores à propos de la sexualité ? Si tu as la moindre question...

Je pousse un soupir de frustration.

– Nope. Pas de problèmes de ce côté-là.

Je n'arrive pas à penser au sexe avec Lark sans être triste. Je ne m'étais pas rendu compte que la serrer dans mes bras était un privilège auquel je devrais si rapidement renoncer.

– Ok. Je me demandais juste...

– Quoi ?

– Elle vient juste de revenir d'un voyage terrible, non ?

– Ouais.

– Dis-moi, si tu avais rencontré la fille parfaite juste un mois ou deux après avoir été foutu dehors de Paradise Ranch, crois-tu que tu aurais été prêt à ça ?

– J'en sais rien, je dis en espérant qu'il change de sujet.

– Penses-y. Peut-être qu'elle a juste besoin de temps.

Ça sonne comme un truc qu'on dit à quelqu'un de désespéré. Nous roulons en silence pendant une minute, et je crois que la conversation est terminée. Mais Isaac reprend :

– Parfois, il faut savoir reculer avant de pouvoir avancer. Dans un mois, elle va peut-être réaliser son erreur et revenir vers toi.

J'ai tellement envie de le croire. Mais je ne peux pas me raccrocher à ce genre d'optimisme.

– Tout le monde n'a pas ce que tu as. Tout le monde ne trouve pas sa Leah.

– Tu es trop jeune pour abandonner les recherches, mec. Crois-moi.

Je ne réponds rien. Je fixe la double ligne jaune de la petite route à deux voies en essayant de ne penser à rien.

***

Le repas du jeudi a lieu, comme une semaine sur deux, chez Isaac. Entouré de Kyle et Isaac à la table de Leah, je bois plus de vin que d'habitude. Mais cela ne m'apporte pas cette espèce d'engourdissement agréable que j'espérais. Au contraire, ça ne fait que renforcer mes pensées sombres.

Lark n'est pas venue dîner. En fait, elle s'est planquée ces dernières vingt-quatre heures, je l'ai à peine entrevue. Griff l'a envoyée au marché avec Kieran et m'a gardé à la ferme pour presser du cidre.

Ce soir, en rentrant, j'ai envie de frapper à la porte de sa chambre. Mais qu'est-ce que je pourrais bien lui dire, si jamais elle m'ouvre. Griff m'a annoncé qu'elle partait demain et je lui ai déjà dit que je l'aimais. Il n'y a plus de doutes à éclaircir. Plus de nouvelle question à poser. À part « s'il te plaît ? » et « pourquoi ? », ces deux questions qui me brûlent les lèvres. Je lui ai dit que je l'aimais, mais ça n'a pas été suffisant. Elle n'a même pas eu besoin de moi pour chasser ses cauchemars la nuit dernière.

Alors, je reste assis là, à me noyer dans mon verre de vin. Comme je suis connu pour ne pas être bavard, mon silence n'intrigue personne. Chasteté est assise à l'autre bout de la table, visiblement heureuse, avec Maeve sur ses genoux.

Merde. Même Maeve m'a abandonné.

– Je n'étais jamais allée plus loin que Casper. Alors, quand j'ai vu les lumières d'Omaha, j'ai pensé : Wouah ! La grande ville ! Mais ensuite est arrivé Chicago.

Elle rit.

Marrant. J'ai eu exactement la même expérience il y a quatre ans. Assis là, entouré des gens que je connais le mieux au monde, j'ai un drôle de frisson. Le récit de Chasteté me ramène à ces moments passés, et pas d'une façon agréable. J'avais été battu et j'étais tout seul. Je n'avais pas d'argent pour le bus, contrairement à Chasteté. Tout ce que j'avais, c'était le nom d'une ville dans le Vermont, et j'allais devoir marcher jusque-là si personne ne me prenait en stop. Les jours les pires, je grelottais sous la pluie. Certaines nuits, je m'allongeais sur les bancs dans les parcs, trop inquiet pour pouvoir m'endormir. Une fois, j'ai regardé un groupe d'adolescents qui mangeaient des McDo dans un parc. Ils ont vu que je les regardais. L'un d'eux a levé la moitié du sien.

– Tu le veux ? m'a-t-il demandé.

Mon ventre était tellement vide, j'ai hoché la tête. Alors, le garçon a jeté son hamburger à son chien, et tous ses amis se sont mis à rire.

Cela faisait bien longtemps que je n'avais pas repensé à ces jours-là. Le vin se met à gargouiller dans mon ventre.

Après le dîner, je fais la vaisselle afin d'avoir une excuse pour ne pas rester à table à bavarder. Mais quand tout le monde commence à partir, je dis à Griff que je rentrerai tout seul, plus tard.

– Tu veux qu'on te laisse ici ? me demande Griff, son trousseau de clés à la main. C'est une longue marche dans le noir.

– Leah me ramènera. Ou alors je dormirai sur le canapé. Je veux discuter avec Chasteté.

– OK, mon gars. À demain matin.

Maeve s'accroche à mes genoux et je la prends dans mes bras pour la porter dans la pièce télé des Abraham.

– Chasseté ! dit la petite fille quand nous y retrouvons ma vieille copine. Ou mon flirt ?

– Coucou, petite fille, dit Chasteté en tapotant le sofa à côté d'elle. Mon Dieu, Zach, je n'arrive pas à croire que tu sois là.

Je me racle la gorge.

– Même chose pour moi.

– Je suis tellement heureuse de t'avoir retrouvé. Ça m'a pris si longtemps.

– Mais…

Il n'y a plus de raison de retenir la question qui me taraude depuis si longtemps.

– Quels problèmes as-tu eus pendant ces quatre ans ?

– Beaucoup ! dit-elle en souriant sans raison. Moi aussi, j'ai reçu une correction. J'en ai toujours les cicatrices.

Soudain, je manque d'air.

– Je suis désolé.

– Hé ! Attends la fin de l'histoire, d'accord ? Ça s'améliore. Tout le monde a cru que j'avais été dépucelée.

Elle me lance un clin d'œil, je voudrais mourir.

– Personne ne m'a crue. Ma mère ne m'a pas adressé la parole pendant des mois. Et personne n'a voulu m'épouser quand j'ai eu dix-sept ans.

J'installe Maeve par terre et je me prends la tête dans les mains.

– Zach (Chasteté me pousse du pied), cette histoire n'est pas terminée, écoute-moi.

Je relève la tête en essayant de coopérer.

– Personne ne voulait m'épouser, j'ai donc été une paria pendant un certain temps. Mes sœurs étaient atroces et maman ne voulait pas de moi à la maison. Mais mon père était toujours responsable de l'approvisionnement, tu te souviens ?

Je hoche la tête. Son père faisait de fréquents voyages à Casper pour acheter de l'essence et des aliments pour le bétail.

– Je lui ai demandé s'il pouvait me trouver un travail. Et il m'a dégoté un poste de caissière au *Walgreens*[17].

– La pharmacie ?

Je n'avais jamais entendu parler d'une fille du ranch qui avait un boulot.

– Oui, là. Il voulait du cash, tu vois ? Tout mon salaire était pour lui. Je n'avais pas le droit de garder l'argent.

– Oh. Bien sûr que non.

Elle sourit, et ce sourire m'est si familier que mon cœur se brise.

– J'aimais vraiment ce boulot. C'était drôle de regarder les clients. Et la gérante était une femme sympathique. Elle a compris dans quelle position

17. Chaîne de pharmacies.

j'étais, et ça ne lui a pas plu. Alors, quand j'ai obtenu une augmentation à l'ancienneté, elle s'est mise à me la payer via des cartes-cadeaux Visa. Et je les ai cachées.

– Vraiment ? Et tu ne t'es jamais fait prendre ?

Cacher de l'argent aux aînés était très risqué. Chasteté a été plus courageuse que je ne l'aurais cru. Une faute comme celle-là aurait pu lui valoir une autre raclée, pour sûr.

– Je ne me suis jamais fait prendre. C'est devenu mon plan d'épargne. Je savais que je voulais partir. Travailler derrière ce comptoir m'en avait appris beaucoup sur le reste du monde. Et je voulais en être.

– Wouah.

J'imagine Chasteté derrière la caisse enregistreuse avec sa longue robe jaune et ses tresses, observant les allées et venues des filles de son âge.

– Tu as dû rencontrer beaucoup de gens.

– C'est sûr ! Et j'ai lu des journaux et des magazines. Parfois, les autres gens qui travaillaient là me laissaient emprunter leur téléphone. Bien sûr, je ne l'ai jamais dit à ma famille. Mais j'ai commencé à imaginer des plans d'évasion. J'ai regardé les prix des tickets de bus et j'ai travaillé autant qu'il le fallait pour mettre l'argent de côté. Mon père a commencé à parler de me trouver un mari. Il pensait que le scandale s'était atténué et qu'il pourrait persuader un des frères Lévites de me prendre pour épouse. Mais moi, je ne voulais pas. Alors, j'ai compris qu'il était temps de partir.

À la simple pensée de Chasteté mariée à un vieil homme, je sens le froid m'envahir de nouveau.

– Je me suis mise à planifier, j'ai cherché ton nom sur le téléphone d'un collègue et j'ai trouvé la ferme d'Isaac. J'ai su que tu avais dû atterrir ici et ça m'a rendue tellement heureuse, parce que… Zach, je croyais que j'étais la cause de *ta mort*.

Son regard s'obscurcit.

– Non, ne va pas par là.

Je me penche et je lui prends la main. Il m'est plus facile à présent de toucher des gens qu'il y a un mois ou deux.

– Avoir été foutu dehors est la meilleure chose qui me soit jamais arrivée.

– Tu ne sais pas à quel point je suis soulagée.

Elle s'avance et se jette dans mes bras. Je la serre, mais ça me paraît tout à fait insolite. Mon cerveau ne peut pas s'empêcher de faire la comparaison avec Lark. Elle n'a pas la bonne taille, elle ne sent pas comme Lark. Heureusement pour moi, Maeve commence à être jalouse.

– Moi aussi, dit-elle en se relevant et en m'entourant les genoux de ses petits bras.

Je relâche notre étreinte et je prends Maeve dans mes bras. La petite fille passe les siens autour de mon cou.

– Wouah, c'est la plus jolie petite fille que j'ai jamais vue, dit Chasteté.

Comme d'habitude, je me sens rougir.

– J'habitais ici quand elle est née, j'explique. J'étais arrivé à peine quelques mois plus tôt.

– Bon timing. Ils avaient sans doute besoin de ton aide à cette époque.

– Tu ne peux pas imaginer à quel point, dit Leah en entrant dans la pièce et la conversation en même temps. Après la naissance de Maeve, Isaac et moi n'avons pas dormi pendant cinq mois. Mais Zach se levait chaque matin pour traire les vaches. Il préparait le café. Il nourrissait les poules et ramassait les œufs. Il a tenu cet endroit à bout de bras, jamais je ne le remercierai assez.

À cet éloge, mes joues se mettent à me brûler. J'avais oublié tout ça. En fait, mes souvenirs de cette époque sont différents. Bien sûr, j'ai fait tout le travail à la ferme dont parle Leah. Mais le travail manuel était facile. La partie difficile, pendant ces mois-là, a été ma confusion. J'ai passé ma première année à me sentir aussi utile qu'une bouse de vache accrochée à la semelle de la botte de quelqu'un. Voilà ce que ça faisait à un garçon comme moi d'avoir été rejeté.

– La seule chose qu'il *ne faisait pas*, c'était de prendre le nouveau-né dans ses bras. (Leah rit.) Ce n'est que quand Maeve s'est mise à ramper qu'il la prise.

Ça aussi, c'est vrai.

– Elle avait l'air tellement fragile, je réponds pour me défendre.

– C'est pour ça ? me taquine Leah. Je dirais plutôt que c'est parce qu'elle a passé ses premiers mois à hurler. Et est-ce qu'on a déjà vu un garçon de dix-neuf ans faire quoi que ce soit avec un bébé qui hurle ?

Leah offre ses bras à Maeve, mais la petite fille secoue la tête et s'accroche à moi. Elle sait que Leah veut la mettre au lit.

– Je ne hurle pas, dit-elle en glissant sur le plancher et en s'appuyant contre mes genoux.

– Tu as raison, j'acquiesce, et elle me fait un petit sourire. Quelle drôle d'idée !

Je me penche pour atteindre Maeve à un endroit particulièrement chatouilleux, juste en dessous des côtes. Et elle pousse un hurlement qui réveillerait un mort. Leah en profite pour l'attraper et l'emmener se coucher.

Dans le silence revenu, je me tourne vers Chasteté qui me sourit.

– Ça me fait plaisir de voir que tu vas bien.

– Merci.

J'aimerais tant qu'elle dise vrai. Il y a une semaine, j'allais très bien. Mais ce soir ? Rien n'est moins sûr. Mais ce n'est pas sa faute.

– Dis-moi comment je peux t'aider.

Elle hausse les épaules.

– Je suis certaine qu'une solution va se présenter. Leah et Isaac ont été super. Ils vont m'aider à trouver du boulot. Mon ancienne patronne m'a fait une lettre de recommandation.

– Il doit bien y avoir quelque chose, je voudrais vraiment t'aider. C'est ma faute si tu as eu des ennuis. Je me suis toujours senti mal à cause de ça.

Elle relève la tête.

– Tu ne m'as pas écoutée ? Tu m'as rendu un grand service. Si tu n'avais pas attenté à ma vertu, à présent, je serais mariée à un homme de soixante ans, j'aurais deux mômes et un troisième en route.

Isaac entre, un verre d'eau à la main.

– Si Zach ne t'écoute pas, c'est sans doute à cause de tout ce vin qu'il a bu à table. Bois ça.

Il me tend son verre. Et moi qui ai cru que personne n'avait remarqué. J'attrape le verre d'eau et je le bois d'un trait.

– C'est bien.

Isaac m'ébouriffe les cheveux comme si j'étais encore un môme. Puis il s'assoit sur un tabouret.

– J'ai remarqué que ta nana n'est pas venue dîner ce soir.

– Ce n'est pas ma nana, dis-je en secouant la tête.

Isaac et Chasteté prennent un air désolé.

– Je ne peux pas arranger ça maintenant, j'articule difficilement.

En dépit du vin, lcs souvcnirs bizarres de cette soirée m'ont donné à réfléchir. La veille, Isaac m'a posé une question. Aurais-je été prêt à rencontrer Lark juste après mon départ du Wyoming ? J'ai refoulé cette question. À l'époque, j'étais dans un plus sale état que je ne voulais bien l'admettre. Pauvre Lark. Elle en est là où j'en étais, bien trop proche du banc dans le parc et de la route solitaire pour me détendre.

– Laisse-lui le temps, me redit Isaac.

– Je vais le faire, je décide. Elle part demain, et je n'y peux rien. La seule chose possible, c'est de me ressaisir pour engager un second assaut de ses défenses.

– Là, je te reconnais bien. Et tu parles comme un des films de Griff, glousse Isaac.

C'est vrai, et ça me donne une idée.

– Peut-être qu'il serait temps de faire découvrir *Star Wars* à Chasteté. Pourquoi attendre, hein ?

Chasteté se redresse.

– Un film en entier ? C'est quelque chose que je n'ai jamais fait.

Isaac attrape la télécommande sur la table télé.

– Très bien. Chasteté, bienvenue dans le monde libre, où nous avons le droit de nous bousiller la tête comme nous en avons envie.

– Tu n'as pas idée à quel point ça me fait plaisir, lui répond Chasteté.

– Qu'est-ce qu'il y a d'autre sur ta liste ? je demande.

Elle se met à compter sur ses doigts.

– La bière. La danse. La télévision. Le chocolat. Le Coca.

– Tous les meilleurs trucs de la vie, dit Isaac en souriant. On peut déjà avoir le soda.

– Je vais le chercher, je dis en me levant.

– Non. Arrête de bosser pour une fois et laisse quelqu'un d'autre aller au ravitaillement. (Il me passe la télécommande.) Trouve le film. Je vais chercher les sodas.

Je m'installe confortablement dans le canapé et j'essaie de me détendre.

CHAPITRE 28

LARK

M'y revoici. Les mêmes petits grains de poussière s'accrochent à l'unique rai de lumière de la pièce où ils me tiennent prisonnière.

Ce soir, Oscar est en colère. C'est nouveau. Nous sommes debout l'un contre l'autre, ce qui est inhabituel. Il parle vite en espagnol, mais dans mon rêve, je le comprends parfaitement. Il m'en veut d'avoir été méchante avec Zach.

– C'est tout toi, voilà que tu recommences, me dit-il.

– Comment ça ? Tu es en colère que je sois sortie avec Zach ? Ou bien tu es en colère parce que c'est terminé ? Comment puis-je te satisfaire pour que tu t'en ailles ? Dis-le moi, et je le ferai !

Et pendant que je lui crie dessus, ses yeux deviennent troubles et, ensuite, je sens quelque chose de mouillé à mes pieds.

Je baisse les yeux. Son sang coule sur mes orteils nus. Il saigne par terre. Je lève les yeux, horrifiée, mais à présent les siens sont sans vie.

Pendant que je me disputais avec lui, il saignait à mort.

Et c'est entièrement de ma faute.

Je crie et je trébuche en arrière, pour m'éloigner du sang. Mais il coule vers moi. Et les autres hommes arrivent. Ils m'attrapent par les épaules et ils me poussent dans la saleté.

– Ce n'est pas comme ça que ça s'est passé, je hurle.

Mais ils ne m'écoutent pas. Une main agrippe chacune de mes épaules et je hurle à la mort.

Une main solide serre la mienne.

– Chuttt, ma puce, tu es en train de rêver.

Mais ce contact ne m'apaise pas comme il devrait. Quelque chose ne va pas, la voix. Rien ne va bien. En panique, je lutte contre cette main inconnue. Je crie de nouveau.

– Lâchez-moi !

Il me relâche immédiatement.

– Calme-toi, Sauvageonne. Tu vas bien.

La grande main repousse mes cheveux de mon visage. Je m'assois d'un seul coup, et l'obscure chambre à coucher du Vermont m'apparaît. Je tourne brusquement la tête pour découvrir Griffin assis sur le lit à mes côtés, mais son regard me fait encore plus peur. Il me dévisage avec la même inquiétude que s'il était en face d'une mine non explosée. Derrière lui, Kyle et Kieran s'encadrent dans l'embrasure de la porte, bouches grandes ouvertes.

J'ai besoin de me reprendre. J'ai besoin… merde.

– Où est Zach ? je murmure.

Griffin a l'air encore plus mal à l'aise, si c'est possible.

– Chez Leah et Isaac, je suppose. Il n'est pas rentré ce soir.

Mon cerveau turbine un moment, et je me souviens. Je l'ai chassé. Et c'est à ce moment-là que tout espoir est mort. Je suis toute seule avec mes souvenirs horribles, et ça sera comme ça toute ma vie.

Des larmes retenues s'accumulent dans ma gorge, pendant que trois hommes endormis me regardent. J'étais venue au Vermont pour aller mieux et j'ai échoué. Cette douleur ne me quittera jamais. Lorsque j'essaierai de m'endormir, je reverrai encore cette pièce et le visage d'Oscar, toute ma vie durant.

Un énorme sanglot me déchire la poitrine quand j'intègre en moi cette certitude, comme un brouillard glacé qui me donne la chair de poule, sur les bras et dans la nuque. Un autre sanglot suit le premier. Puis un autre, qui se répand comme la houle sur l'océan.

– Lark, gronde Griff, calme-toi, ma belle.

– Je… ne peux pas, je bafouille en claquant des dents. Griff, je… j'ai essayé. Mais je n'y arrive plus. Je suis tellement fatiguée.

– Chuttt. Je suis là.

Ensuite, les choses deviennent confuses, comme avec un objectif de caméra déréglé. Je sens mon corps se mettre à trembler et j'entends des bruits précipités autour de moi. Les murs se mettent à bouger de façon imprévisible. Des bras musclés m'attrapent.

– Prends mon téléphone et mes clés, ordonne une voix brusque. Enfile des chaussures et ramène-moi mon camion.

Je ne veux rien entendre. Tout est embrouillé et j'en ai assez. Alors, je serre les paupières, je me ferme aux voix extérieures et je repousse ma conscience dans un tout petit coin, plus minuscule encore qu'une cabane dans le désert. Je me raidis, je me referme sur moi, je replie mon âme comme une écharpe fragile, jusqu'à ce qu'il n'en reste presque rien.

Ma dernière pensée consciente est pour le visage d'Oscar qui se dérobe.

Et puis plus rien.

CHAPITRE 29

ZACH

Je somnole, plié en deux contre son lit d'hôpital, la tête posée sur un bras. De l'autre main, je tiens Lark. J'essaie de somnoler tout en l'écoutant. Mais, la plupart du temps, je suis réveillé depuis trois heures du matin, donc le sommeil gagne la partie. Il me faut une minute pour me rendre compte que Lark s'est réveillée. Sa main se met à bouger dans la mienne et je perds quelques secondes précieuses à lutter pour m'extirper des bras de Morphée.

– Non, chuchote-t-elle, ce qui me réveille complètement.

Mais Lark ne rêve pas. Elle examine la chambre d'hôpital avec inquiétude. Puis son visage se décompose. La seconde qui suit, je suis debout, penché sur son lit. Je la prends dans mes bras et je l'embrasse sur le front.

– Ça va, tout va bien.

– J'ai vraiment merdé, chuchote-t-elle. (Ses épaules se mettent à trembler.) Griffin… et toi… mes parents vont me tuer.

– Ils sont arrivés il y a une heure, je lui réponds, le plus calmement possible.

– Ce n'est pas moi, grimace Lark. Je ne suis pas comme ça.

– Je sais, mon cœur.

Elle me surprend en posant sa main sur ma poitrine et en me repoussant.

– Tu devrais t'éloigner le plus possible de moi. Tu devrais fuir, putain… (Un sanglot coupe sa phrase.) Regarde où nous sommes à présent ! Pourquoi es-tu ici avec moi ?

Je la prends sur mes genoux et je l'entoure de mes bras. Elle se détend immédiatement, en posant son front contre mon épaule.

– Zach, je suis tellement désolée…

– Je sais.

– Quand je t'ai dit… avant… c'est méchant et c'était faux.

– Chuttt. Ce n'est pas le moment de penser à ça.

Je la berce, elle se relaxe sur mon épaule. Le docteur m'a dit qu'ils lui avaient donné un sédatif assez puissant.

– C'est juste que je ne peux pas être celle que tu voulais que je sois.

Je respire un grand coup.

– J'ai compris à présent. C'est OK. Tu es toujours mon amie, n'est-ce pas ? Je n'en ai pas beaucoup.

J'essaie, mais c'est dur d'empêcher ma voix de sonner rauque. La personne pour laquelle je dois être fort est justement celle qui peut me briser le cœur en mille morceaux.

– Je ne suis qu'une épave.

– J'ai remarqué. Moi aussi, j'ai été une épave. Ça ne dure pas toujours.

Je la serre contre moi. J'ai envie de croire que si je la tiens comme ça très longtemps, tout va finir par s'arranger. Pourtant, c'est naïf de ma part. Je dois reconnaître qu'elle a besoin d'aide.

Cela dit, tout semble s'apaiser quand je peux sentir battre son cœur. Et je sais que je lui fais du bien, puisque je sens son corps se détendre contre le mien. Je lui fais du *bien*. Mais mon amour ne suffit pas à résoudre son problème, même si c'est mon plus cher désir.

La porte s'ouvre sur ses parents. La voix perçante de sa mère me fait tressaillir.

– Vous nous aviez dit que vous nous préviendriez si elle se réveillait !

– Jill, la sermonne le père en posant une main sur son épaule.

– Enlève ta main !

L'unique raison pour laquelle ses parents ont décidé de quitter sa chambre, c'était pour partir à la recherche du psychiatre de service. Et voilà que le docteur entre dans la chambre, dans sa blouse blanche empesée, avec une expression doucereuse, visiblement composée, sur le visage.

– Lark, je suis le docteur Richards. Je suis psychiatre.

– Ravie, bougonne Lark contre ma chemise.

Ça fait sourire le docteur. C'est vaguement bon signe, au moins, ce type a le sens de d'humour. Lark va en avoir besoin.

Nous sommes cinq dans cette petite pièce à présent, et Lark s'accroche à moi désespérément.

– Ma chérie, dit sa mère d'une voix larmoyante, nous nous sommes tellement inquiétés. Tu aurais pu nous dire que les choses ne s'amélioraient pas.

– Mais j'espérais qu'elles *s'amélioreraient*.

Elle lève la tête, elle est en larmes. Elle prend une profonde inspiration. Je la vois s'efforcer de retrouver une apparence plus calme. Je l'ai déjà vue faire ça à plusieurs reprises. Mais je n'avais jamais compris combien ça lui coûtait.

– Ce n'est pas grave, lui dit son père. Nous ne sommes pas en colère contre toi. Mais nous devons nous assurer que tu auras toute l'aide dont tu as besoin. Tu as choisi une sacrée façon d'obtenir une dispense médicale.

Lark se met à gémir.

– Envoyez-moi quelque part comme patiente en externe. Je n'irai nulle part où il y a des serrures sur les portes. Je ne vais pas me faire du mal.

Je vois ses parents et le médecin se jeter des coups d'œil.

– Ma chérie, reprend sa mère. Il est important que tu ailles mieux. Et tu as fait vraiment peur à Griffin la nuit dernière…

Mon estomac se noue. J'ai entendu le récit de sa crise de nerfs. La panique et les hurlements. Le docteur craint un risque de complications du syndrome post-traumatique comme de l'angoisse, une dépression et des comportements suicidaires.

Penser à ces deux derniers mots me rend malade.

– C'est difficile d'être ta fille, parfois, dit Lark d'une voix blanche. Tu passes ton temps à me mettre en garde contre les dangers, mais je crois que je savais (sa voix se brise) ce que je faisais jusqu'à il y a peu.

– Oh, ma chérie, dit sa mère, le visage ruisselant de larmes. Ne pense pas ce genre de choses. Je vais t'écouter. On va mettre quelque chose au point.

Le docteur toussote.

– Votre protocole de soins ne sera pas choisi à la légère, je vous le promets. Mais j'ai besoin d'avoir une conversation avec Lark, quand elle sera prête. Cela nous aidera à définir le traitement adéquat.

Toujours assise sur mes genoux, je la sens se raidir.

– OK. Finissons-en.

Le docteur sourit.

– Pourquoi ne vous reposez-vous pas un peu et ne mangez-vous pas quelque chose ? Je reviendrai dans une demi-heure, nous pourrons parler.

– OK, murmure Lark.

Le père de Lark part acheter une pâtisserie pour sa fille à la cafétéria de l'hôpital. Sa mère et moi attendons pendant qu'elle fait sa toilette dans la salle de bains.

– Vous pouvez rentrer chez vous, me dit sa mère lorsque nous nous retrouvons en tête à tête. À partir de maintenant, nous allons prendre le relais.

– Pas question.

C'est probablement la réponse la plus mal élevée que j'aie jamais faite à une dame. Mais j'ai l'impression atroce que si je pars maintenant, je ne reverrai plus jamais Lark. Jamais je ne partirai sans lui dire au revoir.

Madame Wainright ne cherche même pas à dissimuler sa moue de mécontentement. Bien sûr, je peux comprendre son point de vue. Ce grand garçon de ferme qui est assis occupe tout l'espace dans la chambre d'hôpital. Mais tant pis pour elle. Si Lark me demande de partir, je le ferai. Mais je n'obéirai à personne d'autre.

Lark mange la moitié du croissant que son père lui a apporté et boit la moitié de sa tasse de café. Puis elle repousse le plateau.

– Je n'ai pas très faim.

– Mange, Lark, dit sa mère. Tu as besoin de prendre des forces.

Sa fille fronce les sourcils.

– Vraiment maman, si je reviens à Boston, ça va être comme ça ?

– Tout est plus facile quand on a quelque chose dans l'estomac. C'est aussi simple que ça.

Son père soupire.

– Doucement, Jill. Les calmants peuvent vous couper la faim.

– Mais c'est juste un peu de pain, argumente sa mère, et j'ai envie de lui balancer quelque chose à la tête.

Au lieu de ça, je prends le dernier morceau de croissant et je l'avale.

Lark se met à rire, pour la première fois en vingt-quatre heures.

– Tu dois mourir de faim, mais tout le monde s'en fout.

Je hausse les épaules.

– Ça va bien.

– Bois ça.

Elle me passe sa tasse de café qui me brûle comme de l'acide.

– Si c'est un ordre !

Elle sourit et je soutiens son regard. Pendant cette fraction de seconde, tout devient plus facile. Je bois une gorgée de café.

– Ton ami peut très bien aller chercher quelque chose à manger pendant que tu parles au docteur, dit sa mère au moment où le docteur Richards entre dans la pièce.

– Zach reste ici.

– Le docteur veut te voir seul à seul, dit son père.

Elle secoue simplement la tête.

– Je ne raconterai cette histoire qu'une seule fois. Et comme c'est Zach qui m'a tenue à bout de bras ces deux derniers mois, il faut qu'il l'entende, lui aussi.

Il y a un silence gêné, les parents de Lark se regardent avant de se tourner vers le docteur.

– C'est elle qui décide, dit ce dernier.

La mère de Lark me jette un dernier regard, puis sort de la pièce. Avec un sourire contrit, le père de Lark fait de même. Le médecin ferme la porte. Il s'appuie contre le rebord de la fenêtre et me désigne le fauteuil en plastique pour les visiteurs. Il me dit :

– Asseyez-vous. Vous êtes le bienvenu aussi longtemps que Lark le désire. Et aussi longtemps que vous pouvez écouter calmement.

Je m'assois en hochant la tête, espérant que j'arriverai à rester silencieux.

Le docteur croise les doigts.

– Si nous voulons bien faire les choses, Lark, il faut que nous abordions certains sujets. Ce matin, de bonne heure, j'ai parcouru votre dossier.

Elle lance un « Désolée ».

– Je suis payé pour ça. Mais je vais vous dire ce que je crois avoir vu, pour que nous puissions décider ce que nous allons faire, d'accord ?

– D'accord.

À ma grande surprise, elle se glisse hors de son lit et elle vient s'asseoir sur mes genoux. Elle s'appuie contre moi, et c'est si bon de la sentir tellement proche que je dois fermer les yeux. Plus tard, quand ils vont embarquer Lark dans un hôpital chic de Boston, il va falloir que je trouve un moyen d'oublier.

– Les notes dans votre dossier semblent indiquer que vous avez souffert d'un stress post-traumatique, dû à vos ennuis récents au Guatemala. C'est bien ça ?

Elle hoche la tête, et je l'embrasse sur la nuque.

– Et la nuit, c'est pire ?

– J'ai des cauchemars, Trois ou quatre fois par semaine. Je ne me rappelais pas certains détails lorsque je suis rentrée à la maison. Mais il y a une semaine environ, j'ai rêvé très clairement de tout ce qui s'est passé la dernière nuit.

Il acquiesce lentement d'un signe de tête.

– Lark, les gens réagissent de mille façons à un traumatisme. Il n'existe pas de bonne façon, pas de mauvaise non plus. Votre dossier parle d'un kidnapping, d'un moment très angoissant où vous avez été otage et de la mort d'un de vos ravisseurs à laquelle vous avez assisté. Est-ce que c'est bien ça ?

À nouveau, elle hoche la tête, mais elle me serre la main.

Le docteur referme le dossier.

– N'importe quel psychiatre vous demandera s'il s'est passé autre chose. Non que votre peur nécessite une autre explication. Mais ils voudront être certains de traiter la source de vos problèmes.

Le corps de Lark se tétanise.

– Il y a autre chose, Lark ? demande le médecin avec précaution.

– Oui et non, chuchote-t-elle.

Le docteur, lui aussi, baisse la voix.

– Vous pouvez m'expliquer, s'il vous plaît ?

– Le garçon qui est mort… je l'ai tué.

Je dois reconnaître au docteur qu'il n'a même pas remué un cil.

– Vous avez appuyé sur la gâchette ?

Lark secoue la tête.

– Non, mais c'est tout comme.

Le docteur Richards soutient son regard.

– Racontez-moi ce qui s'est passé.

Lark descend de mes genoux et se rassoit sur son lit. J'ai dû exprimer d'une façon inconsciente mon désir de la suivre, parce que le docteur me fait signe.

– Restez où vous êtes.

Lark replie ses jambes et se met en boule pour se protéger.

– J'ai tenté de le pousser à m'aider.

– Comment avez-vous fait ?

– Je… (Elle déglutit.) Je lui parlais quand nous étions seuls. Il s'appelait Oscar. C'était juste un môme. Et il…

Les yeux de Lark s'embuent.

– Il m'aimait.

– Il vous aimait dans quel sens ? insiste le docteur.

Lark fixe le plafond, d'un air très las.

– Il m'aimait. Il était attiré par moi.

Elle baisse les yeux.

– Je l'y ai poussé, je l'ai encouragé.

– Comment avez-vous fait ?

La voix du médecin est douce.

– Je lui ai dit que je le trouvais beau.

Une larme coule sur sa joue.

– Je lui ai dit que s'ils me relâchaient, nous pourrions passer plus de temps ensemble.

Elle essuie cette larme d'un revers de main.

– Je lui ai fait croire que nous pourrions avoir une relation sexuelle.

– Comment avez-vous fait ? demande le médecin de sa voix douce.

– Ce n'était pas bien difficile. Il m'a suffi de remuer ses cheveux. De toucher son bras. De fixer ses lèvres.

Deux larmes coulent le long de son visage.

– Je lui ai dit qu'il était beau. *Usted es un hombre muy guapo*.

Elle écrase ses larmes.

– J'ai dit ce genre de choses pour qu'il prenne des risques pour moi. Il m'a fait des faveurs. Il m'a apporté une bouteille d'eau et parfois à manger, quand personne ne regardait, Je voulais qu'il trouve le moyen de me laisser partir.

– Et pourquoi Oscar a-t-il été tué ?

Lark renifle pour essayer de retenir ses larmes.

– Je ne sais pas vraiment comment ils ont compris qu'il préparait quelque chose. Je suppose qu'il s'est confié à quelqu'un, ou qu'ils ont entendu. C'est possible qu'ils se soient mis en colère simplement parce qu'il m'avait apporté une… (elle avale sa salive bruyamment) une barre chocolatée. Et ensuite, tout s'est passé très vite. Ils lui criaient dessus, et tout à coup, ils l'ont poussé vers moi.

Elle tremble d'angoisse, mais elle ne me jette pas le moindre coup d'œil. Pas une fois. Je dois agripper les accoudoirs de l'horrible fauteuil d'hôpital en plastique pour ne pas me ruer vers elle.

– J'étais allongée sur le sol.

Sa voix tremble et ses larmes coulent librement, à présent.

– Et ils ont ordonné à Oscar de me violer.

Ma gorge est totalement nouée et je serre les dents. Je me tourne vers le visage calme du médecin pour ne pas me lever. Je m'en remets à lui, il n'a pas fait le moindre signe en écoutant tout cela.

– Qu'est-ce qui vous est arrivé ensuite, Lark ?

– Il… il… n'a pas voulu, sanglote-t-elle. Ils l'ont menacé, mais il ne m'a pas fait de mal, contrairement à ce qu'ils voulaient.

À présent, elle s'étouffe tellement elle sanglote. C'est plus fort que moi. Je repousse ma chaise.

– Assis, ordonne le médecin.

Je me rassois.

Le docteur tend une boîte de mouchoirs à Lark qui la prend d'une main tremblante.

– Et ils l'ont tué ?

– Oui, halète-t-elle. Le chef de la bande lui a mis un revolver sur la poitrine et a appuyé sur la gâchette. Il y avait tellement de sang. *Une fois mort, il me regardait encore.*

Je sens que moi aussi, je me mets à pleurer.

– Est-ce que quelqu'un vous a violée, Lark ? demande le docteur.

– NON ! Les gens me demandent ça tout le temps, alors que je leur dis la vérité. Mais ce n'est pas moi la victime. Je suis *la coupable*…

Puis elle se tait pour continuer à sangloter entre ses genoux.

– OK, dit le docteur d'une voix rassurante. Je vous comprends…

Je n'en peux plus. Je plonge sur le lit, je la prends dans mes bras. Assis sur le matelas, je repose Lark sur mes genoux.

– Je suis tellement navré, je murmure. Tellement navré.

– Il est *mort.* Et je suis vivante, et j'attends de savoir dans quelle clinique psychiatrique de luxe on va m'envoyer. Là où une équipe pléthorique pourra répondre à mes moindres désirs.

– Je suis si heureux que tu sois en vie, je lui réponds.

– Mais je l'ai laissé mourir ! Je ne suis pas quelqu'un de bien ! hurle-t-elle.

Et ses épaules se mettent à trembler comme pour ne plus jamais s'arrêter.

– C'est des conneries, j'éructe.

Je sais que j'ai raison. Elle est précisément en train de me le prouver.

– Seuls les gens bien s'en font autant. Chaque fois… (Je dois m'interrompre pour m'essuyer les yeux.) Chaque fois que je te regarde, je vois quelqu'un de bien.

Au moins, elle se raccroche à moi à présent, au lieu de me repousser.

– Tu n'avais pas le choix, Lark. Et ce pauvre garçon non plus, qu'il t'ait ou pas rencontrée.

Elle m'écoute. C'était déjà ça. Je veux arranger les choses. Si je pouvais, je prendrais toute sa peine pour moi.

– Je sais que, pour l'instant, je ne peux pas te faire voir les choses comme je les vois. Tu as besoin de temps. Mais je croirai toujours en toi.

La seule chose que je peux faire, c'est poser sa tête sur mon épaule et la serrer contre moi, pendant qu'elle lutte contre elle-même.

– Tu ne devrais pas m'aimer, murmure-t-elle.

Je la berce.

– C'est trop tard.

Et je la serre plus fort. C'est tout ce que j'ai désiré tous ces derniers jours, de toute façon.

– J'ai été monstrueuse avec toi. Je t'ai dit des trucs atroces.

– Je suis légèrement sourd, je réponds.

En réponse, Lark fait un petit bruit censé être un rire, mais qui se transforme très vite en sanglot. Je la serre encore un peu plus et je la laisse pleurer contre ma chemise. Le docteur se tient près de la porte, il nous regarde.

– Je vous laisse quelques minutes, et nous discuterons après des différentes options.

Puis il me fait un clin d'œil et il sort.

Lark se détend peu à peu contre moi.

– Je ne voulais pas finir ici, explique-t-elle dans un soupir.

– Je sais. J'ai vu comme tu t'es battue.

– Je ne voulais vraiment pas t'entraîner là-dedans avec moi.

– Tu ne l'as pas fait. Je sais que je vais devoir te laisser partir, à présent, pour que tu ailles mieux. Tout va bien, mon cœur. Écoute-moi. Regarde-moi *bien*.

Ses yeux effrayés trouvent les miens et les fixent. Et la somme de douleur que j'y lis me brise presque.

– Nous avons tous des moments où nous avons besoin de recevoir plus que de donner. Le fait que tu détestes n'y changera rien. C'est la vérité, voilà tout.

Je lui serre les mains fort, je ne sais pas comment m'y prendre autrement pour lui faire comprendre que c'est vrai.

– Mais…

Je la coupe :

– Il y a quatre ans, j'ai traversé trois mille deux cents kilomètres en stop avec des inconnus, du Wyoming jusqu'au Vermont. J'ai mendié pour manger, Lark. J'ai frappé à la porte d'étrangers et je leur ai demandé n'importe quelle nourriture. Et ensuite je suis arrivé devant chez Isaac les mains vides. Je n'avais même pas de chaussures. J'ai détesté faire ça. J'avais l'impression d'être une merde sans aucune valeur. Mais, parfois, on n'a pas le choix.

Pendant que je la regarde, ses yeux bruns commencent à se remplir de larmes. Mais son regard ne vacille pas pour autant.

– Quand tu seras prête à rendre, nous serons tous prêts à recevoir. N'importe quand. Mais, pour l'instant, il faut que tu creuses plus profond en toi, mon amour.

Je la tire en avant par les bras jusqu'à ce que sa tête repose sur mon épaule. Je sens les premières larmes mouiller ma chemise de flanelle.

– Je peux le supporter, Lark. Prends appui sur moi. Je serai ta *Ferme Apostate*.

Les larmes jaillissent de ses yeux. Tellement de larmes. J'attends, c'est tout. Je suis comme ça.

***

Plus tard, après le retour des parents de Lark et une autre longue discussion pour voir où elle pourra suivre un mois de thérapie intensive, je m'autorise à me rendre aux toilettes où je me rafraîchis du mieux que je peux. À mon retour, le docteur me happe dans le couloir.

– Mon garçon, je peux vous parler un instant ?

Je hoche vaguement la tête. J'ai le ventre vide et les paupières lourdes, mais je fais mon possible pour lui prêter attention.

– Écoutez, je n'ai jamais vu un garçon aussi jeune gérer si bien ce genre de situation. Habituellement, je dois virer le petit ami. Vous m'avez impressionné. Mais il va quand même falloir que vous vous écartiez pendant ce processus.

Je ne suis pas le petit ami, dois-je me rappeler à moi-même. Ça me fait mal, mais c'est la vérité.

– Je sais. Elle a besoin d'autre chose que ce que je peux lui offrir.

Griff m'avait prévenu et je ne l'ai pas écouté.

– Je suis certain que vous lui avez été d'une grande aide, mais il va falloir qu'elle fasse ça toute seule maintenant. Si vous voulez qu'elle s'en sorte, il n'y a pas d'autre solution.

Je déglutis, ma gorge me brûle. Le médecin est sympa, mais le message est très clair. Nous n'avons jamais eu la moindre chance de former un couple. Les parents de Lark vont l'emmener et quand elle sera revenue à elle, je ne serai plus qu'un souvenir. Merde, je serai un mauvais souvenir. Personne ne voudrait revenir avec quelqu'un qu'il a connu quand il était au fond du trou.

– Accrochez-vous, dit le docteur, en posant une main sur mon épaule. Elle va s'en remettre. Vous le savez, n'est-ce pas ? Elle est solide.

J'acquiesce en silence. Il m'a fallu tout ce temps pour me rendre compte que je n'ai jamais eu mon mot à dire pendant tout ce drame. Je n'étais qu'un passage, et je n'y peux absolument rien.

Une heure plus tard, elle est partie.

La mère de Lark la ramène à Boston en voiture. Mais son père doit conduire la Volkswagen que j'ai prise pour me rendre à l'hôpital au milieu de la nuit. Monsieur Wainright me dépose chez les Shipley.

– Merci pour ton aide, mon garçon.

Je l'entends à peine.

– Elle a des vêtements dans le dortoir, je dis.

– Ah. Je vais les prendre.

– C'est la première chambre sur la droite. Je pense qu'elle avait déjà fait ses bagages pour rentrer.

– Merci.

Cela aurait été poli de l'accompagner et de l'aider, mais je ne peux pas.

Il s'éloigne et je reste planté là dans l'allée à essayer de reprendre mes marques. Nous sommes vendredi, ce n'est pas un jour de marché. Il est onze heures environ. Mon estomac pourra attendre encore deux heures jusqu'au déjeuner. Je porte toujours mes vêtements de la veille, mais j'erre jusqu'à la cidrerie où je trouve Griff et ses cousins en train de trier des pommes et de les laver avant le pressoir. May est assise sur une barrique, elle mâchonne l'ongle de son pouce.

– Salut, je lance. Vous voulez que je fasse quoi ?

Chaque tête se tourne vers moi, tous dévisagent.

– Désolé d'être en retard, Tu peux me filer la corvée de merde, si tu veux.

Griff est le premier à répondre.

– Salut.

– Salut, je répète.

– Ses parents l'ont rembarquée chez elle ?

Je hoche la tête, en essayant de ne pas penser à notre toute dernière étreinte, au parfum envoûtant de ses cheveux quand je l'ai installée sur le siège passager et que je l'ai embrassée sur le crâne.

– Ça va ? me demande Kieran.

Quelle question stupide !

– Ouais. Il faut faire quoi ?

Mais personne ne me répond. À la place, May saute de la barrique. Elle s'avance vers moi et passe ses bras autour de ma taille. Elle pose sa tête sur mon épaule et me serre fort. Et puis Griff fait la même putain de même chose de l'autre côté.

– Arrêtez, je dis quand la première larme se met à couler sur mon visage.

Mais ils ne m'écoutent. Quatre bras m'entourent pendant que je tombe en morceaux, juste là, sur l'herbe à côté de la cidrerie. Le premier sanglot rompt une digue en moi dont j'ignorais l'existence. Je n'avais jamais pleuré auparavant. Du moins, je ne m'en souviens pas.

Même quand j'avais mon pantalon baissé sur les chevilles, et que le pasteur me fouettait les fesses nues, je n'ai pas pleuré. Je n'en ai pas ressenti le besoin. J'avais plutôt envie de casser la figure de quelqu'un. Là d'où je viens, pleurer était un excellent moyen pour se prendre une autre raclée.

Mais dire au revoir à Lark m'a blessé d'une façon complètement nouvelle. C'était comme si je saignais et que je ne savais pas comment arrêter le sang. Je ne sais même pas si j'en avais envie.

Je pleure donc des larmes de sang sur la terre des Shipley, pendant qu'ils essaient de me consoler. Ça me prend quelques minutes pour sortir le pire. Kyle et Kieran se sont éloignés pour me laisser un peu de temps. Puis Griff me serre l'épaule un bon coup et me dit que je devrais aller faire une sieste avant le déjeuner. On pourra presser du cidre plus tard.

– On peut toujours le faire plus tard, assure-t-il.

May va chercher des mouchoirs et une bouteille d'eau à la maison. J'utilise ce moment de solitude pour me calmer. Je m'assois dans l'herbe, le dos appuyé contre le mur du bâtiment, en regardant le ciel presque bleu au-dessus de moi. Il y a une phrase dans le *Livre de Job* qui dit :

Regarde les cieux et vois ; *et contemple les nuées ; elles sont plus hautes que toi.*

Il existe une foule de choses bien plus grandes que mes désirs. J'ai toujours réussi à l'accepter. Aujourd'hui, c'est juste un peu plus difficile que d'habitude.

Je plonge la main dans le panier de pommes à côté de moi et j'en prends une comme en-cas. Elle est petite et toute tordue, mais ferme et juteuse quand je mords dedans.

CHAPITRE 30

LARK

Avant d'avoir vécu deux heures de thérapie par jour à vous sortir les tripes, vous n'avez rien connu. Je craignais d'être enfermée dans un genre de clinique pour dingues, mais en réalité, les semaines qui suivent sont bien moins dramatiques. Mes médecins m'ont trouvé une sorte d'hôpital psychiatrique de jour, juste à l'extérieur de Boston. Tous les matins, je me réveille chez mes parents et je me prépare. Ensuite, mon père me dépose, exactement comme quand il me conduisait à mon école privée.

Tout comme avant, il me dit :

– Passe une bonne journée, amuse-toi bien avec les autres enfants.

Et je lui réponds : on se retrouve à dix-huit heures, parce que ce n'est pas rigolo, même s'il veut bien faire.

L'endroit ressemble à un country club pour gens riches qui ne vont pas très bien. Ou un camp de jour avec des traitements onéreux.

Après avoir pointé, je vais à un cours de yoga. Puis je vois un médecin qui me donne un antidépresseur. Et ensuite, on m'envoie faire une autre activité, comme le tissage et le découpage. Ou encore méditer. (Enfin, j'essaie. Mon esprit passe son temps à se focaliser sur des sujets plus intéressants.)

Je fais tout ce qu'ils me demandent de faire. Presque tout. Mon docteur, une femme charmante avec une mèche de cheveux blancs dans sa chevelure brune, que je dois appeler docteur Becky, veut que j'arrête de me sentir coupable de la mort d'Oscar. Ce n'est pas si facile.

– Le but, m'a-t-elle expliqué, si vous voulez que votre fardeau devienne supportable, c'est de vous pardonner. D'accepter que tout ce qui est arrivé n'est pas de votre faute. Et laisser les gens qui vous aiment en prendre leur part.

– J'essaie, dis-je en pensant à Zach qui se débattait avec courage pour me soulager. Mais c'est bien moi, et moi seule, qui ai créé des problèmes à Oscar.

– Vraiment ? Vous l'avez forcé à participer à votre kidnapping ?

– Bien sûr que non.

On a continué ainsi, encore et encore.

– Lark, personne ne peut porter ses propres fardeaux à cent pour cent. Les êtres humains ne sont pas faits pour ça. Un bébé tortue de mer ne rencontre jamais sa mère, et la plupart d'entre eux meurent avant d'arriver dans l'eau. Les êtres humains sont interdépendants par choix. Vous avez un fardeau de culpabilité, et c'est très courageux de votre part de vouloir le porter seule. Mais c'est idiot de ne pas vouloir que les autres vous aident. Donnez-en un peu à vos parents et vos amis. Et quand ils auront besoin de votre aide, alors vous serez assez forte pour les aider à votre tour.

Je déglutis péniblement chaque fois qu'elle dit cela. La logique de ce discours a déjà fait une percée dans mon esprit. Le plus difficile, c'est de le laisser pénétrer mon cœur.

Zach m'a dit quelque chose de semblable à l'hôpital, dans le Vermont. Je n'arrive pas à m'en souvenir très clairement, de ce matin-là.

J'avais l'esprit embrumé par les calmants et j'étais remplie de remords, du coup la plupart des événements de ce matin-là sont comme effacés. Mais je me rappelle la douceur de la chemise de Zach contre ma joue et la puissance de ses bras autour de mon corps. Il m'a raconté un peu de sa propre histoire, ses chaussures en morceaux et qu'il avait mendié de la nourriture. Quels étaient ses mots ? *Je serai ta Ferme Apostate.*

Seigneur, comme il me manque.

– J'ai essayé de laisser Zach porter mon fardeau, je dis au docteur Becky. Mais ça me paraît injuste.

– C'est parce que vous trichiez. Zach ne vous connaissait pas aussi bien que votre famille ou May. C'était un étranger, alors cela ne vous semblait pas être un si grand risque de lui montrer les choses terrifiantes qui habitaient votre cœur.

– Donc, ce n'était pas juste envers lui, je poursuis.

Elle me sourit.

– Peut-être pas au début. Mais Zach aussi avait besoin de vous. Il avait besoin de savoir ce que ça faisait d'aimer quelqu'un qu'il n'aurait pas dû aimer. Il avait ses propres fardeaux à déposer.

Le docteur Becky est une grande fan de Zach, bien qu'elle ne l'ait jamais rencontré. Normal. Zach est complètement irrésistible.

– J'aurais voulu que Zach rencontre la partie forte de moi. La partie saine.

– Mais il peut le faire, répond-elle doucement. Chaque fois que vous vous confrontez à ce qui vous terrifie, c'est un pas vers la guérison. Pour l'instant, vous avez l'impression d'avoir passé toute la journée à parler de votre chagrin. Mais ça n'en sera pas toujours ainsi. Chaque fois qu'on le regarde en face, il se banalise un peu. Bientôt, vous tomberez sur votre chagrin dans la rue et vous le balaierez simplement d'un revers de main. Il sera toujours familier, mais pas tétanisant.

– Je lui filerai un coup de pied dans les tibias.

– Allez-y, dit le docteur Becky avec un sourire.

Les antidépresseurs m'ont transformée en limace. Je tombe de sommeil à dix heures du soir et je peux à peine me traîner hors du lit le matin. Mon équipe d'experts de luxe prend son temps pour choisir mes médicaments et affiner leur dosage.

– Vous n'aurez pas indéfiniment besoin des médicaments, m'a promis le docteur Becky.

J'espère qu'elle a raison, parce qu'à cause d'eux, j'ai l'impression d'être une véritable invalide.

Je dois reconnaître que mes parents ont été adorables pendant ces jours difficiles. Ma mère est un modèle de retenue. Elle ne trouve rien à redire ou à argumenter. Et la question la plus épineuse qu'elle m'ait posée pendant la première semaine, ce fut : quelle comédie est-ce que je veux regarder avec elle à la télévision ?

Une fois, je me réveille en hurlant. Elle est assise au bord de mon lit et me prend la main. Elle n'a plus l'air terrifiée. Je pense que nous sommes déjà parvenues à éliminer toute notre terreur mutuelle. Nous sommes arrivées à un endroit où le pire a déjà eu lieu et la seule chose qui reste à faire, c'est de ramasser les morceaux.

Chaque nuit, je m'endors dans mon ancienne chambre à coucher. Elle est plus grande que ma chambre dans le dortoir.

Et plus tranquille.

Zach me manque terriblement. J'ai envie de l'appeler, juste pour entendre le son de sa voix si gentille. J'ai envie de monter dans ma voiture et de partir chez les Shipley, juste pour qu'il me serre dans ses bras.

Mais je ne le fais pas. Je ne suis pas prête. Si je dois revoir Zach, il faut que ce soit à un moment où je n'aurai pas besoin de lui comme d'une béquille. Pendant les jours les plus difficiles, où je n'arrête pas de pleurer, je crains que ce jour n'arrive jamais.

CHAPITRE 31

LETTRES

Chère Lark,

Selon les instructions de ton docteur que Ruth a apprises par ta mère, on ne peut communiquer que par lettres avec toi, et on est censé s'en tenir à des sujets gais et légers. C'est facile pour moi, parce que tu fais partie de mes pensées les plus joyeuses.

Ne te sens pas obligée de répondre. Je le pense vraiment. Je préfère que tu te concentres sur le fait d'aller mieux. Mais je pense à toi chaque fois que j'entre dans la cuisine des Shipley ou que je passe devant la porte de ta chambre dans le dortoir. Alors, je me suis dit que tu aimerais peut-être être mise au courant de ce qui se passe ici.

Audrey est de retour ! Griffin arbore un sourire qui lui fend le visage en deux. Kyle l'a charrié à mort les premiers jours, mais Griff s'en fiche, bien sûr. Cela dit, Audrey adore la cuisine du bungalow. Elle s'est mise à pleurer quand il la lui a montrée.

Ce coloris ivoire que tu as choisi pour les boiseries fait vraiment bien.

Cette semaine et la semaine prochaine, nous allons cueillir les dernières pommes de la saison. Ensuite Kyle et Kieran vont retourner chez leurs parents, et Griff et moi presserons du cidre toute la journée. Les premiers tonneaux de la saison sont pratiquement prêts à être mis en bouteille. Le matin, il fait froid à présent. Quand je fais entrer les vaches dans la laiterie, je vois de la buée s'échapper de leurs grands naseaux de velours. Et Griff a emporté les petits veaux à l'abattoir, donc nous en mangerons bientôt. Pourtant, les veaux étaient vraiment mignons. Griff était encore un peu plus grognon que d'habitude le jour où il les a expédiés chez le boucher.

Dylan, lui, s'est trouvé deux ou trois bonnes raisons de ne pas être dans les parages lorsque nous les avons chargés dans le camion.

Je vais te laisser à présent, parce qu'Audrey est à la cuisine, elle prépare ses célèbres enchiladas de porc braisé et Dylan veut absolument mettre la table sur laquelle je t'écris.

À ce propos, May est assise à l'autre bout, elle aussi essaie de t'écrire une lettre. Mais elle passe son temps à déchirer des feuilles et à les mettre en boule, alors je crois qu'il va falloir que tu attendes encore une semaine pour recevoir de ses nouvelles.

Je t'embrasse,

Zach

***

Chère Lark,

Pendant le dîner du jeudi, Maeve m'a demandé de lui lire une histoire. Ruth a un plein panier de livres d'enfants qu'elle garde pour Maeve. Alors, je lui ai lu celle de la petite poule rouge qui demande aux autres animaux de l'aider à cuire du pain, mais ils refusent tous jusqu'au moment de le manger.

Maeve m'a montré la poule et m'a dit que c'était « un poulet à crête rouge, peut-être une Golden Cornet, sauf que ses pattes ne sont pas les bonnes ».

J'ai éclaté de rire, je parie que la plupart des mioches seraient bien incapables de citer la race des poulets dans leurs livres.

Dimanche j'ai emmené Ruth à l'église, et Père Peters a lu les Thessaloniciens : « Car même quand nous étions avec vous, nous vous avons donné cette règle : celui qui ne veut pas travailler ne mangera pas. »

C'est drôle, non ? Je ne sais pourtant pas quel message Dieu essaie de me faire parvenir. Cette semaine, j'ai bien dû ramasser un million de pommes.

Peut-être veut-il que j'en ramasse deux millions.

Nous avons eu une averse de neige la semaine dernière. Elle a immédiatement fondu, mais Dylan était surexcité, il s'est mis à farter son snowboard.

Chaque année, il me propose de m'apprendre. Peut-être vais-je accepter.

Audrey fait des tests de pâtisserie pour le café qu'elle va ouvrir avec Zara. Il y a une tarte Tatin tellement bonne que j'en ai les larmes aux yeux. Mais mon préféré, c'est encore son whoopie[18] au potiron fourré au fromage blanc.

Voilà que j'ai à nouveau faim, zut !

Parmi les autres nouvelles, Chasteté a trouvé un boulot saisonnier à la pharmacie de Colebury. Isaac doit l'y conduire pour l'instant, jusqu'à ce qu'elle puisse prendre des leçons de conduite et économiser pour s'acheter une voiture. Je lui ai dit que je l'aiderais à trouver une occasion et que Jude et moi, on l'aiderait à la retaper.

J'ai du mal à reconnaître Chasteté. Ils l'ont emmenée se faire faire une coupe de cheveux et elle est revenue avec la boule à zéro. Ça amuse Leah. Elle dit que le kif de Chasteté, c'est de faire un doigt d'honneur à Paradise Ranch chaque jour que Dieu fait.

Je commence à m'endormir. Je t'écris allongé dans ma couchette et Kyle ronfle déjà. Dans une semaine, je vais me retrouver tout seul ici. J'ai allumé le poêle, du coup il fait bon, c'est agréable.

J'ai commencé à étudier pour le GED, ça va être pratique d'être au calme.

---

18. Gâteau américain qui ressemble à un gros macaron, composé de deux disques bombés, avec entre eux une garniture au beurre et au sucre glace.

Porte-toi bien, Lark. Prends soin de toi. C'est tout ce que je te demande.

Je t'embrasse.

Zach

***

Chère Lark,

J'ai commencé cette lettre cent fois, parce que je veux te montrer de l'amour, sans être un poids pour toi.

Voilà mon dilemme :

Je ne veux pas implorer ton pardon à un moment où tu traverses déjà tant d'épreuves.

Mais je suis désolée. Je t'ai offensée, parce que j'ai gardé un secret que j'aurais dû partager avec toi. Ce n'était pas facile, crois-moi. Alors, je vais essayer de t'expliquer pourquoi.

Avoir été ton amie et ta colocataire à la fac a été la meilleure chose qui me soit arrivée. Dès le moment où nous nous sommes rencontrées, je t'ai aimée comme une amie. Chaque jour, tu rendais la fac plus marrante. Et quelles qu'aient été nos manigances, je savais que tu m'épaulerais toujours.

Ça n'a pas de prix. Je t'aime énormément pour ça. Alors, quand j'ai commencé à réaliser que j'étais attirée par toi, cela m'a fait peur. Je ne m'y attendais pas, et je ne savais pas quoi faire. Honnêtement, j'espérais que ça finirait par me passer. Je suis sortie avec des garçons. Et, bien sûr, j'ai fricoté avec cette fille, dans le hall.

Cet incident ne m'a été d'aucune aide. Je l'ai fait, parce que j'essayais d'avoir une expérience sexuelle avec une fille. Je pensais que j'aimerais ou que je détesterais ça, et qu'alors j'apprendrais quelque chose d'important sur moi. Mais ce fut juste « bof », parce que je n'étais pas attirée par elle. Et ça m'a embrouillée encore plus.

Cependant, quand nous étions ensemble, toi et moi, jamais je n'étais inquiète. Nous étions amies, et c'était plus important que tout. J'ai toujours su que tu m'aimais beaucoup. J'ai toujours su, également, que tu ne m'aimerais pas de cette façon-là.

L'année de la mort de papa, tu as été GÉNIALE. Sérieusement. J'étais tellement hébétée et effrayée, et en colère et triste. C'était un moment affreux, affreux. Mais tu étais là. Tu m'as étreinte et soutenue pendant les funérailles. Après ça, tu as récupéré les notes de tous les cours que j'avais ratés. Je n'y serais pas arrivée sans toi, ce semestre-là. Je ne déconne pas. J'aurais tout laissé tomber et perdu un semestre.

Je te suis tellement, tellement reconnaissante. Passe-moi les mouchoirs. ☹

Mais après, je n'ai fait que t'aimer plus encore. Je ne t'ai pas parlé de mes sentiments, parce que je ne voulais pas t'effrayer. Si notre amitié avait diminué, ne serait-ce que de 1 % à cause de ma confession, ça aurait été inacceptable pour moi.

Alors, je me suis assise sur ce grand secret. J'ai ravalé tous ces sentiments en sachant que c'était un énorme mensonge par omission, mais je n'avais pas l'impression d'avoir le choix.

Crois-moi, je n'ai jamais douté de ta valeur en tant qu'amie. Je n'ai pas cru une seconde que tu me rejetterais, ou quiconque d'autre, pour être lesbienne. Je te connais mieux que ça. Si l'objet de mon attirance avait été quelqu'un d'autre que toi, ça ne m'aurait posé aucun problème de t'en parler.

Je ne voulais simplement pas que cela devienne bizarre entre nous. Beurk. Je suis vraiment désolée.

Une partie de mon travail aux Alcooliques Anonymes, c'est de parler de ma bisexualité. Le fait de ne pas vouloir y faire face explique en partie mon alcoolisme. Plus je parle à des gens, plus on me répond qu'avoir le béguin pour sa meilleure amie est un rite de passage queer. Alors, merci pour avoir fait de moi un cliché, ma poulette. ☺ Mille mercis.

Je sais que c'est très dur pour toi en ce moment, alors je ne me sens pas la force de te demander quoi que ce soit. Mais tout ce que je désire c'est : quand tu seras prête, s'il te plaît, fais-moi savoir que nous pouvons passer par-dessus tout ça. Je suis désolée de ne pas t'avoir dit ce que j'avais sur le cœur. S'il te plaît, pardonne-moi.

Avec tout mon amour,

May

***

Ma chère May,

Je ne me sens pas encore très éloquente, mais je dois répondre à ta lettre. Je t'aime tellement, je suis désolée si je t'ai causé de la peine sans le vouloir. Je ne t'en veux absolument pas d'avoir gardé ton secret. Il n'existe pas de « Clause d'Amitié » qui nécessite que tu sortes tes tripes quand tu n'y es pas prête.

J'aurais probablement agi exactement pareil. Si l'une d'entre nous doit s'excuser, c'est bien moi. Je suis arrivée dans le Vermont avec un fardeau très lourd. Il existe probablement une « Clause d'Amitié » qui exige que quand tu te présentes à la porte de ta meilleure amie avec le sentiment d'être une grenade dégoupillée, tu l'avertisses.

Au moment où Daphné a balancé ton secret, je ne pouvais plus gérer la moindre nouvelle émotion. J'avais l'impression d'être l'être humain le plus toxique qui existe. C'était comme si j'avais passé les deux mois précédents à infliger tous mes problèmes à ta famille. Et à Zach. Apprendre qu'en plus, je t'avais fait souffrir m'a démolie.

Mais la lecture de ta lettre m'a rappelé quelque chose d'important. J'avais oublié ces moments après la mort de ton père et à quel point tu avais eu besoin de moi. Je venais de passer ces deux derniers mois à détester mon propre besoin des autres et à me sentir terriblement mal à cause de ça. Mais, bien entendu, je ne porte aucun jugement sur le moment où toi tu avais eu besoin de moi. J'étais heureuse d'être là pour toi.

Les circonstances, bien sûr, n'avaient rien à voir. Mais mon docteur essaie en permanence de me persuader de m'accorder un break. D'arrêter de me sentir tellement coupable. Ta lettre m'a rendu les choses un peu plus faciles.

À nouveau, je m'excuse d'avoir tenté de te cacher à quel point ça allait mal pour moi. Je pensais pouvoir glisser mes problèmes sous le tapis, cueillir des pommes et oublier.

Tu es tellement importante pour moi. Cela ne changera jamais.

Baisers,

Lark

P.S. S'il te plaît, dis à Zach que ses lettres sont parfaites. Elles me remontent vraiment le moral. Je ne suis pas encore tout à fait prête à lui écrire, parce que je n'ai pas encore suffisamment fait le tri dans mes émotions pour leur donner un putain de sens. Mais chacune de ses lettres me donne envie de le serrer très fort.

L.

***

Chère Lark,

C'est presque Noël. Daphné passe les vacances à la maison et elle a décidé de me reparler. Ça a sans doute quelque chose à voir avec l'individu à qui elle envoie des textos à longueur de journée. Elle sourit à son téléphone comme si elle venait de gagner le gros lot à la loterie.

Les Shipley ont apporté un grand sapin et l'ont installé dans un coin de la salle à manger. Il sent super-bon. Est-ce que je t'ai déjà dit que mon premier Noël, c'était il y a quatre ans ? On ne fêtait pas Noël au ranch, parce qu'il n'y est pas fait référence dans la Bible. (Est-ce que je t'ai dit aussi que les gens qui m'ont élevé ne savaient pas s'amuser ?)

Je vais passer le GED en sciences sociales juste après le Nouvel An. Ce n'est pas si difficile que ça, même si c'est la première fois que j'ai eu des devoirs à faire depuis que je suis môme. J'avais évité ce truc, parce que je croyais que j'allais passer pour un imbécile. Mais non. Au lieu de ça, je me dis, et zut, je peux y arriver. Pourquoi avais-je pensé que j'en serais incapable ?

Prochain boulot : les courses de Noël. Pour les Shipley, j'achète toujours quelque chose de bon qu'ils ne s'offriraient pas eux-mêmes.

L'année dernière, j'avais acheté des chocolats d'impor-tation et du champagne pour Noël. Mais à présent, May ne boit plus et Audrey a apporté plein de chocolats de France.

Alors, j'ai besoin d'une nouvelle idée. C'est comme hier. Je sais que je t'ai dit de ne pas m'écrire. Mais si, soudain, il te vient une super-idée de cadeau pour eux, s'il te plaît, n'hésite pas à me l'envoyer.

J'ai l'impression d'être Harry Potter qui essaie de trouver un cadeau pour tous les Weasley.

Love,

Zach

CHAPITRE 32

LARK

Parfois, la fin d'une étape de votre vie arrive sans tambour ni trompette. Parfois elle s'immisce, c'est tout, comme l'odeur de la neige dans l'air, quand l'automne cède à l'hiver.

J'ai commencé à me sentir moi-même à nouveau, graduellement. Mon esprit a été peu à peu préoccupé par des sujets qui n'avaient rien à voir avec le Guatemala. Et pendant mes séances de thérapie, j'ai arrêté de me disputer avec mon médecin. Je n'ai pas remarqué le changement avant de commencer à *m'ennuyer*. Je me suis mise à choisir des films sans penser à la peur qu'ils pourraient déclencher en moi. (Bien que parfois, ce fût le cas). J'ai commencé à surfer sur le web, à la recherche de boulots et d'idées. Mes dragons se sont mis à faire de longues siestes, enchaînés, et ont oublié de m'effrayer avec leurs hurlements furieux.

Et puis un jour, j'ai pris mon téléphone et j'ai tapé impulsivement le numéro de May. Peut-être que si elle n'avait pas répondu, un autre mois aurait passé avant qu'on ne parle ensemble. Mais ce n'est pas arrivé. L'instant après que j'ai appuyé sur le bouton, elle a décroché en disant « Salut ».

– Salut, ai-je répondu, effrayée par ma propre audace, c'est Lark.

– Salut mon chou, a-t-elle dit, et chaque mot a sonné aussi chaleureusement et familièrement que je l'avais espéré. Comment ça va pour toi ?

– Mieux, ai-je admis. Je le sais parce que je m'emmerde plus que je n'ai la trouille.

Elle a ri.

– OK ? C'est sans doute bon signe, non ?

– Crois-moi, c'est bon signe. Qu'est-ce que tu deviens ces temps-ci ?

La question m'a semblé terriblement guindée. Je comprenais vraiment bien qu'elle ait pu craindre que les choses deviennent bizarres entre nous. Ça serait un désastre inégalé.

– Je révise les examens de fin d'année. Je vais aux réunions des Alcooliques Anonymes. C'est un vrai marathon. Et on prépare aussi le mariage de Griff et Audrey.

– Ouais ? Qu'est-ce qu'ils prévoient de faire ?

– Une fête en extérieur à la ferme, en juin.

– Chouette. Dans le verger ? Et sil pleut ?

– Ils vont louer une tente, mais ils ne prévoient rien à l'intérieur.

– C'est risqué !

– Je sais. Griff va demander aux cieux de ne pas pleuvoir, et ils vont probablement lui obéir, il est tellement râleur.

J'ai souri à mon téléphone, parce que May était toujours la même, pas une étrangère. Il y avait encore de l'espoir pour nous deux.

– Est-ce qu'Audrey est allée choisir sa robe ? Où est-ce qu'on trouve une robe de mariage dans le Vermont, d'ailleurs ?

– Nulle part. Il va falloir qu'on aille à Boston.

– Tu peux venir me voir, ai-je immédiatement proposé.

– Bien sûr.

Toujours souriant comme une folle, je lui ai avoué ma curiosité sur un sujet bien précis.

– Je peux te poser une question débile ?

– Ouais. Vas-y.

– Est-ce qu'il y a une raison pour que Zach ne m'ait pas écrit cette semaine ? D'habitude c'est une véritable horloge. Chaque mardi, je reçois une lettre…

– Oh Seigneur. C'est peut-être une tactique pour que tu t'inquiètes ?

– Tu crois ?

Elle s'est marrée.

– Non. Zach a encore attrapé la crève, le pauvre. Il a dormi pendant trois jours.

– Oh !

– Cela dit, ça va maintenant. Il va bien mieux aujourd'hui.

– Tu es sûre ?

Mon cœur saignait de l'imaginer à nouveau malade.

– Positive. Et le docteur a dit qu'il allait finir par ne plus tomber aussi malade chaque année.

– Tant mieux.

– Pourquoi est-ce que tu ne vas pas lui rendre visite, si tu t'inquiètes tellement ?

– Eh bien… (Je me suis éclairci la voix.) J'ai envie de le voir, et toi aussi, bien sûr.

– Lark, tu n'as pas à prendre de pincettes avec moi comme ça. On est toujours très proches, que tu aies ou pas un petit ami. Ça a toujours été le cas, tu sais ? Tu n'as jamais été ce genre de copine qui vous abandonne dès qu'un petit ami pointe le bout de son nez.

Elle avait raison.

– Tu es trop importante pour être abandonnée.

– Je le *sais,* OK ? Seigneur. Et si tu venais nous voir la semaine prochaine ? Quelques jours après Noël ?

– D'accord, ai-je répondu très vite. Si tu es sûre que ça ne pose pas de problèmes.

– Fais-le. Ne soyons pas bizarres. Sauf pour se marrer.

– Promis. Peut-être que je devrais d'abord envoyer un mot à Zach, juste pour m'assurer qu'il est d'accord pour que je passe. Il a été très gentil avec moi dans ses lettres. Mais parfois, quand quelqu'un vous a quitté, il vaut mieux qu'il reste loin.

– Tu ne veux plus faire partie de sa vie ? m'a demandé May.

– Mais bien sûr que si. Il me manque terriblement.

– Crois-moi quand je te dis qu'il veut te voir, lui aussi.

– Ouais ?

Entendre ça m'a rendue tellement heureuse. Le docteur Becky allait probablement me faire réfléchir à cette réaction plus tard.

– Oh ouais. Il n'est pas en colère, mon chou. Il essaie d'avancer, mais il t'aime encore. Je crois qu'il t'aimera toujours.

J'ai fermé les yeux, là, contre mon téléphone, en visualisant le sourire de Zach. Si seulement je pouvais voir ce sourire, adressé à moi encore une fois, je ferais tout mon possible pour ne pas merder.

– OK, ai-je dit doucement. Je vais venir vous voir. Laisse-moi en parler à mes parents et ensuite on verra ça en détail.

– J'ai hâte ! a répondu May.

– Moi aussi.

Cher Zach,

J'aimerais venir vous rendre visite, à toi et May, juste après Noël. Mais je voudrais être sûre que ça te va. Avoir été avec moi cet automne n'a pas dû être facile, alors je veux juste vérifier que tu es prêt à me voir. Si tu préfères qu'on remette ça à un autre moment, dis-le à May, je te promets que je comprendrai.

Je t'embrasse.

Lark

CHAPITRE 33

LARK

Zach n'est pas le seul à avoir des problèmes concernant les courses de Noël. À présent que j'ai décidé d'aller voir les Shipley, j'ai écumé les magasins, à la recherche de cadeaux. J'ai pris pour May un de ces gloss hors de prix qu'elle adore, dans une boutique bondée de Newbury Street.

C'est un autre signe que je vais mieux : mon zèle à faire des courses malgré ma détestation récente de la foule. Choisir un cadeau pour Zach devrait être facile puisqu'il ne possède pas grand-chose. Mais pourtant, j'ai du mal, je ne veux pas choisir quelque chose de trop personnel, qui pourrait paraître chargé d'espoir.

Je finis par choisir, et je rentre à la maison pour faire mes paquets. Nous sommes le soir du vingt-trois. Il reste encore trois jours avant mon départ pour le Vermont, mais je suis déjà dans un état d'esprit « vacances ». Si j'ai appris quelque chose durant cette année, c'est que cette légèreté est fragile et qu'il faut en profiter.

Sur la radio, je dégote une messe de Noël a cappella. J'étale mon papier cadeau et mes achats sur la table, mes parents sont partis à une fête pour la soirée.

– Tu es sûre que tu ne veux pas venir avec nous ? m'a demandé maman, inquiète.

– Je suis certaine ! Je vais bien m'amuser.

Je n'avais pas du tout envie de papoter avec leurs amis de la faculté de droit.

– Qu'est-ce que tu vas manger ? m'a-t-elle demandé, inquiète.

– Je vais me commander un truc au restau de ramen.

Ma mère, Dieu la bénisse, m'a alors apporté la carte du restaurant et le téléphone. J'ai donc commandé devant elle, juste pour lui faire plaisir. Finalement, ils sont partis.

J'ai acheté deux choses pour Zach. La première est un vrai cadeau, l'autre… une sorte de clin d'œil.

Seul son vrai cadeau doit être emballé.

Il m'a dit qu'il n'a jamais eu de Noël étant enfant, je m'applique donc particulièrement à confectionner un très beau paquet. Je glisse son cadeau dans une boîte verte tendue de rouge. Je l'enveloppe dans un papier de soie et je fais un nœud blanc autour.

La sonnette de la porte d'entrée retentit pendant que j'écris son nom sur une étiquette brillante en forme d'ours polaire.

Prends ça dans les dents, Martha Stewart[19].

En chantonnant en chœur avec la radio, je vais à la porte récupérer ma commande de bouffe. Quand le livreur me tend le sac, je lui donne un pourboire de cinquante pour cent, parce que c'est les vacances. Il me remercie avec un beau sourire, que je lui retourne sans hésiter. *Voilà que je me vautre dans l'esprit de Noël. Vas-y, ma poulette !*

Lorsque je recule pour refermer la porte, mon regard s'arrête sur une haute silhouette masculine qui arpente lentement la rue, un bout de papier à la main, et étudie les numéros des maisons. Les réverbères font étinceler ses mèches de cheveux d'or et éclairent les mouvements de ses larges épaules pendant qu'il avance.

Pourtant, je n'en crois pas mes yeux jusqu'à ce qu'il ne soit plus qu'à une maison de la mienne. Et même là, il me paraît prématuré de l'appeler par son nom. Je dois me tromper.

– Zach ?

Il s'arrête, son menton se lève dans ma direction. Alors, il sourit.

Nous nous regardons fixement, jusqu'à ce qu'enfin je retrouve la parole. Je hurle :

– Oh mon Dieu !

Et bien que je sois pieds nus, je pose mon dîner par terre dans l'embrasure de ma porte et je descends

19. Célèbre spécialiste américaine de la déco et de l'art de vivre.

les quatre marches en courant, puis le petit passage en briques qui relie notre maison au trottoir. Il ouvre les bras juste avant l'impact. Je me jette sur lui et je le serre très fort. Puis je sens que je quitte le sol.

– Tu es pieds nus, lance-t-il en riant dans mes cheveux. Viens.

Il me porte jusqu'à la maison, puis en haut des marches. Par-dessus son épaule, je vois une passante qui fronce les sourcils.

Elle est sans doute tout simplement jalouse.

– Comment es-tu arrivé jusqu'ici ? je lui demande, mais je ne peux pas attendre sa réponse. C'est si bon de te sentir.

Ses cheveux chatouillent ma joue, et la puissance de son corps d'athlète contre le mien me provoque des frissons dans le ventre. Il me pose dans l'entrée.

– Je ne pouvais pas attendre, c'est tout, dit-il calmement.

Quand je recule, je trouve des yeux bleus sérieux qui me regardent.

– J'ai essayé de t'imaginer arriver pour le dîner, sortir de ta voiture et être entraînée dans la salle à manger avec une douzaine d'autres gens. Il aurait fallu que je reste assis là pendant deux heures avant d'avoir un moment d'intimité avec toi.

Ses grandes mains se posent sur mes épaules.

– Alors, j'ai emprunté la voiture de May et j'ai conduit jusqu'ici, en espérant que tu serais libre pour sortir prendre une tasse de café ou autre chose.

Ce n'était pas forcément une bonne idée, mais je n'en pouvais plus d'attendre.

Je le fais entrer plus avant, j'enlève mon dîner du passage et je referme la porte.

– Mon agenda social est très vide en ce moment, je plaisante.

Puis je pose une main sur son bras musclé, parce qu'il est si près de moi que je ne peux résister à l'envie de le toucher.

– Mais j'ai toujours du temps pour toi, Zach. Sans rire.

Son visage s'apaise.

– Je ne savais pas si tu voudrais qu'on reste amis. Ce n'a pas été ton année la plus heureuse.

– Mais c'est toi, ce qui m'est arrivé de plus heureux cette année.

Je soulève le sac de nouilles et je le prends par la main.

– Viens à la cuisine avec moi. Tu veux qu'on partage des ramen ?

– Toi, mange. Moi, j'ai déjà dîné.

– OK. Des biscuits de Noël, alors ?

– Bien volontiers.

Mais notre progression en direction de la cuisine de mes parents est stoppée parce que Zach s'est arrêté dans le couloir étroit pour regarder la série de photos encadrées sur le mur.

– C'est toi ? demande-t-il.

C'est marrant, je passe devant ces photos tous les jours sans même les voir.

– Oh, ouais. C'est le Sanctuaire de l'enfant unique !

– Wouah.

Il détaille une photo de moi à quatre ans. Je porte un tutu et des ballerines de danse.

– Tu es la plus jolie petite fille que j'ai jamais vue.

– Ils ont eu du bol de prendre cette photo. La danse classique ne m'a intéressée qu'environ sept secondes. Et plus jamais ensuite. J'ai voulu prendre des leçons de chute libre et j'ai voulu intégrer la troupe de scouts qui partait explorer des grottes dans le Kentucky. Mes parents n'ont pas eu la petite fille girly dont ils rêvaient.

Il pose une main sur mes cheveux et les caresse.

– Tu es parfaite, Sauvageonne. Je veux juste voir à quoi tu ressemblais avant que je te rencontre. C'est tout.

Une fois dans la cuisine, Zach regarde autour de lui et émet un sifflement.

– Je sais. Ma mère est très fière de sa maison.

Elle n'a renoncé à aucune dépense pour sa cuisine. Là sont ses trophées, une cuisinière Aga et un réfrigérateur SubZero. Le dessus du comptoir est recouvert de marbre pour pouvoir faire de la pâtisserie et la console est composée de carreaux de faïence importés qui brillent comme des joyaux sous les lampes de prix.

– Sacrément impressionnant.

– Ouais. Mais au moins elle cuisine. Certaines de ses copines ont le même genre de matos et commandent tous leurs dîners à l'extérieur. Comme je viens de le faire. Tu es sûr que tu n'en veux pas un peu ?

Il se contente de secouer la tête en me souriant.

– Alors, assieds-toi.

Je lui prends sa veste. Je lui prépare une petite assiette des cookies de Noël de ma mère et je lui fais un expresso avec la machine Illy de mon père.

Pendant que je mange ma soupe, nous nous installons sur des tabourets et commençons les préliminaires indispensables à notre discussion.

Il me dit que j'ai meilleure mine, j'acquiesce et je lui dis que j'ai entendu parler de sa grippe, et il dit que c'est terminé. Pourtant, ni l'un ni l'autre ne faisons réellement attention à la conversation. Nous sommes trop occupés à nous regarder dans le blanc des yeux.

Je n'arrive pas à me faire complètement à sa présence dans ma cuisine. Sa chemise de flanelle donne de la couleur à la maison. La courbe de son sourire est plus vivante et fascinante que tout ce que j'ai vu depuis des semaines.

Tout va mieux quand Zach est dans la même pièce que moi.

À un moment, je réalise qu'une minute entière s'est écoulée sans qu'aucun de nous n'ait ouvert la bouche. Nous nous contentons de nous lancer des regards torrides et des sourires timides.

– Est-ce que je peux te dire que je suis désolée ? Vraiment, vraiment désolée, je bafouille.

Son sourire s'évanouit.

– Ne sois pas désolée. Je suis un grand garçon. Je ne regrette rien.

– Moi, je regrette certaines choses. Je ne suis pas entrée dans ta vie, je m'y suis jetée en éclaboussant tout sur mon passage, comme un véritable bordel prêt à exploser. Tu méritais mieux, même si j'ai fait du mieux que je pouvais à ce moment-là.

En entendant ce bout de phrase, ma psy serait fière de moi.

Il secoue lentement la tête.

– Tu n'as pas à t'excuser. Comme je te l'ai dit la dernière fois que je t'ai vue, parfois on ne peut pas contrôler ce genre de truc.

– Je sais. Mais je voulais tout de même te dire combien j'ai apprécié tout ce que tu as fait pour moi.

Ses yeux bleus se baissent sur l'assiette, et je réalise que mon emploi du passé a pu le blesser. Comme un rejet.

– Si tu n'es pas contre, j'aimerais te rendre la pareille.

Il déglutit avec peine en soulevant son menton.

– Tu ne me dois rien du tout.

Je descends de mon tabouret et je m'approche de lui en posant mon menton sur son épaule. Il sent la forêt, comme le Vermont, et ce parfum m'est tellement familier que j'en ai les larmes aux yeux.

– Tout ce qui m'est arrivé me semble presque sans importance quand tu es assis dans ma cuisine. Parce que je t'aime, Zach.

Il reste parfaitement immobile.

– Tu es bien plus qu'une partie d'un mauvais souvenir. Je t'aime, et même si ma vie est un vrai bordel en ce moment, j'ai toujours envie que tu en fasses partie.

Quand il inspire, je sens qu'il tremble. Et quand ses bras m'entourent, ils me serrent fermement.

– Redis-le-moi, murmure-t-il.

Je tourne la tête et je l'embrasse sur la pommette.

– Je te veux dans ma vie.

– Non, l'autre partie.

– Que je t'aime ?

Il acquiesce contre ma joue, sa barbe me griffe le menton.

– Tu es la première à me dire ces mots-là.

À présent, c'est à mon tour de me figer d'étonnement.

– Vraiment ?

– Oh ouais.

En réfléchissant, je me dis que c'est fort possible. Il ne m'a pas beaucoup parlé de son enfance, si ce n'est qu'elle a été entourée de gens et impersonnelle.

– Alors, j'en suis honorée, je chuchote. Même si je suis sûre qu'il y a d'autres gens qui t'aiment que moi. Les Shipley et les Abraham, par exemple. Peut-être qu'ils ne l'ont pas dit à voix haute, c'est tout.

Ils ne se sont sans doute pas rendu compte à quel point c'est important pour lui qu'on le lui dise.

– Peut-être. Mais j'aime vraiment te l'entendre dire, toi.

Il prend une nouvelle profonde inspiration et laisse l'air s'échapper lentement de ses poumons pendant qu'il me serre dans ses bras. J'embrasse sa gorge et il émet un son joyeux, lent.

– Merci d'être venu jusqu'à Boston en voiture. Tu me manquais tellement.

Il a gloussé.

– C'était trop difficile d'attendre. Tous les jours je me disais : « Pas aujourd'hui. Elle te dira quand elle sera prête », et puis j'ai reçu ce mot qui disait que tu voulais me voir, et alors je n'ai plus pu attendre une seconde de plus. J'ai demandé à May sa voiture et elle ne m'a même pas demandé pourquoi.

Je presse mes lèvres sur son cou. Ça sent si bon. Si familier. Tellement Zach. J'embrasse sa joue. Je dépose des petits baisers sur ses cheveux. Mes baisers disent, *merci d'être venu, mon amour*. Je caresse son cou de ma paume, et elle dit, *tu es tellement spécial pour moi*.

Zach plonge son regard dans le mien. Le baiser qu'il me donne est lent, comme s'il s'essayait à reprendre une chanson joyeuse entendue quelque temps auparavant. Mais c'est une chanson que je connais bien. Je fais un petit bruit impatient d'approbation et j'entrouvre mes lèvres aux siennes. En gémissant, il me prend la tête d'une main et, rapidement, notre baiser se fait de plus en plus torride. Cela signifie « Montre-moi ta chambre ». On dirait deux adolescents. Sa langue joue avec la mienne, et je défaille dans sa bouche. Il a le goût de l'expresso et du désir.

C'est totalement grisant. Les semaines passées loin de Zach m'ont fait oublier à quel point nos chimies respectives s'accordent, à quel point nos rythmes cardiaques sont synchrones et combien de chaleur nous dégageons ensemble. Nous sommes comme ce paquet d'allume-feu que j'avais admiré dans une boutique de Back Bay. *Garantis pour un allumage rapide.*

– Unngh, marmonne-t-il dans ma bouche, et il se met à rire.

J'avais oublié combien c'est facile entre nous, combien c'est juste. À présent, je peux arrêter de me morfondre en pensant que j'ai séduit Zach pour atténuer ma douleur. La raison pour laquelle je lui arrache ses vêtements, c'est parce que nous avons envie l'un de l'autre. Comme si c'était hier. Je fais glisser le bout de mes doigts le long de sa chemise, jusqu'à la ceinture de son jean.

Il attrape ma main baladeuse et interrompt notre baiser.

– Temps mort, dit-il en souriant. J'ai besoin de me calmer.

C'est le contraire dont j'ai envie. Je suggère :

– Ou… tu m'accompagnes dans ma chambre ?

Il glousse.

– Euh… tu es seule chez toi ?

– Oui, heureusement.

Je le tire par la main jusqu'à ce qu'il se lève de son tabouret.

– Suis-moi.

Je le conduis au bas des escaliers.

– Grimpe au deuxième étage. Ma chambre est juste sur le palier. Je te suis dans deux secondes. J'ai un truc à prendre.

Il hausse un sourcil interrogateur.

– C'est une petite surprise. Fais-moi confiance.

Zach m'embrasse sur le bout du nez, puis grimpe les escaliers.

CHAPITRE 34

ZACH

Lark ne m'avait pas caché que ses parents avaient de l'argent. Mais je ne m'attendais pas vraiment à l'opulence de sa maison familiale. Quand j'ai descendu sa rue, je me suis aperçu que j'étais complètement en dehors de mon élément. Les maisons ne sont pas énormes, elles sont trop proches les unes des autres pour ça. Mais chacune d'entre elles est plus ornée et plus ancienne que la précédente, et chacune semble avoir été peinte et lustrée de fond en comble.

L'intérieur est tout à fait fascinant. Les parents de Lark ont conservé les stucs anciens et les boiseries. Les escaliers que j'ai empruntés ont une rampe de bois sombre et des tableaux sur les murs. Le premier palier mène à deux ou trois chambres éteintes et à une bibliothèque très peu éclairée, du genre à avoir des étagères de livres du sol au plafond et une échelle coulissante accrochée au mur.

Wouah.

Je continue à grimper. Le deuxième étage est en soupente. Juste en face, je trouve la chambre de Lark. Son lit est une antiquité en fer forgé, avec le nuage blanc d'une couette dessus. Un ordinateur à grand écran trône sur son bureau et là encore, des étagères du sol au plafond. Je ne sais pas ce que je suis censé faire, je vais donc voir les titres de ses livres. Elle a tous les *Harry Potter* rangés bien en évidence, avec d'autres romans de couleurs et de styles différents et deux rangées de livres de voyage. La majeure partie de ceux-là sont cornés. Je glisse la main sur leur dos, m'émerveillant de tous ces endroits où elle est allée. Espagne, Italie, France, Angleterre. Mexique, Japon, Australie.

On n'est pas vraiment faits l'un pour l'autre, Lark et moi. Mais j'arrête de m'inquiéter pour ça à la seconde où elle apparaît à la porte, un peu essoufflée.

– Désolée. J'avais quelque chose à faire.

– OK…

Lark éteint le plafonnier, laissant juste une lampe de chevet allumée qui projette une lumière rougeoyante sur le mur en pente.

– Viens là, dit-elle en tapotant sur son lit. Chaque nuit, quand je m'endors, je voudrais que tu sois là, à côté de moi.

L'entendre me dire ça m'excite déjà.

– Il a pu m'arriver de penser la même chose une ou deux fois, je susurre en souriant. Ou plutôt chaque nuit, j'ajoute en m'asseyant à ses côtés.

Elle se tourne et grimpe sur mes genoux à califourchon.

– Enlève-moi mon pull, me demande-t-elle.

– Si tu insistes !

Je l'embrasse en souriant. Puis je glisse les mains sous le pull tout doux qu'elle porte. Mes doigts trouvent sa peau de velours et il faut que je l'embrasse à nouveau. Lorsque nos bouches se rejoignent, j'ai une pensée assez peu familière. *J'ai tellement de chance.*

Doucement, je relève son pull, tout en explorant ses courbes gracieuses. Elle baisse la tête et je fais passer le pull par-dessus. J'ai le souffle coupé lorsque je découvre qu'elle porte un soutien-gorge de satin rouge hypersexy. Il lui soutient les seins d'une façon super-affriolante, en les soulevant comme s'ils s'offraient à moi.

Je gémis en les soupesant dans mes paumes et en les caressant avec mes pouces. En me penchant, je dépose des baisers dans la vallée entre ses seins. Sa peau est encore plus douce que dans mon souvenir.

Lark glisse de mes genoux pour se lever. Elle déboutonne son jean et le laisse tomber sur le sol.

Je manque en avaler ma langue quand un slip minuscule assorti apparaît, qui souligne ses hanches parfaites.

– Merde, je jure, tu me tues.

Elle jette son jean au loin avec son pied et s'avance vers moi pour déboutonner ma chemise.

– C'est la petite surprise que j'avais prévue. Je ne pensais pas en avoir besoin avant ma visite dans le Vermont. Je me suis changée à toute vitesse dans la salle à manger !

Elle se met à rire. Je pose ma main sur sa taille, j'ai besoin de la toucher.

– Tu n'es pas obligée de porter des trucs spéciaux pour moi. Je te trouve parfaite, quoi que tu portes.

Elle embrasse le morceau de peau qu'elle a dénudé sur ma poitrine, puis finit de m'ôter ma chemise.

– Je sais que ce n'est pas important. Mais c'est quelque chose que j'ai fait pour te montrer que je pensais à toi. Et que quand je te pousse sur le lit – elle me donne un petit coup et je tombe à la renverse –, c'est intentionnel. Ce n'est pas parce que j'ai fait un mauvais rêve ou que tu en as fait un bon. Ou parce que j'ai besoin de m'échapper. C'est – elle désigne la lingerie – un petit cadeau pour me permettre de te dire ça.

– Alors, j'accepte.

Elle pose une main sur ma queue et tout mon sang quitte mon cerveau.

– Tu es encore trop vêtu.

– C'est de ta faute, je crois.

Ses yeux s'écarquillent devant ma hardiesse.

– Je crois que tu as raison. Je ferais mieux d'arranger ça.

Si elle dit autre chose ensuite, je n'entends rien. Je suis trop occupé à regarder la seule femme que j'aie jamais désirée, me déshabiller. Quand elle a terminé, je suis nu sur le lit et elle porte juste sa lingerie rouge.

– Viens là, je grince entre mes dents, tellement ça me démange de pouvoir la toucher.

Lorsqu'elle tombe dans mes bras, je roule en l'allongeant sur le lit. Et je me mets à l'embrasser partout méthodiquement, en commençant par cet endroit très tendre, juste au-dessous de l'oreille, et en dérivant lentement le long de son corps gracile. Chaque fois que nous sommes ensemble, c'est comme si un fantasme prenait vie. Je goûte chaque centimètre carré de sa peau, en ronronnant de plaisir.

Chaque fois que ma bouche effleure sa peau, je m'enflamme un peu plus. De mes deux pouces, je suis les motifs de la dentelle rouge qui dissimule vaguement ses seins. Puis je trace la même ligne avec ma langue.

– Ouiiii, siffle Lark, et je souris en descendant pour embrasser son ventre si doux et la courbe de sa hanche.

Je prends mon temps, en la titillant à travers l'élastique de sa culotte, puis encore plus bas, en déposant des baisers humides aux jointures de ses cuisses.

– Encore, exige Lark, en descendant une main afin de repousser le minuscule bout de tissu rouge.

J'attrape cette main et je la coince sur le matelas.

– Patience.

J'ai besoin de temps pour admirer son corps. J'ai attendu ce moment trop longtemps. Lark se tortille de manière très suggestive, je bloque donc ses cuisses avec mes coudes. Après une réflexion minutieuse, je poursuis mon exploration dans le V de ses cuisses en me frayant un chemin à travers le satin soyeux et en prenant un moment pour inhaler la senteur sucrée et musquée de son désir.

– Tu me tues, halète-t-elle.

– Nan, je murmure en faisant remonter ma langue à travers son ventre jusqu'à ce que ses muscles se mettent à trembler. Tu es costaude. Tu peux le supporter.

En lui écartant les jambes avec mes mains, je pose mes lèvres sur sa culotte en satin et j'expire doucement. Dans mes bras, Lark se met à trembler. Elle pousse un petit gémissement.

– Enlève-la, gémit-elle.

– Non. (J'embrasse sa chatte à travers le voile de satin.) C'est mon cadeau. Je l'enlèverai quand j'en aurai envie. Maintenant, tourne-toi.

Mon ordre la fait frissonner et elle se met sur le ventre, en posant sa joue sur le matelas. Si j'avais pu craindre qu'elle n'apprécie pas cette torture, son sourire m'ôte tous mes doutes.

Je prends un moment pour admirer le globe parfait de ses fesses, puis je les prends en main, l'une après l'autre. Je glisse ensuite mes doigts jusque dans la fente entre ses jambes et elle halète de plaisir.

– Prête ? je murmure.

Elle hoche la tête, les yeux clos.

Je la tire par les cuisses sur le lit de façon à ce que ses hanches soient juste au bord. Cela me permet d'enlever sa culotte sans la déchirer. Elle est si belle, étalée sur le lit, toute offerte pour moi. Cela me donne plein d'idées. En prenant ma bite d'une main, je la taquine entre les jambes.

– Putain, oui, dit-elle en enfonçant ses orteils dans la moquette. S'il te plaît.

Assez de taquineries. J'attrape une de ses hanches et je pousse en avant. Son sexe s'ouvre et m'accueille dans son fourreau étroit et mouillé qui me tire un gémissement. La vue que j'ai est presque trop belle : Lark écartelée, ses cheveux noir étalés sur la couette à laquelle elle s'est agrippée quand j'ai commencé à bouger.

En retenant ses hanches dans mes mains, j'essaie d'aller lentement. Mais la vue de nos deux corps réunis est le truc le plus sexy que j'ai jamais vu. Cette vision est tellement stimulante que je dois prendre une profonde inspiration et fermer les yeux.

En lâchant les hanches de Lark, je me penche sur elle. Je pose mes avant-bras autour de sa tête, mon ventre recouvre son dos.

– Tu es la femme la plus sexy du monde, je murmure à son oreille, pendant que mon bassin remue à la cadence des battements de mon cœur.

Elle tourne un peu plus son menton et je me penche pour l'embrasser. Elle gémit dans ma bouche et ça sonne comme un encouragement.

En l'embrassant profondément, je continue à remuer mon corps rempli de désir dans le sien, pendant qu'elle boit mes gémissements et mes baisers avec les siens.

C'est tellement, tellement bon.

– Tourne-toi, je halète.

Je veux la posséder encore plus profondément. Je me retire et vite, vite, elle roule sur le dos. Je la pénètre de nouveau et elle entoure mes hanches avec ses jambes. Je peux à présent la porter tout en lui faisant l'amour.

– Ouiiii, lance-elle, pantelante, lorsque j'accélère l'allure.

Ses seins balancent, ses joues rougissent. Je ne vais pas pouvoir tenir beaucoup plus longtemps. Et je réalise soudain que Lark a marqué un point à propos de notre union. Je ne suis plus aussi inquiet pour elle. Le sexe est rapide et plein de sueur, c'est juste un jeu bruyant et plein d'enthousiasme que deux personnes peuvent partager lorsqu'ils n'essaient pas de rafistoler la psyché l'un de l'autre.

– Oh !

Elle se cambre tout en me plantant ses ongles dans le dos. C'en est trop. À l'instant où la béatitude illumine son visage, j'explose comme un feu d'artifice. En enfouissant mes cris dans la couette à côté de sa tête, je frissonne, je pulse, jusqu'à ce que je me calme enfin.

– Mon Dieu, je crois qu'on en avait vraiment besoin, chuchote-t-elle dans le silence.

Je ne suis même pas sûr d'être capable de bouger, tellement je suis épuisé. Je me retire avec précaution et je remonte sur le lit à côté d'elle.

– Viens là, je murmure.

Son visage écarlate apparaît contre le mien. Nous nous embrassons paresseusement en reprenant notre souffle.

– J'ai attendu *au moins* vingt minutes après que tu es entré dans cette maison pour te sauter dessus, dit-elle.

– Je ne m'en plains pas.

– Tu restes avec moi cette nuit ?

– Tu n'as qu'à le demander, voilà tout.

– Mmmm. Tu crois qu'on va pouvoir se glisser sous les couvertures ? Je ne suis pas certaine de pouvoir bouger mes jambes.

– On va faire ça en un éclair. Dans une minute.

Elle m'embrasse à nouveau.

***

Finalement, je m'assois, puis Lark me montre la luxueuse salle de bains dans le couloir. Lorsque nous nous remettons au lit, je la prends dans mes bras, et c'est au moins aussi bon que le sexe.

– Je ne peux pas m'arrêter de te toucher, je murmure pendant que mes doigts effleurent ses seins et descendent vers ses hanches à nouveau.

Nous nous caressons doucement et nous embrassons paresseusement. Aucun de nous n'est pressé de s'endormir.

– Comment se passent tes nuits ? je pense à lui demander.

– Pas mal. J'ai encore des cauchemars de temps en temps, mais ils ne sont pas aussi violents. C'est comme de regarder une tempête souffler alors que le pire est déjà passé.

– Mmmm. Tant mieux.

– C'est bien. Je ne sais pas comment expliquer ça. Je ne suis pas aussi bouleversée qu'avant, alors c'est plus facile de passer outre et de me rendormir.

Nous nous assoupissons un petit moment. Lark se retourne et éteint la lumière. La caresse de sa peau contre la mienne est si agréable que je rouvre les yeux. Et nous nous embrassons, et nous caressons…

Jusqu'à ce que quelqu'un frappe à la porte de sa chambre.

– Lark ? (C'est la voix de sa mère.) Est-ce que ça va ? Je peux entrer ?

Je me tétanise comme une biche, la nuit, sur une route de campagne.

– Euh, une seconde, répond Lark, imperturbable.

Elle sort du lit et enfile un peignoir sur son corps nu. Puis elle sort en refermant la porte derrière elle. J'entends des voix qui chuchotent, puis qui s'éloignent de la porte.

Elle met environ cinq minutes à revenir.

– Désolée, j'avais laissé tout allumé en bas et…

Elle se met à rire.

– Quoi ?

– J'avais laissé mes sous-vêtements sur le plancher de la salle à manger lorsque j'ai enfilé ma lingerie de bombe sexuelle. Ce n'était pas très malin.

Je me cache les yeux derrière la main.

– Hum… alors tes parents pensent que nous avons fait l'amour dans leur salle à manger ?

– J'ai vingt-quatre ans, Zach. Même si nous avions fait l'amour dans la salle à manger, ce ne serait pas un problème.

– Je peux rentrer, je suggère.

– Non ! Il est presque une heure du matin. Demain, on va se réveiller tranquillement et descendre prendre le petit déjeuner ensemble.

Ça semble assez chouette. Et même si je ne tiens pas spécialement à croiser ses parents, je me blottis contre elle et je m'endors.

***

Nous réveiller lentement est aussi super que je l'avais imaginé. Quand j'ouvre les yeux dans la lumière bleuâtre du matin, des flocons de neige dansent derrière la fenêtre de Lark. Ma nana dort, la tête sur ma poitrine, ses bras lisses enroulés autour de mon corps.

Je reste là sans bouger, à la dévorer des yeux, en me sentant très chanceux.

Finalement, elle s'étire et bâille. Je lui frotte le dos et elle commence à piqueter ma poitrine de baisers. Ma queue se dresse pour lui dire bonjour et Lark l'empoigne.

– On ne devrait pas, je lance quand elle commence à me caresser.

– Chuttt, répond-elle. Je serai parfaitement silencieuse. En plus, j'entends la radio de mon père. Il ne se rase ni ne se ne douche jamais sans allumer la NRP[20].

Je me rallonge donc pendant qu'elle s'assoit sur moi. Et pendant qu'on entend vaguement au loin la nouvelle d'un cessez-le-feu en Syrie, elle m'entraîne dans un orgasme délicieux. C'est la première fois que nous faisons l'amour aussi lentement. Je respire profondément, le souffle chancelant, en fixant ses yeux alanguis pendant qu'elle me sourit. Chaque poussée me rapproche un peu de l'extase. Mes mains errent sur son corps sublime, soutenant ses seins qui remuent en cadence. Quand je passe mes pouces sur ses tétons, elle ferme les yeux et mord sa lèvre couleur cerise.

J'adore regarder le plaisir la gagner au ralenti.

– Tu es tellement belle, je murmure. Je l'ai pensé à la seconde où je t'ai vue.

Je fais glisser mes doigts entre nos deux corps, à la rencontre de ce petit bouton tendre et délicieux, berceau de son excitation.

---

20. La National Public Radio est le principal réseau de radiodiffusion non commercial et de service public aux États-Unis.

Elle renverse la tête, la respiration soudain saccadée. Et alors, je sens ses pulsations autour de mon sexe. Les mouvements de compression et la surface soudain toute glissante me font grimper aux rideaux. Je serre les dents pour éviter de gémir, pendant que j'éjacule en elle.

Je vois des flocons de neige devant mes paupières closes juste avant qu'elle s'effondre sur ma poitrine.

– Wouah ! lance-t-elle, n'hésite surtout pas à repasser n'importe quand.

En souriant, je la serre de plus près.

– C'était torride.

– C'est toujours torride. (Elle soupire.) Torride, ça n'a jamais été un problème entre nous.

Nous nous blottissons l'un contre l'autre pendant un petit moment.

– On devrait se doucher et descendre, finit-elle par dire.

– Je ne veux pas descendre, j'avoue, et elle rit.

– Il y a du café en bas.

– Ça peut aider, c'est vrai.

Elle m'embrasse dans le cou.

– Mais d'abord, la douche.

Après que je me suis lavé et ai peigné mes cheveux humides, Lark me passe une brosse à dents de voyage. Je défroisse ma chemise et j'essaie d'être le plus présentable possible. Même ainsi mon visage me brûle lorsque nous descendons les escaliers. Mais Lark, elle, est imperturbable. Elle me prend par la main et me fait entrer dans la cuisine, où son père est en train de lire le journal pendant que sa mère sirote une tasse de café à ses côtés.

– Bonjour, vous deux, lance sa mère assez calmement.

– Bonjour, je réponds calmement pendant qu'elle m'examine.

– Joyeuse veille de Noël !

– Il reste du café ? demande Lark, l'air de rien. Ou bien dois-je en faire ?

– J'en ai fait plein, répond Jill Wainright. Mais je n'ai pas encore préparé le petit déjeuner, parce que j'ignorais ce que tu avais prévu.

– Je pensais que Zach et moi allions sortir prendre le petit déjeuner à l'extérieur, puisque je ne vais pas à la clinique psychiatrique ce matin.

Elle se tourne vers moi,

– Comme c'est la Veille de Noël, ils veulent juste que je vienne pour la session de l'après-midi. Et, attends…

Elle sort son téléphone de sa poche et vient se placer contre moi.

– Souris.

Je souris.

Sans savoir si je suis prêt ou pas, Lark fait un selfie de nous deux.

– C'est pour quoi ?

– Le docteur Becky est une de tes fans, explique-t-elle en rangeant son téléphone. Je crois qu'elle est vraiment accro, alors je me suis dit que j'allais lui montrer ton beau visage.

Je me mets à rire, en dépit de la tension que je sens monter.

– C'est… flatteur.

En ouvrant un placard pour prendre des mugs, elle me tapote la poitrine.

– Tu peux être flatté. Elle pense énormément de bien de toi.

– Pourquoi ?

Lark sort une cafetière en inox de sous une machine à café hypersophistiquée.

– Parce que tu as tellement bien pris soin de moi et que tu n'as jamais montré la moindre peur. Tu attrapes le lait ?

– Peur de quoi ?

L'odeur du café est réconfortante. Je pourrais presque m'accommoder de ses parents si seulement j'en buvais un peu. Je cherche le réfrigérateur sans pouvoir le trouver nulle part.

– La plupart des jeunes gens partiraient en criant devant une fille qui présente un cas grave de PTSD[21]. Le frigo est juste là.

Elle désigne un des panneaux de bois et je me rends compte que le réfrigérateur est camouflé, qu'il ressemble à un beau meuble. Les gens riches sont étranges.

Je trouve le lait et, en me retournant, je surprends son père qui me regarde par-dessus son journal.

21. *Posttraumatic stress disorder*, trouble de stress post-traumatique.

Oups. Mon cou se met à me chauffer, parce que tout ce qu'il s'imagine que j'ai fait avec sa fille est vrai, et même plus. Tout ça sous son toit.

Il a l'air un peu trop civilisé pour me braquer avec un fusil de chasse, heureusement pour moi.

– Alors, dit son père.

Lark me tend un mug de café au lait et je bois une gorgée.

Pour prendre des forces.

– Si tu sors pour le petit déjeuner, qui va m'aider à assembler ce truc pour Jimmy ?

Lark fronce les sourcils.

– C'est vraiment si difficile ?

– Il y a un million de pièces.

Il se tourne vers sa femme,

– L'année prochaine, c'est moi qui choisirai les cadeaux et toi qui les monteras.

Lark pose une main sur mon bras.

– J'ai une idée. Est-ce que tu pourrais jeter un coup d'œil au jouet que nous avons acheté pour le fils de mon cousin ? Et ensuite, je t'emmènerai manger des waffles.

– Bien sûr ?

Si ça me libère du regard de ses parents, je suis tout à fait partant. Son père nous accompagne pourtant dans le salon. Il y a un grand et beau sapin de Noël que je n'avais pas remarqué hier. Je n'avais d'yeux que pour Lark. Et sur la moquette à côté du sapin, il y a les morceaux d'une décapotable en métal brillant. Ça va être une grosse voiture, de presque un mètre. Je repère un siège et un mécanisme de pédalier pour qu'un enfant puisse s'asseoir dedans et conduire.

– Wouah, c'est super-cool.

– C'est ce que j'ai pensé, moi aussi, admet son père. Jusqu'à ce que je voie toutes les pièces répandues sur le sol. Les instructions sont en images uniquement, aucune explication par écrit. J'ai passé une demi-heure pour assembler trois pièces. La quatrième ne va pas là où je pensais qu'elle irait.

Il me tend le schéma, j'y jette un rapide coup d'œil. Il faut d'abord monter le châssis, ensuite la carrosserie s'emboîte dedans. Je regarde ce qu'a fait monsieur Wainright et je me rends compte que les axes sont inversés.

– OK. Je suppose qu'il y avait une clé Allen avec tout ça ?

Il me la tend, mais il se met à gémir quand je démonte son travail et inverse les pièces.

– C'était ça le problème ? Eh merde.

En riant, Lark s'assoit à côté de moi en me tenant mon mug de café.

– Désolée, Papa. Tu te souviens de mon tour de potier qui n'a jamais vraiment fonctionné ?

– Ce n'était pas de ma faute, grommelle-t-il, et elle se met à rire.

Cela me prend un quart d'heure pour assembler le châssis, avec l'aide de Lark. Ensuite, j'installe les roues, les pédales et la colonne de direction.

– Ces pièces sont vraiment très bien usinées, je dis en passant une main sur la carrosserie. On dirait une voiture allemande.

Lark retourne le schéma et jette un œil dessus.

– Euh, bien vu. Ça vient de Munich. Bien vu… Vous êtes mécanicien ? demande le père de Lark.

– Pas officiellement, je murmure, en faisant attention à ne pas rayer la peinture de la plus petite décapotable du monde.

La mère de Lark passe la tête dans la porte.

– Les waffles seront prêts dans dix minutes. Vous pouvez faire une pause ?

– Ce n'était pas nécessaire que tu cuisines, Maman.

– Je sais.

Et elle disparaît.

Lark me serre le genou.

– Désolée. On peut rester pour le petit déj ?

– Bien entendu, je réponds, même si j'aurais préféré l'avoir pour moi tout seul.

Mais c'est la veille de Noël et elle a une famille qui l'aime.

Je termine de construire la voiture avant même que sa mère nous appelle à table. Quand c'est fait, je teste le volant, les roues tournent sans le moindre à-coup. Ce jouet est si exceptionnel que j'ai du mal à y croire. Enfant, je serais mort de joie d'avoir quelque chose d'aussi brillant et lisse entre les mains, ne serait-ce que pendant cinq minutes.

Nous prenons le petit déjeuner à la table de la cuisine, qui est un peu encombrée. Mais je me dis que ça vaut mieux que de s'asseoir dans la salle à manger où ses parents auraient passé tout leur repas à se demander si nous l'avons fait sur la table ou pas. Pfff.

Lark appuie une jambe contre la mienne et me serre le genou sous la table. Sa mère pose devant moi une assiette avec un gros waffle en forme de sapin de Noël. À côté, il y a trois tranches de bacon et un tas d'œufs brouillés.

– Wouah, merci !

– Mangez, dit le père de Lark. Vous venez de m'épargner trois heures de torture.

Quand tout le monde est assis, j'attends que quelqu'un dise les grâces, mais personne ne le fait. Le père de Lark attrape une tranche de bacon et mord dedans. *Merci Seigneur pour tous ces cadeaux*, je récite mentalement. *Et particulièrement pour celui splendide qui est assis à côté de moi.* Puis je plonge ma fourchette dans les œufs et j'en prends une bouchée. Le waffle me faisait signe, mais il est presque trop beau pour être mangé.

– Tu sais, je n'avais jamais vu un waffle avant d'arriver dans le Vermont, je lance, parce que je sais que ça amusera Lark.

– Vraiment ?

– Mais oui. Je suis allé dans une cafétéria à Montpelier quand j'y suis arrivé et je me suis dit : quel drôle de truc de faire ça à un pancake. Mais maintenant, j'adore ça.

Madame Wainright me dévisage.

– Où donc avez-vous grandi pour qu'il n'y ait pas de waffles ?

– Dans un… ranch, je préfère dire, à la place de *secte*. Ce n'était pas un endroit très agréable.

– Non, c'était un endroit absolument atroce, corrige Lark. Ils n'avaient pas de café. Pas de *Harry Potter*.

– Vraiment ? demande le père de Lark.

– Vraiment.

Je pousse un soupir.

– Pourquoi ? demande-t-il, ce qui est une excellente question.

– Ils avaient beaucoup d'idées étranges. C'est une longue histoire.

Je vide ma tasse de café, en espérant qu'on va changer de sujet.

– Laissez-moi vous resservir, me dit la mère de Lark. Et vous prenez du lait ?

– Bien sûr. Merci.

– Comment était la soirée ? demande Lark pendant que nous sommes tous en train de manger.

– Charmante, comme d'habitude. C'est toujours amusant chez les White. (Sa mère boit une gorgée de café.) Mais Gilman était là avec sa petite… (Elle fronce le nez de dégoût.) Je te jure, cette fille faisait pratiquement la circulation afin que tout le monde puisse bien voir la bague qu'elle portait au doigt.

Lark éclate de rire.

– Et lui avait la tête du chat qui a avalé le canari. Mais je suis sûre que c'est une croqueuse de diamants. J'espère qu'il a fait un contrat de mariage.

– Maman ! s'écrie Lark.

Soudain mon assiette devient extrêmement intéressante. Si les parents de Lark pensent que je traîne dans leur hôtel particulier pour faire main basse sur leur fortune, je ne veux vraiment pas le savoir. Je coupe le joli waffle et j'en dépose un bout dans ma bouche.

– Attends un instant, je ne crois vraiment pas, ajoute Lark. Ma théorie, puisque tu as amené le sujet sur le tapis, c'est que Gilman a besoin d'épouser quelqu'un de sept ans de moins que lui parce qu'elle est trop jeune pour s'apercevoir que son succès n'est qu'une mince couche de vernis sur une montagne d'ennui.

Lark pose une main sur mon bras et affirme :

– Et je le jure devant Dieu, ma mère n'est pas une snob !

Je risque un regard à ses yeux chaleureux qui me réconfortent.

– Elle est simplement loyale. Dès l'instant où Gilman a avoué qu'il m'avait trompée avec sa stagiaire, cette fille est devenue le diable incarné. Ma mère ne fait que me protéger.

De l'autre côté de la table, la mère de Lark soupire.

– Je suis désolée. C'était stupide de ma part de dire ça. Tu as raison, ma puce. Je ne sais rien de cette fille. Mais j'ai quand même envie de l'étrangler.

Monsieur Wainright se met à rire.

– Étrangle plutôt Gilman, chérie. Mais ne te fais pas attraper. Il travaille pour de grosses pointures du barreau.

– Qui veut un peu plus de sirop ? demande la mère de Lark. C'est du vrai, il vient du Vermont. Je l'ai acheté le jour où nous avons visité la ferme.

– Volontiers.

J'en fais couler une larme sur mon waffle. C'est délicieux.

Mais une heure plus tard, je dois faire mes adieux.

– Au revoir, me corrige Lark alors que nous sommes tous les deux face à face sur le trottoir. Dans deux jours seulement, je viens dans le Vermont.

– OK, je réponds en me penchant pour l'embrasser encore. Jamais je n'en aurai assez. Il faut que j'y aille, à présent.

– Je sais, dit-elle en me serrant dans ses bras.

Et nous nous embrassons encore. Et encore.

Jusqu'à ce que je finisse par trouver la force de me détacher et de partir.

CHAPITRE 35

ZACH

Mais voilà que le voyage de Lark doit être reporté pour une raison inattendue. À Noël, les Shipley sont tombés malades. D'abord Griff, Audrey et Dylan. Et le jour suivant, Daphné, May et Ruth. Ils ont tous attrapé une grippe intestinale, sauf grand-papa.

Pour la première fois, c'est moi qui suis indemne. May envoie un texto à Lark pour lui dire de ne pas venir. *On ne veut pas te refiler la gerbe.*

Pendant plusieurs jours, grand-papa et moi assurons tout seuls la traite et nourrissons le bétail. Nous apportons des tasses de thé et des tranches de pain à ceux qui peuvent avaler quelque chose. Seul dans la cuisine, je prépare des sandwichs pour grand-papa et moi et je réchauffe les soupes que Ruth avait mises au congélateur.

– Tu es notre sauveur, disent les Shipley lorsque je leur apporte une aspirine ou un verre d'eau glacée.

En réalité, ce n'est rien du tout. Cela m'est égal de prendre soin des gens qui prennent soin de moi. Noël a été reporté. Je n'ai donné aucun cadeau, parce qu'une famille qui vomit se fiche pas mal de recevoir des cadeaux. Je chevauche la tempête en me demandant à quel moment le virus va me frapper. Mais ça n'arrive jamais.

Le matin du vingt-sept, tout le monde revient finalement à la vie. J'aide Ruth à faire cuire quelques pancakes, et elle annonce que nous allons tous ouvrir nos cadeaux.

Ils ouvrent le mien en premier. C'est une mangeoire pour oiseaux, solaire, avec des pouvoirs spéciaux.

– Quand un écureuil se pose dessus, le moteur se met en marche et balance l'écureuil au loin.

Daphné pousse un cri de joie,

– Oh mon Dieu, je l'ai vue en vidéo ! Ils essaient de s'accrocher, c'est trop dingue !

– C'est marrant, Chewie, dit Griff en gloussant. On va l'accrocher au pommier sauvage devant la fenêtre de la cuisine.

Dylan a eu des jeux vidéo de sa mère et Daphné des vêtements, Griff des gants de travail doublés et Audrey un splendide livre de cuisine de l'école française où elle a passé deux mois de stage. May a reçu plusieurs livres qu'elle avait envie de lire. Il y a une montagne de papiers cadeaux dans le salon.

– Qui a le cadeau de Zach ? demande Daphné.

– Le voilà, répond May en me tendant une petite boîte. Ouvre-le, Zach, c'est de la part de tout le monde.

Je prends la boîte. Elle est enveloppée dans un beau papier vert brillant. Je n'avais jamais ouvert de cadeau avant d'arriver dans le Vermont et ça me met toujours un peu mal à l'aise. Celui-ci est plus petit qu'une boîte à cigares, mais pas assez lourd pour être un livre. Je continue à me demander ce que ça peut bien être jusqu'à ce que j'enlève tout le papier cadeau. Même quand je vois la boîte, je ne suis pas certain que ce soit vrai, parce que parfois les boîtes peuvent être réutilisées. Mais pas celle-là. Quand j'ouvre le couvercle bien ajusté, il y a un smartphone rutilant à l'intérieur.

– Wouah, classe.

– Tu en as besoin pour envoyer des textos à Lark ! s'écrie May.

– Et utiliser Skype, ajoute Griff dans sa barbe.

Je sors l'objet tout lisse de sa boîte.

– Mon Dieu. Merci. Je vais bientôt l'activer, je dis lentement.

Mais les abonnements téléphoniques coûtent cher.

– Nope ! me contredit Daphné. Il est déjà activé. Sur notre abonnement.

– Vous n'auriez pas dû.

– Ce n'est même pas cher, dit Ruth. On t'a mis sur notre abonnement familial puisque tu fais partie de la famille.

J'appuie sur le bouton et le téléphone s'anime dans ma main.

– Merci. Sérieux. C'est trop cool.

May s'assoit à côté de moi et pose son bras sur mes épaules.

– De rien. C'est le moment de faire ton premier selfie. Allez. On en fait un de nous deux.

Elle sélectionne l'icône de l'appareil photo.

– Je sais à qui nous allons l'envoyer.

Je lève le téléphone et nous prends tous les deux en train de sourire.

***

Lark : Tu as un téléphone ???
J'adore ton selfie.

Zach : Oui. J'ai rejoint le XXIe siècle.

Lark : Est-ce que ça signifie que
tu vas m'envoyer une photo de ta bite
plus tard ?

Zach : Ne nous emballons pas.

Lark : ☺

Zach : Comment tu fais ce smiley ?

Lark : Oh mon amour.
Je te l'expliquerai de vive voix.
Quand est-ce que je peux venir
te rendre visite ?

Zach : Bientôt. May ne veut pas
que tu attrapes la grippe intestinale.
Tout le monde attend que grand-papa
et moi, on se mette à vomir.

Lark : Tu te sens malade ?

Zach : Nope. Et je viens de m'avaler
six pancakes. Que dirais-tu
du Nouvel An ? Je n'ai jamais
embrassé personne
pour la nouvelle année.

Lark : Ok. On a un rencard.
Il faut que je te prévienne
d'une tradition espagnole
que j'ai adoptée.
Il faut porter des sous-vêtements
rouges, ça porte bonheur.

Zach : Arrête tes conneries !

Lark : Je ne te raconte pas
d'histoires. Devine qui est en train
de se préparer pour venir te voir
dans quatre jours ?

Zach : À partir de maintenant,
ce sont mes vacances préférées.

Lark : Je t'aime ❤

Zach : Je t'
Zach : Comment tu fais le cœur ?

Lark : ☺

Zach : J'espère que ces quatre jours vont vite passer. Je t'aime.

Lark : ❤ ❤ ❤

***

– À quoi tu penses, Zach ?

En levant la tête, je découvre que Chasteté me regarde d'un air intrigué, de l'autre côté de la grande table du dîner. Pendant que je m'efforce de me rappeler le sujet de la conversation que je suis censé suivre, Chasteté se met à sourire.

– Oh, le pauvre garçon. Il n'arrive plus à se concentrer.

Griff s'écrie :

– Vite, que quelqu'un distribue les cartes pour un tour de poker. Je vais pouvoir regagner tout le fric que j'ai perdu face à lui hier soir.

May pose une salade au centre de la table et me serre un petit coup l'épaule.

– Accroche-toi, elle ne sera plus très longue.

J'appuie sur le bouton de mon tout nouveau téléphone pour vérifier l'heure. Encore une fois.

Il est une minute plus tard que la dernière fois que j'ai regardé.

Une autre minute glaciale s'écoule pendant que j'essaie d'identifier un bruit de pneus à l'extérieur, par-dessus le brouhaha du rassemblement familial.

Au bout de la table, Chasteté se fait critiquer sa nouvelle coupe de cheveux. Ce soir, elle est arrivée teinte en rose.

– Ça fait très Strawberry Shortcake[22], dit Kyle.

– Mon pote, qu'est-ce que tu connais au Strawberry Shortcake ? le reprend Kieran.

Son frère lui donne un coup sur le bras. Les cousins sont venus pour le dîner et pour persuader Griff d'aller ensuite au *Gin Mill*. Ou au *Goat*. Il va probablement encore y avoir au moins une quinzaine de rounds avant qu'ils se décident. Puis il y a une accalmie dans la conversation et c'est à ce moment-là que je l'entends enfin, le bruit du gravier qui saute sous la caisse de la Coccinelle Volkswagen. Mon ventre se noue d'impatience. J'aurai une nuit en compagnie de Lark avant qu'elle ne rentre à Boston. Notre temps ensemble est précieux. Je me lève et me dirige vers la porte.

– Vas-y, hurle Kyle, va la choper, mon pote !

– Elle est arrivée ? demande Audrey lorsque je traverse la cuisine. Juste à temps pour le dîner.

Sans dire un mot, je passe devant elle et je sors par la porte de derrière.

Le capteur de mouvement allume la lumière extérieure, illuminant le visage de Lark lorsqu'elle sort de sa voiture. Mon cœur s'emballe. Puis elle sourit et c'est le plus beau spectacle du monde.

---

22. Personnage de dessin animé pour enfants intitulé « Charlotte aux fraises » en français.

– Salut beau gosse, lance-t-elle. Tu m'as sacrément manqué.

J'arrive jusqu'à elle en trois longues enjambées. Elle m'ouvre les bras et plante son nez au milieu de ma poitrine.

– Bonne année. Presque. Elle va être bonne, celle-là. Je le sais.

Nous restons plantés là, à nous serrer l'un contre l'autre dans l'air froid de la nuit. Jamais je n'ai été plus heureux.

– Le dîner est quasiment prêt, je finis par dire.

Elle m'embrasse sous le menton. Et qui pourrait croire qu'il existe une ligne directe entre mon menton et ma bite ? Alors, au lieu de me diriger vers la porte, je l'embrasse à mon tour.

– Mmmm, susurre-t-elle contre mes lèvres, le dîner d'abord. Mais je veux être seule avec toi plus tard.

– Promis.

Une fois à l'intérieur, Lark fait le tour pour saluer tous ses amis.

– Sauvageonne ! s'écrie Griff en la serrant dans ses bras. Tu as une mine superbe.

– Merci, dit-elle d'un air timide. Je vais beaucoup mieux.

Tout le monde veut la serrer dans ses bras.

– Où est May ? demande Lark.

– Elle se pomponne, dit Daphné. Elle va à une fête ensuite. Il y a des vêtements étalés partout dans sa chambre.

– Je vais lui garder une place, alors, dit Lark. Pousse-toi, Kyle.

Ruth apporte un plateau de jambon de la cuisine, puis Audrey arrive avec un plat en terre et son couvercle. Griff a ouvert une bouteille de cidre et commence à servir ceux qui boivent.

– Calmez-vous, les amis. Le Nouvel An, c'est encore dans cinq heures.

– J'ai hâte de fêter ça au *Gin Mill,* dit Kyle.

Griff se contente de secouer la tête.

– Désolée ! lance May depuis la pièce d'à côté.

On l'entend se presser vers la salle à manger. Elle apparaît une seconde plus tard.

– Wouaaaah ! dit Lark, subjuguée.

May passe une main sur son décolleté.

– Vous trouvez que c'est *too much* ?

– Je ne suis pas reconnu comme expert dans ces domaines, j'explique. Mais je dirais, vas-y. Tu aurais dû me prévenir qu'il fallait s'habiller. Où allons-nous ?

– Eh bien, moi je vais à une fête, dit May en s'asseyant.

Grand-papa interrompt notre conversation en commençant à réciter les grâces. Je regarde ma petite amie et May qui ferment les yeux respectueusement jusqu'à ce qu'il ait dit amen. Quand elles rouvrent les yeux, elles reprennent là où elles s'étaient arrêtées.

– Mais tu ne viens pas, et Zach non plus, dit May. Je vais traîner avec vous une heure ou deux, ensuite, j'ai un rencard.

– Bien joué ! s'exclame Lark.

– Avec une nana.

– Enfin, murmure Daphné en prenant un morceau de jambon sur le plateau.

Attendez. Quoi ? Je n'ai pas calculé. À moins que j'aie mal compris May ? Je jette un regard aux différents visages autour de la table, mais personne d'autre n'a semblé remarquer ce qu'elle vient de dire.

– May, chérie, peux-tu me passer les haricots noirs ? lui demande Ruth. Ils sont juste devant toi.

En fronçant les sourcils, May soulève le couvercle en terre. Elle plonge une grande cuillère à l'intérieur, puis elle lève les yeux et parcourt la table entière du regard.

– Je viens de dire que j'ai un rendez-vous avec une fille ce soir. Un rendez-vous amoureux. Je porte une robe et tout et tout.

– Oui, et tu es super, dit Kieran. Est-ce qu'il y a du bacon dans les haricots ?

– Tu m'as bien regardée ? rétorque Audrey. Bien sûr qu'il y a du bacon.

May met quelques haricots dans son assiette. Puis elle soulève le couvercle, mais elle hésite.

– Cela ne surprend personne ? Est-ce que je ne parle pas anglais ? Je sors avec une femme. Enfin, pas encore, mais presque. Peut-être. Quelqu'un a quelque chose à dire ?

Je lève la main.

– Je ne l'ai pas vue arriver.

– Merci ! Seigneur ! Je pensais que mon lesbianisme méritait tout de même d'être publié.

Kyle rend le plat en terre de haricots noirs à May.

– Si ton rencard avait genre, quatre seins, là, ça vaudrait la peine d'être publié. C'est le cas ?

– Non ! (Elle hurle.) C'est une très jolie étudiante en droit.

– Et ce soir, tu es très jolie toi aussi, ma chérie.

– Merci, Maman, lui répond May, un peu vexée.

– Est-ce que quelqu'un d'autre a quelque chose qu'il veut nous faire partager ? demande Dylan d'une voix efféminée qui fait froncer les sourcils à sa sœur.

À mon tour d'intervenir, et tout le monde se tourne vers moi .

– En réalité…j'ai acheté un camion aujourd'hui. C'est Jude qui me l'a dégotté. Un Ford F-150 de 1997.

Tous les visages masculins s'éclairent.

– Sans blague ! Wouah ! Combien de kilomètres ? Il y a beaucoup de boulot à faire dessus ?

– Sérieusement ? siffle May.

Lark la calme en lui tapotant la main.

– Ce sont des hommes, voilà tout. Dis-toi simplement que tu as bien choisi ta soirée.

– C'est évident.

– Où est-ce que Jude l'a trouvé ? demande Griff. Rassure-moi, ce n'est pas une poubelle comme son Avenger ?

– Il est en mauvais état, mais pas trop. J'ai commencé à regarder toutes les voitures à vendre pour me faire une idée des prix, parce que Chasteté va avoir besoin d'un véhicule. Et j'ai alors réalisé que moi aussi, il m'en fallait un.

Je lance un regard à Lark, elle me sourit.

– Je ne peux pas emprunter une voiture chaque fois que je vais à Boston, pas vrai ? Alors, je l'ai acheté.

– Tu as pris un emprunt ? demande Griff.

– Non, j'ai payé cash.

– Bien joué. Même si un vieux Ford va sucer de l'essence. Ça va te coûter un paquet d'aller à Boston tous les week-ends.

– Peut-être qu'il n'aura pas à aller si loin, dit Lark tranquillement *Peut-être.*

– Pourquoi ? je demande, en glissant ma main dans la sienne sous la table.

– J'ai eu deux entretiens cette semaine. L'un a Boston, mais l'autre, de l'autre côté de la rivière, à Hanovre.

– À Dartmouth ? demande May, la mine réjouie. Ce serait génial.

Lark hoche la tête.

– J'ai eu un long entretien avec le doyen du département de géographie. Il y a deux profs qui travaillent sur la sécurité alimentaire et l'environnement. Je me suis demandé : Qu'est-ce qu'une nana riche, pourrie gâtée, peut faire après que sa vie lui a pété entre les mains ? Et ma réponse est d'obtenir un diplôme. Je songe à m'inscrire en doctorat.

– Tu n'es pas pourrie gâtée du tout, Lark. Mais ça semble intéressant.

– J'aime vraiment cette idée, admet-elle. Mais bien sûr, je ne suis pas sûre d'être prise.

– Tes parents connaissent quelqu'un à Dartmouth ? demande Griffin. C'est peut-être le moment de demander une ou deux faveurs.

– Bien entendu qu'ils connaissent du monde, répond Lark lentement, mais je ne veux pas être la môme qui se sert des relations de ses parents. On verra bien ce qui se passe. Mon autre entretien a été un peu plus pratique. Il y a une ONG à Boston qui recherche des matières premières durables pour des entreprises d'alimentation de luxe. Vous savez, le café cultivé sous couvert forestier et le chocolat du commerce équitable. Ils pourraient avoir un poste qui se libère.

Je serre la main de Lark.

– Ça implique de voyager ?

– Un peu. Mais vous savez quoi ? Ils ont entendu parler de moi.

– Qui ça ?

– Les gens de cette assoce ont entendu parler de mes problèmes au Guatemala. Je suppose que le monde des ONG est un petit monde. Et ça m'a vraiment surprise, ils m'ont dit : Jamais on ne vous aurait envoyée dans cette région. En tout cas, jamais seule.

Ses yeux plongent dans les miens.

– J'avais vraiment besoin d'entendre ça.

– J'imagine, dit Griff.

– Ouais. Je viens de passer un mois à essayer de me pardonner pour ce qui est arrivé. Et, aujourd'hui, ce type qui m'a interviewée m'a fait plus de bien que mes psychiatres surpayés.

– Pourquoi ? je demande doucement.

– Parce que ce n'était pas son boulot de tenter de me faire aller mieux. Il ne faisait que donner son opinion. Et son opinion, c'était que le timing et la destination de mon voyage étaient une idée épouvantable.

– Amen ! dit May. On est heureux que tu sois là. Mange quelques haricots noirs, on ne sait jamais. Ils portent bonheur à la nouvelle année.

– Est-ce qu'on sait d'où vient cette tradition ? demande Kyle, bien que je n'aie besoin d'aucune excuse pour manger la cuisine d'Audrey.

– C'est tout simple. C'est une façon de commencer la nouvelle année en toute humilité, dit Ruth.

– Je suis déjà suffisamment humble, dit Kyle en se resservant une nouvelle tranche de jambon. C'est difficile de me balader toute la journée sans me vanter de toute cette perfection qui est la mienne !

S'ensuit un chœur de gémissements, mais je n'y prête pas attention.

Je tiens la main de Lark sous la table et j'essaie de ne pas trop me monter la tête à l'idée qu'elle va peut-être déménager à Hanovre.

CHAPITRE 36

LARK

Après dîner, je me fais un point d'honneur à rester un moment avec May. C'est quelque chose que j'aurais fait de toute façon, même si je ne peux pas lui retourner sa récente déclaration d'amour. J'ai toujours trouvé du temps pour elle et il est hors de question que ça change.

Alors, je l'entraîne dans la pièce télé, pendant que Zach lave la vaisselle, pour pouvoir lui donner mon cadeau de Noël, le gloss à lèvres de luxe dans sa petite pochette argentée.

– Je l'adore ! Tu n'aurais pas dû, dit-elle en ouvrant son cadeau.

Je hausse les épaules.

– Cette marque me fait toujours penser à toi. C'était notre folie à la fac.

– Je n'ai pas eu beaucoup d'occasions de me maquiller ces derniers temps, dit May en tapotant la petite brosse à lèvres parfaite sur l'un des gloss tout en tendant sa bouche au miroir de poche.

– Moi non plus. Mais, de temps en temps, c'est amusant. Et j'ai une question à te poser.

– Mmmm ? dit-elle en frottant ses lèvres l'une contre l'autre.

– Quand deux femmes sortent ensemble, est-ce que c'est un problème si leurs rouges à lèvres jurent entre eux ? Que se passera-t-il si l'une de vous deux porte une belle nuance de rose violacé et l'autre un rouge orangé ? Genre, oh mon Dieu, c'est un crime de mode.

– Tu es complètement fêlée, dit May en reposant la brosse dans son compartiment et en refermant le couvercle. C'est la pêche aux infos la plus éhontée que j'ai jamais entendue.

– D'accord. Je vais le demander carrément. Vous êtes déjà passées au stade à poil ? Est-ce que c'était génial ?

May secoue la tête.

– Elle m'a juste proposé de sortir avec elle la semaine dernière. Ça m'a complètement prise par surprise.

– Une admiratrice secrète ! Elle s'appelle comment ?

May se met à sourire.

– Daniella. Ouais, ça fait du bien à mon ego. Mais bien entendu, je ne m'étais pas rendu compte qu'elle aimait les filles. Donc nous avons eu une conversation hésitante, pendant laquelle j'ai dû lui demander quelques éclaircissements, pour savoir si c'était un rencard ou une sortie entre copines. Ça, c'est quand même plus facile avec les mecs.

– Sans blague ! Si un type te demande d'aller n'importe où avec lui, tu peux être sûre qu'il a envie de te baiser.

– C'est vrai.

Zach passe la tête dans la pièce télé où nous sommes assises.

– Hé, Lark ? Tu veux bien venir dehors avec moi ?

May et moi partons d'un grand éclat de rire.

– Qu'est-ce que j'ai dit ? demande Zach.

– Rien ! On parlait juste des trucs que veulent les hommes.

Il entre et s'assoit sur le canapé à côté de moi.

– Je voulais juste te montrer mon camion.

– Aïe, dit May en se penchant devant moi pour lui tapoter le genou, ne change jamais, Zach. Tu es le meilleur des hommes possibles.

Elle se lève.

– Je vais me donner un dernier coup de peigne et j'y vais. Soyez sages, les enfants.

– Fais-moi une faveur, je demande à May. Ce soir, ne sois pas sage, sois coquine.

– On verra, répond May d'un air timide. Ne pars pas demain avant que j'aie pu te dire au revoir.

– Tu veux rire !

Après qu'elle est partie, Zach attend au moins une minute avant de me demander de sortir voir son camion.

– Je n’avais jamais rien acheté de cher. Ça m’a presque fait mal physiquement de remplir ce chèque.

– Bien sûr. Sortons.

Sur le chemin du hangar à tracteurs où il l’a garé, je m’arrête à ma voiture où je prends la boîte.

– Qu’est-ce que c’est ? me demande Zach.

– Ton cadeau.

– Tu ne portes pas mon cadeau ?

– Il faudra que tu vérifies plus tard. Mais ça, c’est quelque chose qui est vraiment pour toi.

Il tapote sa poche de manteau.

– OK. J’ai le tien juste là, moi aussi. Mais d’abord…

Le camion est noir et me semble être comme n’importe quel autre camion qu’on peut croiser sur la route. Malgré ça, j’émets tous les bruits admiratifs nécessaires. Zach a pris ce risque parce qu’il veut pouvoir venir me voir et c’est la chose la plus sexy au monde.

J’ouvre la portière côté passager et je grimpe, en posant la boîte sur le tableau de bord.

– Tu as beaucoup de boulot à faire dessus ? je demande à Zach qui est monté sur le siège conducteur.

– Pas mal. Je l’ai eu pour pas cher, parce qu’il n’a pas passé le contrôle technique, le vieil homme à qui il appartenait n’a pas voulu se donner la peine de s’en occuper. Mais si je fais les réparations moi-même, ce ne sera pas très cher. Je n’ai pas le droit de le conduire avant d’avoir réparé les pots et réglé le moteur. Est-ce que tu as froid ? me demande-t-il soudain en frottant ses mains l'une contre l'autre. On gèle ici.

– Un peu.

Je me rapproche de lui.

– Serrons-nous l'un contre l'autre.

– Passe sous mon bras.

Il me serre contre lui.

– J'adore l'idée que tu habites à Hanovre. C'est à environ… cinquante kilomètres ?

– Au moins. Mais je pourrais habiter à Norwich ou quelque part du côté Vermont de la rivière. Beaucoup de gens qui bossent à Hanovre le font.

Zach m'embrasse doucement sur la tempe.

– Ça ne fait rien. Je conduirais des nuits entières pour te voir.

Ces paroles allument une petite lueur joyeuse en moi.

– Si nous avons de la chance, ce ne sera pas nécessaire. Je vais me fendre d'un super-dossier de candidature pour ce programme. Et le doyen a dit qu'ils allaient avoir deux ou trois boulots à temps partiel ; du classement de data des recherches, ou des trucs du genre. Je lui ai dit que j'adorerais prendre ce boulot, même avant qu'ils aient pris leur décision concernant les candidatures. J'étais comme un petit castor affamé. Maintenant, ouvre ton cadeau. Je veux savoir s'il te plaît.

– Bien sûr qu'il me plaira.

Il prend la boîte et défait le ruban. Je le vois sourire quand il soulève le couvercle.

– C'est beau.

Ses doigts palpent le tissu de la chemise que je lui ai achetée, en flanelle mais doublée de laine polaire. Et chaud.

– C'était ça l'idée. Chaque matin en me levant, je pense à toi dans cette étable glacée. Et je me demande si tu es assez couvert.

Zach repose la boîte et la chemise sur le tableau de bord, puis m'enlace en plongeant sa tête dans mes cheveux.

– Merci.

– J'espère qu'elle t'ira.

– Elle m'ira très bien, chuchote-t-il en m'embrassant dans le cou. Merci de penser à moi le matin quand tu te réveilles.

– Bien sûr que je pense à toi. Je regrette que tu ne sois pas là pour que je puisse t'arracher tes vêtements.

Il glousse, ses lèvres taquinent mon oreille.

– C'est plus que ça. Je n'ai pas l'habitude que quelqu'un s'occupe de moi. J'aime beaucoup ça.

Je recule et je le force à me regarder dans les yeux.

– Tellement de gens s'occupent de toi. Tu as un grand fan-club, Zachariah Holtz. Et j'en suis la présidente.

– Parfois, pourtant, je l'oublie, marmonne-t-il. Lorsque les gens vous ont traité comme de la merde pendant dix-neuf ans, ça prend du temps pour dépasser tout ça.

– Je pense que tu y es presque arrivé.

Il m'embrasse.

– Maintenant, ouvre ton cadeau.

Il plonge la main dans sa poche et en sort une petite boîte.

– Je suis allé à une foire artisanale à Hanovre avec Daphné et Ruth, et j'ai trouvé quelque chose qui m'a fait penser à toi.

La petite boîte est en bois, avec un ruban doré autour. Je desserre le ruban avec jubilation et je soulève le couvercle. À l'intérieur, une chaîne en argent et un pendentif sur un coussin en feutrine.

Le pendentif est la représentation artistique d'une pomme. Le bijoutier a réussi à capturer les courbes du fruit dans l'argent pur. Mais sa forme n'est pas symétrique. Comme une vraie pomme – Dieu sait que tous les deux nous en avons manipulé des milliers –, elle est de forme inégale et sa tige est courbe. Le métal a été bruni et il rougeoie, ressemblant étrangement à un vrai fruit.

– Une pomme, je chuchote. Elle est parfaite.

– Non, elle n'est pas parfaite, argumente Zach. Mais j'aime bien ça. Le premier jour où tu étais là, Griffin nous a fait tout son speech sur le fait que ce sont les pommes les plus aigres qui donnent le meilleur cidre. Quand j'ai vu ça, ça m'a rappelé que j'étais tombé amoureux de toi. Beaucoup de choses amères te sont arrivées l'année dernière, mais sans elles, nous ne serions pas assis ici tous les deux.

Je déglutis péniblement.

– Je comprends ça à présent. Tu me le mets ?

Il prend la chaîne délicate entre ses doigts, mais il hésite.

– Il y a encore un truc. J'ai discuté avec la femme qui a fait ça, et elle m'a dit quelque chose d'intéressant.

– Bien sûr. C'est sans doute parce que tu étais la chose la plus intéressante qu'elle ait vue de sa journée.

Malgré mes taquineries, Zach ouvre le petit fermoir en argent.

– Malheureusement, la plupart de l'argent est extrait en Amérique du Sud ou en Amérique centrale.

– Ah, dis-je en inclinant la tête pour lui faciliter la tâche. Je traînerai toujours un gros morceau de Guatemala avec moi, alors qu'est-ce que ça peut faire, quelques grammes en plus ?

Une fois qu'il a terminé d'accrocher la chaîne, je relève la tête et je l'embrasse. Un vrai baiser, sur la bouche.

– Mmm, grommelle-t-il. Je suppose qu'on ne peut pas attendre minuit.

– Nope, je confirme en lançant une de mes jambes sur les siennes et en me penchant en avant.

Il fait froid dans ce camion, mais Zach et moi dégageons assez de chaleur pour réchauffer l'océan Arctique. En le goûtant lentement et profondément, j'oublie complètement les cadeaux de Noël et les vœux de nouvelle année. L'embrasser est soudain la seule chose qui m'importe.

Enfin, *pas tout à fait*.

Je glisse une main jusqu'à la braguette de Zach pour tâter son sexe en érection à travers son jean. Puis je la déboutonne.

– Il faut qu'on étrenne ton camion, je murmure.

Il geint quand je glisse de ses genoux et que je me penche pour ouvrir sa braguette. Je baisse son denim et je plonge la main dans la fente dans son boxer. Je sors sa bite en la tenant fermement d'une main. En me baissant, je commence à y déposer des baisers légers de haut en bas. Je hume ses poils blonds frisés, ce qui me vaut un gémissement d'excitation en récompense de mes efforts. Mais quand je commence à le lécher, il m'attrape le menton.

– Ne fais pas ça ou je ne vais pas pouvoir me retenir.

– Nous avons toute la nuit, j'argumente en lui donnant un dernier coup de langue.

Zach pose une main sur ma tête.

– Je le sais. Et je veux la passer en toi.

C'est une déclaration simple, exprimée avec toute la réserve de Zach. Mais elle me fait un effet tel qu'il me faudrait presque un des extincteurs de Griff pour éteindre le feu qui me brûle.

Et quand les doigts de Zach se posent autour de mes cheveux et me relèvent, je suis prête. Je n'ai plus qu'une envie, aller dans le dortoir avec lui.

– Hé, je murmure quand il s'est reboutonné dans la pénombre, ces boxers, ils sont… rouges ?

– Bien sûr ! Je n'ai pas voulu déroger à la tradition.

Cela me fait rire pendant tout le trajet jusqu'au dortoir. Dans la chambre d'amis, il y a quelque chose devant le lit. Un seau à glace. Avec une bouteille de champagne à l'intérieur et deux flûtes sur la table de nuit. Et enfin, une enveloppe posée sur l'oreiller. Avec *Lark* écrit dessus.

– Wouah. C'est toi qui as fait ça ? je demande.

– Euh, non.

J'ouvre l'enveloppe.

Lark,

Voilà mon cadeau pour toi !

J'allume le feu et je refroidis le vin. Passe une belle nuit avec ton homme. Je suis ravie pour vous deux. Et c'est génial de vous voir si heureux.

Avec tout mon amour,

May

– Wouah.

– C'est sympa de sa part, dit Zach qui a lu le mot par-dessus mon épaule.

– Vraiment sympa.

– Tu veux du champagne ? Cela dit, il n'est pas encore minuit.

Je m'assois sur le lit et j'attrape la bouteille.

– N'attendons pas. Ça nous a pris beaucoup de temps pour arriver jusqu'ici.

Zach me rejoint sur le lit, puis se met à genoux derrière moi. Il m'embrasse la nuque.

– Tu valais la peine d'attendre.

Il dépose un autre baiser tendre, bouche ouverte, sur ma nuque. C'est tellement bon que mes mains se mettent à tâtonner sans réussir à défaire la collerette métallique qui ferme le bouchon de champagne.

– Ne t'arrête pas.

– Jamais je ne m'arrêterai.

CHAPITRE 37

Sept mois plus tard

ZACH

C'est un mardi de juillet, en fin d'après-midi.

Et en plus ?

C'est mon anniversaire.

Pourtant rien ne se passe comme prévu. Griff et moi sommes censés passer la journée à installer une clôture en rondins. À la place, nous atterrissons au *Busy Bean*, le café tenu par Zara et Audrey. Leur électricité a lâché vers midi, et Audrey a appelé Griff, en panique. Elles avaient peur de perdre tout le contenu de leur réfrigérateur et de leur congélateur et elles ont besoin d'aide pour démarrer leur générateur.

Griff m'a demandé :

– Est-ce que tu sais bricoler un générateur ?

– Bien sûr.

J'aurais plutôt dû dire : si tu as toutes les pièces détachées.

Deux heures plus tard, le machin est en marche, mais je passe deux heures supplémentaires à appeler les boîtes de HVAC[23] pour essayer d'obtenir que quelqu'un vienne vérifier la climatisation derrière le bâtiment, parce que je suis quasiment sûr que la cause du problème vient d'un condensateur défectueux.

Après être allé chercher beaucoup de glace pour Audrey et Zara, Griff me laisse au café en me disant :

– Tu fais un boulot important ici, mon pote. Si ça te prend toute la journée, on se voit demain, OK ?

– Ouaip. À plus.

J'aime bien bricoler les systèmes et réparer les objets pour les copains. Lorsque nous sommes arrivés, Zara arpentait le café d'un air inquiet. Même après que la mère de Zara est passée prendre la petite Nicole, son humeur ne s'est pas améliorée avant que les frigos se mettent à ronronner.

– Tu es un prince, s'écrie-t-elle alors.

Mais je dois lui faire comprendre que ses ennuis ne seront pas terminés avant que le climatiseur ne soit réparé.

– Ça va aller, insiste Audrey. Et on apprécie vraiment ce que tu as fait pour nous aujourd'hui. Et le jour de ton anniversaire, en plus ! Laisse-moi t'offrir quelque chose.

– Après que j'aurai passé ces appels, je rétorque.

---

23. *Heating, Ventilation and Air-Conditioning* : Chauffage, ventilation et climatisation.

Il est censé y avoir la canicule le lendemain, et je ne veux pas qu'elles rallument leur clim avant que j'aie trouvé quelqu'un pour y jeter un coup d'œil. Vers quatre heures et demie, j'ai enfin dégoté un réparateur qui a promis de passer le lendemain à la première heure. Après que j'ai enlevé la grande majorité de la graisse sous mes ongles, Audrey m'installe à une table avec une assiette de cookies. Et Zara m'a préparé un de ses fameux latte.

Il est servi dans un bol, avec un soupçon de cannelle dessus. Le paradis sur terre, promis-juré.

J'envoie un texto à Griff pour lui faire part de mes exploits, et il me répond en me proposant de dîner avec lui. Je te verrai demain. Lark a prévu quelque chose pour ce soir.

Tu m'en diras tant, est le commentaire râleur de Griff. Qui arrive avec un émoji avec un clin d'œil.

Rentre voir ta nana.
Ok. Je pars bientôt. On se voit demain.

L'ancien moi aurait couru à la ferme pour installer quelques longueurs de clôture pendant une heure au lieu de jouir d'un bon moment au café. J'aime toujours bosser avec Griff, mais je n'ai plus besoin de passer des heures à bosser et à rester le plus tard possible pour prouver que je tiens à lui.

Il le sait déjà.

Je suis tellement occupé dans mes pensées que je manquerater un client étrange.

Audrey est en train de ranger, pendant que Zara sert les derniers accros à la caféine de la journée quand un homme que je ne connais pas entre et jette un coup d'œil autour de lui. Les gens font ça en général parce que la décoration intérieure du *Busy Bean* est originale. Les poteaux et les poutres sont peints avec de la peinture ardoise de tableau noir, elles y ont écrit certaines de leurs citations préférées. Les meubles sont accueillants mais dépareillés et tapissés de couleurs vives.

Je ne prête pas plus attention que ça à ce client inconnu jusqu'à ce que je remarque le regard de Zara. Elle et l'inconnu sont à présent face à face, mais son visage à elle est blanc comme un linge.

– Pas question ! dit le type, dos à moi. Je suis de retour en ville, et je t'ai cherchée au *Mountain Goat*. Je ne savais pas que tu travaillais ici à présent. On devrait échanger nos numéros de téléphone.

Zara le dévisage un bon moment, bouche bée.

– Est-ce que… tu as… une ca… carte professionnelle ? demande-t-elle finalement.

L'expression paniquée de Zara est si inhabituelle que je regarde mieux le type. C'était un grand gars musclé en jean et t-shirt fané. Il porte des chaussures de randonnée. C'est à peu près tout ce que je peux dire en le voyant de dos. À l'exception d'un détail qui le démarque vraiment des autres hommes du coin.

Ses cheveux sont d'une nuance de roux cuivré.

Je ne suis pas le seul à l'avoir remarqué. Audrey se tient à quelques dizaines de centimètres de Zara, une éponge à la main, l'air effrayée. L'homme sort un portefeuille de sa poche arrière, en sort une carte qu'il remet à Zara. Elle marmonne une excuse et se faufile hors de la pièce. Audrey se reprend.

– Qu'est-ce que je vous sers, demande-t-elle à l'étranger.

Mais l'homme s'est retourné pour regarder la porte par laquelle Zara s'est éclipsée en fronçant les sourcils.

– Hum, un café. Noir. Merci.

Deux minutes plus tard, il est parti.

Audrey sort de derrière le comptoir pour venir s'asseoir devant moi.

– C'était…

Je termine sa phrase.

– … vraiment bizarre.

Nous nous mettons à rire.

– Je ne vais pas en tirer de conclusions, dit Audrey d'un air pensif.

– Moi non plus.

Puis nos regards se rencontrent, et nous craquons tous les deux.

– OK. Je vais en tirer toutes les conclusions possibles, admet Audrey. Mais en privé.

Je fais mine de fermer ma bouche à clé avant de la jeter au loin.

– Je suis une tombe.

– Je sais.

Elle saute de son siège pour me serrer dans ses bras.

– Joyeux anniversaire ! Je t'adore !

– Moi aussi, je t'aime, je réponds en la serrant en retour.

Lark a fait de moi quelqu'un capable de faire ça. Ces derniers temps, je suis devenu un câlineur de classe internationale.

– À présent, rentre chez toi, dit-elle en me repoussant. Embrasse Lark pour moi. On se verra tous demain soir, n'est-ce pas ? Pour le concert dans le parc de Hanovre ?

– Absolument.

– Vous apportez le vin et le dessert, dit-elle en se rasseyant. Et moi un pique-nique de fête.

– J'en ai l'eau à la bouche, je réponds, et c'est la vérité.

Et je la remercie encore pour ses cookies de la mort avant de sortir.

En chantonnant, je monte dans mon vieux camion, je mets le moteur en marche et le laisse chauffer un peu, en écoutant le ronron. Depuis six mois, ce véhicule m'a beaucoup occupé. J'ai joué de malchance, d'abord avec le pot d'échappement, puis avec la direction.

Aujourd'hui, tout semble bien fonctionner. Super. Je sors donc mon téléphone et j'appelle Lark.

– Salut, lance-t-elle joyeusement. Je suis en train de rentrer du boulot. Tu es en route ?

– Je pars maintenant. Donne-moi quarante minutes.

La navette que j'ai à faire n'est pas idéale, mais je ne me plains pas, puisque c'est pour retrouver quelqu'un que j'aime.

– Tu as déjà faim ? demande-t-elle.

– Pas de nourriture…

Lark glousse :

– Ramène-toi, beau gosse, qu'on fête ton anniversaire.

Nous raccrochons et je me mets en route, je prends la route 89 vers le sud. Après que Lark a obtenu le boulot auprès du professeur à Dartmouth, nous nous sommes mis en quête d'un logement pour elle. En cherchant tous azimuts, je suis tombé sur un couple âgé, Lionel et Milicent Bern, à Norwich, qui voulaient louer leur cottage derrière leur ferme à quelqu'un qui pourrait les aider à s'occuper de leur propriété.

Et qu'y a-t-il sur leur propriété ? Un vieux verger planté de seulement cinq cents pommiers, mais dont les Bern ne pouvaient plus s'occuper tout seuls. Du coup, j'ai obtenu ce boulot sans problème. Griff m'a fait une lettre de recommandation, bien sûr, mais ils étaient trop contents de rencontrer un jeune type qui pourrait prendre soin de leurs arbres.

– Ils sont comme nos enfants, m'a expliqué monsieur Bern. Ces dernières années, nous n'avons pas pu en récolter beaucoup. Nous avons autorisé un groupe scolaire à venir cueillir des pommes, mais il y en a tellement qui sont restées à terre et qui ont pourri. Ça m'a fendu le cœur.

Voilà comment Lark et moi nous sommes mis à vivre ensemble, à peine six mois après notre rencontre. Et depuis, chaque jour est une bénédiction.

Nous payons un loyer très bas, plus les charges, pour un petit cottage derrière les bâtiments de ferme. Nous avons une petite cuisine vieillotte et un coin bureau, plus une chambre à coucher et un salon avec un poêle à bois appuyé contre une jolie petite cheminée en brique.

– Cet hiver, ça va probablement être rempli de courants d'air, j'ai indiqué en observant d'un air circonspect les fenêtres à simple vitrage.

– Ça m'est égal, a déclaré Lark en entrant. C'est ravissant. Et c'est du côté Vermont de la rivière, à quelques kilomètres seulement de Hanovre. Et en plus, ce n'est pas cher, Zach ! S'il fait froid, on se blottira l'un contre l'autre, c'est tout.

Ce plan me convenait parfaitement. Nous nous sommes beaucoup serrés l'un contre l'autre dans cette petite maison, même par beau temps.

Donc à présent, j'ai plusieurs jobs. Je travaille toujours pour Griff, mais je fais moins d'heures. J'assure la maintenance sur la propriété des Bern, l'aménagement paysager et le travail au verger. En réalité, Griff passe une fois toutes les deux ou trois semaines pour me filer un coup de main. Il sait toujours quoi faire quand un arbre a un problème. La récolte va être très correcte, et les Bern m'ont déjà dit que je pourrais la vendre à l'automne.

– Je veux juste deux boisseaux des meilleurs fruits, m'a dit Millicent. Les reste, vous pouvez tous les deux vous le mettre dans la poche.

Ma troisième occupation est nouvelle pour moi : je suis étudiant. Cet automne, j'ai suivi les cours d'une des nombreuses branches du Community College du Vermont. Je n'ai pas encore décidé quel diplôme je veux passer, un B.A.[24] ou quelque chose de plus technique. Tout le monde m'a dit de ne pas m'en faire, que je pourrai me décider plus tard.

– Tu ne peux pas savoir quel genre d'étudiant tu seras avant d'être retourné en classe, m'a dit Lark. Nous avons assez d'argent pour vivre pendant un moment, avec ton boulot, mon boulot, mon fonds de placement. Je vais obtenir une bourse pour ma thèse. Inutile de tout décider dès maintenant.

Comme il est dit dans *L'Écclésiaste* :

Le matin, sème ta semence, et le soir ne retiens pas ta main ; car tu ne sais ce qui prospérera, ceci ou cela, ou si tous deux sont également bons.

Et quasiment une autre année s'est écoulée sans que je sache encore vraiment quelle direction je vais prendre. Une partie de ma vie est déjà décidée, la plus importante. Chaque soir, quand je rentre à la maison en voiture, je gare mon vieux camion derrière la VW de Lark et je rentre. Et elle est toujours là, à m'attendre. Chaque soir, j'ai le frisson. Sans mentir.

Bien que nous soyons très occupés, nous sommes heureux. Lark sourit plus souvent à présent. Et elle dort mieux, aussi. Ces derniers temps, quand elle se

24. Diplôme qui correspond à une licence française.

retourne pour chercher mon corps sous les draps, c'est pour l'amour.

Et le plaisir. J'en ai beaucoup. *Prends ça dans les dents, Ranch Paradise* !

Chaque soir, je dois prendre sur moi pour ne pas rouler à toute allure sur le chemin du retour uniquement pour être près d'elle. Mais à présent, je conduis très prudemment à travers le centre-ville bien entretenu de Norwich, où les flics n'ont rien de mieux à faire que de verbaliser ceux qui dépassent le 40 kilomètres à l'heure sur Main Street.

Lorsque je tourne pour prendre notre petite route, mon téléphone se met à sonner. Après avoir vérifié dans le rétroviseur qu'aucun flic ne me suit (le Vermont est très strict sur l'utilisation du portable au volant), je décroche.

– Chéri, mes parents sont là, dit Lark à voix basse.

– Quoi ?

Cela ne faisait pas partie de nos plans d'anniversaire.

– Ils t'ont apporté un cadeau. Il est si sympa que je ne leur ai même pas fait la tête pour être venus sans prévenir. Je voulais juste te prévenir avant que tu arrives.

– OK… je serai là dans trois minutes.

– Je t'aime, Zach.

Je ne m'en lasse jamais.

– Moi aussi, je t'aime.

En laissant tomber le téléphone sur la console, j'essaie de revoir mes attentes. Nous allons donc dîner avec les Wainright. Ils sont très sympas avec moi, bien plus sympas que j'aurais imaginé que soient des intellectuels de Boston avec un garçon de ferme en ménage avec leur fille unique.

J'aurais tellement voulu avoir Lark à moi tout seul ce soir. Bon, très bien. Il y aura toujours demain soir. Et le lendemain.

Deux véhicules supplémentaires sont garés sur le chemin de gravier qui longe notre cottage. Je reconnais la Volvo des Wainright, mais également le dernier modèle de Highlander, une hybride. Je ne connais personne qui conduise une voiture aussi neuve et aussi sportive. Avons-nous d'autres invités ?

Devant la porte, je prends une minute pour épousseter la majeure partie de la poussière que j'ai sur mes bottes. Puis je prends mon air « spécial parents » et j'entre.

– Joyeux anniversaire ! me crie Jill Wainright.

Elle est en robe et tient un verre de limonade. Nous allons donc sortir dîner quelque part. Peut-être aurai-je tout de même le temps de prendre une douche rapide.

– Merci ! je réponds en lui souriant. Vingt-quatre ans ! J'ai l'impression d'être Mathusalem.

À côté d'elle, le père de Lark me fait les gros yeux.

– Vous ne devriez pas, vous qui sortez avec une femme plus âgée.

– C'est vrai.

Lark a en effet huit mois de plus que moi.

– Nous vous emmenons tous les deux chez *Carpenter & Main*, dit-il.

– Merci, dis-je en essayant de sourire.

C'est le meilleur restaurant de Norwich, mais Lark et moi en préférons un autre, plus simple, de l'autre côté du pont de Hanovre.

Chez *Carpenter & Main*, je passe mon temps à me demander si je ne me trompe pas de fourchette. Pourtant, la nourriture est vraiment délicieuse. C'est au moins ça.

– Laissez-moi faire une toilette rapide.

– Allez-y, me dit Jill, en m'adressant un sourire bizarrement éclatant. Ensuite, on vous donnera votre cadeau d'anniversaire.

– Mais vous nous invitez à dîner, je n'ai pas besoin de cadeau.

Elle me sourit à nouveau.

– Oh si, je pense que vous en avez vraiment besoin.

– Euh, je reviens dans cinq minutes, je promets.

À la seconde même où je sors de la douche, Lark me tend une bière. Je suis tout nu et je dégouline sur le tapis quand elle me la met en main.

– On partage ?

– Bien sûr ?

J'en prends une gorgée.

– Essaie de ne pas flipper à cause du cadeau de mes parents, OK ?

Je lui réponds par un baiser, mon premier de la soirée.

– Je ne flipperai pas. Mais pourquoi, au fait ? Ce n'est pas mon genre, ou quoi ?

Elle se mord la lèvre.

– Non, pas du tout. Tu verras.

– Tu pourrais me donner un indice, je lui demande en me frottant les cheveux.

– Non, je ne veux pas te gâcher la surprise.

Elle boit une petite gorgée de notre bière commune et me la rend en se préparant à sortir, elle aussi, de la salle de bains. J'ai soudain une idée inquiétante.

– Où est-ce que tes parents vont loger ce soir ? Notre petite maison ne peut pas vraiment recevoir d'invités. Notre canapé n'est même pas convertible.

– À l'auberge de Norwich.

Je souris parce qu'au moins un de mes plans reste encore d'actualité.

– Bien, j'enfile une fringue ou deux.

Après avoir mis une nouvelle paire de jeans un peu moins usés et une chemise, je retrouve tout le monde dans notre petit salon.

– Merci de m'avoir attendu. Je suis prêt, c'est quand vous voulez.

– D'abord, le cadeau, annonce monsieur Wainright, alors que sa femme et sa fille sourient comme des malades.

– Euh, d'accord. Merci d'avoir pensé à moi.

– Penser à vous ! réagit le père de Lark. Mais on s'inquiète pour vous ! Voilà pourquoi on a acheté ça.

Je le suis dehors, mais rien n'a changé depuis mon arrivée.

– Je ne vois pas ce que vous voulez dire ?

Il se met à rire.

– La voiture, mon garçon. On vous a amené la voiture. Votre camion n'est pas très fiable et vous faites tellement de kilomètres chaque jour, juste pour vivre ici avec Lark.

Quoi ? Mon regard se pose sur la Volvo. Lark m'a dit un jour qu'ils songeaient à changer de voiture et peut-être à s'en débarrasser.

– Vous avez laissé tomber la Volvo ?

– Non, on a eu une meilleure idée.

Monsieur Wainright me tend un trousseau de clés avec un nœud passé autour.

– Joyeux anniversaire.

Sur la clé est inscrit « Toyota ». Et quand j'appuie sur le bouton, la rutilante Highlander bipe.

– Cette voiture a l'air tellement neuve, je balbutie stupidement.

– Elle a un an. Elle a 14 400 kilomètres au compteur. Quatre roues motrices parce que vous devez pouvoir conduire dans la neige et sur les chemins de terre. Et c'est une hybride.

Il pose une main sur mon épaule.

– Ça ne vous coûtera pas cher de faire le plein.

– Vous nous avez amené une voiture, je dis sans y croire.

– Je savais qu'il allait flipper, dit Lark. La voiture est pour toi. La mienne convient très bien pour mon trajet de cinq kilomètres.

– Mais vous ne pouvez pas m'offrir une voiture.

Je continue à regarder le SUV. Ça ne ressemble pas à quelque chose qui peut m'appartenir. Trop neuf. Trop haut de gamme.

– Bien sûr que si. Regardez.

Le père de Lark attend que je détache les yeux du joujou rutilant garée dans mon allée et que je le regarde, lui.

– Vous en avez besoin. Nous pouvions vous l'offrir, alors on l'a fait. Vous n'aurez plus besoin de passer votre temps à effectuer des réparations parce qu'elle est sous garantie pendant un bon moment. Et vous prenez si grand soin de la Coccinelle de Lark qu'elle va durer bien plus longtemps.

– En plus, reprend Jill, vous prenez si bien soin de Lark. Vous avez déménagé de chez vos amis pour vivre avec elle. Vous travaillez plus dur qu'aucun jeune de vingt-quatre ans que j'ai jamais rencontré. Prenez-la. Conduisez-la. Prenez du plaisir. Et on vous promet de ne vous apporter qu'un pull ou une caisse de bière pour votre prochain anniversaire.

Finalement, j'éclate de rire.

– Merci. Je ne sais pas quoi dire. Personne ne m'a jamais offert de voiture.

– Personne ne t'a *jamais* rien offert auparavant, dit Lark. Et pourtant, nous avons tout ce dont nous avons besoin.

C'est étonnamment vrai.

– Conduisez-la pour aller dîner, dit monsieur Wainright. Allons-y.

Il sort ses clés de sa poche et se dirige vers la Volvo.

– Je monte avec Zach, dit Lark en se précipitant vers la portière passager. Ooh ! Des sièges en cuir !

– Arrête !

Je la suis, côté conducteur, et j'ouvre la portière.

– Jésus !

– Tu blasphèmes ! glapit-elle parce que c'est la première fois que je le fais. Mais l'intérieur de la voiture est superbe. Il y a tous les derniers gadgets, une stéréo Bluetooth, un système GPS, une radio satellite.

Quand je m'assois et que je mets le contact, elle démarre avec un son qui n'a rien à voir avec celui du vieux Ford.

– Wouah.

– C'est le son que tu fais quand tu n'es pas allongé sous ton camion, en train d'essayer de le réparer à nouveau.

En descendant la colline vers Main Street, j'ai l'impression d'être un voleur de voiture.

– Elle est tellement mieux que n'importe quelle voiture que j'aurais pu acheter moi-même. C'est une voiture pour Éthan.

Lark sourit.

– Et alors ? Tu vas peut-être la conduire pendant les dix prochaines années. Pourquoi ne serait-elle pas confortable ? Elle a même des sièges chauffants. Si tu veux t'éclater pour le Nouvel An, tu auras les fesses au chaud.

– Oh, Beverly, je la taquine, n'attendons pas la nouvelle année, c'est mon anniversaire.

Je tourne dans le parking derrière le restaurant et je trouve une place.

– Joyeux anniversaire, mon amour, me dit Lark avec un petit sourire. Éthan va partager un excellent repas avec mes parents. Je sais que ce n'est pas ce que nous avions prévu, mais…

– C'est parfait. (Je me penche et je l'embrasse.) Et il y a toujours plus tard, ce soir. On pourra encore cocher certaines choses sur notre liste des trucs-à-faire.

– Je suis partante, dit Lark.

Et elle l'est.

FIN

Composition et mise en pages
Nord Compo à Villeneuve-d'Ascq